KB068199

金色機械

KIN-IRO KIKAI by TSUNEKAWA Kotaro

Copyright © 2013 TSUNEKAWA Kotaro
All rights reserved.
Original Japanese edition published by Bungeishunju Ltd., 2013.

Korean translation rights in Korea reserved by RH Korea Co., Ltd.,
under the license granted by TSUNEKAWA Kotaro, Japan arranged with Bungeishunju Ltd., Japan
through Eric Yang Agency, Inc., Korea.

이 책의 한국어판 저작권은 Eric Yang Agency를 통해
Bungeishunju Ltd.와 독점계약한 '㈜알에이치코리아'에 있습니다.
저작권법에 의하여 한국 내에서 보호를 받는 저작물이므로 무단전재와 무단복제를 금합니다.

금색기계

신이 검을 하사한 자

金色機械

쓰네카와 고타로 지음
김은모 옮김

RHK
알에이치코리아

차례__

일러두기

괄호 안의 설명은 모두 옮긴이 주입니다.

한밤중의 바람 1
1747

저녁 여섯 점(현재의 오후 여섯 시경을 가리킨다)을 알리는 종이 울렸다.
어스름한 길에 가을바람이 불었다.
바람은 늘어선 기루의 널빤지 벽을 쓸고, 길을 걸어가는 유녀들의 옷자락을 펄럭였다.
강가 일대의 큰 유곽은 '부류(舞柳)'라고 불린다. 바람이 불면 버드나무가 춤을 춘다.
부류의 하나뿐인 출입문은 감시소에서 지키고 있다. 히키테차야(引き手茶屋. 에도시대 때 손님을 유곽으로 안내하는 일을 하던 집)며 기루가 죽 늘어서 있어 미로처럼 복잡하다. 유곽 밖에서는 좀처럼 보기 힘든 화려한 기모노를 입은 여자가 선녀처럼 길을 거닌다. 부류의 유녀는 고급부터 저급까지 그 수가 수백에 이른다. 막대한 이득의

일부를 내놓는 대가로 번에게도 공인을 받았다.

구마고로는 난간에 팔꿈치를 짚고 담뱃대에서 피어오르는 연기가 이제 막 해가 떨어진 하늘에 녹아드는 모습을 멍하니 바라보았다.

구마고로는 거한(巨漢)이다. 이마 한복판에 점이 있다.

시원한 바람이 구마고로의 뺨을 어루만졌다. 저 멀리 서쪽에 있는 구름이 금빛으로 물들었다.

구마고로가 앉은 곳은 '시나노야' 사 층이다. 통칭 '큰어르신의 방'이다. 구마고로는 아직 서른일곱 살이지만, 이 커다란 유곽의 창업자이자 기루 '시나노야'의 주인이기도 했다.

황혼이 깃든 하늘을 바라보며 잡다한 일상사에서 마음을 잠시 거둔다. 구마고로는 늘 저녁 여섯 점 종이 칠 무렵에 몰래 기도를 올리는 것이 일과다. 지금 이 순간까지 삶을 누리게 해주어서 고맙다고 천지신명께 인사를 드린다.

짧은 기도 시간이 끝나자 구마고로는 기루 주인의 얼굴로 돌아와 방으로 고개를 돌렸다.

계단을 올라오는 소리가 들렸다.

"큰어르신, 새로운 처자를 데려왔습니다."

"들여보내게."

맹장지문이 드르륵 열리고 한 여자가 방으로 들어왔다. 여자는 예의 바르게 무릎을 꿇고 앉아 머리를 조아렸다.

"됐다, 편히 있어라." 구마고로는 성가시다는 듯이 방석을 던졌다.

여자는 고개를 들었다.

젊고 얼굴이 예쁘다. 구마고로는 일단 그 사실을 확인하고 고개를 끄덕였다. 인물이 좋은 처자가 올 것이라고 낮에 야리테(遣り手. 기루의 유녀를 관리하고 교육하는 여성) 할멈이 한 말이 맞았다.

"그렇게 딱딱하게 굴 것 없다. 다리 풀고. 자, 자, 이름은 무엇이냐?"

"하루카라 합니다."

"그러냐."

새로운 유녀가 가게에 들어올 때 빼먹지 않는 면담이었다.

시나노야와 그 계열 가게에서 일할 여자는 가장 먼저 구마고로와 면담을 한다. 아랫사람이 아무리 많이 늘어나도 내부 사정은 알아두자는 것이 구마고로의 방식이다. 면담을 할 때 우리 가게에서는 고용할 수 없겠다고 답하고 돌려보내기도 한다.

"예쁘게 생겼군. 전에 만난 적이 있었나?"

"아니요." 하루카라는 여자는 고개를 저었다. "하루카는 오늘 밤에 나리마님을 처음 뵙습니다."

"난 일개 기루의 주인이다. 일전에도 어떤 자가 날 그렇게 부르는 소리를 듣고 함께 있던 상사(上士. 번에 속한 무사는 상사, 평사, 하사로 계급이 나뉘었으며, 상사는 기마가 허용된 상급무사를 뜻한다)가 실소했지. 그냥 큰어르신이라고 불러라."

"예. 큰어르신."

"음, 하루카. 아픈 데는 없느냐?"

"매독은 걸리지 않았습니다."

"다른 곳으로 가지 않고 여기로 온 이유는?"

"평판이 좋았기 때문입니다. 기루에 관해 험한 소문이 많은데, 이곳 부류에는 인정과 인의가 있다는 소문을 들었습니다."

구마고로는 웃음을 지었다.

"그렇지 않고서야 안심하고 일할 수 없지 않겠느냐. 에도의 요시와라, 교토의 시마바라, 오사카의 신마치 모두 큰 유곽이다만, 우리 가게에는 일찍이 그런 곳에서 일하던 유녀도 있다. 다들 부류가 좋다면서 흘러들어 오지. 고용 기간이 끝났다고 본가로 돌아가는 자는 별로 없어. 나가도 갈 곳이 없거든. 나 역시 참한 처자들이 모여들어 계속 일하고 싶은 곳으로 만들고 싶고."

"사실 여기에 온 가장 큰 이유는 부류의 명물이신 큰어르신, 구마고로 님의 존안을 뵙고 싶었기 때문입니다."

구마고로는 하루카를 빤히 바라보았다.

하루카는 교태 어린 눈빛을 던졌다.

"내게? 교태는 손님에게 떨어라."

하루카는 후후 웃었다.

"흐음."

구마고로는 하루카에게 시선을 고정한 채 팔짱을 끼고 등을 쭉 폈다.

"나는 사람을 보는 눈이 있어. 옛날부터 심안의 구마고로라고 불렸지."

"압니다. 오늘도 아래에서 큰어르신은 무엇이든 다 꿰뚫어 보시니까 거짓말을 하지 말라는 말을 들었지요."

"아무렴. 자, 오늘 밤은 네가 어떤 여자인지 느긋하게 이야기를 들어보도록 하자. 아무튼 나는 궁금증이 많거든."

"예. 무엇이든 물어보시지요."

"출신부터 시작할까. 어디 출신이냐?"

"다케카와입니다."

다케카와는 바로 요 근처다.

"음. 소작인의 딸이냐?"

"아니요."

"팔려서 여기로 온 것이 아니냐?"

"예, 제가 바라서 왔습니다."

"요시와라나 다른 곳에 유녀로 있다가 흘러들어 왔느냐?"

"아니요."

"유녀 노릇을 하는 것도 처음이냐?"

"예."

"그렇다면 연회석에서 가무 실력을 단련한 것도 아니겠군."

"그렇습니다."

충분히 젊지만 구마고로 생각에 오이란(花魁. 유곽에서 가장 등급이 높은 유녀를 가리키는 말)을 노리기에는 늦은 것 같았다. 유곽에는 대여섯 살 먹은 아이도 있다.

"사창가(이 소설에서는 관의 허가를 받은 유곽 이외의 매춘 시설을 가리킨다)에서 몸을 판 적은 있느냐?"

"아니요."

"음, 그렇다면 부류의 평판이 좋다는 소문은 누구에게 들었지?"

"전에 알고 지내던 유녀가 이야기해 주었습니다."

구마고로는 눈살을 모았다.

"전부 다 처음이냐? 미즈아게(水揚げ)도?"

미즈아게란 첫 손님맞이, 즉 어릴 적부터 유곽에서 자란 유녀가 처녀를 잃는 것을 가리킨다. 첫 손님맞이는 경험이 풍부한 단골에게 부탁하는 것이 보통이다.

설마 숫처녀는 아니겠지 싶어서 물어보았지만, 무슨 말인지 이해를 못했는지 대답은 없었다.

속을 떠보듯이 물어보았다.

"사내를 좋아하느냐?"

여자는 웃음을 지으며 고개를 갸웃했다.

"그럼 사내를 경멸하느냐?"

"반반입니다."

"뭐, 상대에 따라 다를 때도 있겠지."

"저도 큰어르신께 여쭙겠습니다. 여자를 좋아하시는지요? 아니면 경멸하시는지요?"

"글쎄다."

구마고로는 하루카를 흉내 내어 고개를 갸웃거렸다.

잘 모를 여자였다. 빚 때문에 포주에게 팔려서 화류계에 몸을 담고 있는 것은 아닌 듯했다. 자신의 진가를 살릴 수 있는 곳은 유곽이라며 스스로 이 화려하고 난잡한 세계에 들어온 것 같지도 않다.

"내가 패거리를 거느리고 이 유곽에서 시나노야를 운영하는 이유는 몇 가지가 있지만, 무엇보다 큰 이유는 여자가 좋아서 미칠 지경이기 때문이다. 여자는 근사해. 근사하니까 돈이 되지. 사내가 돈을 들고 모여들어. 사내들은 여자에게 사랑받고 싶어서 미쳐 날뛰지. 그것이 세상의 진실이야. 창피하니까 멋대로 이런저런 말을 붙여서 둘러댈 뿐이다. 존경하면 존경했지 경멸할 리는 없어."

"그렇습니까?"

구마고로는 갑자기 이야기를 바꾸었다.

"몸수색을 당했지? 여기에 올 때 야리테가 옷과 머리를 검사했을 텐데."

밤에 구마고로의 처소에 들일 여자는 일단 야리테가 욕실로 데려가서 깨끗이 목욕을 시킨다. 그때 소지품도 전부 맡아둔다. 비녀를 꽂는 것도 허용되지 않는다.

구마고로가 죽으면 막대한 돈과 유곽의 이권이 움직인다. 암살을 경계하여 무기를 감추고 들어오지 못하도록 늘 유의한다.

"예, 맞습니다."

"즉, 여기에 무기는 가지고 오지 않았다는 뜻이렷다."

여자는 고개를 끄덕였다.

구마고로는 여자의 얼굴을 가만히 들여다보았다. 그때 앉아 있는 여자의 가슴께에서 불꽃이 팍 튀었다.

구마고로는 눈을 가늘게 오므렸다.

보고 있자니 노란 불꽃이 여자의 어깨 언저리에서 다시 한 번 팍 튀었다.

"수상한걸?"

여자의 얼굴에 살짝 그늘이 졌지만, 바로 얼버무리듯이 미소를 지었다.

구마고로의 심안은 그가 아직 고혜라는 이름으로 불렸던 일곱 살 무렵에 처음으로 발휘되었다.

구마고로는 종이 직인들이 모여 사는 동네에서 종이 직인 아버지와 살았다. 어느 가을날, 아버지는 강에 가자고만 말하고 고혜를 데리고 나섰다.

그때까지 고혜는 그다지 똘똘한 아이도 아니었거니와 예리한 아이도 아니었다.

그때도 전혀 다른 생각—어제 저녁에 팥소를 얹은 찰떡을 먹었던 것—을 하고 있었는데, 갑자기 경고라도 하듯이 아버지 몸에서 불꽃이 팍 튀었다.

고혜는 걸음을 멈추었다.

"아버지, 지금 아버지 몸에서 불꽃이 번쩍하고."

"응?"

아버지는 무슨 소리인지 모르겠다는 듯 의아한 표정을 지었다.

또 아버지 몸 여기저기에서 불꽃이 탁탁 튀었다.

고혜에게만 보이는 불꽃이었다. 다가가면 따끔따끔하니 아플 것 같았다. 하지만 정작 아버지의 표정에는 변화가 없었다.

"고혜. 왜 그러느냐?"

아버지의 표정은 딱딱했다. 그러고 보니 강에 가자면서 어롱도 낚싯대도 가지고 오지 않았다. 어째서인지 동네 강가가 아니라 인기척이 없는 지류로 향하고 있었다.

"아버지, 날 야단칠 거지요?"

"그게 무슨 소리냐? 왜, 무슨 잘못이라도 했어?"

"안 했어요. 하지만." 야단칠 것이다.

"잔말 말고 가자."

갑자기 일곱 살 소년의 머릿속에 무수히 많은 기억의 조각이 떠올랐다. 몇 주일 전 집에 온 아버지의 새 여자가 오늘 아침에 못마땅하다는 듯이 나를 쩨려보다가 비밀이라도 교환하듯이 아버지와 눈짓을 주고받았다. 친어머니는 오래전에 남자와 눈이 맞아서 집을 나갔다.

새 여자는 이틀 전에 "아, 호이, 아, 호이, 일곱 살까지는 신의 아이(여러 설이 있지만 여기서는, 아이는 일곱 살 때까지 신의 영역에 속하므로 언제든지 목숨을 거두어 신에게 돌려보낼 수 있다는 뜻으로 쓰인 듯하다)." 하고 묘한 가락을 붙여서 노래를 하다가 고혜가 고개를 내밀자 미친 듯이 웃었다. 축하할 일도 없는데 무슨 까닭인지 어제 저녁에 잉어니 닭 요리니 진수성찬이 나왔고, 마지막으로 팥소를 얹은 찰떡까지 먹었다.

직감이 번갯불처럼 번쩍였다. 앞으로 무슨 일이 일어날지 —즉, 야단맞는 것이 아니라 죽임을 당하리라는 것 —를 깨달았다.

고혜는 조금 걷다가 다시 발을 멈추고 아버지를 올려다보았다.

아버지가 고혜를 물끄러미 내려다보았다.

"왜 자꾸 걸음을 멈추고 그래?"

"어제 먹은 떡 맛있었어요." 고혜는 말했다.

맛있는 떡을 먹여줘서 고맙습니다.

아버지 몸에서 검은 안개 같은 것이 피어올랐다. 이 사람은 더이상 아버지가 아니다.

"그래. 맛있었지."

아버지의 목소리에는 감정이 없었다.

타닥, 타닥, 불꽃이 튀어서 날렸다.

고혜는 으아, 하고 소리를 지르며 달렸다.

아버지가 고혜, 고혜, 하고 이름을 부르며 강까지 쫓아왔다. 하지만 강바닥에 판판한 바위가 깔려 있어 발밑이 위태로운 곳까지 왔을 때 바위에서 미끄러져 물에 빠졌다.

다리를 접질렸는지 일어서지 못하는 아버지를 내버려두고 고혜는 오로지 도망쳤다.

구마고로는 지금도 기억난다.

눈앞을 지나쳐 가던 나무들. 몸을 타고 흘러내리던 땀. 자유와 죽음의 기척.

그날 밤은 산속에서 노숙했다.

늑대 울음소리가 멀어졌다 가까워졌다 했다.

새벽녘에 추위에 떨다 잠에서 깨어 시장함을 느끼며 걷다가 짐승길에서 거대한 곰과 마주쳤다. 다리가 얼어붙어서 달아나기는커녕 죽은 척도 할 수 없었다. 고혜는 비슬비슬 주저앉았다.

회색 곰은 고혜를 유심히 바라보다가 냄새를 맡았다.

고혜는 곰을 그저 바라보기만 했다. 고혜보다 스무 배는 무거울 법한 곰의 눈에는 호기심이 가득했지만, 볼일이라도 생각났다는 듯이 변덕스럽게 고개를 홱 돌리더니 슬렁슬렁 사라졌다.

그 후 고혜는 두 번 다시 집에 돌아가지 않고 산적 패거리에 거두어져 이름을 날리게 된다. 그때부터 고헤라는 아명을 버리고 구마고로라고 칭했다.

성장하여 지금에 이르기까지 수없는 위험에 처해왔지만 신기하리 만치 예리한 감이 그를 구했다.

다른 사람의 미래를 점치는 힘은 없다. 날씨도 못 맞힌다. 하지만 살의를 읽어내는 능력은 있다. 자신에게 위해를 가하려는 사람이 접근하면, 상대가 그 마음을 아무리 꼭꼭 감추어도 알아차린다.

경고하듯 불꽃이 팍 튀고, 그 사람의 몸에서 피어오르는 검은 안개가 보인다.

구마고로는 뱃속에 꿍꿍이를 품고 있는 사람, 비밀을 지닌 사람, 배신을 획책하는 사람을 알아보고 늘 선수를 쳤다.

그 힘은 심안으로 불리며 구마고로의 동료들과 부류 유곽에서 일하는 사람들 사이에 전설로 회자되었다.

"느껴진다."

구마고로는 중얼거렸다.

무기가 없을 이 젊은 처자의 몸에서 두 번이나 불꽃이 튀었다. 거짓말을 하고 있음을 뜻하는 불꽃, 비밀을 숨기고 있음을 뜻하는 불꽃이다.

살의를 알리는 검은 안개는 아직 보이지 않지만, 여자의 내면에서 저승사자 같은 기척이 희미하게 느껴졌다.

"너는 일을 하러 여기를 찾아온 것이 아니다. 뭔가 다른 목적이 있어."

여자의 얼굴이 긴장됐다.

"어떻게?" 아셨습니까?

"적중했나? 네 얼굴은 유녀의 얼굴이 아니거든."

구마고로는 단박에 말했다.

"흠, 남의 부탁으로 나를 죽이러 왔느냐?"

여자는 눈을 치뜨고 말했다.

"그 무슨 흉흉한 말씀이신지요. 체격도 건장하고 늠름하신 큰어른신을 저 같이 힘없고 야리야리한 아녀자가 어찌 죽일 수 있겠습니까? 천하의 구마고로 님을."

"천하는 무슨 얼어 죽을 천하. 독이든 뭐든 방법이 있겠지."

구마고로는 떨떠름한 표정으로 말했다.

지금 이 자리에서 음식에 독을 섞을 기회는 없다. 하지만 동침을 할 때라면 황홀경에 빠진 상대의 입에 감추어둔 독을 넣기란 불가능하지 않다.

"이보게. 나는 내가 죽고자 할 때 죽기로 마음먹었어."

갑자기 여자의 얼굴에서 긴장감이 가시고 요염한 웃음이 떠올랐다.

"과연 큰어르신은 심안을 지니신 분이라 불릴 만하군요. 보이지 않는 것이 보인다. 그렇지요? 하지만 하루카는 독을 숨겨 오지 않았습니다. 분명 말씀하신 대로 거짓말은 하였지요. 유녀로 일하고자 여기에 온 것이 아닙니다. 오늘 밤은 이야기를 하러 왔습니다."

"이야기?"

"유녀와 면담하는 자리를 이용하면 손쉽게, 또한 아무의 방해도 없이 큰어르신과 이야기를 나눌 수 있을 것 같았습니다."

"무슨 이야기냐?"

"어느 처자의 이야기입니다. 하루카의 이야기를 들어주시겠습니까?"

구마고로는 여자를 쏘아보았다.

겉모습은 그저 평범한 처자다. 심안이 반응하지 않았다면 경계 따위는 하지 않는다. 이런 처자가 무슨 비밀을 숨기고 있고, 무슨 이야기를 하려는지 흥미가 동했다.

"이야기라."

구마고로는 사람을 불러 행등의 기름을 보충하고, 물을 한 잔 마신 후 "자, 이야기해보아라." 하고 재촉했다.

여자는 한 호흡 쉬고 나서 입을 열었다.

"심안을 지니고 계신 큰어르신과 마찬가지로 제게는 보통 사람에게는 없는 힘이 있습니다. 그 힘은 때때로 도검과도 같이 아주 위험하지요. 큰어르신이 심안으로 꿰뚫어 보신 것은 그 힘입니다."

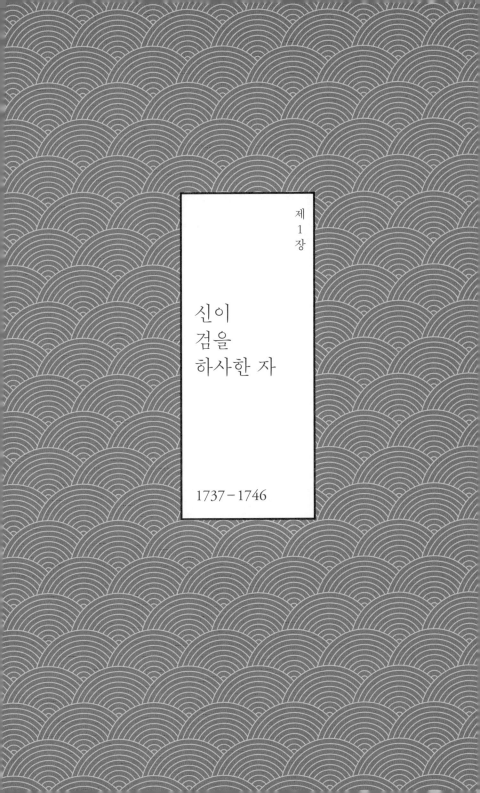

제
1
장

신이
검을
하사한 자

1737 – 1746

1

겨울 아침, 한밤중부터 내리던 눈이 땅 위의 모든 것을 하얗게 뒤덮었다.

용변을 보러 집 밖으로 나온 어린 소녀 하루카는 근처에서 짐승의 울음소리와 거친 숨소리를 들었다.

하루카는 움직임을 멈추고 귀를 기울였다. 입김이 하얗다. 처마에는 긴 고드름이 달렸다. 헛간 쪽에서 괴로움이 묻어나는 울음소리가 또 들렸다.

눈에 핏자국이 남아 있었다. 발소리를 죽이고 천천히 마당을 빙 돌아가자 장작을 쌓아둔 헛간 옆에 사슴이 쓰러져 있었다. 옆구리에 화살이 박혔다. 어디서 활에 맞고 여기까지 달아난 것이 틀림없었다.

참으로 딱하구나. 연민의 정이 솟았다. 하루카는 달려가서 화살을 뽑으려고 했다. 하지만 어린 소녀의 힘으로는 어림도 없었다.

사슴은 새카만 눈을 소녀에게 향한 채 입가에 거품을 물고 숨을

몰아쉬며 뒷다리를 버둥거렸다. 내게 해를 끼치려 하느냐, 그렇게
는 안 된다고 저항하는 것처럼 보였다.

진정시키고 싶었다.

하루카는 달래듯이 사슴을 쓰다듬었다. 가만히, 차분하게. 아픔
아 가셔라, 아픔아 가셔라.

쓰다듬다가 하루카는 어, 하고 놀랐다.

사슴의 가죽 바로 밑에 끝 모를 밤하늘 같은 공간이 있었다. 물
론 실제로는 가죽 밑에 피와 뼈와 내장이 있겠지만, 하루카의 손바
닥에는 그것들과는 다른 광막한 감각이 전해졌다.

계속 쓰다듬자 희미한 빛이 손에 들어왔다.

추위를 잊었다. 이 세상에 자신과 자신이 쓰다듬는 사슴밖에 없
는 듯한 신비한 기분을 맛보았다.

사슴의 눈빛이 편안해지더니 얌전하게 눈을 감았다.

이제 됐다. 하루카는 계속 쓰다듬었다. 이제 괴롭지 않다.

사슴이 진정되자 아버지를 부르러 갔다. 아버지의 이름은 소노
신도. 신도가 사슴 앞에 무릎을 꿇고 이미 죽었다고 알려주자 하루
카는 어리둥절한 표정으로 말했다.

"죽었어요?"

죽다는 말이 무슨 뜻인지는 알고 있었다. 사슴은 잠든 줄 알았는
데 그렇지 않았다.

하루카는 동요했다.

"제가 쓰다듬어서요? 그래서 사슴이 죽은 거예요?"

"아니야, 다쳐서 그렇단다." 신도는 말했다. "네 탓이 아니야."

"그보다 네가 무사해서 다행이다. 상처를 입은 큰 짐승은 아주 위험하거든. 날뛰었으면 발에 차이거나 깔아뭉개져서 목숨을 잃었을 거야."

그날 마을 사람들은 사슴을 해체하여 사슴 요리를 배불리 먹었다.

네 탓이 아니라고 했지만 사슴을 죽음으로 이끈 감각은 하루카의 손에 똑똑히 남아 있었다. 어릴 적에는 터무니없는 착각을 많이 하는 법이지만, 이 일만은 착각이 아니었다.

하루카는 그 후에 고양이를 길렀는데, 품에 안고 노는 사이에 고양이가 죽고 말았다.

어느 날, 하루카는 신도에게 닭을 얌전하게 만들고 그대로 죽이는 모습을 보여주었다. 닭은 퍼덕퍼덕 날뛰는 일 없이, 편안하고 응석을 부리는 듯한 울음소리를 마지막으로 축 늘어졌다.

하루카는 불안한 눈으로 아버지를 올려다보았다.

"이것이 그날 아침에 하루카가 사슴을 죽인 묘한 수법이에요."

신도는 말문이 막힌 듯 아무 대답도 없이 닭을 들고 살펴보았다. 그 표정이 너무나 창백했기에 하루카는 울음을 터뜨렸다.

"하지만 아버지, 목을 조르는 것과 똑같아요. 어떻게 하면 죽는지 하루카는 이제 압니다. 하려고 마음먹지 않으면 죽지 않아요."

신도는 엄한 얼굴로 하루카를 보다가 머뭇머뭇 고개를 끄덕였다. 불현듯 하루카는 아버지가 이대로 자신을 버리러 가는 것이 아닐까 싶어 허겁지겁 말을 덧붙였다.

"다, 닭은 먹지요. 잡았으니까 먹지요."

하루카가 죽인 닭은 요리되지 않고 그대로 땅에 묻혔다.

그 후로 신도는 두 번 다시 하루카를 안아주지도, 무릎에 앉혀주지도 않았다. 그리고 아이들과 놀 때 몸을 만지지 말라고 하루카에게 명했다.

2

소노 신도, 하루카의 아버지는 무카와무라에서 개업한 의사였다. 신도는 이십 대 때 에도성에서 관할하는 의학관에서 난학(蘭学. 일본 에도시대 중기 이후 네덜란드를 통해 일본에 전수된 서구의 근대 학문을 가리키는 말)을 배운 적도 있다. 무카와무라에서 개업한 뒤로는 의료에 힘쓰는 한편으로, 서당에서 한 주에 한 번씩 읽고 쓰기와 산술을 가르쳤다.

어깨가 동그스름하니 몸이 홀쭉하고 머리는 삭발을 한 점잖은 남자로, 하루카가 사슴을 죽였을 당시 삼십대 중반을 넘었다.

성실하고 오는 사람을 막지 않는 성격이라 그런지, 그를 우러러 집을 찾아오는 사람도 많았다. 마을 사람들은 묘지타이토(苗字帯刀. 성씨를 사용하고 칼을 차고 다니는 무사 계급의 특권을 가리킨다. 가문이나 공로에 따라 평민에게도 허락될 때가 있었다)를 허락받은 명사로 존경하며, 채소와 생선과 술을 시도 때도 없이 가져다주었다. 칼을 차고 다녀도 된다고 허락받았지만, 신도가 칼을 차고 다닌 적은 없었다.

신도는 일 년에 두세 번, '별당'이라 불리는 산속의 외딴 마을로 왕진을 갔다. 무카와무라에서 별당으로 가려면 강을 따라 숲속 깊이 들어가야 했다. 왕진을 갈 때는 조수인 하쓰에와 몇몇 제자, 그리고 하루카가 함께했다.

별당은 조금 특수한 산촌이었다. 마을 사람 대부분이 노인이었다. 무카와무라에는 일정한 나이가 되면 자진하여 별당으로 거처를 옮기고자 하는 노인이 많았다.

노인 외에도 병자와, 광산에서 사고를 당해 팔다리를 잃은 사람, 그리고 어디선가 흘러들어 와서 정착한 정체불명의 사람들이 살았다.

별당은 번의 관리 밖에 있었다. 즉, 조세가 면제된다. 그 때문에 호적도 애매했다. 거기는 조용하게 죽음을 기다리는 자들과 세상을 버린 자들이 은거하는 마을이었다.

신도가 별당의 오래된 절로 들어가면 왕진을 기다리던 사람들이 찾아온다. 신도는 알고 지내던 노인들과 잡담을 나눈다. 노인들은 올해 겨울에는 누구누구가, 봄에는 누구누구가 저세상으로 갔다고 알려준다.

신도는 기본적으로 보수를 받지 않고 별당에 왕진을 다녔다. 세간과 동떨어진 사람들에게야말로 의료가 필요하다고 여긴 것이다.

마을 사람들이 자꾸 가져다주어 자기 집에서는 다 먹을 수 없는 술과 채소를 짐수레에 실어 갈 때도 있으므로 거의 자선사업이나 다름없었다.

어느 여름, 별당에서 있었던 일이다.

신도가 소녀를 불렀다.

"하루카, 너의 그 '재주' 말이다."

하루카는 아버지, 소노 신도를 가만히 쳐다보았다.

"약속은 어기지 않았습니다."

신도는 결코 '재주'를 사용해서는 아니 되며, 남에게 말해서도
안 된다고 하루카를 단단히 타일렀다. 만약 그것으로 사람을 죽이
면 불문곡직 베겠다고 엄포도 놓았다.

물론 하루카도 살아 있는 것을 죽이는 힘을 사용하고 싶지는 않
았으므로 시키는 대로 그 힘을 봉인했다. 자신의 힘을 잘 모르고
고양이를 죽인 것을 몹시 후회하여 마당에 무덤을 만들고 선향을
피워 공양할 정도였다.

하루카가 의아한 표정을 짓자 신도는 말했다.

"물론 약속은 어기지 않았겠지. 하지만 잘 생각해보니 신이 네게
그러한 재주를 내려주신 것에는 무슨 뜻이 있지 않을까 싶구나."

신도는 우선 하루카를 폭포로 데리고 가서 심신을 재계했다.

용신님을 모신 폭포 옆 사당 앞에 나란히 서서 지금부터 이 마
을의 아무개에게 재주를 사용하겠으니 허락해주십시오, 하고 빌
었다.

절로 돌아가자 신도는 하루카를 심한 통증 때문에 눈물을 글썽
거리며 고래고래 소리치는 노파에게 데려갔다. 이 노파는 벌레가
좀먹듯이 오장육부가 망가지는 병이 진행 중인데, 통증이 심해져

도 손쓸 방도가 없어 편안히 죽을 길을 찾고 있다고 한다.

끊임없이 악을 쓰는 노파는 한눈에 보기에도 손이 많이 가는 환자임이 분명했지만, 하루카가 가슴에 손을 얹자 악다구니를 딱 멈추었다.

노파는 희한하다는 듯한 표정을 지었다.

"이게 뭔 일이래?"

"아픕니까?"

신도가 확인하듯이 물었다.

"아니요. 안 아파요. 아픔이 싹 가셨어요. 어쩐지 방에 누워 있는데도 몸이 둥실둥실 떠오르는 것 같구면요."

노파는 신기하다는 듯이 하루카를 쳐다보았다.

"아기씨는 몇 살?"

"아홉 살이에요."

"묘하네. 기분이 참 묘해. 지금 뭘 어쩌고 있는감?"

하루카는 대답을 할 수 없었다. 난 뭘 하고 있는 거지? 곁에 있던 신도가 대답했다.

"신기하게도, 이 아이의 손에는 아픔을 가라앉히는 신이 깃들어 있습니다."

오오, 하고 노파는 말했다.

"계속 손을 대고 있으면 좋겠구면. 아예 이 아이를 내가 가지고 싶을 정도야. 마지막까지 쭉 손을 대고 있어다오. 이렇게 편한 적은 없었어. 애야, 이 앞으로도 갈 수 있지?"

이 앞이란 노파와 하루카만 공유하는 감각이었다.

"괜찮아. 더 깊고 깊은 곳으로 보내다오. 다시는 아프지 않을 곳으로. 내 말이 무슨 뜻인지 알지?"

노파는 그렇게 말하고 경을 읊기 시작했다. 신도는 하루카의 어깨에 손을 얹고 고개를 끄덕였다.

'할머니가 원하는 대로 해주려무나.'

하루카의 손바닥에 빛나는 구슬 같은 생명이 느껴졌다.

쉽게는 안 된다. 아무리 다른 표현으로 바꾼들 결국은 죽이라는 뜻이니까 당연하다. 배 속이 묵직해지고 구역질이 났다. 마음이 엉망진창으로 망가져버릴 듯한 중압감이 느껴졌다. 전부 다 내팽개치고 달아나고 싶었다.

모두가 지켜보고 있다.

온몸에서 땀이 배어났다.

시간이 흐른다. 땀방울이 똑똑 떨어진다.

마침내 생명의 빛을 깊은 우주로 살짝 밀어냈다.

노파는 잠에 빠지듯이 세상을 떠났다.

하루카가 처음으로 죽인 사람이었다.

노파가 숨을 거둔 후 하루카는 울었다. 기분이 몹시 뒤숭숭했다. 하쓰에가 쑥떡을 주며 위로해주었다.

신도는 하루카에게 기분을 정리하라고 시켰다.

"세상의 선악을 구분하건대 남이 기뻐하고 바라는 일을 해주는 것은 선이고, 그렇지 않은 일을 하는 것은 악이야. 이 아버지 생각은 그렇단다."

아버지의 차분한 목소리를 듣자 하루카는 차차 마음이 진정됐다. 상대가 바란다면 죽여도 나쁜 짓이 아니다. 과연 그럴까? 하지만 아버지가 그렇다면 그것이 바로 진실이다.

"그대로 두었다면 괴로움과 고통으로 몸부림치다 죽었을 할머니를 네가 구한 거야. 아무도 널 나무라지 않아. 할머니를 포함한 모두가 고마워해. 넌 남이 바라는 일을 한 거야. 자, 하루카, 불상을 만들렴."

집에 돌아가자 하루카는 신도가 시킨 대로 노파를 생각하며 나무를 조각해 조그마한 불상을 만들었다. 불상은 집 뒤편에 있는 석굴에 안치했다. 선향을 피우고 신도와 둘이서 합장했다.

신도가 하루카의 어깨를 탁 짚었다.

"그 할머니를 너무 마음에 담아둘 것 없다. 이렇게 여기서 가끔 향을 피워 공양하면 돼."

3

한 집에 살며 신도의 의사 일을 돕고 집안의 허드렛일도 하는 하쓰에는 서른 살이 넘은 여자지만, 얼굴은 좀 더 앳되어 보였다. 신도를 보는 하쓰에의 눈에 연모의 빛이 담겨 있음을 하루카는 알고 있었다.

하루카는 하쓰에를 어머니처럼 잘 따랐다.

왜 아버지와 혼인하지 않느냐고 물어볼 때마다 하쓰에는 그런 관계가 아니라는 둥, 신도 님은 내게 관심이 없다는 둥, 자기는 방해가 되지 않고 곁에 있을 수만 있으면 족하다는 둥 하며 어름어름 넘어갔다.

'재주'를 사용할 때 하루카는 등 뒤에 보살님이 서 있는 것을 느낀다. 보살님이 뒤에서 하루카의 손에 손을 포갠다. 보살님은 늘 뒤에 있으니까 얼굴을 본 적은 없다.

어쩌면 보살님이 아니라 인왕님일지도 모른다. 어쩌면 이상야릇한 괴물일지도 모른다.

아무튼 커다란 뭔가가 등 뒤에 있는 것이 느껴졌다.

그 후로도 하루카는 신도의 명을 받들어 '재주'를 사용했다.

죽음은 악이 아니었다. 죽음은 마땅히 다다라야 할 종착점이며, 고통이 오히려 악이었다.

어떤 영감님은 하루카를 보고 손녀를 닮았다며 웃었다.

"죽으면 말할 수 없을 테니, 미리 고맙다고 인사하마." 그 영감님은 말했다. 물이 가득 차서 배가 불룩했다. 폐도 안 좋은지 기침을 하며 눈물 어린 눈으로 심한 고통을 견뎠다. 하루카는 영감님의 옷을 풀어헤치고 가슴에 손을 얹었다.

영감님은 눈을 감고 중얼거렸다.

"신기하네. 이게 소문으로 듣던 보살님의 손인가? 정말로 아픔이 사그라져."

"예."

"아픔이 싹 가셨어. 어쩐지 허공에 붕 떠 있는 것 같군. 오오, 보인다, 보여. 저 멀리 보리밭에 모두 다 있어."

"예."

하루카는 맥동하는 빛을 붙잡았다.

"저기가 극락인가. 저건 내가 평생 가꾼 밭이야." 그리고 영감님은 다정하게 하루카를 보았다. "너는 신과 함께 있구나. 그게 좋은 신인지 나쁜 신인지는 모르겠지만."

"예."

보살님 생각이 살짝 떠올랐다.

"언젠가 금색님을 뵈러 가보아라."

"금색님?"

"몰라? 금색님도 신이시란다. 뭐, 너와 함께 있는 신과는 전혀 다른 분이시지만. 산 위에 계시는데, 언젠가 뵈러 가보려무나. 자, 이제 나를 보리밭으로 보내다오."

하루카는 눈을 감았다.

하루카는 맥동하는 빛을 캄캄한 우주로 돌려보냈다.

영감님은 미소를 지은 채 숨을 멈추었다. 거리를 두고 지켜보던 노인들이 일제히 합장했다.

하루카는 생각했다.

고통스러워하는 자에게 죽음을 선사한다. 그것은 전혀 특별한 힘이 아니다. 하려고만 하면 누구나 할 수 있는 일이다. 물에 적신 천으로 코와 입을 막아서 질식시키면 된다.

하지만 자신의 손에 죽는 사람은 고통에서 해방되어 꿈과 환상에 감싸인 채 편히 죽는다. 안락함이 크게 다르다.

자신이 아버지의 피를 이어받지 않았다는 사실을 하루카는 어느 사이엔가 알았다.

하루카는 무카와강 강기슭에서 주워 온 아이라고 한다. 자세한 내용은 묻지 않았다. 무서워서 별로 알고 싶지 않았다. 당시 버려진 아이는 어디서나 찾아볼 수 있었다. 사람이 지나다니는 다리 옆이나 절에 아이를 두고 가는 일은 흔했다.

주워 온 날을 생일로 삼았고, 이름도 소노 신도가 붙였다. 주웠을 때 두 살쯤으로 보였으므로 두 살부터 나이를 헤아렸다고 한다.

한 핏줄이 아니지만 아버지는 여전히 아버지였다. 하루카는 늘 신도 곁에 붙어 있었다. 필사적이라고 할 만큼 부지런히 일했다. 어른들 사이에 자주 섞여 있었기 때문인지 또래 아이들보다 마음이 훨씬 빨리 성숙했다.

하루카는 생각했다.

아버지는 살릴 수 있는 환자에게 약을 팔아 삶을 선사한다. 나는 살릴 수 없는 환자에게 죽음을 선사한다.

우리는 표리일체.

나는 그저 아버지의 도구. 아버지의 그림자.

하지만 그것으로 족하다.

아주 좋아하는 아버지가 사용하는 도구여서 나는 자랑스럽다.

별당 마을에서 또 금색님 이야기를 들었다.

신도가 오늘은 딱히 할 일이 없으니 나가 놀라고 해서 주변을 설렁설렁 산책하고 있을 때였다.

하루카는 신도 옆이 제자리라고 여겼다. 혼자 외딴 마을을 돌아다녀도 별로 재미가 없었다.

늘 심신을 재계할 때 가는 폭포로 향했다. 이끼 낀 돌이 여기저기 널린 어둑어둑한 길을 걸었다.

전날 여름비가 내린 탓에 물이 불었는지 폭포수가 콸콸 쏟아져 내렸다. 용소의 물이 맑아서 물고기가 보였다. 발을 담그자 차가웠다.

용소 옆에서 산나물을 뜯다가 쉬고 있는 할머니와 마주쳤다. 분명 별당에 사는 사람이었다. 수건으로 머리와 얼굴을 폭 감싼 할머니 옆에는 버섯과 산나물이 든 바구니가 놓여 있었다.

"안녕하세요." 하고 고개를 숙였다.

"아아, 안녕. 아이고, 소노 선생님의 따님이구나. 보살의 손을 가졌다는."

"예. 오늘은 할 일이 없으니 나가 놀라고 하셨어요."

할머니는 흠, 하고 한숨을 쉬더니 앉으라며 자기 옆을 가리켰다.

하루카는 그 할머니와 잠시 이야기를 나누었다. 할머니는 다마라고 자기 이름을 알려주었다. 그리고 무카와강의 큰 떡갈나무 옆에서 태어났고 사남매 중 둘째로 자랐다, 친한 사람들이 다들 별당으로 거처를 옮겼으므로 자신도 그렇게 했다, 지금 에도에 손자가 산다 등등의 이야기를 했다.

좀 친숙해졌다 싶었을 때 다마가 물었다.

"극락은 있을까?"

하루카는 한순간 말문이 막혔다. 그런 건 모른다. 하지만 보살의 손으로 사람을 영면시킬 때 지금까지 몇 명은 무릉도원 같은 광경을 보았고, 그 광경을 말로 전해주었다.

"있지 않을까요?"

"있다면 어떤 곳일까?"

"분명 예쁘고 기분 좋은 곳일 거예요."

"바라던 것들이 전부 있을까? 죽은 아버지와 어머니가 맞이하러 오실까?"

"아마도요." 하고 중얼거렸다.

알지도 못하고 대답하다니 무책임했지만 긍정하고 싶었다.

빛이 반짝반짝 반사되는 수면으로 눈을 돌렸다. 평화로이 빛나는 계곡물을 바라보고 있자니 어쩐지 몽환의 세계로 끌려들어 갈 것만 같았다.

"그래, 그럼 안심이구나." 하고 다마는 말했다.

하루카는 미소를 지었다.

"그런데 금색님에 대해서는 어떻게 생각하니?"

"금색님."

요 부근에서 자주 듣는 신의 이름이다.

"일전에 저쪽으로 보낸 분이 언젠가 금색님을 뵈러 가보라고 하셨는데요. 산 위에 계신다고 하던가."

"어머, 모르니? 이 폭포에서 가면 돼. 저 위쪽이지."

하루카는 폭포를 올려다보았다. 몇 십 척은 되지만 도저히 못 올라갈 높이는 아니다.

"사람인가요?"

"사람은 아니야. 온몸이 금으로 되어 있거든."

아아, 불상 같은 것이구나 싶었다.

그런데 다마가 이어서 말했다.

"꽤 오래전 일이지만, 금색님이 길을 걸어가는 모습을 본 사람이 있어."

"어, 걸어 다니나요?"

"번쩍번쩍 빛이 났대."

상상이 잘 되지 않았다. 산길을 걸어 다니는 금색 불상. 하루카를 놀리고 있는 것인지도 모른다.

물총새가 물속으로 재빨리 잠수하여 물고기를 물고 튀어나왔다. 솜씨 좋네, 하고 다마는 말했다.

"여기서는 말이지. 꼭 부탁하고 싶거나 바라는 일이 있으면 다들 이 폭포 옆을 타고 올라 금색님을 만나러 간단다."

"소원을 이루어주나요?"

"아니, 그게, 이런저런 가르침을 주는 모양이야. 그러니 너도 장래에 가슴이 답답하니 고민되는 일이 있으면 가보렴."

다마는 폭포 옆의 절벽을 가리켰다.

"잘 보렴. 저기야."

자세히 보니 절벽의 바위에 발판이 있었다. 폭포를 돌아서 올라갈 수 있도록 되어 있었다. 하지만 결국은 바위를 기어오르는 꼴이므로 각오 없이 가벼운 마음으로 임할 수 있는 길은 아닐 듯했다.

"사실 금색님은 없을지도 모르고, 극락 역시 없을지도 모르지."

다마는 중얼거렸다.

"나도 그건 알아. 하지만 네 말을 듣고 안심했어."

그날 밤, 잠자리에 들기 전에 하쓰에에게 오늘 있었던 일을 들려주었다. 하쓰에는 모기장 안에서 산은 참 신비하다고 말했다.

"산속 깊이 들어가서 금색님이 진짜로 있는지 확인해보고 싶어요."

"이 부근 사람들이 가끔 금색님이라는 말을 입에 담더구나. 폭포위쪽에 사당 같은 게 있을지도 모르겠네."

덧문을 활짝 열어놓아 벌레 울음소리가 요란하게 들렸다. 등잔불은 이미 껐다.

"저기, '귀어전(鬼御殿)'이라고 들어본 적 있니?"

"그게 뭔가요?"

"저 깊은 산속에는 도깨비도 산대."

"도깨비요?"

금색님만이 아니라 도깨비도.

"응. 유명하단다. 나도 어릴 적에 들은 이야기인데, 저 깊은 산속에는 도깨비가 사는 '귀어전'이 있대. 너무 깊이 들어갔다가 도깨비와 마주치면 꼼짝없이 죽는다더라. 도깨비는 뿔이 나고 짐승 가죽으로 만든 옷을 입은 모습이 아니라 보통 옷을 입은 사람으로 둔갑해서 나타난대."

"무서운 이야기네요."

"산은 무서워. 여기 별당 마을도 어쩐지 묘한 분위기가 풍기는데, 더 안쪽은 어떨지 상상만 해도 무섭다. 그러니까 산속으로 너무 깊이 들어가면 안 돼."

다마는 그 이듬해 몸이 안 좋아져서 하루카의 손길 아래 미소 띤 얼굴로 죽었다.

4

열한 살이 되었다. 봄날 이른 아침에 있었던 일이다.

하루카는 집의 광에서 칼 한 자루를 발견했다. 옻칠을 한 칼집에 꽂힌 칼은 마치 숨겨놓은 듯이 먼지 쌓인 고리짝 뒤편에 놓여 있었다.

하루카는 칼을 밖으로 들고 나와 칼집에서 뽑아보았다. 군데군데 녹이 슬었다. 이가 빠진 곳도 있었다. 제법 묵직한 칼을 휘둘러보았다.

누구 것일까. 아버지 것일까.

하루카는 사람을 베는 상상을 해보았다.

악한 자를, 해로운 자를, 내가 벤다.

아버지와 하쓰에 씨 앞에 방패처럼 버티고 서서 칼을 휘둘러 두 사람을 지킨다, 하루카는 그런 영웅적인 망상에 푹 빠졌다.

아버지는 구하는 자. 나는 죽이는 자.

다리를 건너면 바로 나오는 조카마치(城下町. 일본에서 전국시대 이래 영주의 거점인 성을 중심으로 형성된 도시를 가리킨다)에는 검술 도장에 다니는 무사 집안의 자제도 있다. 실제로 사람을 베고 싶은 마음은 전혀 없었지만, 만일의 경우에 대비해 땀을 흘리며 열심히 무예를 연마하는 것은 참으로 멋질 듯했다. 좀 더 아버지에게 도움이 되는 존재가 되고 싶었다.

"하루카가 검술을 배울 수 있도록 허락해주십시오."
다다미에 머리를 조아리고 부탁했다.
하지만 신도도 하쓰에도 펄쩍 뛰며 반대했다. 당연하다면 당연하다. 여자의 몸으로 검술을 배우는 사람은 마을에 하나도 없었다.
"무사도 아닌데 여자가 검술이라니." 하쓰에는 어이가 없다는 듯이 말했다.
"하루카, 왜 굳이 그런 것에 관심을 보이느냐?" 신도가 진중하게 말했다. "그것이 우리의 삶에 필요가 없다는 것쯤은 너도 잘 알텐데."
"하루카 짱, 광에서 칼을 보고서 그런 별난 생각을 한 거지?" 하쓰에가 입을 열었다. "아까 광에 갔었는데 칼이 놓여 있는 위치가 바뀌었더라. 그렇게 위험한 물건에 손대는 거 아니야."
"죄송해요."
하루카는 뜨끔하여 얼굴을 붉히며 고개를 숙였다.
"하루카. 그 칼은 말이다."
하쓰에가 흠칫 놀라더니 나무라는 듯한 눈으로 신도를 보았다.

"신 씨, 아직 열한 살이에요. 어린아이가 별 뜻 없이 한 말이라고요."

하루카는 기어들어 가는 목소리로 중얼거렸다.

"죄송해요⋯⋯."

신도는 생각에 잠긴 듯 턱수염을 쓰다듬다가 말했다.

"세상에는 지옥으로 통하는 구멍이 여기저기 뚫려 있단다. 굳이 들어가지 않아도 되는 구멍에 스스로 발을 들여놓을 필요는 없어. 나는 지옥으로 통하는 구멍에 들어갔다가 나오지 못하게 된 사람을 많이 알아. 구멍 앞에 세워진 팻말에는 구멍으로 끌어들이기 위한 말이 적혀 있지. 들어가면 명예를 얻을 수 있습니다, 편하게 부를 얻을 수 있습니다, 들어가지 않는 사람은 겁쟁이입니다 같은 말들이. 그런 말에 부추김을 당해 건들건들 들어가면, 얼마 지나지도 않아 길을 잃고 평생 구멍 속에서 괴로워하다 최후를 맞게 돼. 잘 들어라, 하루카. 칼로 사람을 베어 죽이면 사형이야. 그리고 네가 여자라는 제약을 무릅쓰고 검술에 인생을 바쳐봤자 남에게 상처를 입히거나 결국에는 칼에 맞아 목숨을 잃기밖에 더하겠니? 그런 구멍에 들어가고 싶은 거냐?"

하루카는 고개를 가로저었다.

그러자 신도는 훗 웃었다.

"애당초 반대다. 여차할 때는 우리가 널 지켜야지, 어째서 그것이 반대가 된단 말이냐."

한밤중에 하루카는 아버지의 말을 곱씹었다.

검술 수행은 포기하자. 나는 그냥 검을 휘두르고 싶을 뿐이었지만, 아버지 말이 옳다. 나를 염려하여 '지옥으로 통하는 구멍'에 발을 들여놓으려 할 때 말려주었다. 그 전에 뭔가 말하려다 말았지만 그건 마음에 두지 않기로 했다.

저 멀리서 늑대가 울었다.

여차할 때는 우리가 널 지켜야지. 가슴에 스며드는 그 말을 몇 번이고 곱씹었다.

나는 아버지가 없으면 안 된다.

자꾸 틀리기만 한다.

이른 아침에 집 뒤편의 석굴에 들어갔다.

나무 불상은 다섯 개로 늘었다. 첫 노파를 포함해 다섯 명이 하루카 손에 죽었다. 선향을 피우고 합장했다.

하루카가 조각한 불상들이 이쪽을 물끄러미 쳐다보았다. 다들 뭔가 할 말이 있는 듯 보였다.

5

열다섯 살이 되었다.

조금 있으면 겨울에 접어든다. 산은 일제히 단풍으로 물들었다.

별당 마을의 오래된 절에 노인 여섯 명이 찾아왔다.

하루카가 인사하자 그들은 부랴부랴 말했다.

"아아, 보살의 사자님. 실은 오래전부터 신도 씨에게 부탁하고 있소만, 좀체 들어주질 않는구려. 아가씨도 같이 부탁 좀 해주시오."

"무슨 일이신데요?"

들어보니 그들의 주장은 다음과 같았다.

지금까지 별당의 병자들이 하루카의 손에 의해 얼마나 안락하게 극락왕생했는지 보아왔다. 일전에도 친구 중 한 명이 왕생하여 적적하기 그지없다.

우리 여섯 명은 지금까지 고락을 함께해온 친구다. 현재 중병은 없지만 모두 몸 상태가 변변치 못하다. 이제 더 이상 살기도 귀찮고, 여생도 길지는 않다.

이번에 보살의 손을 가진 아이가 또 와주었다. 이 기회에 여섯 명 모두 보살의 손을 빌려 왕생하고 싶다.

조만간에 홀로 고통에 시달리다 죽느니 지금 모두 함께 안락하게 왕생하는 쪽을 택하겠다는 이야기였다.

"그런 부탁은 할 수 없습니다."

하루카는 작게 대답했다. 아버지가 이 일 때문에 표정이 안 좋구나 싶었다.

"어째서? 우리는 다 함께 절벽에서 뛰어내려 죽을까 상의한 적도 있소. 그러면 외롭지 않을 테니. 우리는 마음을 정했으니 안락하게 극락으로 보내주시게."

"안 됩니다. 우리는 그런 짓은 안 합니다. 그것은 정말로 가망이 없을 만큼 심각한 병자에게만 쓰는 방법입니다."

신도는 엄하게 말했다.

"우는소리 하지 말고 주어진 수명을 누리십시오."

노인 중 한 명이 화를 냈다.

"이런 돌팔이를 보았나! 다마 할멈이랑 니시나 영감은 그렇게 편안하게 극락에 보내줬으면서 우리한테는 안 된다니, 그게 무슨 망발이야? 댁이 신분이니 뭐니 따지지 않고 똑같이 대해줘서 모두 감탄하며 존경했는데 말이야. 우리도 알아듣게 설명 좀 해봐!"

"그렇게 욕을 퍼부을 수 있을 만큼 건강하지 않습니까! 당신들은 아직 수명이 남아 있다는 말입니다!"

신도가 대꾸하자 노파가 매달리듯이 말했다.

"우리는 선생님을 기다리고 있었어요. 부탁 좀 드립시다. 쩨쩨하게 굴지 마시고요."

"이봐, 소노 선생. 댁의 약은 효과가 없어. 이제 겨울이 오면 몸이 냉해져서 얼마나 힘든지 알아? 몸이 말을 안 듣는다고. 혼자 끙끙 앓다가 저세상에 가게 되면 원망할 거야. 다들 좋다는데 왜 그래?"

하루카는 혼란을 느끼며 안쪽으로 물러났다. 하쓰에가 맹장지문을 닫고 하루카의 어깨에 손을 얹었다.

"거절합니다."

딱 잘라 말하는 신도의 목소리가 맹장지문 너머에서 들렸다.

그 후에도 실랑이가 계속됐다. 너무나도 끈덕진 탓에 결국에는 "마음을 추스르고 다음에 우리가 올 때까지 잘 생각해보십시오."라는 식으로 마무리 지었다.

무카와무라로 돌아오는 길에 신도는 의기소침하니 말이 별로 없었다. 일행은 쌓인 낙엽을 밟으며 걸었다.

"얘야, 하루카. 그들의 말이야말로 이치에 맞다고 생각하느냐?"

하루카는 잠자코 고개를 저었다.

"어쨌거나 그 사람들은 의사가 하는 일을 오해하고 있어."

사실 하루카는 노인들의 주장에도 일리가 있다고 생각했다. 하지만 생명을 지키는 기술을 익히느라 평생을 바친 의사에게 죽게 도와달라고 소리 높여 주장하는 것은 역시 이상하다.

집 뒤편 석굴에 안치된 나무 불상은 여섯 개가 되었다. 가능한 한 늘어나지 않도록 해야 한다.

"하루카의 손에 깃든 힘은 부득이한 경우에만 사용해야 해. 자진의 수단으로 사용해서는 안 되고말고. 그 규칙만은 지켜야 해."

"선생님은 훌륭하세요. 그럼요. 그런 투정에는 귀 기울일 필요 없어요. 정말 최악이더라고요." 하쓰에도 거들었다. "정확하게 선을 긋지 않으면 의술이 아니라 다른 것으로 변질될 거예요."

"그래." 신도는 고개를 끄덕였다. "한 번 허락하면 다음에도 허락해야 할 테니."

6

하루카가 열여섯 살이 되고 얼마 지나지 않은 어느 날. 머슴을 데리고 조카마치의 무가 저택에 환약을 전해주러 갔다.

소노 신도는 번의(藩医. 에도시대 때 번을 위해 일한 의사)와 교류가 있고, 상사부터 아시가루까지 번사 중에도 아는 사람이 많았다(번사·藩士는 번에 소속되어 번주를 섬기고 번을 위해서 일하던 무사를 가리키며, 아시가루·足輕는 최하급 보병으로 에도시대 때는 말단 행정이나 경비 업무 등 잡일을 담당했다). 가끔 조카마치의 무가 저택에 불려 가서 얼굴을 내밀기도 했다.

무카와무라와 조카마치의 거리는 반 리(일본의 일 리는 약 사 킬로미터)쯤 된다.

귀로에 올라 마을까지 얼마 남지 않았을 때 하루카는 친한 친구와 마주쳤다. 친구와 이야기를 하고 싶었으므로 아직 할 일이 남은 머슴은 집에 먼저 돌려보냈다.

낮이라서 방심했다.

친구와 헤어져 혼자 남았을 때 맞은편 삼나무 아래에 서 있는 가메가 눈에 들어왔다.

가메는 이 근방에서 골칫거리로 여겨지는 로닌(浪人. 섬기는 주인 없이 떠도는 무사를 가리킨다)으로, 모습이 보이면 다들 피했다. 아명에서 유래된 이름인지, 아니면 다른 유래가 있는 별명인지 모르지만 아무튼 다들 이 로닌을 가메, 또는 망할 가메라고 불렀다.

가메는 섬기던 가문이 망해 끈 떨어진 신세가 되었지만, 다른 주인을 섬길 가망이 있는 것도 아니고 성격이 배배 꼬인 탓에 일자리를 구하지도 못했다. 마을 외곽에 나타나서 아침부터 술을 퍼마시다 노인, 여자, 아이처럼 약한 사람이 눈에 띄면 술김에 칼을 휘둘렀다.

강한 사내는 아니다. 도리어 검술 실력도 없고 무사들 앞에서는 바로 꼬리를 내리는 통에, 비웃음을 당하며 걷어차여 땅에 납작 엎드리기 일쑤였다.

가메는 무사와 마주치기 싫어서 성이나 관아에서 일하는 무사가 지나다니는 큰길과 무가 저택이 늘어선 일대에는 얼씬도 하지 않는다. 어디까지나 사람의 왕래가 뜸한 마을 외곽의 으슥한 곳에서 자기보다 약한 사람에게만 횡포를 부린다. 지나가는 길에 가메에게 붙들려 강제로 정조를 빼앗긴 아가씨가 몇 명이나 된다고 들었다.

하루카가 서당에 다니던 시절부터 가메는 추행, 강간, 폭행, 어린아이 괴롭히기로 소문이 자자했으므로 가메의 모습이 보이면 아이들은 서둘러 줄행랑을 쳤다.

하루카는 가메의 시선을 느끼며 말없이 그 앞을 지나쳤다.

발소리가 뒤따라왔다. 등골이 오싹했다.

여차하면 도움을 청하려고 주변을 살폈지만, 길에는 인기척이 없었다.

하루카는 달렸다. 발소리가 쫓아왔다.

뒤에서 옷을 덥석 붙잡는 감촉이 전해진 후 떠밀려 쓰러졌다. 가메는 핏발 선 눈으로 하루카의 몸을 더듬으며 말했다.

"왜 도망텨, 왜 도망티냐고? 좀, 가마이, 가마이 있어봐."

가마이는 가만히, 라는 뜻인 듯하다. 왜 도망치느냐, 좀 가만히 있어보라는 말이다.

"많이 컸네, 응? 갑자기 요염해졌어, 응? 꼬맹이 때부터 봐왔는데 말이야. 가마이 있어봐."

하루카는 가메를 밀쳐내고 매섭게 쏘아붙였다.

"어디서 허튼 수작이야. 우리 아버지는 의사야. 번의 무사 집안과도 친분이 있다고."

가메는 벌겋게 달아오른 얼굴로 말을 어물어물했다.

하루카는 옷매무새를 고쳤다. 갑자기 가메가 칼집에서 칼을 뽑았다.

"베겠다."

칼날이 둔한 빛을 뿜어냈다.

"아, 아버지는 개뿔. 의사인지 뭔지 모르겠지만 네가 잘난 것도 아니면서 어디서 버릇없이 굴어?"

하루카는 온몸에 땀이 송골송골 맺혔다.

칼을 보자 광에서 본 칼이 연상됐다.

무사 계급이라 해도 정당한 이유도 없이 사람을 베면 사형에 처해진다. 하지만 아무도 보는 사람이 없으니 이유는 나중에 얼마든지 갖다 붙일 수 있다. 가메는 보는 사람이 없으니 누구 짓인지도 발각되지 않으리라 생각하는지도 모른다. 그가 하루카를 벨 가능성은 충분하다.

그때 문득 가메가 심술궂은 웃음을 지었다.

"아하아, 생각났다. 넌 원래 가와타로일 텐데."

하루카는 어안이 벙벙해졌다.

가와타로란 강에 사는 요괴의 이름이다. 일찍이 무카와강 강기슭에 살았지만 어느덧 사라졌다고 들었다. 손에 물갈퀴가 달렸고 병을 옮긴다고 한다.

가메는 크히히히, 하고 묘하게 웃더니 말을 이었다.

"의사 소노 선생이로군. 가와타로의 자식을 거두었다더니 너로 구나? 그래서 의사가 아버지인 거야. 넌 정말로 운이 좋아. 그것보 다 네 일족을 누가 해치웠는지 난 알아. 역하디역한 가와타로를 해 치운 사람 말이야. 응? 어때? 난 안다니까. 네 일족을 저승으로 보 낸 건 내 피붙이야."

"누가."

피붙이라니 어디의 누구야? 가메에게 그런 게 있나?

"무례하기는, 난 가와타로가 아니야."

가메는 웃었다.

"기를 쓰고 부정해봤자 소용없어. 전부 다 안다고. 그나저나 원 수를 갚고 싶지 않아? 하지만 내 피붙이는 검술의 달인이라 바로 반격당해 죽을걸. 옛날에 나한테도 검술을 가르쳐준 적이 있지. 그 러니까 나한테 대신 원수를 갚아도 상관없어. 자, 어떻게 할래, 가 와타로? 검술이 뛰어난 무사가 네 아버지와 어머니를 해치웠다고 의사한테 울고불고 매달릴래? 스스로는 아무것도 못하니까 모조 리 남한테 떠맡길 거야, 응?"

그자의 이름이 무엇인지 물어보려고 했지만 목소리가 나오지 않았다. 그저 숨만 색색 새어 나왔다. 왜 이딴 놈한테 이다지 심한 굴욕을 당해야 한단 말인가. 분해서 눈물이 어렸다.

말없이 눈물만 글썽이는 하루카를 보자 만족했는지 가메는 칼 끝을 내렸다.

"가마이 있어라."

칼을 슬쩍슬쩍 흔들면서 입술을 오므리더니 상황을 살피듯이 눈을 치뜨고 다가왔다.

하루카는 떨리는 목소리로 말했다.

"칼 좀 넣으세요. 용서해주세요."

가메는 칼을 거두지 않았다.

"가와타로의 부탁은 안 들어줘. 뭐, 얌전히 있으면 목숨까지는 빼앗지 않으마. 재미있는 일을 하자, 재미있는 일."

하루카는 근처에 있던 초가집으로 끌려갔다. 싸늘한 증오로 머릿속이 마비됐다. 초가집에 들어가자마자 재빨리 손바닥을 가메의 가슴에 댔다.

가메는 하루카가 애무를 하려 한다고 여겼는지 오오, 이제야 마음이 동했느냐며 웃었다. 그리고 이윽고 절명했다.

하루카는 가메의 시체를 초가집에 내버려두고 집까지 뛰어왔다. 길에는 아무도 없었다.

가슴이 쿵쿵 뛰고 현기증도 났다. 신도의 허락 없이 사람을 죽이기는 처음이었다.

신도의 말이 되살아났다.

'어떤 상황에서도 내 허락 없이는 그 힘을 사용해서는 안 된다. 사용한 것을 알면 베겠다.'

냉정해지면 질수록 마음이 무거워졌다. 세상이 휘청휘청 흔들렸다. 이런 짓을 하고서 용서받을 수 있을 리 없다.

집 현관에 다다르자 온몸에서 힘이 쭉 빠져 풀썩 주저앉았다.

7

하루카는 사흘간 고열로 고생했다. 밥맛도 없고 그저 자리에 누워서 지냈다. 주로 하쓰에가 간병했다.

"정말로 고맙습니다. 하쓰에 씨는 마치 어머니 같아요."

하루카는 머리맡에 앉은 하쓰에를 보며 말했다. 하쓰에가 물에 적신 수건을 짰다.

"아이고, 쑥스러워라."

하루카는 중얼거리듯이 말했다.

"저보고 가와타로래요."

하쓰에는 휘둥그레진 눈으로 하루카를 보더니 잠시 후에 입을 열었다.

"누가 그러든?"

"모르는 사람이요." 분명 가메의 시체는 이미 발견됐으리라. 그 이름을 꺼낼 수는 없었다. "그냥, 너는 가와타로라고."

하쓰에는 누가 그랬느냐고 다시 물었고, 하루카는 모르는 사람이라고 대답했다.

"가와타로라. 가와타로가 뭔지 아니?"

하루카는 고개를 저었다.

물갈퀴가 달린…….

"넌 보살님의 품에 안겨 있었어. 괜히 마음 쓸까 봐 덮어두었는데, 언젠가 때가 오면 말해주라고 신도 씨도 그랬으니 알려주마."

하쓰에는 이야기를 시작했다.

예전에 무카와강을 쭉 거슬러 올라가면 나오는 골짜기에 마을이 하나 있었다. 아즈키무라라는 곳이다. 논밭을 부치고 팥을 길러 팔았으며, 때로는 벌목한 나무를 강물을 타고 운반하여 팔기도 했다.

15년 전. 교호(享保. 일본의 연호. 1716~1736년에 해당한다) 시절.

무시무시한 지진이 덮치는 동시에 미노와산이 분화하여 재가 흩날렸다. 그 후 벌레가 창궐했다.

천재지변이 벌레의 창궐과 관련이 있었는지는 모른다. 하지만 아마도 있었으리라.

메뚜기와 벼멸구였다고 한다. 벌레들이 논밭을 다 망쳤다. 아즈키무라는 얼마 지나지 않아 사람이 살 수 없는 땅으로 변했고, 마을 사람들 절반이 죽어나갔다.

살아남은 마을 사람들은 유민이 되어 강을 따라 무카와무라로 내려왔다. 그리고 강기슭에 판잣집을 짓고 죽은 듯이 조용히 살았다.

그들은 가와타로라는 요괴 같은 이름으로 불리며 멸시받았다. 가와타로는 아이를 채어간다, 물건을 훔친다, 역병을 옮긴다, 손가락 사이에 물갈퀴가 달렸다는 소문이 퍼졌다. 온 천지에 흉작이 들어 인심이 사나워졌고, 치안도 최악의 상태였다.

하쓰에는 몇몇 아이가 합세하여 노파에게 돌을 던지는 광경을 본 적도 있다고 한다. 아이들은 배를 감싸 안고 웃으며 요란하게 놀려댔다.

─야, 가와타로! 누가 허락도 없이 여기에 살래!

화가 난 하쓰에가 아이들을 야단치자 아이들은 불만스럽다는 듯이 대꾸했다.

─가와타로한테는 이래도 된대요. 우리 부모님이 가와타로는 이 일대에서 쫓아내야 하니까 돌을 던져도 된다고 했어요.

날씨가 화창하고 따스한 날에 하쓰에는 강가를 걷고 있었다.

지저분한 차림새로 보아 유민으로 추정되는 사람들이 여기저기 쓰러져 있었다. 칼에 맞은 상처가 눈에 띄었다. 누군가가 약자를 습격한 것이 틀림없었다. 모두 죽임을 당한 지 얼마 되지 않은 듯, 시체는 아직 썩지 않았다.

너도밤나무 아래에서 어린아이의 울음소리가 들렸다. 쳐다보니 한 여자가 나무에 기대어 앉아 있었다. 하쓰에는 가까이 다가갈 때까지 여자가 죽은 줄 몰랐다.

이미 죽었는데도 의연한 빛을 발하는 두 눈으로 앞을 똑바로 쳐다보고 있었기 때문이다. 소리 높여 우는 어린아이는 여자의 품에 안겨 있었다.

"네 어머니는 그때 정말 보살님으로 보였어."

하쓰에는 그렇게 말했다.

"훌륭한 사람이라는 걸 금세 알아봤지. 사람은 쇼군(將軍. 일본의 무신정권인 막부의 수장을 가리키는 칭호)님도 가와타로도 똑같아. 집이 불타면 누구나 다 가와타로지. 훌륭한지 훌륭하지 않은지는 신분으로 결정되는 게 아니야. 딱 보면 알지. 내가 그날 마침 거기를 지나간 것도 신의 인도가 아닐까 싶어."

하쓰에는 어린아이를 주워 와서 신도와 상의했다. 결국 아이는 신도가 거두어 키우기로 했다.

"예전에 네가 광에서 칼을 찾아냈잖니? 기억나? 지금보다 좀 더 어릴 적에. 검술 수행을 하고 싶다고 했다가 야단맞았잖아. 그 칼은 너를 데려올 때 강기슭에 떨어져 있던 거야. 범인의 칼이거나, 어쩌면 아즈키무라 사람들이 가지고 있었던 것인지도 모르지. 누가 그런 만행을 저질렀는지는 아직도 몰라. 관아에도 알렸지만 말이다. 언젠가 무슨 증거로 도움이 되지 않을까 해서 보관해둔 거야."

하지만, 하고 하쓰에는 말을 이었다.

"원수를 갚겠다는 생각은 하면 못써. 무사 집안의 아이도 아니니, 청원해도 허가는 나지 않을 거야(에도시대 때 행방불명 등의 이유로 공권력이 살인사건의 가해자를 처벌할 수 없을 때는 피해자의 관계자에게 처벌의 권리를 위임하는 형태로 사적 복수를 허용해주었다. 사전에 허가를 받아야 하며 기본적으로 무사 계급에만 허용되었다). 신 씨처럼 지옥으로 통하는 구멍 운운할 생각은 없다만, 그런 짓에 시간을 들이는 건 틀림없이 헛일이야."

장지문의 격자를 가만히 보고 있으니 열 때문인지 격자의 크기가 커졌다 작아졌다 했다.

누군가에게 몹시 비난당하는 꿈을 꾸었다.

누군가를 몹시 비난하는 꿈도 꾸었다.

꿈속에서 바락바락 악을 쓰며 난리를 치다가 지쳐서 쓰러졌다.

하루카는 자기 심장에 살짝 손을 얹었다. 어째서인지 갑자기 그럴 생각이 들었다. 하려고 하면 할 수 있다. 편안하게 자신의 모든 것을 해방시킬 수 있으리라.

의식이 멀어졌다.

꿈속에서 강물이 졸졸 흐르는 소리가 났다. 꽃향기가 섞인 산들바람이 불었다. 보살님에게 안겨 있다.

무력하여 마음이 편하다. 아무것도 할 수 없는 대신에 아무 책임도 없다. 삶도 죽음도 전부 보살님에게 맡겼다. 눈앞에서 신록이 빛났고, 수면이 반짝였다.

—어머니.

하루카는 철이 들고 나서 처음으로 얼굴도 모르는 진짜 어머니를 그리며 캄캄한 밤 이불 속에서 가만히 입을 달싹였다.

—어머니. 하루카는 여기에 무사히 잘 살아 있어요.

잘 지내는구나, 하고 보살님은 말했다. 하루카를 쓰다듬으며 몇 번이고 괜찮다, 괜찮다, 하고 말해주었다.

그리고 하루카는 땅을 박차고 하늘로 날아올랐다. 한없이 날아간다.

새벽녘, 아직 해가 떠오르기 전에 하루카는 눈을 떴다. 일찍 일어난 참새가 어딘가에서 지저귀고 있었다. 열은 내렸다.

가슴에 손이 얹혀 있었다. 살아 있다. 죽지 못했다. 어둠으로 가라앉으려 했을 때 도로 떠밀려 되돌아온 것 같았다. 보살님이 그랬는지, 자신의 무의식이 그랬는지 모르겠다. 어쩌면 묘한 꿈을 꾸었을 뿐 아무 짓도 하지 않은 것 같기도 하다. 다시 한 번 시도해볼 생각은 들지 않았다.

재빨리 준비를 했다.

광에서 칼을 꺼내 천으로 둘둘 말고, 얼마 안 되는 짐을 보자기에 쌌다. 지금까지 고마웠습니다, 찾지 마세요, 라는 서찰을 남기고 뛰쳐나왔다.

8

정신없이 걷고 또 걸었다.

신도와의 약조를 어기고 가메를 죽였으니 이제 집에 있을 자격은 없다. 발각되지 않으면 그만이라는 마음은 먹지 않았다. 집을 나설 이유는 하나 더 있었다. 만약 살인을 저질렀음이 발각되면 신도와 하쓰에가 피해를 입을 것이 분명했다.

처음에 발걸음한 곳은 다리 아래 강기슭이었다.

보살님의 품에 안겨 있다가 새 삶을 얻은 장소로 돌아가라고 꿈속에서 하늘의 계시를 받은 듯하여 왔지만, 당연히 거기는 그저 평범한 강기슭일 뿐이었다.

하루카는 아무도 없는 강둑에 잠시 앉아 있다가 상류로 걸음을 옮겼다. 가끔 왱왱거리며 들러붙는 등에 몇 마리를 손을 내저어 쫓아냈다.

해가 지자 주변은 칠흑 같은 어둠에 감싸였다. 하루카는 암흑 속에서 가만히 물소리를 들었다. 물소리는 어둠 속에서 커졌다 작아졌다 했고, 이따금 물에 돌이 떨어지는 듯한 큰 소리도 났다.

야음에서 그리움이 느껴졌다. 유민이 된 어머니에게 안겨 아즈키무라를 떠나기 전, 나는 이 강의 어둠 속에서 마지막 밤을 보냈는지도 모른다.

주변이 밝아지자 다시 걷기 시작했다. 배가 너무 고팠다. 많이 아는 듯하여도 세상 물정은 전혀 모른다. 다녀보아 익숙한 곳은 무카와무라와 조카마치, 그리고 신도를 따라서 갔던 '별당' 정도다. 그 밖에 다른 곳으로 떠나고자 해도 돈이고 지인이고 하나도 없는 터라, 객사를 면할 만한 곳은 별당밖에 떠오르지 않았다.

가출을 한 다음 날 오후에 하루카는 별당 마을에 도착하여 늘 머무는 오래된 절의 툇마루에서 휴식을 취했다.

하루카가 도착한 것을 알아차리고 친분이 있는 영감님이 바로 찾아왔다.

"어이쿠, 하루카 짱. 선생님은 어쩌고? 혼자서 뭘 하러 왔어?"

하루카는 가출했다고 제대로 설명할 자신이 없어서 "잠깐 좀 들렀어요." 하고 말했다.

잠깐 생각하고 나서 덧붙였다.

"여기서 살 수 없을까요?"

"자네 같이 젊은 사람이 왜?" 영감님은 어처구니없다는 듯이 그렇게 대답하다가 하루카의 얼굴에서 절박하고 진지한 기색을 보았는지 작은 목소리로 말을 이었다. "뭐, 그야 무슨 사정인지에 달렸지."

"그나저나 배가 너무 고픈데요."

영감님은 일단 나가서 구운 감자를 가지고 돌아왔다. 감자는 눈물이 핑 돌 만큼 맛있었다. 먹고 나자 졸렸다.

마루방에 앉아 다리를 쭉 뻗었다. 계속 걷느라 피곤했다. 방구석에 있는 가리개를 치우자 조금 곰팡내가 나는 솜이불이 개어져 있었다. 이불을 펼치고 눕자 의식이 저 아래로 가라앉았다.

눈을 뜨자 어두웠다. 맹장지문은 열어둔 채였다. 동이 트기 전의 옅은 어둠이었다. 낮에 자리에 누웠으니 꽤 오래 잔 셈이다.

하루카는 살며시 몸을 일으켰다.

―일어났는가.

목소리가 난 쪽을 보자 방 네 귀퉁이에 사람 형체 몇 개가 하루카를 둘러싸듯 서 있었다.

하루카는 숨을 헉 삼켰다.

어두워서 얼굴은 보이지 않았다.

―돌아왔구먼.

처음에 목소리가 들린 방향과는 다른 쪽 방구석에서 목소리가 났다.

—작년에 선생님에게 부탁했을 때는 말이 통하지 않았지만, 자네는 해주겠지.

—그러려고 혼자서 돌아온 게야.

—기다리고 있었어. 얼마나 고대했는지 몰라. 또 우리 친구가 고통 속에 죽었거든.

—어릴 적부터 뼈가 휘도록 농사일에 시달렸어. 나쁜 짓은 물론이요, 높으신 분들에게 거역한 적도 없지. 세금도 꼬박꼬박 냈고, 사치를 부린 적도 없이 착실하게 살아왔단 말일세. 그런데 마지막에 웃으면서 극락을 보고 싶다는 게 그리도 몹쓸 바람인가?

언젠가 신도에게 단호하게 거절당한 노인들이 하루카가 깨어나기를 가만히 기다리고 있었다. 그런 줄 알지만 그들의 모습은 인간이라기보다 이미 망령에 가깝게 느껴졌다.

"알겠어요. 하지만 일단은, 어, 일단은 제 몸을 정결히 할 필요가 있어요."

하루카가 그렇게 말하자 목소리들이 딱 멈추었다.

보따리를 끌어안고 비척비척 절 밖으로 나섰다. 폭포로 향했다. 하늘이 희붐하니 밝아졌다. 노인들은 따라오지 않았다. 그들은 하루카가 보살의 손을 사용하기 전에 폭포에서 심신을 재계한다는 것을 알고 있으므로 허락하고 기다리기로 했는지도 모른다.

폭포에 다다르자 주변이 물소리로 가득 찼다. 아침 안개가 껴서 사방이 흐릿했다.

손으로 물을 떠서 세수를 했다. 아플 만큼 물이 차가웠다.

하루카는 생각했다.

이 별당에서 산다는 것은 즉, 그들을 도와주는 역할을 맡는다는 뜻이다. 그들을 도와주면 나는 이 고요한 마을에서 살 수 있다. '마지막에 웃으면서 극락을 보고 싶다는 게 그리도 몹쓸 바람인가?' 전혀 그렇지 않다.

왜냐하면 나도 마지막에는 웃으면서 극락을 보고 싶으니까.

일단은 그들을 죽여서, 아아, 그렇다. 부탁받은 대로 그들의 도구가 되어 죽이면 된다. 도움이 되는 도구로 살면 된다.

머릿속에서 말이 잘 정리되지 않았다. 내가 여기에 혼자 와서 부탁대로 다섯 명을 죽였음을 알면 아버지는 어떻게 생각할까? 그렇게 아버지와 하쓰에 씨의 바람과는 반대되는 짓을 하여, 은혜를 베풀어준 사람의 마음을 배신하며, 살아간다.

눈에 눈물이 고이고 손이 떨렸다.

그것이 내 삶인가.

도대체 나는 뭘 위해 사는 걸까?

폭포 옆 절벽에 파인 발판, 금색님이 있는 곳으로 이어진다는 발판이 눈에 들어왔다.

그래. 이 앞에 아직 뭔가가 더 있다. 금색님이니 귀어전이니, 세상사에서 벗어난 옛날이야기 같은 세계가.

하루카는 주변을 둘러보아 감시하는 사람이 없다는 것을 확인하고 바위에 달라붙어 절벽을 기어오르기 시작했다.

9

폭포 옆 암벽을 기어오르자 깎아지른 듯이 깊은 골짜기로 이어
졌다.

깊은 산의 냉기가 감돌았다.

하루카는 뭔가에 쫓기듯이 앞으로 앞으로 나아갔다.

안개가 걷히고 해가 머리 바로 위에서 빛날 무렵, 바위가 계단
모양으로 깎인 곳에 당도했다. 하루카는 바위 계단을 올랐다. 계곡
을 벗어나 벼랑을 올라가는 길인 듯했다.

점차 고도가 높아졌다. 도중에 바위에 몸을 바짝 붙이고 아래를
내려다보자 숲과 마을과 무카와강 하류까지 한눈에 들어왔다.

벼랑을 올라서 나아가자 당집이 나왔다. 하루카는 거기서 한숨
돌렸다. 산악신앙의 수행자들이 세운 듯한 당집이었다.

앉아서 쉴 만한 본당이 있어 들여다보니, 안쪽에 금색의 뭔가가
책상다리를 하고 앉아 있었다.

뭔지 잘 모르겠다. 난생처음 보는 것이었다.

본당 안에서 금색으로 번쩍이고 있으니까 불상이 틀림없을 것
이다. 하지만 자세히 보자 부처님도 인왕님도 아니었다. 이것은 불
상이 아닐지도 모르겠다.

불상이 아니라 투구와 갑옷, 즉 갑주인 듯했다.

머리 부분, 투구는 장식 없이 둥글고 윤기가 자르르 흘렀다. 눈

부분에는 투명한 유리 같은 것이 박혀 있었다. 그 외의 입이나 목 같은 부분은 전부 금으로 빈틈없이 덮여 있었다.

쓰고 있으면 아주 갑갑할 것 같은 투구였다.

팔다리에서도 금색 광택이 뿜어져 나왔다. 금박을 입혔다 쳐도 금이 꽤 많이 들었을 것이다. 벗겨진 곳 없이 매끈한 표면이 눈길을 끌었다. 만약 이것이 전부 금으로 만든 갑주라면 값어치가 얼마나 될까?

이것이 금색님이 틀림없다.

하루카는 금색님을 유심히 바라보았다.

"안녕하세요."

작게 말을 걸어보았다.

지장보살상에게 말을 거는 기분이었는지라 대답은 기대하지 않았다.

금색님에게서 삣, 하고 작은 새의 울음소리 같은 소리가 났다.

눈 부분에 정체 모를 녹색 불이 켜졌다.

금색님의 왼손이 쑥 올라왔다.

"안녕하십니까."

하루카는 엉겁결에 작게 비명을 질렀다.

갑주가 말을 했다.

다시 금색님 속에서 위잉, 하고 벌레 울음소리 같은 소리가 났다.

"놀란 모양이군요."

인간과는 동떨어진 신비한 목소리였다.

금색님의 온몸이 번쩍번쩍 빛났다.

너무나도 기이했다.

신.

이것은 진짜 신이다.

신은 실체가 없는 존재이므로 신이라고 막연하게 생각해왔다. 눈앞에 형태를 띠고 존재하는 신이란 도대체…….

금색님이 다리를 움직여서 일어섰다.

"죄, 죄송해요."

하루카는 허둥지둥 땅에 무릎을 꿇었다.

"무례하게 굴어서 죄송합니다. 용서해주십시오."

아무도 오지 않는 먼 산속에서, 이해할 수 없는 것과 마주하고 있다. 달아나고 싶었지만 다리가 풀렸다.

"저는, 그러니까, 오늘은, 여기에, 그."

왜 왔느냐 하면 사람을 죽이고 겁이 나서 도망쳐 왔다. 그렇게 말하는 편이 나을까. 말하지 않아도 신이라면 전부 꿰뚫어 보고 나무랄지도 모른다.

삐걱, 하고 본당 바닥에 깔린 널빤지를 밟는 소리가 들렸다.

"죄송합니다. 저는 사람을 죽였습니다. 근처에 사는 로닌이었어요. 덮치는 바람에 무섭고 미워서요. 죄송합니다, 죄송합니다."

일단 엎드리자 겁이 나서 다시는 얼굴을 들 수가 없었다.

또 삐거덕, 하고 널빤지를 밟는 소리가 났다.

금색님은 신이니까 나를 벌할지도 모른다.

하루카는 고개를 푹 떨구었다. 앞으로 어떻게 살아가야 할지 몰라서 여기까지 왔다.

어쩌면 신에게 벌을 받는 결말도 나쁘지 않을지 모른다. 여기가 종착점일지도 모른다.

"죄송합니다, 죄송합니다."

피로와 공포가 최고조에 달하자 하루카는 실이 뚝 끊어진 것처럼 정신을 잃었다.

제
2
장

거친
수라修羅의
사계

1717-1722

1

나무들 사이로 보이는 하늘이 밝아졌다.

이른 아침의 공기는 적막했다.

소년은 걸으면서 방금 전에 본 회색 곰을 생각했다. 목숨이 붙어 있는 것이 용하다. 돌이켜 생각하자 등골이 오싹했다.

물소리를 따라 계곡을 흐르는 시냇물 쪽으로 내려갔다.

냇가에 화톳불이 피워져 있었다.

노부시(野武士. 정해진 주거 없이 산야에 숨어 지내는 사람을 가리킨다. 무장하여 강도짓을 하기도 했으며, 전국시대에는 영주가 징발하여 전투에 참가시키기도 했다)인 듯한 남자 두 명과 열 살쯤 되어 보이는 계집아이 하나가 불을 쬐고 있었다.

남자 중 한 명은 사카야키(月代. 남자의 머리 모양 중 하나. 이마에서 정수리까지 머리털을 미는 것)를 하고 상투를 틀었다. 다른 사람은 소하쓰(総髮. 남자의 머리 모양 중 하나. 머리를 밀지 않고 뒤로 빗어 넘겨 묶는 것)를 했고 뺨에 흉터가 있었다.

소년은 제일 먼저 계집아이와 눈이 마주쳤다. 계집아이가 방긋 웃었다. 다음으로 남자들과 눈이 마주쳤다. 남자들이 손짓했다. 소년은 망설이지 않고 휘청휘청 다가갔다. 불이 따뜻했다.

"이봐, 꼬마야." 사카야키를 한 남자가 웃으면서 말했다. "도대체 어쩌다 이 산속으로 들어왔는고?"

소년은 아버지에게 죽을 뻔해서 달아났다고 솔직하게 대답했다.

"허어. 요즘 세상에는 드물지 않은 이야기로고. 무사히 도망쳤으니 다행이다. 어제는 산속에서 잤느냐?"

"예."

"흠, 그럼 이제 자빠져 죽을 일만 남았나." 뺨에 흉터가 있는 남자가 눈살을 찌푸렸다.

"앞날 한번 암담하도다."

"도토리를 먹으면서 살 거예요."

"아하, 그렇구나."

두 사람은 포복절도했다. 계집아이는 아무 말도 없이 호기심 어린 눈으로 소년을 보았다.

"도토리라. 도토리만 먹다가는 정말로 죽겠어. 밤에도 추울 터이고."

"이름은?"

고헤라는 이름이 떠올랐지만 입에서는 '구마고로(일본어로 '구마'는 곰이라는 뜻이다)'라는 말이 나왔다. 오늘 아침에 본 곰.

강하고 늠름한 존재.

"오오라, 구마고로란 말이지. 강한 느낌이로군. 야인의 이름이야."

뺨에 흉터가 있는 남자가 말했다.

"좋아. 자, 구마고로 생선을 먹어라, 생선을."

불 앞에 꼬챙이에 꽂힌 곤들매기가 있었다.

구마고로. 스스로 지은 이름이지만 정작 그렇게 불리자 아주 낯간지러웠다.

"먹어도 되나요?"

"아무렴, 얼마든지 있어."

구마고로는 그들을 살펴보았다.

둘 다 기골이 장대하고 허리에 칼을 찬 어른인데도 무섭지는 않았다. 그들에게서는 불꽃이 튀지 않았고 살의를 뜻하는 검은 안개도 보이지 않았다. 어쩐지 넉넉한 인상이 느껴졌다.

"아저씨들은 무사인가요?"

무사니까 칼을 가지고 다니겠지. 산속에서 긴 칼은 별 쓸모도 없고 무거운 짐에 지나지 않는다.

"응? 무사? 조금 다른데."

"전혀 다르지. 우리가 성에서 봉직하는 사람으로 보이느냐? 아닐 텐데."

"성은 성이라도 다른 성이지."

"아차, 거기까지. 그 이상은 말할 수 없어."

두 사람의 이야기가 잘 이해되지 않았지만 로닌일 것이라고 짐작했다. 배가 부르자 잠이 왔다. 어젯밤에 잠을 제대로 자지 못해 피로가 쌓였다.

눈을 감고 꾸벅꾸벅 조는데 누가 어깨를 가볍게 흔들었다. 눈을 뜨자 뺨에 흉터가 있는 남자의 얼굴이 가까이에 있었다.

"구마고로. 우리는 이만 간다. 여기서 자겠다면 두고 가겠지만, 자빠져 죽고 싶지 않다면 데려가주마. 빨리 결정해."

눈이 번쩍 뜨였다. 죽음으로 이어지는 언덕길에서 굴러 떨어지다가 언덕 중간에 드리워진 그물에 손이 닿은 듯한 기분이었다.

"데, 데려가주세요."

무조건 잡아야 한다.

뺨에 상처가 있는 남자는 말했다.

"좋아, 이것도 인연이겠지. 데려가서 잡일이든 뭐든 시키겠다. 대신에 밥은 실컷 먹여주마."

뺨에 흉터가 있는 남자의 이름은 요하야였다. 사카야키를 한 남자는 사다키치라고 했다. 그들은 산길을 쭉쭉 나아갔다.

도중에 가지에 해골이 매달린 떡갈나무가 나왔다. 해골이 열 개도 넘었다. 아래에는 뼈가 나뒹굴고 있었다.

구마고로는 침을 꿀꺽 삼켰다.

남자들은 딱히 신경 쓰는 기색도 없이 나무를 지나쳐 계속 걸어가다가 계집아이와 구마고로에게 눈가리개를 씌웠다. 그러고 나서 한동안 그들의 손을 잡고 걸었다. 앞이 전혀 안 보여서 여기저기 걸려 넘어질 뻔했다. 어쩌면 이들은 사람으로 둔갑한 요괴이며, 나를 저 어딘가에 있는 지옥으로 끌고 가려는 것 아닐까. 얼핏 그런 생각이 들었지만 이제 와서 무를 수도 없다.

그 후로 눈가리개를 몇 번 씌웠다 끌렀다 했다.

마지막으로 눈가리개를 끄르자 가파른 비탈길이었다. 주변에 안개가 살짝 끼어 있었다. 조금 더 나아가자 앞쪽에 커다랗고 멋진 대문이 보였다.

대문 옆의 통용문으로 들어가자 주홍색으로 칠한 기둥이 두드러져 보이는, 약간 중원풍의 웅장하고 아름다운 건축물이 나타났다. 귀인이 살 법한 궁궐 같아 보였다.

구마고로는 눈이 휘둥그레졌다. 깊은 산속에 왜 이런 건물이 있는지 궁금했다.

건물로 들어갔다. 무릎이 떨렸다.

구름을 탄 선녀가 그려진 금색 병풍이 눈에 들어왔다. 분 냄새가 풍겼다.

병풍 너머에서 화려한 고소데(小袖. 통소매의 평상복. 에도시대 들어 점차 화려해진다)를 입은 젊은 여자들이 나타나 구마고로와 계집아이를 보고 소곤소곤 이야기를 나누다가 깔깔거렸다.

뺨에 상처가 있는 남자 요하야가 입을 열었다.

"놀랐느냐?"

"여기는 뭐하는 곳인가요?"

자신이 살던 마을과는 완전히 딴판이다.

"극락원. 산속의 용궁성이지. 세상에는 속인들이 모르는 비밀이 아주 많단다."

두령인 한도 고키라는 남자에게 인사를 하러 갔다. 계집아이와는 헤어졌다.

요하야와 사다키치는 편하게 책상다리를 하고 앉았지만, 구마고로는 다다미에 이마를 조아렸다. 무례를 범하면 목이 날아갈 테니 그렇게 하라고 사전에 요하야와 사다키치가 가르쳐주었다.

맹장지문이 열리고 두령이 들어왔다.

"요하야, 사다키치, 고생 많았다. 한데 이 아이는."

"제 아비에게 죽임을 당할 뻔하여 달아났답니다. 돌아오는 길에 마주쳤는데 그냥 두면 죽을 것이 뻔하여 데려왔습니다. 문지기 고자부로가 죽었지 않습니까. 대신에 잡일이라도 시킬까 하고요."

"그러하냐. 꼬마야, 고개를 들어라."

구마고로는 고개를 들었다.

눈앞에 앉은 두령, 한도 고키는 위엄 있게 생긴 중년 남자였다. 코밑에 검은 수염을 기르고 상투를 틀었다. 필요하다면 어떤 비인간적인 짓이라도 실행할 듯한 냉엄함이 표정에 어려 있었다. 압도되었지만 구마고로의 눈에는 검은 안개도 불꽃도 보이지 않았다.

한도 고키 뒤에 뭔가가 책상다리를 하고 앉아 있었다.

금색 인간이었다.

아니다. 이 세상에 금색 인간이 어디 있단 말인가.

장식품─황금 갑주일 텐데, 왜 다다미에 황금 갑주를 앉혀 놓았는지 모르겠다.

이렇듯 불가사의한 색채와 형상은 난생처음 보았다. 진짜 금이라면, 혹은 그렇지 않더라도 엄청난 보물이다. 과연, 보물이라서 잘 보이도록 장식해두었구나. 아닐지도 모르지만 그렇게 여기기로 했다.

두령 고키가 싸늘한 시선을 던지는 것을 알아차리고 구마고로는 황급히 눈을 다다미로 내리깔았다.

고키의 목소리가 위에서 들렸다.

"네가 왜 버려졌는지 아느냐?"

방의 분위기가 차갑게 식었다.

구마고로는 대답하지 못했다. 버려졌다고? 죽임을 당할 것 같아서 달아났을 뿐인데. 아니, 그게 바로 '버려졌다'는 것이나 매한가지다.

고키의 목소리에 짜증이 섞였다.

"나는 이 저택의 주인이다. 네 놈은 주인이 묻는데 대답 하나 만족스레 못하느냐?"

"어, 그러니까." 구마고로는 고개를 숙인 채 허둥지둥 뭔가 말하려고 했다. "그게, 저는, 그." 대답을 못하면 큰일 난다. 왜 버려졌지? 도대체 왜……?

흥, 하고 고키가 콧방귀를 뀌었다.

"네가 쓸데없는 인간이기 때문이다."

힐끔 올려다보자 고키의 눈에 모멸의 빛이 서려 있었다. 고키는 다시 말했다.

"모르겠느냐? 네놈이 아무 짝에도 쓸모가 없는 버러지였기 때문이야."

구마고로의 눈에 눈물이 고였다. 마음속 깊은 곳이 캄캄해진 것 같은 기분이었다. 그렇다. 그 말이 옳다.

"아무 쓸모도 없는 버러지한테 먹일 밥이 어디 있겠나. 내다 버리는 게 당연하지." 고키는 툭 내뱉듯이 말했다.

"얼마 전에도 기근이 들어 다들 굶주렸다. 이 쓸모없는 버러지야. 왜 여기에 있는 거냐? 여기 있으면 밥이 나올 줄 알았더냐? 설마. 아무 도움도 안 되는 등신은 나도 필요 없어. 나는 능력 있는 자를 원한다. 도움이 안 되는 얼간이가 아니라."

침묵이 방을 감쌌다.

얼굴이 화끈거렸다. 눈물이 뺨을 타고 흘렀다.

옆에 앉아 있던 요하야가 엎드린 구마고로의 등을 짝 때렸다.

"이봐라, 구마고로. 두령님께 네가 쓸모없는 버러지가 아니라고 말씀드려라."

"저, 저는 쓰, 쓸모없는 버러지가 아닙니다."

두령 고키는 눈살을 모으고 팔짱을 낀 채 심사숙고하는 듯한 표정을 지었다.

"거두어주시면 무, 무슨 일이라도 하겠습니다. 할 수 있는 일은 뭐든지요. 할 수 없는 일도 할 수 있게끔 하겠습니다."

두령은 구마고로의 말을 음미하듯이 뜸을 들이다가 입을 열었다.

"좋다. 요하야의 천거를 물리칠 수야 없지. 대신에 네가 아무 쓸모도 없다는 것이 밝혀지면 베겠다. 네가 내게 도움이 된다는 것을 매일매일 쉴 새 없이 증명해라."

껄껄하니 신기한 목소리가 뒤를 이었다.

"노력해라."

두령 한도 고키의 말인가, 아니면 옆에 앉은 요하야의 말인가.

둘 다 아닌 것 같기도 했지만, 일단 오늘 밤 잠자리를 확보한 구마고로의 마음속은 안도감으로 가득하여 더 이상 뭔가에 신경을 쓸 여유가 없었다.

두령에게 인사를 마치고 요하야와 정원으로 나왔다.

"그럼 오늘은 좀 느긋하게 있다가 내일 아침부터 본격적으로 일을 시작하도록 하자. 나중에 오카네라는 여자를 소개해주마. 집안일을 대부분 관리하는 식모다. 오카네가 시키는 일을 하면 돼. 두령님은 무서운 분이지만 일만 제대로 하면 섭섭지 않게 대해주신다. 그리고 사람은 밥을 잘 먹고 푹 자지 않으면 일을 못하니, 눈치볼 것 없이 실컷 먹고 잘 쉬어라. 불평하는 자는 없겠지만, 만약 있다면 요하야가 그렇게 시켰다고 해. 그다음에는, 그렇지. 몇 가지 규칙이 있으니 지켜라."

"요하야님! 돌아오셨군요."

석등롱 뒤편에서 여자가 나왔다. 여자는 양손을 내밀고 달려와 요하야의 품에 안겼다.

이제 가라는 듯이 요하야는 구마고로에게 눈짓했다.

구마고로는 숨을 푹 내쉬고 정원의 돌에 걸터앉았다.

기모노 차림의 키가 큰 남자가 정원을 어슬렁어슬렁 걸어왔다. 살빛이 시커멓고 입술은 두툼하다. 머리는 짧고 곱슬곱슬했다. 구마고로를 보고 어렵쇼, 하고 말하듯이 눈썹을 추켜세웠다. 구마고로는 부리나케 일어나서 머리를 숙여 인사했다.

올려다보아야 할 만큼 크다. 이렇게 크다니 심상치 않은 괴인이다. 혹시 도깨비 아닐까.

"오, 오늘, 이 저택에 사환으로 들어온 구마고로입니다. 자, 잘 부탁드립니다."

살빛이 시커먼 남자는 고개를 끄덕였다.

"그렇구나. 나는 구로후지다. 잘 부탁한다."

"아, 예."

구로후지. 그럴듯한 이름이다(구로후지의 '구로'는 검다는 뜻이고, '후지'는 일본에서 가장 높은 산인 후지산의 후지다). 왜 검은 걸까. 뭔가 칠했나. 물어보면 실례일 것 같아서 머뭇거리자 구로후지가 성가시다는 듯이 말했다.

"왜 검으냐고? 나는 이국 사람이거든. 바다를 건너서 왔어."

"아, 예."

"원래 내가 살던 곳에서는 이게 보통이야. 뭐, 이 섬나라 사람에게는 별나고 기이하게 보이겠지만."

"예, 그, 출신은 천축……이신가요?"

"조금 달라. 너, 천축이라는 말은 알지만 정작 천축에 대해서는 아무것도 모르는가 보군. 이 나라와는 전혀 다른 곳에 가는 도중에 배가 난파됐어. 우여곡절 끝에 이 나라의 해적 손에 넘겨져서 지금은 여기에 있지."

"예."

예, 밖에 모르느냐면서 구로후지는 구마고로를 들어 올려 빙글빙글 휘돌렸다.

비명을 지르고 있자니 정원 저쪽에서 아기가 아장아장 걸음마를 하며 나타났다. "아부, 아부." 하고 옹알대며 포동포동한 얼굴에 웃음을 띠고 다가왔다.

구로후지는 구마고로를 땅에 내려놓았다.

"이분은 우리의 어린 주군이신 모모치요 님이시다. 목숨을 걸고 지키도록."

듣자 하니 한도 고키의 두 살배기 아들이라고 한다. 모모치요는 구마고로를 보고 낯선 사람이라고 여겼는지 슬쩍 경계하며 구로후지 뒤에 숨었다.

"아부, 아부."

기둥 뒤편에서 여자가 얼굴을 내밀고 모모치요 님, 이쪽, 이쪽, 하고 손짓하자 모모치요는 얼굴 가득 웃음을 지으며 여자 쪽으로 갔다.

"정말로 사랑스럽다니까."

구마고로는 긴장이 풀려 안도의 한숨을 내쉬었다. 현기증이 났다. 놀라다가 하루가 다 지나갈 지경이었다.

오카네는 중년 여자였다. 구마고로를 보고 못 미덥다는 표정을 지으면서도 척척 지시를 내렸다.

그날 밤, 저택에서 연회가 열렸다. 구마고로는 연회에 참석하지 않고 오카네의 지시에 따라 술상을 옮기거나 부엌일을 도왔다.

우락부락한 남자가 열다섯 명 정도. 수가 그 두 배쯤 되는 여자들은 하나같이 젊고 아리따웠다. 여자들은 모두 남자에게 찰싹 달라붙어 있었다.

구로후지도, 요하야도, 사다키치도, 행등 불빛을 받으며 즐겁게 떠들었다.

쟁반에 술병을 담아 연회석으로 향했다.

"오, 이리 와라. 얘가 산에서 주워 온 구마고로야."

요하야가 술을 가져온 구마고로를 불러서 모두에게 소개했다. 여자들이 교성을 질렀다.

억지로 권하는 술을 한 잔 마시자 다리가 꼬였다. 구마고로는 의식을 잃었다.

2

다음 날 아침, 미처 해가 뜨기도 전에 오카네에게 따귀를 얻어맞고 눈을 떴다. 어젯밤 술판을 벌인 탓에 방에 술 냄새가 진동했다.

오카네는 구마고로에게 청소를 시켰다. 쓰레기를 빗자루로 쓸고, 접시와 술병을 정리하고……, 할 일은 수도 없이 많다. 그 다음에는 장작을 패고 우물에 가서 물을 길어 왔다.

해가 떠올랐다.

저택 뒤편에는 작은 밭이 있었다. 분명 언젠가는 여기도 손질을 시킬 것이다. 일은 싫지 않았다. 변소 청소와 바닥 닦기가 좋으냐고 물어보면 대답하기가 난감하지만, 몸을 움직여 '도움이 되는 상태'를 유지하고 있으면 안심이 됐다.

변소를 다 퍼내고 나자 오카네가 물었다.

"목욕은."

"아직입니다."

"음, 그럼 오늘은 이만 끝. 지저분한 꼴로 돌아다니면 저택도 더러워질 테니까. 일이 끝났으니 목욕을 하렴. 손발을 빡빡 문질러 씻어."

오카네는 수건과 갈아입을 새 옷을 건넸다.

"사내아이가 입을 옷이 별로 없기에 안방 색시들한테 넝마를 꿰매서 만들라고 했어."

고개를 숙여 감사를 표했다. 갑자기 눈물이 왈칵 솟아서 오카네에게 들키지 않도록 몸을 돌렸다.

오카네가 일러준 대로 저택 뒤편에서 나무숲으로 들어가 조금 더나아가자 온천이 나왔다. 바위 탕이다. 나무 물통도 놓여 있었다.

욕탕 주변은 절경이었다. 저 멀리 구름바다가 길게 깔린 산맥이 눈에 들어왔다. 건너편 골짜기에는 마을이 보였다. 연기가 몇 줄기나 피어오르고 있었다.

노천탕에는 온천물이 계속 흘러들었다. 지금까지 집에서 사용해온 목욕통과 달리, 처음에 목욕하든 나중에 목욕하든 깨끗한 물에 씻을 수 있으므로 구마고로 같은 아랫것도 낮에 입욕할 수 있게 해주는 것이리라.

일이 다소 힘들어도 괜찮다. 산속에서 얼어 죽어 흙으로 돌아가는 것보다는 훨씬 낫다.

목욕을 마치고 옷을 갈아입었다. 그때 산속 냇가에서 요하야와 사다키치와 함께 있던 계집아이가 바위에 걸터앉아 이쪽을 빤히 쳐다보고 있다는 것을 알아차렸다.

어젯밤 연회 때 이 계집아이는 사람들과 이야기도 별로 나누지 않고 연회실 구석에 외따로 앉아 있었다는 것이 생각났다.

구마고로는 작게 안녕, 하고 인사했다. 계집아이는 고개를 끄덕였다.

"너, 어제 연회석에서 요하야 님이 앞으로 여기서 일할 사환이니까 잘 지내라고 소개하셨는데, 정말로 여기서 일할 생각이니?"

"응." 구마고로는 고개를 끄덕였다.

"여기, 귀어전인데?"

구마고로는 눈을 깜박거렸다.

귀어전. 구마고로는 아주 예전에 종이 직인 아버지한테 산속에 도깨비들이 사는 궁궐이 있다는 이야기를 들은 적이 있다. 때때로 사람들이 사라지는 건 귀어전의 도깨비가 끌고 가기 때문이라고 했다.

듣고 보니 확실히 그렇다.

"그렇구나. 여기가 귀어전이구나."

계집아이는 소리 높여 웃었다.

"역시 모르고 따라왔구나. 자, 어떻게 할래?"

"어떻게 하느냐니, 일하는 수밖에 없지." 살아남으려면.

계집아이는 숨을 후우 내쉬었다.

"누나는 여기 사는 사람의 딸이야?"

"뭐라고? 설마. 나는 이곳 사람들에게 잡혀 왔어."

"이곳 사람이라면 요하야 님과 사다키치 님?"

"그래. 너랑 만났을 때."

"하지만 전혀 잡혀가는 것처럼 안 보이던데."

"달아나기보다 따라가는 편이 낫겠다고 이미 체념한 상태였거든. 그나저나 목욕해보니 어때?"

"아아, 좋았어. 경치도 빼어나고."

"낮에 목욕하는 게 나아. 밤에는 다른 일에 사용하니까."

"어, 응? 다른 일이라니?"

"여자들이 사내와 같이 들어가서 몸을 씻겨줘. 서로 살을 비비적비비적하지."

계집아이는 목소리를 낮추어 말하더니 웃음을 터뜨렸다. 구마고로는 뭐가 재미있는지 몰랐으므로 잠자코 있었다.

"누나 이름은 뭐야?"

"난 모미지라고 해. 흠. 넌 괜찮은 아이로구나. 힘내, 구마고로."

계집아이는 미소를 짓더니 나무숲으로 들어갔다.

극락원은 분명 귀어전이었다.

하루하루 일하는 사이에 구마고로는 여기가 산적의 특수한 보금자리임을 이해했다. 극락원에는 여자가 하녀를 포함해 서른 명 있었다. 제일 어린 여자는 세 살. 이 아이는 극락원에서 태어난 아이다.

오카네와 오코라는 중년 여자가 이른바 유곽의 야리테 같이 여자들을 통솔하는 역할을 맡았다. 그 둘을 제외한 나머지 여자들은 대부분 젊고 외모가 아리따웠다.

산적들은 이따금 산 아래 마을에서 여자아이를 납치해 온다. 납치된 여자아이는 극락원에서 따뜻한 물에 목욕을 하고, 식사와 예쁜 옷을 제공받는다. 그리고 때가 오면 산적들의 여자가 된다.

구마고로가 걸레로 복도를 닦고 있으면 여자들이 뒤쪽을 가로질러 지나가고는 한다. 구마고로는 여자들을 흘끔 훔쳐본다. 거울 앞에서 입술연지를 바르는 여자. 몹시 흥에 겨운 여자. 그림을 그리는 여자. 정원에 동그랗게 둘러서서 공을 던지며 노는 여자. 감자를 굽는 여자.

여자들도 남자들의 밤 시중을 드는 것 말고 각자 맡은 일이 있다. 하지만 농촌의 여염집 아낙네들에 비하면 시간이 넉넉하여 느긋한 생활을 영위했다.

남자들이 더 이상 몸을 탐내지 않으면 여자의 극락원 생활은 끝난다. 오카네와 오코는 극락원에 남기를 선택한 얼마 안 되는 예다. 대다수는 산을 내려가 산적들이 소개한 사창가에서 몸을 팔며 살아간다. 극락원에서 나가면 자유의 몸이므로 에도든 교토든 어디든지 갈 수 있었다. 극락원에서는 여자가 산을 내려가는 것을 공주님 낙향이라고 불렀다. 십 년을 살다가 공주님 낙향을 한 여자도 있거니와, 일 년 만에 공주님 낙향을 한 여자도 있다. 본인의 의향과 극락원과의 궁합을 보고 남자들이 협의하여 공주님 낙향을 할 시기를 정했다.

저택에는 출입이 금지된 방이 몇 개 있었다.

극락원에서 일을 시작한 지 며칠 후였다. 구마고로는 청소를 하다가 출입이 금지된 안쪽 방 앞을 지나갔다. 맹장지문이 열려 있었다. 금령을 어길 생각은 추호도 없었지만, 들여다보는 것까지는 금지되어 있지 않았다.

벽 앞에 자리한 천장 높이의 선반에는 서적이 잔뜩 쌓여 있었다. 바닥에는 두령에게 처음 인사를 하러 갔을 때 본 황금 불상 같은 것이 앉아 있었다.

아아, 그때 본 보물은 여기에 있었구나.

구마고로는 그렇게 생각했다.

불상이라고도 갑주라고도 딱 잘라 말하기 힘든 그것은 밖에서 비쳐 드는 햇빛을 반사해 희미하게 빛났다. 구마고로에게 측면을 향한 모습으로 미동도 하지 않았다.

구마고로는 반들반들하니 광택이 나는 그 물건을 넋 놓고 바라보았다.

이건 도대체 뭘까.

끼리릭, 하고 뭔가가 마주 비벼지는 소리가 나더니 금색 목이 구마고로 쪽으로 빙글 돌았다. 인간 같은 눈과 코는 없다. 눈 부분에는 투명한 유리 같은 것이 박혀 있고, 그 속에서 반딧불이의 불빛을 증폭시킨 듯한 빛이 창백하게 빛났다.

"문을, 닫아라."

말했다.

구마로고는 숨을 헉 삼키고 부리나케 맹장지문을 닫은 후 냉큼 그 자리에서 달아났다. 뜰로 나와서 거친 숨을 몰아쉬었다. 두근대는 가슴이 좀처럼 진정되지 않았다. 보아서는 안 되는 것을 본 듯한, 죄를 지은 듯한 기분이었다.

여자들 중에서 신참인 모미지도 하녀 역할을 맡아 자주 여기저기를 청소하거나 심부름을 다녔다. 유곽을 예로 들자면 손님을 받기 이전의 계집아이, 가무로(禿. 유곽에 사는 어린 여자아이를 가리키는 말. 고급 유녀의 시중을 들며 유녀의 마음가짐과 태도 등을 배운다)에 해당한다.

구마고로와 모미지는 일을 하는 짬짬이 자주 둘이서 이야기를 나누었다.

"구마고로는 부모에게 죽임을 당할 뻔해서 도망쳤다지?"

모미지가 말했다.

"나도 비슷해. 집이 못살았거든. 오라버니와 언니가 먹을 것은 있지만 내가 먹을 것은 없다면서 아홉 살 때 포주한테 팔아넘겼지. 그 포주를 요하야 님과 사다키치 님이 습격했어."

"죽었어?"

"비스듬히 내리친 칼에 맞아 죽었어. 나도 죽일 줄 알았는데, 나한테는 다정하더라고. 그리고 예쁜 꼬까옷을 입고 맛난 밥을 먹을 수 있는 곳으로 데려가겠데. 이 녀석들도 포주인가 싶었지. 그리고 여기로 온 거야."

"누나한테 여기는 좋은 곳?"

"넌 어떤데?"

모미지는 구마고로의 눈을 들여다보며 대답을 기다렸다.

"뭐, 나쁘지는 않아."

산적들은 밖에서는 무도할지도 모르지만, 동료들끼리는 가족이라고 해도 될 만큼 친밀하게 지냈다.

무엇보다 여기는 풍족하다. 풍족한 곳에 있으면 자신도 풍족해진 듯하여 기분이 좋다.

"모미지 누나. 내 생각에는 여기 있는 것이, 사창가나 목욕탕에서 손님을 받는 여자들보다는 덜 힘들 것 같아."

"그럼 넌 평생 여기서 허드렛일이나 할 생각이니? 관헌들이 들이닥치면 여기 사람들은 죄다 사형이야. 너도 한솥밥을 먹었으니 사형이고. 뭐, 너야 이미 부모한테 한 번 죽을 뻔한 몸이니 여기 사람들에게 은혜를 입었다고 느낄지도 모르지. 하지만 만약 그럴 필요가 있다면 여기 사람들은 망설이지 않고 대번에 널 벨 거야."

구마고로는 고개를 끄덕였다. 모미지의 말이 맞다. 안다. 하지만 적어도 지금은 여기 있는 것이 낫다.

"누나는 똑똑하네. 겉보기는 나랑 다를 바 없는 어린아이인데 훨씬 어른하고 이야기하는 것 같아."

모미지는 풋 웃더니 눈을 번뜩였다.

"내가 똑똑하다고? 흥. 건방지게 굴어서 죄송하네요. 사람들은 별종이라며 날 멀리했는데 말이야. 아. 그리고 누나라고 하지 마. 모미지라고 불러. 알았지?"

"저기, 금색."

구마고로는 화제를 바꾸었다. 금색…… 그러니까, 금색. 그걸 뭐라고 해야 하지? 갑주? 인간? 모르겠다.

"금색 사람이…… 여기에 있지?"

모미지의 얼굴에서 웃음이 가셨다.

"아아, 금색 사람이 가끔 방에 앉아 있고는 하지."

"아까 안쪽 방에 있었는데, 말했어."

"그건, 으음, 그거, 그 금색…… 사람. 금색 사람은 아마도 아주 귀한 몸일 거야."

"모미지 누나도 잘 모르는구나."

"그냥 모미지라고 부르라니까. 너랑 나이 차이도 별로 안 나. 나도 뭔가 싫어서 언니들한테 물어봤는데, 입에 담지 않는 편이 낫다더라. 금색 사람은 아주 귀한 분이래. 사실은 우리가 범접할 수도 없는 존재고……, 태생은 달이라든가. 설마 진짜일까? 달에서 사람이 살 수 있어? 그리고 아시카가(足利. 일본의 무가 중 하나. 1336년에 무로마치 막부를 세워 1573년까지 정권을 잡는다) 가문이 천하를 호령하던 시절부터 있었다든가, 태합(정무를 총괄하는 관백 직위를 후계자에게 물려준 인물을 칭하는 말. 특히 도요토미 히데요시를 가리킨다) 전하의 보물 창고에 있었다는 이야기도 있어. 한도 님 있잖아. 그 사람보다도 높대. 여기의 신이라나."

달, 태합 전하의 보물 창고.

"신."

"잘 모르겠지만 공연히 긁어서 부스럼 만들지 말라는 말도 있잖아. 나는 신이 방에 앉아 있는 걸 봐도 너무 관심을 보이지 않으려고 해. 다른 언니들도 그러는 모양이고. 뭔가 또 알게 되면 가르쳐 줄게."

구마고로는 극락원 입구에 자리한 큼지막한 야구라몬(櫓門. 복도 모양으로 길게 만든 망루를 이고 있는 문)의 망루에 기거했다.

망루 방에는 멍석, 이부자리, 행등, 그리고 서궤도 있었다. 원래는 고자부로라는 남자가 살았지만 죽었다고 한다. 밥을 먹고 방으로 돌아와 이부자리를 깔고 잤다.

에도에 가보고 싶다고 모미지는 자주 말했다. 에도에 가서 스모와 가부키를 보고 싶다고.

"그리고 미쓰이에치고야(三井越後屋. 에도시대 오사카의 거상인 미쓰이 다카토시가 1673년에 에도와 교토에 연 포목점)에서 옷감을 사는 거지."

"그 밖에는?"

"요시와라도 구경해보고 싶어."

"여자도 들어갈 수 있어?"

"들여보내주는 날이 있다나 봐. 벚꽃놀이를 할 때라든지. 한도 님은 극락원의 여자가 훨씬 낫다고 하지만."

흐음, 하고 구마고로는 말했다.

"에도에는 멋진 남자가 많대."

구마고로는 고개를 끄덕였다. 모미지는 말을 이었다.

"후다사시(札差. 무사가 녹봉으로 받는 쌀을 대신 수령하여 환금해주는 중개업자. 무사들을 상대로 고리대금업을 벌이기도 했다)가 잘산다더라. 혼례를 올릴 거면 역시 부자여야지."

"돈놀이꾼이라. 하지만."

후다사시는 둘째 치고 혼례를 올린다고? 그건 귀어전에 있는 한

무리 아닌가?

"신경 쓸 것 없어, 구마고로." 모미지는 하늘을 올려다보았다. "나는 그저 마음에 구름처럼 떠오르는 말을 풀어낼 뿐이니까. 넌 훼방 놓지 말고 적당히 흘려 넘기면 돼. 사실 에도에 가고 싶은 마음은 눈곱만큼도 없고, 스모와 가부키도 그다지 보고 싶지 않아. 뭐, 에치고야에는 가보고 싶긴 하다."

"언젠가 공주님 낙향을 하고 나서 가면 되지."

"그러게."

모미지는 조금 즐거운 듯이 말했다.

"그러고 보니 언니한테 금색 사람에 대한 이야기를 좀 들었어."

금색 존재는 아주 옛날부터 금색님이라는 이름으로 지내왔다. 현재의 두령인 한도 고키의 몇 대나 전부터 있었으므로 백 살은 가볍게 넘었겠지만, 인간인지 아닌지는 분명치 않다. 오히려 다들 사람이 아니라고 생각한다.

그도 그럴 것이 뒷간에 가는 모습을 본 사람이 없다. 밥을 먹는 모습을 본 사람도 없다. 남자지만 여자를 탐하지 않는다. 무시무시하게 강해서 두령이건 구로후지건 힘으로는 아무도 당해낼 수 없다.

평소 서적을 즐겨 읽는다. 일단 '잠'에 빠지면 장식물처럼 똑같은 자세로 며칠이나 꼼짝도 하지 않는다. 하지만 죽은 것은 아니므로 시간이 지나면 다시 움직인다고 한다.

3

가을이 깊어졌다. 욕탕과 궁궐의 무대에서 보이는 산들이 빨간색과 금색으로 물들었다.

극락원 대문 안쪽에는 뒷간이 있다. 뒷간을 다 쳐낸 후 구마고로는 요하야에게 불려 갔다.

"오늘 산신상월제에 갈 것이다."

"그게 뭡니까?"

산신상월제.

"아랫마을의 축제다."

"아아, 다녀오십시오."

"너도 같이 간다."

구마고로는 기뻤다. 어른들은 극락원을 들락날락했지만 구마고로는 여기에 온 지 몇 달이 지나도록 바깥 구경을 하지 못했다.

"저도 가도 되나요?"

"암. 대신에 마을 사람들이 뭔가 물어봐도 함부로 대답하면 아니된다. 극락원의 존재는 결코 알려져서는 안 돼. 우리는 여행하는 악사 행세를 할 것이야. 물론 우리 정체를 아는 자는 알지만."

여자들은 구마고로를 거울 앞에 앉히더니 얼굴에 분을 칠하고 입술연지를 발라주었다.

"어울린다, 잘 어울려." 하고 여자들은 웃었다.

여자들도 곱게 치장했다.

"아씨들도 산신상월제에 가십니까?"

구마고로는 물어보았다.

"그야 당연하지."

"모두 함께 가."

"좋겠다, 구마고로. 넌 신여에 탈 거야."

신여에 탄다고?

"그래, 그래, 깜짝 놀랐지?" 다른 여자도 웃으면서 말했다. "모미지랑 같이 타는 거야."

"언제 가는데요?"

"축제는 밤부터니까 저녁 전에 가야지."

정원으로 나오자 금색님이 서 있었다. 금색 몸에다 새카만 기모노를 입었다. 눈이 있는 부분에는 녹색 불이 켜져 있었다. 살빛이 검은 구로후지를 처음 보았을 때도 기묘하다고 느꼈지만, 역시 금색님이 제일 기묘하다.

이 정체 모를 금색 나리도 축제에 가는 걸까.

구마고로가 머리를 꾸벅 숙이고 옆을 지나치자 금색의 그것은 말했다.

"오늘은, 재미있게 놀아라."

번을 설 사람 몇 명을 남겨놓고, 쉰 명 가까운 일행이 말 네 필과 우차 열 대를 몰고 산을 내려갔다.

여자는 모두 우차에 얹은 가마를 탔고, 남자들은 그 옆을 걸었다. 여자들과 구마고로는 요소요소에서 빠짐없이 눈가리개를 당했다.

처음에 이야기를 들었을 때는 농담인 줄 알았는데, 마을이 가까워지자 구마고로와 모미지는 높다란 신여에 탔다. 눈높이가 아주 높아졌다. 마른 풀을 태우는 냄새가 섞인 바람이 뺨을 어루만졌다.

이것은 귀인이 행차하는 풍경 아닌가.

자기처럼 제일 아랫것이 이런 곳에 있어도 되나 싶었다. 신여는 말로는 다 형용할 수 없을 만큼 화려하게 치장되어 있었다. 바람개비와 공작 깃털을 모방한 장식, 기괴한 도깨비를 본뜬 가면을 치렁치렁 매달았다.

옆을 힐끗 보자 화장을 하고 머리 장식을 단 모미지와 눈이 마주쳤다.

"나랑 구마고로는 신 역할을 맡는대. 봐봐, 나 어때? 할 말 없어?"

"난 이런 거 처음 타봐."

모미지는 약간 발끈한 것처럼 말했다.

"나도야. 저기, 나 예뻐?"

"응? 아아, 응. 오이란 같아. 뭐, 오이란을 본 적은 없지만."

이여차, 이여차, 하고 장단을 맞추는 소리와 함께 신여는 흔들리며 나아갔다.

선두에는 금색 나리. 그 옆에는 검정색 옷차림을 하고 늙은이 가면을 쓴 한도 고키. 뒤에는 예쁘게 차려입고 아름다운 우산을 쓴 여자들.

구마고로가 탄 신여는 그 뒤를 따랐다. 요하야와 사다키치, 구로후지, 그리고 다른 힘센 산적들이 신여를 멨다. 그들은 모두 도깨

비나 덴구(얼굴이 붉고 코가 큰 요괴. 하늘을 자유로이 날아다닌다고 한다),
또는 정체 모를 요괴의 가면을 썼다.

신여 양 옆에 마을 사람들이 점점 모여들었다. 구경꾼이다. 절을
올리는 자, 갈채를 보내는 자, 만져보려고 손을 뻗는 자, 종이 꽃가
루를 뿌리는 자. 모두 신여 뒤를 따라왔다.

일몰이 가까워지자 하늘의 푸른색은 더욱 깊어졌다. 노란색과
붉은색으로 선명하게 물든 길가의 은행나무와 단풍나무에 석양이
비치자 마치 온 세상이 불타오르는 것 같았다.

구마고로는 갑자기 자신들이 진짜 산신이 된 것 같은 기분이 빠
졌다. 옆에 있는 소녀의 정체는 저 멀리 선계에서 내려온 지체 높
은 아씨다. 도깨비와 요괴 가면을 쓰고 신여를 멘 남자들도 진짜
요괴들이다. 이날을 기다렸다는 듯이 화려하게 치장한 여자들은
선녀, 천녀, 사람을 홀리는 암여우…….

평소의 모습은 가짜다. 지금 모두가 정체를 드러내고 하계의 산
신상월제에 놀러 왔다. 그리고 나는 이자들이 모시는 위대한 왕자
다. 구마고로는 기분이 잔뜩 들떴다.

이윽고 큰길로 나섰다. 주변은 근처 산촌에서 모여든 사람들로
가득했다.

"엄청나다."

"신처럼 위엄을 지켜." 모미지가 타일렀다. "너무 흥을 내면 신답
지가 않잖아."

길에 눈길을 주자 누더기를 걸친 몇 사람이 두 손을 마주 모으
고 구마고로에게 절을 했다.

"지금 봤어?"

구마고로는 웃으면서 모미지에게 속삭였다.

"우쭐거리기는."

모미지는 그렇게 말하면서도 홍조된 뺨에 웃음을 지었다.

신여는 신사 쪽으로 향해 갔다.

해가 지자 길 양옆에 일정한 간격을 두고 횃불이 세워졌다. 신여는 신사까지만 타고 간다고 들었다. 신사가 가까워지자 한숨이 났다. 가능하면 계속 타고 있고 싶었다.

"이 부근 마을 사람들은 평소 극락원을 단단히 신뢰하나 봐."

구마고로는 그러게, 하고 대꾸했다. 아는 척하며 말해주지 않아도 마을 사람들의 모습만 보면 안다.

나중에 구마고로는 알게 된다.

극락원, 즉 한도 고키는 산신상월제가 열리는 사와무라와 궁궐 사이에 위치한 숲속에다 몰래 논밭을 만들어 관리했다. 번의 법령에 따르면 은전(隱田)은 효수형에 해당할 만큼 무거운 죄다. 하지만 혹독한 조세와 대책 없는 기근에 시달리던 인근 산촌 사람들은 모두 뒷구멍으로 이 비밀 논밭에 관여했다.

그리고 이 비밀 논밭에서 수확되는 쌀과 작물은 산신상월제 때 산사람들이 봉헌한 공물이라는 형태로 신사를 경유하여 사와무라를 중심으로 한 인근 산촌에 나누어졌다.

신여가 커다란 모닥불 앞에 도착했다. 구마고로와 모미지는 신여에서 내렸다. 그대로 남자들과 함께 천막 뒤편으로 안내받았다.

감주와 건어물이 차려져 있었다. 된장을 발라서 구운 떡을 받았다. 꼬치에 꽂아 금방 구워내서 뜨끈뜨끈했다. 어른들이 수런수런 이야기를 나누었다. 마을 아이들이 뛰어와서 가부키 배우처럼 화장을 한 구마고로에게 경외의 눈빛을 보냈다. 눈이 마주치자 아이들은 허둥지둥 다른 곳으로 뛰어갔다.

한도 고키가 다가왔다. 구마고로는 고개를 숙였다.

"두령님, 고생 많으셨습니다."

"신여에 타보니 재미있더냐?"

예, 하고 대답하자 고키는 기분 좋게 웃었다.

"너도 이제 우리 식구다. 앞으로도 열심히 해라. 훗날 인정받으면 맹세의 술잔을 받을 수 있을 것이다."

구마고로는 자랑스러운 기분으로 가슴이 근질근질했다. 두령에게, 자신이 속한 조직에게 더욱 인정받고 싶었다.

"나도 타고 시퍼."

모모치요가 뛰어와서 신여를 올려다보며 말했다.

구마고로는 모모치요를 안아 올렸다. 동글동글한 머리를 쓰다듬었다. 이제 완전히 사이가 좋아졌다.

"일곱 살이 되면 태워주마, 모모."

고키가 쓴웃음을 지으며 말했다.

축제가 끝나 망루 방으로 돌아오자 다시 일상이 시작됐다.

겨울이 온다.

4

바람이 불자 사방에 낙엽이 흩날렸다. 극락원 정원과 입구에 낙엽을 두두룩하게 쓸어 모아두었다. 여자들이 화톳불 앞에 모였다. 구마고로도 지나갈 때마다 불을 쬐었다.

요하야가 찾아와서 구마고로 앞에 연습용 무기를 늘어놓았다. 죽도, 긴 봉, 작은 나무칼, 나무 도끼, 짓테(十手. 에도시대 포리들이 방어와 타격을 위해 휴대하던 도구. 30~50센티 정도의 쇠막대로 손잡이 위쪽에 갈고리가 달려 있다), 삼지창. 돌팔매 대신인지 호두까지 있었다.

"연습을 시켜주마."

구마고로는 침을 꿀꺽 삼켰다.

"저한테요?"

"또 누가 있어? 너무 못살게 굴지는 않을 테니 걱정할 것 없다. 극락원의 사내가 약해서야 쓰나. 잘 들어라. 우리는 성에서 봉직하는 무사와도, 무뢰한으로 변한 로닌들과도 맞설 때가 있다. 평소에 연습을 해두어야 해. 무기를 골라보아라."

구마고로는 죽도를 집었다. 봉은 너무 길고, 나무칼은 너무 짧았다. 삼지창은 어떻게 다루어야 할지 감이 오지 않았다. 죽도가 제일 다루기 쉬울 것 같았고, 또한 기술을 습득하고 싶은 무기였다.

"대부분의 경우에 그건 하책인데." 요하야는 중얼거렸다. "아니다, 됐다. 자세를 취해라. 무기와 장소의 상성을 활용해 유리하게 이끌어가는 것, 그것이 바로 싸움이다."

요하야는 삼지창을 집었다. 구마고로에게서 거리를 두고 마주 섰다.

"그럼 덤벼라. 무기가 닿으면 이기는 걸로 하마. 빈틈이 보이면 언제든지 들어와."

무기를 들고 대치하자 구마고로는 등줄기가 서늘해졌다. 요하야 는 일곱 살인 구마고로보다 키가 두 배쯤 크다. 설령 맨손이라 해 도 요하야가 마음만 먹으면 구마고로를 간단히 때려죽일 수 있을 것이다. 그렇게 큰 남자가 나무로 만들었다고는 하나 무기를 들고 번쩍이는 눈으로 이쪽을 노려보았다.

하지만 검은 안개도, 불꽃도 보이지 않았다.

구마고로가 치고 들어가려 하자 자루가 긴 삼지창이 움직임을 저지했다. 상대를 죽도로 때리려면 다가들어야 하지만, 구마고로 를 정확하게 겨눈 삼지창 때문에 간격을 좁힐 수가 없었다.

요하야가 삼지창을 쭉 뻗었다. 구마고로가 죽도로 받아내자 창 날 사이에 죽도가 끼었다. 요하야는 그 순간 자루를 빙글 돌려 구 마고로의 죽도를 낚아챘다. 구마고로는 땅에 뒹굴었다.

"형편없군."

"죄송합니다."

구마고로는 거친 숨을 내쉬며 일어섰다. 온몸에서 땀이 줄줄 흘 렀다.

"좀 더 진지하게 덤벼. 연습이 안 되잖아."

몇 번이나 덤볐다. 그때마다 죽도를 빼앗겼다.

창날 사이에 끼니까 빼앗기는 것이다. 그래서 칼끝을 들거나 죽도를 뒤로 당기자, 빈틈을 놓치지 않고 삼지창이 가슴이나 배를 쿡 찔렀다.

"어허, 또 죽었네."

"요하야 님은 달인이시군요." 알랑방귀를 뀌어보았다.

"멍청하기는. 네가 약한 것이다. 내가 삼지창의 명수인 것이 아니야. 알겠느냐, 체격이 같더라도 칼은 삼지창을 상대로 상성이 좋지 못해."

"삼지창이 유리하군요."

"그래. 넌 무사와 만나 검술 실력을 겨루는 게 아니야. 유리함과 불리함은 생사를 좌우한다. 무사는 허리에 차고 다니는 칼에 의존해. 칼로 벌이는 싸움에 익숙하지. 그런 자들에게 칼로 맞서는 건 하책이야."

과연 그렇구나, 하고 구마고로는 납득했다.

"해볼까."

삼지창과 죽도를 맞바꾸었다.

구마고로가 삼지창으로 요하야의 움직임을 봉쇄하려고 하자 요하야는 원을 그리듯이 옆으로 움직였다. 서둘러 요하야의 움직임을 쫓으려고 하다가 걸음새가 흐트러진 순간, 요하야가 한달음에 다가붙어 한 손으로 자루를 쥐고 삼지창을 빼앗았다.

그 후에 거의 모든 무기를 시험해보았지만, 뭘 사용해도 요하야를 당해내지 못했다.

"졌습니다."

"당연하지. 지금 당장 네가 이길 리는 만무하다. 각 무기의 장점과 단점을 익혀라."

"요하야 님은 다정하십니다."

"내가?"

"무사 집안의 자제나 되어야 배울 수 있는 무예를 저 같은 것에게 선뜻 가르쳐 주시니까요."

요하야가 엄격한 표정을 지었다.

"일할 때 필요한 기술을 네게 가르치라는 두령님의 지시를 받들었을 뿐이다. 너도 도움이 되는 사내가 되고 싶겠지?"

구마고로는 마음이 불안해져서 어물어물 말했다.

"도, 도움이 될 수 있을까요?"

"글쎄다. 넌 무슨 무기를 쓰는 게 좋을까."

구마고로는 땅에 놓인 무기를 다시 훑어보았다.

삼지창, 죽도, 작은 칼, 도끼, 깃테, 호두.

"실은 이것저것 다루어보고 제일 적합한 무기를 연습시키려고 했는데, 전부 다 고만고만했어."

"요하야 님에게 감사드려, 구마고로." 소녀의 목소리였다.

고개를 돌리자 모미지가 돌에 걸터앉아 이쪽을 보고 있었다. 모미지는 다리를 흔들흔들하며 놀리듯이 말했다. "좋겠다, 구마고로. 요하야 님이 연습을 시켜주셔서."

"저리 가." 요하야는 귀찮다는 듯이 말했다.

모미지는 말끝을 길게 늘이며 응석 부리는 목소리로 말했다.

"요하야 니임, 모미지한테도 가르쳐주세요오."

"시끄럽다."

호두가 요하야의 옆얼굴을 딱 때렸다.

요하야가 놀란 표정으로 구마고로를 보았다.

"그, 그게, 비, 빈틈이 있으면 덤비라고." 구마고로는 잔뜩 움츠러들며 말했다.

다음 날 요하야는 구마고로의 손안에 들어갈 만한 길이의, 끝이 뾰족한 쇠막대를 가지고 왔다. 봉수리검이다. 요하야가 가볍게 던지자 봉수리검은 나무줄기에 깔끔하게 꽂혔다.

"시간이 비든 안 비든 매일 아침 연습해라. 무사가 칼을 뽑기 전에 목에다 이걸 박아 넣을 수 있도록 해. 그러면 네 승리다."

그날부터 구마고로는 봉수리검 던지는 연습을 시작했다. 기거하는 망루 방 근처에 짚을 감은 말뚝을 세워 표적으로 삼았다.

가끔 요하야가 연습을 보러 왔다. 구마고로가 짚을 감은 말뚝에 봉수리검을 던지는 모습을 팔짱을 끼고 가만히 바라보았다.

"이게 상대라면 도검의 간격은 이 정도, 창의 간격은 이 정도야. 반드시 이 동그라미 밖에서 던지도록 해."

요하야는 땅에 돌멩이를 늘어놓았다. 그리고 달리면서 던져보라고 시켰다.

"여차할 때 사용하지 못하면 말짱 헛일이야. 이 표적을 널 죽이러 오는 자라고 생각해. 맞붙었을 때 겁먹지 않고 정확하게 급소에 맞혀서 상대를 쓰러뜨리는 상상을 하면서 연습해라."

"여차할 때가 있겠지요?"

"죽음을 늘 마음속에 품고 있어라. 여차할 때는 내일일 수도 있고, 내년일 수도 있다."

구마고로는 그 말을 유념했다.

그로부터 삼 년간 구마고로는 봉수리검을 던지는 연습을 게을리하지 않았다. 이따금 다른 무기를 들고 산적들과 무예 연습을 함께했다.

열 살 여름, 구마고로는 극락원 남자들 몇 명과 함께 짐승길에 설치한 멧돼지 덫을 확인하러 가다가 토끼를 발견했다.

좋은 기회라는 생각이 드는 것과 동시에 품속에 든 봉수리검을 꺼내서 던졌다. 목과 가슴에 깊숙이 박혔다. 토끼는 펄쩍 뛰어올랐다가 한 바퀴 돌며 쓰러졌다.

"제법인데. 구마고로."

"늘 연습하던 보람이 있구나."

"아직 꼬마지만, 슬슬 제 몫을 하기 시작하는걸."

남자들이 칭찬했다. 구마고로는 자랑스럽게 멜대에 토끼를 매달았다. 그날은 멧돼지도 잡혔으므로 구마고로 일행은 의기양양하게 극락원으로 돌아왔다.

구마고로의 봉수리검 던지기 실력이 바로 화제에 올랐다. 두령한도 고키가 구마고로를 불러 솜씨를 보여달라고 했다.

구마고로는 세 간(약 5.4미터. 한 간은 약 1.8미터다)쯤 떨어진 곳에서 짚으로 만든 표적에 봉수리검을 던졌다. 하나, 둘, 셋. 머리 부분에 수리검 세 개가 잇달아 박혔다.

한도 고키는 박수를 치더니 옆에 있던 요하야를 보았다.

"잘 가르쳤군. 왜, 거 뭐더라, 있잖아. 여자와 달아난 놈, 이름이 뭐더라. 손 토시를 끼고 다녔는데."

"예." 요하야는 말했다. "도쿠조입니다."

"그래, 도쿠조. 맞힐 수 있겠나? 구마고로의 수리검으로, 그놈을."

5

게센누마 도쿠조.

원래는 번의 관직에 올라 형장에서 일한 적도 있었지만, 몇 년 전에 파면되고 나서는 창관(娼館)에서 허드렛일을 했다. 나이는 마흔네 살이고, 평소 갑주의 손 토시를 끼고 생활하는 희한한 습관이 있다.

두 팔 모두 팔꿈치 조금 밑부터 주먹까지 검게 윤이 나는 쇠 보호대에 덮여 있다. 특별 주문하여 주먹 뼈 부분을 불룩 튀어나오게 만든 독특한 물건이다. 겨울에는 소매에 가려지니까 그렇다 치더라도, 여름에는 훤히 다 드러난다. 남의 눈에 띄든 말든 본인은 전혀 개의치 않는 모양이다. 본인 말로는 남에게 원한을 산 기억이 많으므로 언제 습격당할지 몰라서 늘 대비하고 다닌다고 한다.

게센누마 도쿠조는 삼십 대 때 긴 칼을 든 젊은이 삼인조에게 습격당해 맞서 싸우다가 왼손 손가락을 하나 잃었다. 그 후로 손 토시를 차고 생활하게 되었다.

손 토시는 날붙이를 방어하는 용도에 그치지 않는다. 쇠로 된 손 토시를 차고 때리면 쇳덩어리로 때리는 것이나 마찬가지다. 때때로 창관에서 경호인 같은 일을 부탁할 때도 있었는데, 그러한 일을 할 때 상대에게 위압감을 주는 것은 중요한 재능이다. 고용주도 손 토시에 대해 불평하지는 않았다.

자주 도박장에 얼굴을 내밀었다. 도박장에서는 상객이었으며 '손 토시의 도쿠조'라는 명칭으로 통했다. 한 번은 술에 취한 노름꾼들의 싸움에 휘말렸다가 싸움을 잘하기로 소문난 노름꾼을 가볍게 때려눕혀서 강하다는 평판을 얻었다.

어느 날, 도쿠조는 도박장에서 돈을 잔뜩 잃었다. 사는 곳도 분명했고 단골손님이었으므로 달아두기로 했다. 그다음 날, 도쿠조는 자신이 일하는 창관에서 정부라고 해도 될 만큼 가까이 지냈던 창기를 데리고 야반도주했다. 도박 빚은 떼어먹었다.

평소 손 토시를 차고 다니는 별난 습관 때문에 도쿠조의 소재는 금방 밝혀졌다. 이세신궁의 참배객들로 북적거리는 역참 마을의 한 여관에서 손 토시를 찬 심상치 않은 분위기의 사내가 여자와 함께 지낸다는 소식이 들어왔다.

도박장의 해결사 두 명과 창관에 고용된 남자 한 명, 도합 세 명이 그 역참 마을로 향했다. 도쿠조에게 여자와 빚을 받아내기 위해서다.

도박장에서 나온 해결사 두 명이 도쿠조를 닦달한 끝에 난투가 벌어졌다. 두 사람이 칼을 뽑아들고 덤벼도 당해내지 못하자, 창관에 고용된 남자는 겁을 먹고 서둘러 여자만 끌고 달아났다고 한다.

다음 날 해결사 두 명은 시체로 발견됐다. 얼굴이 뭉개지고 흠씬 두들겨 맞은 흔적이 남은 시체가 뒷길에 너부러져 있었다. 여자는 창관으로 끌려와 벌을 받은 후, 절망했는지 목을 매어 죽었다.

구마고로는 요하야와 함께 산을 내려갔다. 요하야는 걸으면서 입을 열었다.

"이것이 너의 첫 번째 일이다."

"제가 무엇을 하면 됩니까?"

"살인."

구마고로의 표정이 흐려지자 요하야는 말했다.

"참으로 구제할 길 없는 놈을 죽이는 거야. 아는 사이라면 마음이 편치 않겠지만, 그쪽은 법도를 어기고 사람을 죽인 악당이다. 우리가 신을 대신해 벌을 내리는 셈이지."

"신벌인가요?"

"그래. 사람들이 모를 뿐, 인생은 처음부터 마지막까지 전부 신의 조화야."

잘 모를 소리를 한다.

나무숲을 벗어나자 나온 바위 밭에서 요하야와 구마고로는 주먹밥을 먹었다. 요하야가 말을 꺼냈다.

"난 올바름이란 무엇인가 자주 생각한다. 번의 법령에 비추어보면 우리가 하는 짓은 하나부터 열까지 죄다 효수형감이지. 하지만 어떠냐? 도쿠가와의 정사(政事)는, 혹은 우리 번의 정사는 올바르냐? 기근 때는 사람이 사람을 잡아먹는 참상이 벌어지지. 한편으로 남아도는 쌀을 독점하는 무리도 있다. 기근이 왔을 때 극락원은 어떻게 했을까? 선대 두령님이었던 진베에 님은 금색님과 상의하여 우리의 비밀 논밭에서 수확한 작물을 전부 아랫마을 사람들에게 나누어줬어. 쌀 창고를 습격해 빼앗은 쌀도 전부 무상으로 마을 사람들에게 분배했지. 우리가 산신상월제 때 내려가는 마을은 요전에 기근이 왔을 때도 전혀 굶주리지 않았어. 산에 신이 계신 덕분에."

요하야는 머나먼 산줄기를 가만히 바라보며 이야기를 바꾸었다.

"내가 어릴 적에는 쓰나요시가 쇼군이었는데, 개를 죽이지 말라는 법령을 만들었지. 그것도 모자라 여치도 기르지 말라더군."

강아지를 버린 남자가 시중을 끌려다닌 후에 참수됐다.

닭을 잡아서 판 남자는 효수형에 처해졌다.

"살아 있는 것을 죽이지 마라. 아주 훌륭하신 생각이지. 가신들이 뭐든지 갖다 바쳐서 굶주린 적도, 불편한 적도 없었던 자가 아니고서는 도저히 떠올릴 수 없는 생각이야. 쓰나요시가 죽자 법령은 폐지됐어. 그럼 그때 참수당한 백성은 어찌 되는 거지? 사실 내 아버지는 무사였어. 들개 무리에게 끌려가는 여자아이를 구했지. 그 결과 개역(改易. 에도시대 무사에게 내려지던 형벌 중 하나. 신분을 평민으로 바꾸고 영지, 가록, 저택 등을 몰수한다)을 당하고 할복하라는 분부를 받았지. 개를 몽둥이로 때렸다는 이유로 말이야. 맞은 개가 죽었거든. 내 누님은 혼담이 깨져서 실성한 끝에 절벽에서 몸을 던져 목숨을 끊었다. 나는 이리저리 유랑하다가 한도 두령님과 인연이 닿아 여기에 오게 됐고."

"참 가슴 아픈 사연이로군요."

"그렇게 딱해할 것 없다. 구마고로 너도 사연이 있지 않느냐. 다들 사연이 있어. 극락원에는 그런 사람들이 모여 있지. 아무튼 올바름이란 무엇인가? 그건 몰라. 하지만 악이 무엇인지 따져보자면 나쁜 건 우리뿐만이 아니지. 막부도 번도 전부 다 악이야. 우리는 우리의 방식대로 살아가는 수밖에 없다. 그렇게 생각하지 않느냐, 구마고로."

구마고로는 고개를 끄덕였다. 진심으로 동의했다. 남의 정의에 휘둘려 죽을 수는 없다.

요하야는 구마고로의 어깨를 두드렸다.

"넌 극락원의 아이다. 극락원을 유지하려면 해야 할 일이 많아. 옳고 그름을 따지지 마. 은혜와 봉공을 명심해라. 극락원에서 밥을 먹으며 살고 있으니 주어진 일은 해내야 해. 좋든 싫든 말이다."

"걱정 마세요. 뭐든지 하겠습니다. 요하야 님과 한도 님 덕분에 살아남았으니 은혜에 보답하겠습니다."

"그래. 그 말을 들으니 마음이 든든하군."

"제가 죽여야 할 놈은 강한가요?"

"아아. 강한가 보더라. 세 명이 가서 두 명이 죽었어. 하기야 베러 간 것이 아니라 돈을 받으러 갔을 뿐이지만. 지금 그놈은 지인의 집에서 빈둥빈둥 지내고 있다는군. 죽은 자 중 한 명의 아버지가 극락원과 연고가 있는 영감님인데, 아들의 원수를 갚고 싶지만 자신은 힘이 모자란다면서 한도 두령님께 죽여달라고 부탁했어."

"요하야 님과 둘이서 해치우는 건가요?"

구마고로가 머뭇머뭇 묻자 요하야는 웃었다.

"아니, 너 혼자. 네가 평소에 최대한 빨리 제 몫을 하는 사내로서 인정받고 싶다고 하지 않았느냐."

"제 몫을 하는 사내."

"난 어떤 의미에서 네 실력을 검사하는 역할을 맡았다고도 할 수 있다. 도와주지 못할 것은 없다만, 가능하면 혼자서 해내. 이번 일을 끝내면 맹세의 술잔을 받을 수 있을 거다. 진정한 우리 식구가 되어, 마음에 드는 여자가 있으면 안을 수도 있어. 뭐, 아직 열 살이니 그런 욕심은 없겠지만."

어느 정도 내려가자 요하야가 구마로고에게 눈가리개를 씌웠다.

"이번이 마지막 눈가리개다. 돌아갈 때는 길을 알려주마."

작은 마을이었다. 여관에, 잡화점에, 담배 가게에, 기름집에, 선술집. 인근에 사는 사람들이 장을 보러 모여드는 곳이다.

저자다, 하고 요하야가 작은 목소리로 구마고로에게 가르쳐주었다. 길을 걸어오는 한 남자. 눈빛이 음울하고 깎지 않은 수염이 더부룩했다. 양쪽 소맷자락 사이로 손 토시가 보였다. 허리에는 칼을 한 자루 찼다.

게센누마 도쿠조다.

"차림새 덕분에 헷갈리지 않아서 좋군. 놈을 본 적은 한두 번밖에 없지만, 손 토시 덕분에 바로 알겠어."

요하야가 작은 목소리로 혼잣말을 했다.

둘이서 충분한 거리를 두고 뒤를 밟았다. 해가 지기 조금 전에 도쿠조는 선술집으로 들어갔다. 술과 함께 요리도 나오는 가게다. 요하야와 구마고로는 가게에서 조금 떨어진 뒷골목에 몸을 숨겼다.

"여기서 감시하자. 놈이 가게에서 나오면 뒤를 밟는다. 보는 눈이 없고, 상대가 방심하는 것 같으면 처치하기로 하자."

구마고로는 침을 꿀꺽 삼켰다.

"취해서 나온다면 그야말로 천재일우의 기회야. 하지만 보는 눈이 있거나, 가게를 나서서 다른 자들과 합류한다면 손을 대지 않는다. 섣불리 나섰다가 실패하면 다시는 붙잡을 수 없을지도 모르니까."

"예."

"그럼 잘 감시해라." 하고 요하야는 물러났다.

"요하야 님은?"

"담배 사러 다녀오마. 뭐, 술집에 들어갔으니 놈도 한동안은 나오지 않겠지. 만에 하나 내가 돌아오기 전에 놈이 나오면 뒤를 밟아라."

요하야는 걸음을 옮겨 사라졌다.

구마고로는 술집 앞을 가만히 바라보았다.

이제 사람을 죽인다. 그것도 사람을 여럿 죽인 성인 남자를 일대일로 상대한다고 생각하자 가슴이 쿵쿵 뛰고 배 속이 묵직해졌다.

도쿠조를 죽이지 못하면 한도 고키 두령님은 나를 포기할 것이다. 도움이 되지 않는 자는 벤다. 당장 죽음을 면한다 하더라도 극락원에서 추방당하면 결국 비참하게 객사할 것이다.

요하야가 담배 가게로 향한 후 얼마 지나지 않아 술집 문이 열리고 게센누마 도쿠조가 나왔다. 추측한 것보다 훨씬 빨랐다. 술병을 든 모습으로 보건대 술은 집에 가지고 가서 마실 모양이다.

구마고로는 혼자서 뒤를 밟기로 했다.

도쿠조의 걸음걸이는 어쩐지 울적해 보였다.

얼마 후 민가가 끊기고 들판 길이 강을 따라 이어졌다. 완만한 내리막길이라 앞쪽이 눈에 훤히 들어왔다. 저 앞쪽을 걷는 도쿠조의 뒷모습을 보면서 구마고로는 생각했다.

더 이상 좋은 기회는 없지 않을까?

요하야는 없지만 애당초 도움을 너무 기대하지는 말라는 투였고, 혼자 해치워야 자신의 가치가 더 높아진다.

상대는 방심했고, 주변에 보는 눈은 없다.

지금 뒤만 밟다 끝내면 내일도 도쿠조를 졸졸 따라다녀야 한다. 내일은 지금처럼 좋은 기회가 오지 않을 수도 있다. 도쿠조가 밖에 나오지 않을지도 모르며, 비가 내릴 수도 있다. 이런 일은 빨리 끝내는 것이 제일이다. 미뤄봤자 좋을 것 없다.

시체는 방치해두라고 들었다. 법도를 어기고 여자와 도망친 게센누마 도쿠조의 말로가 어땠는지 소문이 나도록. 그냥 죽이기만 하면 된다.

구마고로는 땅을 박찼다. 거리를 좁힌다. 도쿠조는 돌아보지 않는다. 뒷모습이 점점 가까워진다.

봉수리검을 던진다.

목덜미를 노렸지만 살짝 빗나갔다. 하나는 왼쪽 어깨에 꽂혔고, 하나는 어깨뼈에 맞았는지 꽂히지 않고 땅에 떨어졌다.

"드디어 납셨는가?"

어깨에 수리검이 꽂혔는데도 동요 없이 굵직한 목소리였다. 도쿠조는 술병을 바닥에 떨어뜨리고 몸을 휙 돌렸다.

구마고로는 숨을 삼켰다.

인간이 아니라 마물이었다. 온몸에서 먹물처럼 시커먼 구름이 뭉게뭉게 피어올랐다. 먹구름 속 여기저기서 번개가 치고 불꽃이 튀었다. 종이 직인이었던 아버지는 비교도 되지 않는다. 뇌신으로 착각할 만큼 사위스러운 살의가 넘쳤다.

구마고로를 본 도쿠조의 눈에 놀라움의 빛이 희미하게 서렸다. 이어서 실망한 듯이 혀를 차더니 투덜거렸다.

"그야 누가 올 줄은 알았지. 사고를 쳤으니 어쩌겠어. 단단히 별렀을 거야. 그런데 어째서 이런 애새끼가 오는 건데? 손 토시의 도쿠조 님을 죽이려고 애새끼를 보내다니, 도대체 무슨 꿍꿍이속이야?"

"얕보지 마라. 너, 널 처단하겠다."

구마고로는 그렇게 말했다. 극락원의 일원이라는 자부심이 있다. 속세의 척도로 애새끼, 애새끼, 하고 깔보자 성미에 거슬렸다.

"아앙?"

먹을 노리고 봉수리검을 던졌다. 하지만 도쿠조는 가볍게 손 토시로 튕겨내고 한 발짝 내딛었다.

"야, 이 새끼야, 뭘 던지는 거냐! 너 같은 애새끼가 날 처단할 수 있을 것 같으냐? 분명 그 도박장 놈들한테 부탁을 받고 왔겠지. 야, 돌아가서 두목한테 전해. 나잇살이나 처먹고서 숨어 있지 말고 직접 오라고! 그리고 너도 고작 그 나이에 사형을 당하고 싶지는 않을 테지."

구마고로는 위협하듯이 숨을 식식거렸다.

도쿠조는 한숨을 푹 내쉬었다.

"고아에게 은혜를 베풀고 사람을 죽이라고 시키는 악독한 놈들과, 이용당하는 줄도 모르고서 못된 길에 발을 들여놓고 기뻐하는 불쌍한 애새끼인가. 이봐, 이건 내 빚 문제다. 넌 아직 발을 뺄 기회가 남았어. 괜스레 끼어들지 마. 두목이 두렵다면 관헌에게 고해라. 올바른 길을 걸어!"

구마고로의 마음속에 아주 작은 동요가 싹텄다. 어쩌면 도쿠조의 말이 옳을지도 모른다. 아니다, 옳고 그름은 무의미하다. 요하야도 말하지 않았던가. 극락원의 아이로서 명심해야 할 것은 은혜와 봉공, 누가 뭐라 하든 적과 아군은 뒤바뀌지 않는다. 동요의 싹은 금세 꺾였다.

"단념해라, 도쿠조."

땅을 박찼다. 도쿠조는 내뱉듯이 말했다.

"말귀를 못 알아먹는구나."

결코 상대의 간격 안으로 들어가지 말고, 상대를 중심으로 원을 그리듯이 움직여. 사각에서 던져야 맞힐 수 있다. 던지는 모습이 눈에 띄면 피할 가능성이 높아.

연습할 때 요하야가 들려준 말이다.

구마고로는 도쿠조의 오른쪽으로 돌았다.

"어린아이는 죽이지 않기로 했거늘. 하지만 이렇게 맞이 간 녀석이라면 이야기는 별개지, 안 그러냐?"

도쿠조가 구마고로를 쫓듯이 몸을 돌렸다.

봉수리검을 몸뚱어리에 던졌다.

명중했는지 빗나갔는지 모르겠다. 이어서 목에.

도쿠조가 거북이처럼 몸을 움츠리고 양손으로 얼굴을 가렸다. 쇠와 쇠가 부딪치는 소리가 났다. 손 토시로 방어했다.

지체 없이 다리에. 이번에는 명중. 넓적다리에 꽂힌 것이 보였다.

도쿠조는 고함을 질렀다.

똑바로 덤벼든다. 구마고로는 뒤로 훌쩍 물러나며 거리를 유지했다. 도쿠조는 기세를 이기지 못하고 제풀에 넘어졌다. 넓적다리에 봉수리검이 꽂혀서 몸의 균형을 잃은 것이 틀림없었다.

도쿠조는 얼굴을 보호하는 듯한 자세를 취하며 몸을 웅크렸다. 구마고로는 등에다 남아 있는 봉수리검을 던졌다. 전부 다 썼다.

일단 물러났다. 남은 무기는 추가 달린 쇠사슬이다. 얇은 판자 정도는 간단히 깰 수 있다.

쇠고리에 손가락을 끼웠다. 쇠고리에 연결된 쇠사슬 끝에 추가 달려 있다. 구마고로는 몸이 작으니 무거운 무기보다는 이쪽이 사용하기 수월하다. 상대가 빈사 상태라면 목을 조를 수도 있다.

도쿠조가 일어섰다.

"아이고, 아파라."

도쿠조는 그렇게 말하더니 드디어 칼을 뽑았다.

고다치(小太刀. 일본도 중에서 칼날의 길이가 60센티미터 전후의 칼)다.

"어쩔 수 없군."

두 걸음 내딛으면 상대의 간격에 들어가는 거리에서 대치했다. 구마고로의 온몸에서 식은땀이 배어나왔다.

봉수리검으로 치명상을 입히지 못한 것은 큰 실책이다. 싸움에 숙련된 어른이 손 토시까지 차고 있다. 무기의 상성도 안 좋다. 구마고로가 가지고 있는 추 사슬의 길이는 한 척(약 30.3센티미터) 정도다. 팔 길이를 포함하면 도쿠조의 고다치가 훨씬 길다.

먼저 베인다. 아니면 도쿠조가 추 사슬을 칼이나 손 토시로 막아낸 후 얽힌 쇠사슬을 잡고 구마고로를 잡아당기면, 그 다음은 어른과 아이, 끝장난다.

느닷없이 형세가 역전되어 궁지에 몰린 느낌이었다.

구마고로는 석양을 등지고 섰다. 물론 지금까지 연습을 통해 그렇게 해야 아주 유리하다는 것을 알고 있었으므로 도쿠조가 몸을 웅크린 틈에 그 위치를 선점했다. 도쿠조의 얼굴에 석양이 비쳤다. 도쿠조는 눈부시다는 듯이 눈을 깜박였다.

"너, 잘 던지더라. 연습을 많이 한 모양이네."

구마고로는 대답하지 않았다.

풀숲에서 벌레가 울었다. 도쿠조는 온화한 얼굴로 말했다.

"이야기 좀 하자. 나도 옛날에 너만 한 아이가 있었거든. 꼴까닥(콜레라. 에도시대 때 이 병에 걸리면 대번에 꼴까닥 죽는다고 하여 꼴까닥으로 불리기도 했다)으로 죽었지. 열 살 때였어. 그때는 마누라도 있었는데 말이야."

구마고로는 즉시 몸의 위험이 아니라 마음의 위험을 감지했다.

이 이야기는 위험하다. 들어서는 안 된다.

"내 아들의 이름은 간이치였어. 아직 녀석이."

구마고로는 무아몽중에 간격을 좁혀 얏, 하고 소리를 지르며 추를 상대의 안면에 던졌다. 도쿠조의 코에서 코피가 쏟아졌다.

이어서 한 방. 또 한 방. 무너져 내리는 도쿠조의 옆으로 돌아가서 추로 계속 때렸다.

누군가가 달려오는 발소리가 들렸다.

"해냈군, 해냈어."

요하야의 목소리다. 어디선가 보고 있었으리라. 구마고로는 숨을 헐떡이며 주저앉았다.

요하야는 쓰러진 도쿠로의 등에 단도를 푹 꽂았다가 뽑았다. 그리고 칼날에 묻은 피를 도쿠조의 옷에다 닦았다.

"좋아. 다친 데는 없구나. 본 사람은 아무도 없으니 서둘러 자리를 뜨자."

보금자리로 돌아가는 까마귀가 우짖었다.

구마고로는 요하야를 따라 해가 진 좁은 길을 걸었다.

요하야는 걸음을 옮기며 말했다.

"담배 가게에서 돌아와보니 네가 없더구나. 도쿠조 놈, 한 잔 걸치고 나올 줄 알았는데 예상외로 빨리 나온 모양이군. 걱정하며 찾아다녔는데, 허 참, 넌 정말로 대단한 녀석이야. 내가 내리막길에서 너희를 발견했을 때 네가 이미 도쿠조를 밀어붙이고 있었어. 그래서 놈이 제법 겁을 먹기는 했지만 설마 진짜로 너 혼자 해치울 줄이야."

구마고로는 신나게 떠드는 요하야의 말을 그저 묵묵히 들었다.

"처음으로 사람을 죽일 때는 몸이 말을 잘 듣지 않고, 배짱도 생기지 않는 법이지. 그런데 넌 덩치가 두 배는 되는 상대와 서슴없이 혼자 맞서서, 상대가 칼을 휘둘러보기도 전에 승부를 지었어."

구마고로의 안색이 좋지 않고 표정도 침울한 것을 보았는지 요하야는 말을 멈추고 괜찮으냐고 물었다.

"큰일을 치렀으니 무리도 아니지. 마음에 둘 것 없다. 죽이지 않았으면 죽었어. 놈도 두 명을 죽였다. 당연히 마음의 각오는 했겠지. 자랑스럽게 여겨도 된다."

산으로 돌아올 때는 눈가리개를 하지 않았다. 극락원으로 통하는 길을 배웠다.

극락원으로 돌아온 구마고로는 한도 고키가 어버이로서 내려주는 술잔을 받았고, 남자들과는 형제의 술잔을 나누었다. 너무 어려서 술은 못 마시지만 물을 탔다. 그 술을 받아 마시고 그들의 진정한 식구로 인정받았다.

모두 웃었다. 여자들도 열 살짜리 소년의 격이 높아진 것을 축하해주었다.

극락원에는 밖에서 무엇을 하고 왔는지 여자들에게 말해서는 안 된다는 규칙이 있다. 여자들은 언젠가 공주님 낙향하여 아랫마을로 돌아갈지도 모르기 때문이다. 구마고로와 요하야는 규칙에 따라 아무 이야기도 해주지 않았다. 그러므로 여자들은 왜 구마고로가 격상되었는지 모른다. 그저 축하할 뿐이다.

한도 고키 뒤에 금색님이 앉아 있었다. 금색님은 아무 말도 없었다. 행등의 불빛이 검정색 기모노 밖으로 드러난 수상한 광물 같은 몸을 비추었다.

그 후 오랫동안 구마고로는 악몽에 시달렸다.

황혼녘 들판. 칼을 뽑아든 도쿠조. 죽이지 않았으면 죽었다? 아니다, 그렇지 않다. 나는 안다. 괴물처럼 시커먼 안개를 뿜어내던 것은 처음뿐이었고, 칼을 뽑아들었을 때는 검은 안개도 불꽃도 보이지 않았다. 온몸 여기저기에 봉수리검이 꽂혀서 피를 질질 흘리면서도 놈은 살의를 품지 않았다. 정말로 이야기를 나누고자 했다. 도쿠조는 칼을 휘두르지 못한 것이 아니다. 휘두르지 않았다.

그래서 어쨌다는 거냐.

저항하지 않는 자를 죽였음을 후회하지는 않는다.

인정받고 싶어서 죽였다.

다시 그때로 돌아가도 똑같이 할 것이다.

이건 해야 하는 일이니까.

그로부터 2년 후. 구마고로가 열두 살이 되던 해의 초여름, 청소를 하고 있자니 모미지가 나왔다. 모미지는 열네 살이 되었다.

표정이 조금 어두웠다.

"왜?"

"아야야야, 구마고로." 모미지는 눈살을 모으고 말했다. "나 어제 드디어 사내랑." 모미지는 거기까지 말하고 입을 다물더니, 구마고 로를 힐끗 보고 고개를 돌렸다.

그것만으로도 무슨 일이 있었는지 구마고로는 알아차렸다. 극락 원에서 지내다 보면 자연스레 조숙해진다.

두 사람은 저택 뒤편 바위에 앉았다.

"모미지, 그럼 미즈아게를." 동정을?

"응. 처음을 주었사와요."

처녀를 상실했음을 한탄하는 건지 자랑하는 건지 복잡한 표정 만 보아서는 가늠하기 어려웠다.

모미지가 옆에 앉은 구마고로의 손을 잡았다. 구마고로도 마주 잡아주었다. 가슴속 깊은 곳에서 아픔 같은 감정이 느껴졌다.

아니다, 이리 될 줄은 알고 있었다. 구마고로는 가슴속의 아픔이 표정에 드러나지 않도록 조심했다. 겨울에 눈이 내리는 것과 마찬 가지로 일어나야 할 일이 일어난 것에 지나지 않는다. 이런 일로 괴로워하면 여기서 살 수 없다.

"그런데 상대는?"

"사다키치 님."

"그, 첫 상대는 정해져 있는 거야?"

"음. 요하야 님과 사다키치 님이 날 데려왔으니까 둘 중 한 명과 처음으로 동침해야 하는 것 아닐까? 요하야 님이었으면 좋았을 텐데."

모미지의 스스럼없는 말투에, 구마고로는 모미지에게 이런 일은 아무것도 아니구나 싶어 살짝 실망했다.

"구마고로는?"

모미지는 검은자위가 큰 눈으로 구마고로를 유심히 보았다.

"나? 내가 뭐?"

"상대."

무슨 말인지 정말로 이해를 못했다. 문득 정체가 불분명한 불안감이 세차게 몰려왔다.

모미지가 거듭 물었다.

"누구 없어?"

불안은 분노로 바뀌었다.

"무슨 소리인지 모르겠네. 날 업신여기는 거야?"

"아니야. 왜 화를 내니? 고를 수 있잖아. 극락원의 술잔을 받았으니까. 한도 님이 나한테 슬슬 구마고로에게 물어보라고 하셨단 말이야. 내가 구마고로와 사이가 좋은 걸 아시니까. 여자들 중에 누가 좋은지 물어보래."

구마고로는 현기증을 느끼며 말없이 일어서서 그 자리를 떠났다. 모미지는 쫓아오지 않았다.

우물물로 얼굴을 씻었다.

열두 살 나이의 구마고로에게 모미지와 나이가 더 어린 계집아이를 제외한 극락원의 여자들은 좀 무서운 존재였다. 모두 구마고로보다 나이가 많다. 여자에 얽힌 문제로 윗사람들의 반감을 사고 싶지도 않았다.

최근에 남녀의 은밀한 교합에 대한 호기심이 높아지기는 했지만 '누님들'은 그 대상이자 그 대상이 아니라는, 복잡하게 굴절된 마음을 품고 있었다.

ㅡ고를 수 있잖아.

그러고 보니 전에도 비슷한 말을 들었다. 도쿠조를 처단하러 갔을 때 요하야에게.

ㅡ진정한 우리 식구가 되어, 마음에 드는 여자가 있으면 안을 수도 있어.

그렇게 말했던가? 그때는 흘려들었다.

정말로 고를 수 있나.

그렇다면 지금까지 별로 하지 않았던 생각을 해보자. 스무 명이나 되는 미녀 중에 동정을 뗄 상대를 고른다면 누구일까.

오래전에 들었던 여자의 목소리가 머릿속을 스쳤다.

ㅡ아, 호이, 아, 호이, 일곱 살까지는 신의 아이.

그런 여자만은 싫다. 극락원에 있는 여자는 전부 미인이다. 하지만 외모는 어쨌거나 그 여자와 같은 부류가 없다는 보장은 없다. 누가 좋을지 잘 모르겠다. 사실 아무나 상관없을 것 같은 기분도 든다.

그러나 무섭다. 남자에 익숙한 산속의 유녀가 열두 살 먹은 소년의 육체를 보고 비웃지 않을까 불안하기도 하다. 우위에 서고 싶은 것은 아니지만 마음에 상처를 입고 싶지는 않다.

며칠 후 밤, 망루 방에서 멍하니 여자와 성(性)에 대해 공상하고 있자니 모미지가 사다리를 타고 올라왔다.

"구마고로."

여자가 구마고로의 방에 발을 들여놓기는 처음이었다.

"흠. 처음 놀러 와보지만 괜찮은 방이네. 여기를 독차지하다니 부럽다. 좀 있다가 가도 돼?"

"이제 잘 시간이야."

구마고로는 쌀쌀맞게 말했다. 며칠 전 그 일이 있은 후로 모미지와는 말을 나누지 않았다. 물론 모미지에게 잘못이 없다는 것은 알고 있다.

"내가 옆에서 자면 싫어?"

"두령님이 시켰어?"

구마고로는 모미지를 노려보며 말했다.

"풋내 나는 문지기의 도, 동정을 떼어주라고."

"구마고로."

모미지는 떼쓰는 어린아이를 타이르는 듯한 표정을 지었다.

"나, 나는 모미지 누나를 고른 적 없어."

모미지는 구마고로의 말을 무시하고 구마고로의 잠자리로 다가왔다. 갑자기 모미지가 울먹이는 목소리로 말했다.

"뭘 그렇게 어렵게 생각하니?"

"뭐?"

"누가 시킨 거 아니야. 넌 나를 고르지 않았겠지만 내가 널 골랐어. 알았니? 너무 싫어하지 말고 그냥 고양이 같은 게 곁에 있다고 여기면 돼."

어둠 속에서 모미지는 속삭였다.

넌 천애 고독한 몸.

나도 천애 고독한 몸.

둘 다 바람을 타고 산 위의 하늘을 팔랑팔랑 떠도는 낙엽 같은 신세야.

이곳 사내들은 다들 내 몸을 가지고 놀 생각밖에 없어. 정 같은 건 없다고.

하지만 넌 그렇지 않지? 조금은 그렇더라도 그런 생각만 하는 건 아니니까 화를 낸 거지?

나는 사실 정인(情人)은 한 명으로 족해. 그야 당연하잖아. 하지만 궁궐에서는 모두가 내 몸을 탐하겠지. 그러려고 날 끌고 온 거니까.

사내들에게 거역하면 나는 버려져서 정처 없이 떠돌다가 들개와 까마귀의 밥이 될 거야. 그렇지? 그러니 어쩔 수 없어. 어쩔 수 없는 일이 세상에는 수두룩하다고.

저기, 제발 곁에 있게 해줘.

컴컴한 어둠 속에 믿을 만한 것이 하나쯤은 있다는 꿈을 꾸게 해줘.

아무것도 안 바랄게. 이걸 하라느니 저걸 하라느니 시키지도 않을게. 어렵게 생각할 것 없어.

언젠가 내가 죽으면 아주 조금만 날 그리며 슬퍼해줘. 물론 나도 그럴 테니까.

모미지는 구마고로에게 몸을 기댔다. 어둠 속에서 온기와 가슴의 고동이 느껴졌다.

구마고로는 아무 말 없이 모미지를 살짝 끌어안았다.

제
3
장

죄인 찾기

1742–1746

1

 시바모토 겐신은 도신(同心. 에도시대 때 경찰 업무를 맡은 하급 관헌)
으로서 번의 부교쇼(奉行所. 부교는 행정, 재판 사무 등을 담당하는 무사의
직책이고, 부교가 직무를 보는 곳을 부교쇼라고 한다)에서 일한다.

 겐신은 도신으로 취임한 지 이 년 차의 봄에 유명해졌다.

 겐신과 동료가 소금 가게에서 탐문을 하고 있을 때, 근처 나가야
(長屋. 칸을 막아서 여러 가구가 살 수 있도록 지은 기다란 단층 연립주택) 앞
에서 싸움이 벌어졌으니 관헌이 있다면 말려달라며 마을 사람이
달려왔다. 겐신과 동료는 현장으로 달음박질했다.

 나가야 앞에 거한이 대담하게 웃는 얼굴로 서 있었다. 어깨는 탄
탄한 근육이 붙어서 우람했고, 팔에는 굵은 힘줄이 불거졌다. 힘센
장사라는 것을 한눈에 알 수 있었다. 군웅들이 천하를 두고 싸우는
시절이었다면 무인으로서 이름을 날렸을지도 모른다. 남자의 양
손등에는 태양을 본뜬 문신이 있었다.

 "이놈은."

동료가 신음하듯 말했다.

한 달 전에 누군가가 도신을 목도로 때려눕히고 달아나는 사건이 발생했는데, 범인은 손등에 태양 문신이 있는 거한이라는 이야기였다.

그에게 당했는지 남자 한 명이 피투성이가 된 얼굴로 길에 뻗어 있었다.

태양 문신을 한 악한은 겐신 일행이 도신임을 밝혀도 전혀 기죽지 않고 도리어 도발하는 듯한 태도를 취했다. 히죽히죽 웃으며 벽에 기대어둔 목도를 들고 손바닥을 탁탁 두드렸다.

"나리는 강하시오? 그야 무가 사람이니 목숨을 건 싸움도 자신이 있으시겠지?"

솜씨를 시험해볼까? 너희 둘이서 진검을 뽑아들고 덤벼도 나를 압송하기는 불가능하겠지만.

희미한 웃음이 맺힌 악한의 얼굴에는 그렇게 쓰여 있었다.

"얼마 전에도 나리들과 비슷하니, 한심할 만큼 약해빠진 사내가 있었지. 연습을 좀 시켜주었더니 실신하더군. 혹시 아는 사이였소?"

동료가 언짢은 듯이 끙, 하는 소리를 내며 칼자루에 손을 대자 겐신이 제지했다. 겐신은 악한에게 고개를 끄덕인 후, 큰 칼과 작은 칼(에도시대 때 무사가 예법에 따라 차고 다니던 두 자루 칼을 가리킨다. 큰 칼인 우치가타나·打刀는 날 길이가 70센티미터 전후, 짧은 칼인 와키자시·脇差는 날 길이가 30~60센티미터 사이였다)을 기모노 띠에서 빼내서 동료에게 맡겼다.

악한은 비웃음을 지었다.

"뭐요, 안 뽑소? 엄포나 놓으려고 들고 다니는 물건이었나?"

겐신은 품에 손을 넣어 가느다란 포승줄을 꺼내며 땅을 박찼다. 무서우리 만치 재빠른 몸놀림이었다. 악한의 목도를 튕겨낸 다음 순간, 겐신은 악한의 발치에 쪼그려 앉았다.

겐신이 몸을 슥 일으키는 것과 동시에 악한은 요란하게 넘어졌다. 악한은 땅에 쓰러진 채 몸을 꿈틀거렸다. 두 다리가 포승줄에 묶여 있었다. 승부는 시작된 순간에 결정됐다고 할 수 있다.

신기라는 말이 어울릴 만큼 재빠른 포박술이었다.

구경꾼들이 환성을 질렀다.

겐신은 버둥대는 악한의 두 손목을 냉큼 결박했다.

"날뛰고 싶거든 실컷 날뛰어라. 그 대신 옥방까지 질질 끌고 갈 테다. 그래도 되겠는가?"

겐신의 호흡에는 흐트러짐이 없었고, 목소리도 어디까지나 차분하고 냉정했다.

주변에 구경꾼이 더 모여들었다. 사람들을 헤치고 악한의 일당 두 명이 나타났다. 둘 다 악한과 다를 바 없이 우락부락한 남자들이었다. 우리 친구에게 무슨 짓이냐는 듯이 겐신에게 손을 뻗었지만 겐신이 몸을 가볍게 움직이자, 손을 뻗은 남자는 땅에 처박혔다.

메쳤다.

나머지 한 명이 긴장된 표정으로 칼을 뽑았다. 던져진 남자도 허둥지둥 일어섰다.

동료가 칼을 뽑으려 하자 겐신은 다시 제지했다.

"여기는 내가."

"어, 괜찮겠는가?" 동료가 물었다.

겐신은 악한의 일당에게서 눈을 돌리지 않고 말했다.

"진검으로 죽이고 나서, 죽일 정도의 죄는 아니었다고 밝혀지면 어쩌나? 무를 수가 없잖은가."

태양 문신을 한 남자가 땅을 엉금엉금 기었다.

겐신과 악한의 일당 두 명의 대결은 싱겁게 끝났다. 일단 한 명이 들고 있던 칼이 튕겨 날아갔고, 이어서 다른 한 명은 메치기를 당했다. 겐신은 두 사람을 제압해 순식간에 생선 두름처럼 묶었다. 마치 요술 같았다.

이번에는 처음보다 더 큰 환성이 들렸다.

겐신과 동료는 구경꾼들을 헤치고 줄줄이 묶인 세 악한을 부교 쇼로 끌고 갔다.

부교쇼에 무시무시한 실력자가 있다.

그런 소문이 퍼졌다.

어떤 수라장이 벌어져도 겐신이 얼굴을 내밀면 바로 수습됐다. 상대는 포박당하든지, 겁을 먹고 달아나든지 둘 중 하나였다. 겐신이 죄인을 잡으러 나서면, 그 기술을 한번 구경하고자 많은 사람들이 뒤를 졸졸 따라왔다.

본인은 그러한 인기에 무관심한지, 늘 엄격한 표정을 유지하며 웃음을 거의 보이지 않았다.

겐신은 에도에서 포박술을 배웠다.

포박술은 태평성대에 형식만 중요시하는 검술과는 다르게 극히

실전적인 격투술이다. 짓테, 사스마타(さす叉. 긴 막대 끝에 U자 모양 쇠붙이를 붙인 무기. 상대의 목을 눌러 제압한다), **소데가라미**(袖搦. 긴 막대 끝에 철제 갈고리를 상하 방향으로 부착한 무기. 갈고리를 옷소매 등에 걸어서 상대를 제압한다), **쓰쿠보**(突棒. 기다란 막대 끝에 철침과 갈고리가 달린 막대를 가로로 붙인 무기. 가로 막대로 상대의 옷을 걸거나 몸을 눌러서 제압한다) 등을 다루는 법을 먼저 습득한다. 이는 승부를 가리기 위한 것이 아니라 죄인을 신속하게 체포하기 위한 훈련이다.

그 도장에는 포박유술이라 하여 유술과 중원에서 전래된 격투술에 포박술을 조합한 독특한 기술을 가르치는 사범이 있었다.

겐신은 거기서 초로에 가까운 왜소한 사범이 젊고 건장한 제자와 맞붙어 눈 깜짝할 새에 포박하는 모습을 보았다. 바로 제자로 들어갔다.

자신보다 힘이 센 상대를 상처 입히지 않고 전투 불능 상태로 만든다. 그것이 바로 겐신이 추구하고 싶은 무예였다.

포승줄을 이런 식으로도 사용할 수 있구나 깜짝 놀랄 만큼 신묘한 기술이 많았다. 상대의 발치에 뛰어들자마자 두 발목을 묶어 넘어뜨리는 기술. 덤벼드는 상대의 주먹을 포승줄로 받아내고 그대로 묶어버리는 기술. 포승줄을 사용해 상대를 메치는 기술.

하룻밤 만에 익힐 수 있는 기술은 아니었다. 도장에 다니며 날마다 대련을 했고, 비는 시간에는 인형을 상대로 포박하는 연습을 수없이 되풀이했다. 생각하지 않아도 손이 자유자재로 움직일 때까지 묶고 또 묶었다.

적을 쓰러뜨린 후 포박하는 것이 아니다. 포승줄을 무기 삼아 적을 쓰러뜨리는 것이다.

호흡을 읽는다, 자세를 보고 적이 어떻게 움직일지 예측한다. 힘의 균형을 무너뜨릴 한 점을 찾아낸다. 겐신은 습득한 기술을 독자적으로 발전시켰다. 원래부터 검술처럼 널리 알려진 기술이 아니다. 그 때문에 겐신의 움직임을 먼저 읽어낼 수 있는 사람은 전무했다.

2

시바모토 겐신은 일을 마치고 집에 돌아가면 혼자다.

겐신은 유술 도장에 특별 사범으로 초청받을 때가 많았고, 자택 뜰에서 부하들에게 '포박술 강습회'를 열 때도 있었다. 도장 뒤편에 있는 낡은 자택은 요리키(与力. 에도시대 부교 등의 휘하에서 도신을 지휘하던 관헌)의 부탁으로 번에서 내어준 관사다.

부모와는 함께 살지 않는다. 처자식도 없다. 몇 달 전까지는 머슴을 하나 부렸지만, 심부름을 하러 갔다가 조카마치에서 말발굽에 차여 죽었다.

안 그래도 조용했던 집이 더 조용해졌다.

침소에 나무 불상이 하나 있다. 겐신이 깎은 것이다.

너그러운 인상의 보살상으로, 눈을 반쯤 감고 입가에는 미소를 머금었다.

겐신은 날마다 밤이 되면 그 보살상 앞에 앉아 생각에 잠겼다.

때로는 보살상에게 말을 걸었다. 성인 남자와 크기가 같은 좌상이므로 멀리서 보면 사람과 이야기하고 있는 것처럼 보이기도 한다.

　여름밤이었다. 벌레 소리가 들렸다.
　겐신은 나무 불상을 가만히 바라보았다.
　예전에 나무 불상이 말을 한 적이 있었다. 그때를 떠올리며 나무 불상의 뺨을 쓰다듬었다.
　뜰에서 자갈을 버스럭 밟는 소리가 났다.
　겐신은 포승줄을 살그머니 집어 들고 일어섰다.
　도둑이 숨어들었다면 행등 불빛에서 떨어지는 편이 낫다. 불빛 가까이 있으면 이것이 표적이라고 상대에게 알려주는 꼴이다. 겐신은 조명 기구 없이 살금살금 뜰에 면한 툇마루로 나갔다.
　흠칫 놀랐다.
　뜰에 검은 천으로 싼 덩어리가 있었다. 그 옆에는 흑의를 걸친 자가 한쪽 무릎을 꿇고 앉아 있었다.
　침입자.
　흑의를 걸친 침입자의 얼굴이 달빛을 반사해서 빛났다. 아무래도 인간의 얼굴이 아닌 듯했다. 무슨 가면이라도 쓴 것이리라.
　"누구냐?"
　"부탁이 있소이다."
　흑의를 걸친 수상한 인물이 입을 열었다.
　묘한 목소리였다.
　"그 전에, 누구냐고 물었다."

"달에서 온 자요."

겐신은 침을 꿀꺽 삼켰다.

"장난을 치는 것이라면 포박하겠다."

"그렇습니까."

"그렇습니까는 무슨. 내가 누구인지 알고 여기에 왔느냐? 그 옆에 있는 그것은 무엇이냐?"

도둑에게서 삑, 하고 작은 새소리 같은 소리가 들렸다. 도둑은 앉은 채로 말했다.

"그대는 부교쇼의 도신, 시바모토 겐신. 정의를 밀어붙여 질서를 만든다. 틀림없을 터."

겐신은 침입자를 응시했다.

"포박술에 능하고, 백성의 신뢰가 두터운 그대에게 이 처자를 부탁한다. 무슨 일인지는 이 처자에게 듣도록."

겐신은 뜰로 내려가서 침입자 옆에 있는 검정색 덩어리를 보았다. 이불에 감싸인 여자였다. 위를 보고 누운 자세였고, 머리가 흐트러졌다.

"살아 있나?"

"살아 있습니다. 잠들었습니다. 식사와 잠자리, 보살핌이 필요합니다."

말투가 이상하다. 억양이 없고 갑자기 정중해졌다가 무례해졌다가 한다. 무엇보다도 묘한 것은 가면에 있는 녹색 광점이다. 뭘 어떻게 해서 빛이 나는 것인지 모르겠다.

"그렇다면 찾아올 곳은 여기가 아닐 터인데. 의사나, 아니면 다른."

"아니 된다."

"어허, 아니 된다니."

"나는 네놈한테 부탁하는 것이다. 만약 들어주지 않는다면 네놈을 죽이겠다."

죽이겠다니. 겐신의 관자놀이에 핏대가 섰다.

"무례한 놈. 누구인지는 모르겠으나 네놈은 너무 수상하다. 무단으로 남의 집에 침입한 것으로 모자라 죽이겠다고 협박하다니 내버려둘 수 없군. 포박하겠다."

"그러한가. 그럼 해보아라."

흑의를 걸치고 가면을 쓴 남자가 일어섰다.

도검류는 소지하지 않은 것으로 보였다. 하지만 어딘가에 숨기고 있을지도 모른다. 조심하는 것이 최고다.

겐신이 재빨리 손을 뻗어 침입자의 팔에 포승줄을 얽으려고 한 순간, 세상이 빙글 돌았다.

겐신은 자갈이 깔린 뜰에 쓰러져 푹 엎어졌다.

낙법을 썼지만 충격으로 머릿속이 새하얘졌다.

메치기를 당했다.

─언제, 어떻게?

황급히 일어섰다.

흑의를 걸친 남자는 제자리에 서 있었다.

겐신은 헉, 신음했다. 흑의 틈새로 금색 광택이 보였다. 살펴보니 손과 얼굴도 금색 강철 같은 것으로 덮여 있었다. 갑주를 입은 모양이다.

—뭐냐, 이 작자는.

포승줄이 절단됐다. 이래서는 너무 짧아서 사용할 수 없다. 부지불식간에 잘렸으니 역시 날붙이를 숨기고 있었다. 오랜만에 맛본 패배였다. 아직 결판은 나지 않았지만, 만약 침입자가 겐신을 죽일 작정이었다면 쓰러졌을 때 얼마든지 날붙이로 찌를 수 있었을 것이다. 침입자가 결정타를 날리지 않은 덕분에 살아 있다.

—이것은 패배다.

"이제 됐는가. 시바모토 겐신. 부탁하오."

"웃기지 마라."

겐신은 덤벼들었다. 메치기라면 겐신도 자신이 있었다. 포승줄 없이도 번에서 제일가는 유술의 명수다. 하지만 침입자의 몸은 보기보다 무거운지 흑의를 잡고 다리를 걸어도 꿈쩍도 하지 않았다.

침입자가 끼이, 하고 겐신에게 얼굴을 돌렸다.

무서운 가면이었다. 눈과 코가 불분명했다. 눈 부분에 박힌 유리 안쪽에서 녹색 빛이 번쩍였다. 숨을 쉬기 위해 입과 코 부분에 내는 구멍이 없었다.

갑주를 입은 무인과 겨루고 있다는 기분은 들지 않았다. 상대의 숨소리가 들리지 않았다. 갑주 아래에 있을 폐와 근육의 움직임이 느껴지지 않았다. 땀 냄새도 나지 않았다.

인간의 기운을 지니지 않은 존재.

그런 인간이 있단 말인가.

아니, 이건······.

진짜로 가면일까?

무잉, 하고 뭐라고도 형용할 수 없을 만치 묘한 소리가 침입자의 몸속에서 들렸다.

위험한 느낌이 들어 겐신은 뒤로 풀쩍 뛰어 물러났다. 하지만 침입자는 벌어진 간격을 단숨에 좁혔다.

겐신은 다시 허공에 붕 떴다가 땅바닥에 충돌했다.

의식이 멀어졌다.

겐신은 야차가 나오는 악몽을 자주 꾼다.

암흑 속에 입이 쭉 찢어진 귀녀의 얼굴이 떠오른다. 그것이 야차다. 그 야차를 쓰러뜨리고자 온갖 기술을 다 시도하지만, 초자연적이라고 할 수 있는 힘에 의해 겐신의 움직임이 달팽이처럼 느려져서 아무 기술도 통하지 않는 꿈이다.

그리고 야차에게 죽임을 당하기 직전에 깨어난다.

한순간 의식이 혼탁해진 가운데, 야차의 드높은 웃음소리가 들렸다.

이놈은 그 악몽 속에서 튀어나온 야차가 아닐까.

콧구멍에 흙냄새가 스며들었다.

눈을 뜨자 침입자가 내려다보고 있었다.

"처자를 보살펴다오. 이 처자가 말하는 악인을 찾아다오."

침입자는 겐신의 옷깃을 붙잡고 들어 올려 집 안으로 아무렇게나 내던졌다.

다다미를 굴러 맹장지문을 뚫고 들어갔다.

벽에 닿고서야 멈췄다.

겐신은 벽에 등을 기댄 채 잠시 넋을 놓았다.

못 이긴다.

절대로 이길 수 없는 존재, 악몽 속 야차가 다시 이 침입자의 모습에 포개어졌다. 자신의 굵은 힘줄이 가늘어지고, 빨라야 할 몸놀림이 느려진 것만 같았고, 상대가 정체를 알 수 없을 만큼 크게 느껴졌다.

지금까지 거듭해온 수행을 부정당한 듯하여 기분이 씁쓸했다. 하지만 무예로 이름을 날린 이상, 밤에 쳐들어온 침입자를 놓아두고 도망칠 수는 없다.

간신히 호흡을 가다듬고 뜰로 나가자 침입자는 사라지고 없었다.

이불에 감싸인 여자만 남아 있었다.

겐신은 여자를 툇마루를 통해 집 안으로 끌어 들이고 침구에 눕혔다. 여자를 감싼 이불에는 칼집에 든 칼도 끼워져 있었다.

겐신은 칼을 꺼내 물끄러미 바라보았다.

3

여자는 아침이 되자 정신을 차렸다. 아직 젊은 처자였다.

"대체 여기는."

여자는 빛이 비쳐 들어 밝은 방을 둘러보았다. 그 시선이 머리맡에 앉아 있던 겐신을 향했다. 겐신은 헛기침을 했다.

"시바모토 겐신의 집이다. 다친 데는 없느냐?"

"예, 다치지는 않았습니다."

"넌 누구냐?"

"아, 그러니까, 저, 저는 무카와무라의 하루카라고 하는데요."

처자는 몸을 일으키고 얼떨떨한 얼굴로 대답했다. 찢어지고 나자빠진 맹장지문으로 시선을 돌렸다. 어제 겐신이 뚫고 들어온 문이다.

"금색님은?"

"그 희한한 놈의 이름은 금색님인가?"

"예."

처자는 멍하니 대답했다.

"기다려라, 차를 끓여주마."

겐신은 차를 끓여 왔다. 얼굴을 닦으라고 물에 적신 수건도 내주었다. 내친 김에 아침밥도 차려 왔다.

"송구합니다. 어찌 감사를 드려야 할지 모르겠네요."

"인사는 됐어."

"여쭙고 싶은 것이 있습니다." 처자는 말했다. "으음, 시바모토님……이라고 하셨나요? 저는 어찌된 연유로 여기에 있는 것입니까?"

겐신은 팔짱을 꼈다. 눈에 매서운 빛이 서렸다.

"뭐라?"

"아니요, 그러니까, 죄송합니다. 생각을 해보았는데 아무래도 모르겠어서요."

"금색님인지 뭔지가 어젯밤 자네를 데려왔어. 보살펴달라더군."

처자의 눈이 휘둥그레졌다. 정말이냐고 묻기에 정말이라고 대답했다.

"시바모토 님은 무사님이시지요?"

"그래. 부교쇼에 도신으로 있지."

하루카는 도신 님…… 하고 중얼거렸다.

"뭐가 뭔지 영문을 모르겠군. 일단 어제까지 있었던 일을 들려주게."

겐신은 처자에게 이야기를 들었다. 처자는 무카와무라의 의사 소노 신도 슬하에서 자랐다고 한다. 원래는 아즈키무라를 떠난 유민의 딸이었지만, 주워져서 소노 신도에게 맡겨졌다. 소노 신도는 출생을 따지지 않고 딸로 키워주었지만, 어느 날 그 사실을 알고 괴로워져서 집을 나왔다.

그리고 산속의 당집에서 금색님을 만났다.

무슨 고민이든지 들어주는 존재로서 숭상을 받는 신이었다. 금색님은 당집에 불상처럼 앉아 있다가 처자가 찾아오자 입을 열었다.

여러 이야기를 나누었다고 한다.

마침내 처자는 기분이 개운해져서 산을 내려가기로 했다.

금색님이 도중까지 바래다주기로 했다. 계속 걷다가 금색님이 업어주었다. 노곤했던 탓에 잠들고 말았다.

그리고 깨어나니 이 집이었다.

그 같은 내용이었다.

겐신은 생각했다. 그야말로 부자연스럽고 구멍이 숭숭 뚫린 이야기였다. 자신이 유민 출신임을 알았다는 것이 집을 나올 이유가 될까? 보통은 키워준 은혜에 감사하며 효도에 더욱 힘을 쓰지 않을까?

"소노 신도라는 이름은 들어본 적이 있어."

명의로 평판이 높았다.

"존경할 만한 분입니다. 늘 환자를 먼저 생각하시며, 저한테도 잘해주셨습니다."

"어버이로서 본분을 다했다는 말인가?"

한 핏줄이 아닌 부녀 관계에서 남에게 꼭 덮어두고 싶은 치부가 있다면 과연 무엇일까 생각하자, 흔하다면 흔한 왜곡된 애정의 형태가 먼저 떠올랐다.

"그야 두말할 것도 없이."

도신의 감이 하루카가 뭔가 숨기고 있다고 알려주었다. 요컨대 집을 나온 이유에 직결되는 부분은 이야기하고 싶지 않은 것이리라. 굳이 깊이 파고들지 않고 다음 의문으로 이야기를 진행했다.

"산속에서 그 희한한 자와 만났다는 건 알겠다. 그런데 그 후에 왜 여기에 오게 되었지? 나는 그 희한한 자와 면식이 없다. 자네도 나와는 면식이 없을 터인데."

"저도 제가 왜 여기에 있는지는 전혀 짐작이 안 갑니다." 여자는 몸을 움츠렸다.

"아, 어쩌면."

"무엇이냐?"

"아니요."

"무슨 이야기든지 서슴지 말고 해봐."

"시바모토 님은 부교쇼에 계시다고 하셨지요. 저는 금색님과 이 야기를 나누다 복수를 입에 담았습니다. 저를 주운 날 아침에 그 주변에는 유민들의 시체가 너부러져 있었다고 합니다. 저를 안고 있던 어머니 같은 여자도 죽었고요. 나는 그들을 죽인 악인이 밉 다, 이미 집을 저버린 마당이니 원수를 갚고 싶다, 당신이 신이라 면 그자의 이름을 알려달라고 부탁했습니다. 아마도 그…… 시바 모토 님이 도신님이니까."

여자는 곤혹스러운 표정으로 겐신을 보았다.

"어디선가 시바모토 님에 대해 들어서 알고 있었던 금색님이 도 신을 소개해줄 테니 조력을 얻으라는 뜻에서 여기에 데려다 놓은 것이 아닐까요?"

"확실히 그러한 일은 내 소관이다만."

그 침입자는 이 처자가 말하는 악인을 찾아달라고 했다.

"분명 그럴 것입니다. 하지만 그 취지를 알려주셨다면 제 발로 부교쇼에 갔을 것을! 금색님은 한밤중에 느닷없이 저를 시바모토 님 댁 뜰로 데려왔지요? 깜짝 놀라셨겠습니다."

겐신은 팔짱을 꼈다.

"허 참, 그런 식으로 부탁을 하다니 참으로 황당무계했어. 그런 놈은 처음이야. 그것은 인간인가?"

하루카는 고개를 갸웃했다.

"평범한 인간은 아닐 것입니다. 역시 무슨 산신이 아니겠습니까."

일소에 부치고 싶었지만, 온몸이 금색 강철로 된 듯이 겉모습이 기괴했고 나찰처럼 강했다는 것이 생각났다.

"산신이 내게 부탁을 했다 그건가."

"산신인 까닭에 인간 세상의 법도에 어두운 것이겠지요. 하지만 아무리 그래도 터무니없군요. 참으로 큰 폐를 끼쳤습니다."

겐신은 이마에 손을 대고 눈을 감았다.

"좋아. 그럼 찾겠다."

"어, 무엇을."

"무카와강에서 유민들을 살해한 범인."

하루카는 뒤로 물러나서 다다미에 머리를 조아렸다.

"황송하기 그지없습니다."

"인사는 됐어. 찾는다고 해서 반드시 좋은 결과가 나온다는 보장은 없으니. 자, 아침을 들게."

하루카는 식사를 시작했다. 다 먹었을 즈음에 말을 붙였다.

"다 먹었으면 가자."

"옛?" 하루카가 일어섰다. "어, 어디로요?"

"일단 나는 부교쇼에 가보아야 해. 관헌이니까. 그 후에 자네를 데리고 자네 집에 가겠다."

눈앞에 있는 여자의 이야기가 모조리 거짓말일 가능성도 있다. 여자의 말을 절반이라도 믿기 위해서는 확인할 수 있는 부분부터 확인하는 수밖에 없다.

오후에 무카와무라에 있는 소노 신도의 집에 도착했다.

하루카를 보고 집안사람이 달려왔다.

"하쓰에 씨." 하루카가 말했다.

"도대체 어디에 갔었니."

하쓰에 씨라고 불린 여자는 하루카를 어린아이처럼 꼭 부둥켜 안았다. 하루카는 죄송해요, 죄송해요, 하고 중얼거렸다.

"넌 우리 집 애잖아!"

"예."

하루카가 집을 나가서 몹시 걱정했던 모양이다. 겐신은 수상한 점이 없는지 두 사람을 눈여겨 관찰했다.

하루카는 겐신을 부교쇼의 도신이라고 소개했다.

"설마 하루카가 무슨 잘못이라도." 하쓰에의 안색이 변했다.

"아니, 사람을 찾아달라는 부탁을 받았네."

겐신은 무표정하게 말했다.

하쓰에는 즉시 집 안으로 안내하여 차를 대접했다. 머리를 삭발한 고지식한 인상의 의사 소노 신도도 나와서 딸이 폐를 끼쳐 미안하다며 오로지 머리를 숙였다.

"도대체 어떠한 인연으로 시바모토 님께?"

겐신은 한밤중에 금색님이 하루카를 데려온 것부터 시작해 자초지종을 들려주었다. 하지만 그들은 반신반의하는 듯했다. 그들의 표정을 보고 있자니 겐신도 자신의 이야기가 거짓말처럼 느껴졌다.

"나도 영문을 모르겠소. 아무튼 금색 갑주로 몸을 감싼 자를 본 적은 없소이까?"

"아니요." 소노 신도와 하쓰에는 얼굴을 마주보았다.

이어서 하루카를 주웠다는 하쓰에에게 그 당시 상황을 들었다. 아침에 강가로 나가보니 유민으로 추정되는 사람들이 여럿 쓰러져 있었고, 여자가 아직 어린 하루카를 안고 있었다는 이야기였다. 하루카가 소지하고 있던 칼은 당시 거기에 떨어져 있던 칼이라고 한다.

"십사 년 전의 일입니다."

"알겠소. 그럼 칼은 내가 맡아두어도 되겠소?"

그들은 물론입니다, 그러시지요, 하고 머리를 숙였다.

"어떻게 조사하실 것입니까?" 하루카가 물었다.

"칼." 겐신은 하루카에게 받은 칼을 쓰다듬었다.

"이것을 실마리로 삼아야지. 여기저기 탐문을 해보겠네. 십사 년이나 지난 일이니 쉽지는 않겠지만. 그러고 보니 당시에 이 일을 신고는 하였는가?"

"예." 하쓰에가 대답했다. "하지만 당시의 관헌님은 가와타로가 어디선가 칼을 주워 와서 술을 마시고 서로 칼부림을 한 것이 아니겠느냐고 말씀하셨어요. 그, 이렇게 말씀드리면 뭐하지만 조사는 별로 안 하신 것 같았습니다."

겐신은 고개를 끄덕였다.

"그 밖에 뭔가 단서가 될 만한 일은 없는가?"

"저어." 하루카가 머뭇머뭇 말을 꺼내다가 됐습니다, 하고 어두운 표정으로 입을 다물었다.

"뭐지. 최대한 많이 알아두고 싶으니 쓸데없다 생각지 말고 말해 보게."

"오래전에 이름도 모르는 사내가 지나가는 길에 네 부모를 해친 자는 검술의 달인이라고 했습니다."

"왜 그 이야기를 이제야 하느냐." 겐신은 어처구니없다는 표정으로 말했다. "그자에게 물어보면 금방 알 수 있겠지. 어디의 누구인가?"

"그게 그러니까 어디에 사는지 모르는 낯선 행인이었습니다. 그것도 꽤나 오래전 일이고요."

"꽤나 오래전은 몇 년 전이냐. 그리고 지나가는 길이었다니, 어디를 지나갔는데?"

"어, 오 년이나 전의 일입니다. 그 사내와는 마을 길에서 마주쳤습니다. 그저 몹쓸 장난이었을지도 모르지만, 그렇게 말하고 갔지요. 그 후로 그 사내는 보지 못하였고요."

하루카의 대답은 지리멸렬했다. 겐신은 또다시 하루카가 뭔가를 숨기고 있다는 감이 들었다.

모르는 자가 느닷없이 나타나서 그런 중요한 사실만 알리고 떠났단 말인가.

"어떤 사내였느냐? 신분은, 생김새는?"

"어, 그러니까 로닌풍이었다고 할까요. 사카야키는 하지 아니하였고, 허리에 칼을 차고 있었습니다. 조금 야무지지 못한 인상이었고요. 키는 중간에 몸집도 중간. 예, 하지만 어쨌거나 옛날 일인지라 기억이 잘 안 납니다."

겐신은 더 이상 추궁하지 않았다.

"알았다. 조사해보지. 이제 다시는 집을 나가지 말게."

하루카는 물론 소노 신도의 집에 돌아가기로 했다.

한밤중에 나무 불상 앞에 앉았다.

행등 불빛이 보살상을 희미하게 비추었다.

하루카에게 받은 칼을 무릎 위에 얹었다. 칼집에서 뽑았다. 오랫동안 손질을 하지 않았는지 칼날에 녹이 좀 슬었다. 니오이구치(匂い口. 일본도의 날 표면에 안개처럼 보이는 무늬를 가리킨다)에 움푹 팬 부분이 있었다. 하쓰에와 소노 신도에게 수상한 구석은 없었다. 연기를 하는 것 같지도 않았다. 하루카가 들려준 신상 이야기는 거짓말이 아닐 것이다.

"하루카라." 칼을 옆에 놓아두고 이름을 중얼거렸다.

아름다운 처자였다.

겐신은 숨을 후 내쉬었다.

하지만 분명히 무슨 거짓말을 하고 있다. 그 거짓말만 빼면 애지중지 키워진 사람 특유의 순수함과 성실함, 그리고 기품도 느껴졌다.

눈을 감자 하루카의 얼굴이 떠올랐다.

겐신은 올해로 스물여덟 살이 되었지만 아직 미혼이었다. 겐신을 연모한 여자는 많았지만, 지금까지 겐신이 특정한 여자에게 먼저 끌린 적은 없었다. 연모하며 따르는 여자도 귀찮아지면 냉담하게 대해서 사이가 멀어지기 일쑤였다. 혼담도 무수히 많이 들어왔지만 다 얼버무려 넘겼다.

보살상의 입가에 조소가 맺혔다.

겐신은 흥, 하고 콧숨을 내쉬고 보살상에 덤벼들어 포박했다.

4

다음 날부터 겐신은 부교쇼의 선임들과 옥졸들을 찾아다니며 물었다.

부교쇼에서 나이가 지긋한 최선임 도신이 쓴웃음을 지으며 말했다.

"시바모토. 그런 일이야 흔하지 않나. 오래전에 가와타로가 죽은 것이 뭐 어쨌다는 말이야."

"실은 어쩌다보니 알게 된 자가 이 사건을 꼭 조사해달라고 부탁해서 말입니다."

"범인이 누구인지는 짐작이 가나?"

"전혀 모르겠습니다. 그것을 조사하는 중입니다."

"하지만 그 일은 구악일 터인데."

최선임 도신의 말에 겐신은 고개를 끄덕였다.

번의 법령상 범죄가 발생한 지 열두 달이 지나면 반역이나 방화 등의 특별한 중죄를 제외한 일반 범죄는 '구악'으로 구분되어 실질적인 수사가 중지된다. 이번 경우는 십사 년이나 예전의 일이다. 무슨 증언이 있다고 해도 증언을 뒷받침할 증거는 발견되지 않을 테고, 덧붙여 피해자가 이름도 모르는 유민이라면 만에 하나 범인이 밝혀져도 문책을 받지 않을 것이 확실했다.

물론 겐신은 그 사실을 알고서 탐문을 하고 있었다.

"분명 그렇습니다만, 일단 부탁받으면 조사하지 않고서는 배기지 못하는 성격이라서요. 끈질기게 물고 늘어지면 드러나는 것도 있지 않겠습니까."

"나는 지금까지 자네가 임무에 성실하게 임하는 모습을 지켜봐 왔어. 신입도 아니겠다, 너무 잔소리를 하지는 않겠네. 하지만 그런 일에 매달리는 것이 도신의 본분은 아닐 것이야."

"유념하겠습니다. 비는 시간을 짬짬이 이용하겠습니다."

탐문 성과는 별로 없었다. 당시 강기슭에 살았던 유민들을 모두들 어렴풋이 기억하고 있었지만, 몇 명이 죽임을 당하는 사건이 벌어진 후 강기슭에서 어딘가로 사라졌다고 한다. 누가 죽였는지, 어디로 이동했는지 아는 사람은 없었다.

겐신은 부하에게 검술 도장 탐문을 맡기고, 자신은 하루카에게 받은 칼을 들고 도공(刀工) 및 갑주와 도검을 취급하는 상인들을 탐문하러 갔다.

하루카에게 받은 칼을 본 적 있는 사람이 있을까. 그리고 하나 더. 금색 강철로 된 갑주를 입은 무인에 대해서 뭔가 모를까.

"묘한 갑주를 취급한 적 없나?"

상인은 의아하다는 듯이 되물었다.

"묘한 갑주라니, 자세하게 어떤 것인지요?"

"남만의 것인지 뭔지 모르겠지만, 손끝과 발끝부터 목 전체와 얼굴까지 온몸을 감싸는 물건일세. 매끈매끈하고 이음매는 없어. 이렇듯 우리가 쓰는 갑주와는 전혀 다른 형태인데, 모르는가?"

"본 적도 들은 적도 없군요." 상인은 고개를 기웃했다. "색깔은 어떠합니까?"

"금색이야."

"하, 하하아. 금색이라고요? 아주 눈에 띄겠군요. 그런 물건을 거래했다면 반드시 기억에 남아 있을 것입니다."

갑주와 마찬가지로 칼에 관한 단서도 얻지 못했다. 흔해빠진 간분신토(寬文新刀. 에도시대 중기에 주로 만들어진 칼. 칼날이 많이 휘어지지 않은 것이 특징이다)였다.

며칠 후에 겐신의 부하가 부교쇼에 와서 보고했다.

조카마치에는 검술 도장이 두 곳이다. 양쪽 다 언제나 문하생이 쉰 명에서 백 명 가까이 된다.

"양쪽을 방문하여 문하생들에게 물어보았으나, 다들 모른다는 말뿐이었습니다."

"사범과 사범 대리에게도 물어보았나? 십사 년이나 지난 일이니 새로 들어온 자들은 알 리가 없지. 옛날부터 도장에 있었던 자들에게 물어보아야 해."

"암요. 물어보았습니다. 오사토류 검술을 가르치는 도장에서 사범 대리 호리에 게이자에몬이라는 사내와 이야기를 나누었지요. 호리에는 '그러고 보니 그런 일도 있었지'라고 하더니 '나는 잘 모르니까 다무라 슌페이라는 사내에게 물어보시오'라고 했습니다."

"다무라 슌페이는 어떤 자인가?"

"다무라는 일찍이 그 도장에 다녔던 자인데, 호리에 말로는 검술만 팠던 자신과 달리 다무라는 여기저기에 발이 넓답니다. 당시 문하생 중에서 정보통이었으므로 뭔가 조사하려면 일단 그쪽에 가보라고 했습니다."

"그렇군. 그래서 다무라에게는 가보았나?"

"아니요. 호리에 말로는 다무라가 도장에 발길을 끊은 지 십 년도 넘었다고 합니다. 번의 서쪽 외곽, 바다 근처 나루에무라에서 간장 장사를 하는 양갓집에 데릴사위로 들어갔다는 것이 마지막으로 들은 소식이었다고 하더군요. 내일이라도 그쪽으로 가볼까요?"

"아니다, 내가 가마."

찻집에서 경단을 먹었다.

겐신의 눈앞에는 하루카가 있다. 소노 의사의 집을 찾아가서 불러냈다. 조사 경과를 화제로 삼았다.

"일단 지금까지 알아낸 건 이 정도야."

하루카는 정말로 황송합니다, 하고 고개를 숙였다.

"이게 일이니까 당연하지."

"시바모토 님은 단 것을 좋아하시는군요."

"응." 겐신은 경단을 입에 넣었다. "단 것을 먹으면 어쩐지 마음이 편해지니까."

"여기저기서 시바모토 님의 소문을 들었어요. 번에서 제일 실력이 좋은 도신으로, 어떤 무뢰한도 눈 깜짝할 사이에 포박하신다고요. 설마 이렇게까지 유명하신 줄은 몰랐습니다."

"과장된 소문이야. 묶는 것이 일이니까 솜씨가 좋은 것은 당연하지. 어부가 물고기를 잘 잡는 것과 똑같아. 그래도 금색 침입자에게는 졌어."

"그 일은 정말로 실례가 많았습니다. 지금 돌이켜보아도 금색님은 꿈속에서 튀어나온 것처럼 신기한 분이지만, 덕분에 시바모토님처럼 유능한 도신을 만났으니 역시 제게는 은인이십니다."

겐신은 하루카를 빤히 바라보다가 눈을 돌렸다. 꿀벌이 밖에서 날아 들어와서 웽웽대다가 어딘가로 사라졌다.

"그건 그렇고 도대체 어떤 자가 유민을 베었을까요?"

"모르겠어. 단순히 '칼을 소지하는 자는 누구인가' 생각하면 무가 사람이겠지만 칼은 도구에 지나지 않으므로 농사꾼, 상인, 무숙자, 누구라도 해당될 수 있겠지. 범인이 만약 뜨내기라서 이미 번 안에 없다면 속수무책이야. 어쨌거나 원한 때문이 아니라 절반은 재미로 저지른 짓이 아닐까 싶어. 지나가던 사내가 그대에게 범인은 '검술의 달인'이라고 했지?"

"예. 분명히."

"내 생각에 '검술의 달인'은 그런 짓을 하지 않을 것이야. 진짜 검술의 달인이라면 강가에서 유민을 베어본들 약한 자를 괴롭혔다고 명성이 더러워질 뿐이니까. 정신이 제대로 박힌 자가 할 짓이 아니지. 하지만 검술 도장은 일단 마지막까지 조사해봐야겠지. 다음은 다무라 슌페이라는 자를 쫓아볼 생각이야. 만난다 해도 뭔가 알고 있다는 확증은 없으니, 아무 소득도 얻지 못할지 모르지만."

"시바모토 님과 이야기를 하면 신기하게도 마음이 차분해지네요."

"그거 다행이군. 찾아내어 붙잡아서 벌하는 것은 우리의 일이야. 하루카 님은 안심하고 가업에 힘쓰면 돼."

농민과 상인 같은 평민은 부교쇼가 재판의 기준으로 삼는 법령을 알 권리가 없으므로, 겐신이 생각하기에 하루카는 '구악은 문책하지 않는다'는 사실을 모르지 않을까 싶었다. 물론 가르쳐줄 마음은 없었고, 가령 그녀가 남에게 들어서 알고 있더라도 "그 같은 선례가 많지만 전부 그렇게 처리하는 것은 아니다."라고 설명할 작정이었다. 실제로 구악을 파헤쳐서 조사했더니 현재의 범죄도 드러나서 중죄인으로 체포되는 일도 적지 않다.

"아무튼 범인을 찾아내면 절대로 용서하지 않겠어."

겐신의 얼굴을 바라보던 하루카는 뺨을 붉히며 고개를 숙였다.

"이런 말씀을 드리면 화내실지도 모르지만, 사건 이야기를 꺼낸 당사자인데도 저는 날마다 원수에 대한 복수심이 옅어지는 것 같습니다."

"흐음."

"저 말고 다른 사람의 입장에서 보면 먼 옛날에 일어난 남의 일……, 게다가 유민에게 일어난 사건인데, 이렇게 진심으로 화를 내주시는 분이 계시다니 전부 다 씻겨 내려가는 기분이에요."

"행복해지게. 산 자가 그리 되기를 죽은 자들은 바랄 거야. 음, 뭐 행복이라고 하면." 겐신은 어디까지나 이야기의 흐름상이라는 듯이 말을 이었다. "그대도 혼기가 찬 처자이니 혼담도 많이 들어

오겠군."

"아니요, 아니요." 하루카는 당황한 기색으로 말했다. "저 같은 걸 누가. 터무니없는 말씀이십니다. 살아 있는 것만으로도 행복한 걸요."

"터무니없다니. 소노 집안 분들도, 돌아가신 부모님도, 다들 딸이 좋은 사람과 인연을 맺기를 바라실 거야."

그렇게 말했을 때 하루카의 눈에 눈물이 맺힌 것을 보고 흠칫 놀랐다.

"어허, 나도 참 쓸데없는 오지랖을 부렸군. 미안하네."

"아니요, 어찌 그런 말씀을. 저야말로 죄송합니다, 죄송해요." 하루카는 사과하면서 눈물을 뚝뚝 흘렸다. "그런 것이 아닙니다. 차, 참으로 송구합니다."

겐신은 마음속으로 생각했다.

나는 그대와 이야기를 나누면 심장에 생긴 작은 생채기가 욱신거리는 듯한 기분이 든다.

그 침입자는 내게 처자를 보살펴주라고 말했다. 어떻게 보살펴주라는 걸까. 이 일에 대해 보고할 사항이 없어지면 자연스레 하루카와는 연이 끊긴다. 침입자의 말은 어찌 되었든, 과연 나는 그래도 괜찮을까?

바람이 거센 날이었다. 나루에무라로 향했다.

바람에 바다 냄새가 섞였다. 바다 옆에 우거진 수풀의 우듬지가 흔들렸다.

집에서 마흔 살이 넘어 보이는 중년 여자가 나왔다. 겐신이 부교 쇼에서 왔다고 알리자 표정이 변했다.

"안녕하세요, 나리. 어인 일로 이런 곳까지 행차하셨어요?"

여자는 고개를 깊이 숙여 인사했다.

다무라 슌페이가 데릴사위로 들어갔다는 집이다.

"실은 다무라라는 분에게 이것저것 물어볼 것이 있어서 왔소만. 다무라 슌페이 님을 뵐 수 있겠소이까?"

여자는 미간에 주름을 잡았다.

"다무라? 아아, 다무라. 다무라 슌페이, 아아. 아아, 예, 예. 작은 어르신의 옛날 성이 다무라였지. 아이고, 죄송합니다만 이제 안 계세요."

"없어졌소?"

"벌써 칠 년이나 지났는걸요. 딱하게도 그런 일이 생기다니."

"무슨 일이 있었소?"

"모르세요?"

겐신은 고개를 끄덕였다.

"잘못해서 독버섯을 드셨어요. 간병할 새도 없었지요. 뒷산에서 돌아오시자마자 토악질을 하다가 쓰러지시더니."

"맙소사."

"돌아가셨어요."

"그것 참 안타까운 일이로군. 생전에 어떤 사람이었소?"

"무카와강 쪽의 무사 집안 출신이셨는데 이제 무사의 시대가 아니라면서 칼도 버렸다고 하셨지요. 뭐든지 못하는 게 없는 분이셨어요. 참 아까운 분이지요. 예."

검술 도장의 사범 대리 호리에는 다무라가 죽은 줄 몰랐던 것이 틀림없다. 나루에무라와 무카와강 쪽은 거리가 제법 멀기에 어지간히 큰일이 아니면 전해지지 않는다.

수풀 속 작은 길을 빠져나오자 바다가 나왔다. 겐신은 아무도 없는 바닷가를 거닐었다.

잔뜩 찌푸린 하늘 아래, 높은 파도가 몰려와서 부서지며 물보라를 날렸다.

하현달이 떴다.

겐신은 자기 집 침소에 있었다. 보살상 앞에 앉아서 차를 마셨다. 보살상은 얼마 전에 포승줄로 묶어둔 모습 그대로였다.

이리하여 알아볼 수 있는 방향은 전부 알아보았다. 가와타로를 누가 죽였는지 아는 사람은 어디에도 없었다.

"잘됐네."

보살상이 입을 열었다.

겐신은 깜짝 놀랐다.

쳐다보니 보살상이 반쯤 감겨 있던 눈을 번쩍 떴다. 입가에 맺혀 있던 고상한 미소는 천박한 웃음으로 바뀌었다.

오호호.

보살상은 웃었다.

오호호, 오호호.

"아주 예전에 한 번 말한 뒤로 입을 딱 다물어서 꿈인 줄 알았지? 나무 불상이 말할 리 없다고 생각했을 거야. 그렇지? 무슨 표정이 그래? 내가 잘됐다고 했잖아. 웃어."

보살상의 얼굴이 귀녀의 얼굴로 바뀌었다.

"네가 죽였잖아! 가와타로를! 정신이 제대로 박힌 자가 할 짓이 아니라고 그 처자에게 말했겠다. 정말 그래, 정말! 정신이 제대로 박힌 자가 할 짓이 아니지! 기억을 자아아아알 더듬어봐. 정말이지 하나부터 열까지 정상적인 자가 할 짓이 아니니까!"

귀녀는 자신을 묶은 포승줄을 못마땅한 듯이 바라보았다.

겐신은 엉덩이를 움찔거려 뒤로 물러나며 말했다.

"몰라, 닥쳐."

"아이고 징그러워라. 넌 정말로 천연덕스러운 얼굴로 탐문을 했어. 네놈은 '누가 그랬는가'를 알아내려 한 것이 아니야. '누가 그랬는지 아는 자'를 알아내려 한 거지. 그런 사람은 없었지? 아무도 더 이상은 조사할 방도가 없을 거야. 호리에 입에서 다무라의 이름이 나왔을 때는 식은땀이 흘렀겠지만, 다무라도 죽었으니 말이야! 이제 네놈만 입 다물면 어디를 어떻게 쑤셔도 구악은 밝혀지지 않을 테니 한시름 덜었겠군."

귀녀상이 덜컥덜컥 흔들렸다.

겐신은 저도 모르게 고함을 질렀다.

"고주 짓이야!"

"고주가 누군데?"

겐신은 일어서려고 했지만 몸에 힘이 들어가지 않았다.

내가 아니다.

고주다. 전부 고주 짓이고, 고주는······.

귀녀상은 눈이 부리부리하고 입은 쭉 찢어졌다. 등 뒤에는 후광 대신에 지옥을 연상시키는 뻘건 빛이 비쳤고, 두 개였던 팔은 수백 개로 늘어나서 포승줄 틈새로 말미잘 촉수처럼 흐늘거렸다.

천수귀녀.

이건 있을 수 없는 일이다. 있을 수 없는 일이라면 꿈인가.

귀녀상이 눈알을 되록되록 굴렸다.

"넌 거짓말 덩어리야. 네가 만든 이 나무 불상이 그중 으뜸가는 거짓말이지. 이게 뭐야? 난 뭐냐고? 공양? 죽은 사람이 저세상에서 나무 불상을 보고, 불상을 만들어주었으니 용서한다고 할까? 이런 걸 만들면 죽은 사람이 돌아오기라도 해? 오호호호호. 참으로 속이지 않고서는 살아가지 못하는 자로다."

오호호, 오호호.

주변의 어둠이 짙어졌다.

5

당시 겐신은 열네 살로, 조카마치에 있는 검술 도장의 문하생이었다. 수십 명의 문하생과 함께 날마다 검술을 절차탁마하고 죽도를 맞부딪쳤다.

그중에 나이가 두 살 많은 고하타 신자부로라는 남자가 있었다. 고하타 신자부로의 실력은 겐신보다 훨씬 좋았다. 도장에서 대련을 해서 이긴 적은 한 번도 없었다.

신자부로가 자주 말을 붙이며 친근하게 대해주어 겐신은 그에게 존경심과 동경을 품었다.

어느 날 연습이 끝난 후에 신자부로가 말했다.

"고주. 할 말이 있다."

고주란 겐신의 아명이었다.

겐신은 신자부로의 청을 받아들여 도장에서 돌아가는 길을 함께 걸었다. 두 사람의 집은 도중까지 같은 방향이었다.

"고주, 언제 관례를 행하지?"

"아버지 말씀으로는 내년이나 내후년이라고 하셨어요."

"우리도 언젠가 관직에 올라 도장에서 닦은 실력을 세상을 위해 쓸 날이 오겠지."

"예."

주변에는 아무도 없었다. 황혼이 논두렁길을 물들였다.

갑자기 신자부로가 말했다.

"예를 들어 사람을 열 명 벤 적이 있는 노상강도와 죽도밖에 휘둘러본 적이 없는 문하생이 맞붙었다 치자. 역량에 큰 차이가 없다면 노상강도가 더 강하지 않을까?"

"음, 글쎄요."

겐신은 뜬금없이 무슨 소리인가 싶었다. 신자부로는 그게 말이지, 하고 말을 이었다.

"난 훗날 진검으로 맞붙을 일이 생기면 허무하게 죽을 것 같은 기분이 들어."

"설마 신자부로 님이."

"도장의 연습은 실전이 아니야. 실전으로 실력을 길러야 해."

말이야 그렇지만 도장에서는 어지간한 일이 없는 한 진검 승부는 금지다. 지금은 태평성세다. 진검으로 실력을 기를 기회는 쉽게 찾아보기 힘들다.

신자부로는 대담한 웃음을 짓더니 겐신의 귀에 얼굴을 가까이 대고 속삭였다.

"가와타로를 베러 가지 않을래?"

겐신은 미간에 주름을 잡았다.

"뭐라고요?"

"확실히 말하자면 도부 영감이지. 도부 영감을 베지 않을래? 나는 한 꺼풀 벗고 싶어."

얼마 전부터 강기슭에 살기 시작한 가와타로. 도부 영감은 그 가와타로 중 하나다.

도부 영감은 빡빡 깎은 머리에 수건을 두르고, 늘 통나무 몽둥이를 가지고 다녔다. 키가 훤칠하고 턱이 단단하게 생겼다. 영감이라고 하지만 그렇게 늙지는 않았다. 강기슭에서 물고기를 구워 먹고 동료들과 장기를 두는 모습을 다리 위에서 자주 볼 수 있었다.

근처 아이들이 가와타로를 놀리러 오면 서슬이 시퍼렇게 달려와서 몽둥이를 휘둘러 쫓아내는 것이 이 도부 영감이었다. 도부 영감은 아이들에게 아주 무서운 존재였다.

도부 영감과 그 동료들에게는 안 좋은 소문도 많았다. 사람들은 그들이 밭과 민가에 숨어들어 도둑질을 한다고 수군거렸다.

"내 남동생이 가와타로를 놀리러 친구들과 강가에 갔다가 도부 영감에게 붙잡혀서 몽둥이로 얻어맞았대. 다행히 크게 다친 곳은 없지만 무사 집안의 자제를 뭐라고 생각하는 거야? 세금도 내지 않는 자들이. 가와타로 따위가 건방지기 짝이 없어."

신자부로는 밉살스럽다는 듯이 말했다.

"들은 이야기인데 관헌들이 올해 안에 가와타로를 쫓아낼 거래. 어쩌면 그때 죽는 사람도 몇 명 나오겠지. 그 전에 동생을 때린 도부 영감만은 꼭 내 손으로 처리하고 싶어."

이틀 후 보름달이 뜨는 밤에 결행하기로 했다.

고하타 신자부로와 고주, 즉 훗날의 시바모토 겐신. 그리고 동년배 도장 문하생인 다무라 슌페이, 이렇게 세 소년이 가와타로를 토벌하기 위해 신사에 모였다. 모두 한밤중에 집을 빠져나왔다.

세 사람은 거사를 치르기 전에 몇 가지 약조를 지키기로 맹세했다.

'정체가 들통나지 않도록 강가에서는 결코 서로의 이름을 부르지 말 것.'

'도부 영감은 신자부로가 처리할 것. 다른 사람은 도부 영감에게 손을 대지 않을 것.' 이것은 이 계획에 앞장선 신자부로가 강력히 주장했다.

'오늘 밤에 있었던 일은 절대로 남에게 발설하지 말 것.'

'친구를 남겨두고 도중에 빠져나가지 말 것.'

'만에 하나 발각되어 추궁을 당하면 다른 사람의 이름은 꺼내지 말고 혼자 덮어쓸 것.'

진검으로 사람을 죽이는 경험을 하면 강해질 것이라 진심으로 믿었고, 강기슭의 유민을 처단하면 모두에게 도움이 될 것이라 여겼다.

훗날 겐신은 몹시 후회한다.

그 당시 겐신은 신자부로의 말이라면 뭐든지 옳다고 받아들였다.

벗은 옷을 개켜서 신사 툇마루 밑에 숨겼다. 검은 옷으로 갈아입고, 에보시(烏帽子. 관례를 행한 궁정 귀족이나 무사가 머리에 쓰던 모자의 일종)를 썼다. 에보시는 관례를 행하지 않았다는 사실을 들키지 않기 위해 준비했다.

보름달이 비치는 밤길을 나아갔다. 저 멀리 어디선가 늑대 울음소리가 들렸다.

강기슭 몇 곳에 모닥불이 피워져 있었다. 불 앞에 사람들이 띄엄띄엄 앉아 있었지만, 대부분은 판잣집에 있는지 인기척은 별로 없었다.

겐신은 걸음을 멈추었다. 돌아가고 싶은 마음이 굴뚝같다는 것을 비로소 깨달았지만, 이제 와서 겁을 집어먹고 꽁무니를 빼면 앞으로 모든 일이 잘 풀리지 않을 것 같은 기분이 들었다.

있다, 있어, 가와타로가 있어, 하고 다무라가 중얼거리자 신자부로가 작은 웃음소리를 흘려냈다.

모닥불 앞에 한 남자가 앉아 있었다. 세 사람이 다가가자 그 초로의 남자는 놀라서 눈이 휘둥그레졌다. 한밤중에 에보시를 쓰고 칼을 찬 남자가 갑자기 셋이나 나타났으니 당연한 반응이었다.

"이봐, 도부 영감을 불러와."

신자부로가 약간 떨리는 목소리로 말했다.

초로의 남자는 뒤쪽에 늘어선 판잣집을 향해 이보게들, 나와보게, 하고 불렀다. 유민들이 하나둘씩 나왔다.

유민들은 세 사람을 보며 쑥덕거렸다. 저것들 뭐야. 쉿, 칼을 차고 있어. 도부 영감을 불러오래. 도부 영감이 누군데? 아아, 지로 씨 아닌가? 어이, 지로 씨, 댁한테 무슨 볼일이 있대.

신자부로가 검을 쑥 뽑았다. 겐신과 다무라 슌페이도 따라서 칼을 뽑았다.

유민들이 조용해졌다.

도부 영감이 느릿느릿 걸어 나왔다. 몽둥이는 들고 있지 않았다.

"무, 무슨 일입니까."

도부 영감은 명백히 겁에 질려 있었다.

"네 이놈, 죽을 각오는 됐으렷다."

신자부로가 큰소리로 위협했다.

겐신은 친구 뒤에 섰다. 아무 설명도 없으니까 도부 영감은 왜 죽을 각오를 해야 하는지 짐작도 가지 않을 것이다.

"어어, 그게 도대체 무슨."

"입 다물어라."

신자부로가 고함을 질렀다.

"분수도 모르고 까불다니. 네, 네놈을 베러 왔다."

주변의 유민들이 웅성대다가 다시 조용해졌다. 도부 영감은 머뭇머뭇 땅에 무릎을 꿇었다. 그리고 그대로 이마를 조아렸다.

"이렇게 빕니다. 부디 살려주십시오."

울먹이는 목소리였다.

여기에 있는 것은 한낮에 위세 있게 몽둥이를 휘두르는 무뢰한이 아니라 애처롭고 무력한 중년 남자였다.

겐신은 맥이 탁 풀려서 옆에 있던 다무라와 얼굴을 마주보았다. 어쩌지. 놈이 이렇게 애원하는데 봐줄까?

겐신은 다무라 슌페이가 칼끝을 축 내리는 것을 보았다. 하지만 다음으로 눈을 돌린 신자부로는 칼끝을 위로 쳐들었다.

어, 베는 건가?

겐신은 조금 당황했다. 이만하면 되지 않았나 싶었지만, 원래 신자부로의 목적은 상대의 사죄나 항복을 받아내는 것이 아니라 '사람을 베어보는 것'이었음이 생각났다.

신자부로는 무릎을 꿇고 엎드린 도부 영감 앞에서 자세를 취했다. 주변 사람들은 멀찍이 둘러서서 겁먹은 표정으로 벌벌 떨며 지켜보았다.

—이 망할 놈이.

어디선가 목소리가 들리더니 매실이 날아와서 신자부로의 얼굴을 맞혔다. 신자부로는 주위를 둘러보았다.

"누구냐, 이거 누가 던졌어!"

어둠은 대답하지 않았다.

"나와라. 나오지 않으면 같은 죄를 물어 모조리 죽이겠다."

신자부로는 고래고래 소리쳤다.

얼굴에 또 매실이 날아왔다.

—이런 몹쓸 놈들. 네 얼굴 기억했다. 무사의 자식이냐? 부모 몰래 사람을 진짜로 베어보고 싶어졌어? 네놈은 녹미를 먹고 살 자격이 없다.

여기저기서 비웃음이 흘러나왔다.

겐신은 신자부로의 얼굴에서 이성이 사라지는 것을 보았다. 친구들 앞에서 아랫사람에게 노골적으로 모욕당했다. 신자부로 같이 자존심이 강한 소년에게는 참을 수 없는 일이다. 신자부로는 괴성을 지르며 매실이 날아온 방향으로 달려갔다. 무리 지어 있던 사람들이 허둥지둥 달아났다.

겐신은 멍하니 서서 신자부로가 달려간 쪽을 바라보았다. 어둠 속에서 욕설과 비명이 들렸다. 신자부로가 누군가를 베었나? 그때 느닷없이 뒤에서 누가 발길질을 했다. 앞으로 휘청했지만 겨우 자세를 바로잡고 황급히 칼을 옆으로 휘둘렀다.

칼은 허공을 갈랐다.

"누구냐!"

소리를 질렀지만 대답은 기대하지 않았다.

고개를 돌리자 바로 근처에 도부 영감이 서 있었다. 모닥불 불빛이 비친 얼굴이 망자처럼 느껴졌다. 겐신 쪽으로 묵직하게 한 걸음 내딛었다. 도부 영감은 손에 돌을 쥐고 있었다.

겐신은 한 발짝 물러섰다.

벨까?

거사를 치르기 전에 약조한 내용이 머릿속에 되살아났다.

'도부 영감은 신자부로가 처리할 것'

겐신은 신자부로가 사라진 방향에 대고 소리쳤다.

"신자부로 님. 여기요! 도부 영감! 도부 영감이 여기 있습니다! 이쪽으로 돌아와요. 신자부로 님, 여기요! 도부 영감을 해치워요."

아차, 싶었다.

'결코 서로의 이름을 부르지 말 것.'

약조를 어겼다.

하지만 실수했다고 당황할 틈은 없었다.

도부 영감이 돌을 던졌다. 어깨에 돌을 맞은 겐신은 다시 몸의 균형을 잃었다. 에보시도 흘러내렸다.

"다 죽여, 이놈들 모조리 다 죽여버려."

조금 떨어진 어둠 속에서 신자부로가 외쳤다. 아니, 신자부로일까? 유민이 지른 소리 아닐까? 이 망할 놈들을 놓치지 말고 다 죽이라고. 모르겠다. 어느 쪽이지? 모르겠다.

뭔가가 귀를 스치고 지나갔다. 돌이 땅에 덜그럭 떨어지는 소리가 났다. 도부 영감과는 다른 방향에서 유민이 돌을 던졌다. 모닥불 곁에 있으면 표적이 된다. 이러다 머리에라도 맞으면 끝장이다.

"고주, 슌페이, 여기다. 이놈을."

신자부로도 소리를 질렀다. 하지만 어디에 있는지 알 수 없었다.

다리가 꼬여서 넘어졌다.

냉큼 일어섰다.

그 다음의 기억은 남아 있지 않다.

하늘이 밝아올 때쯤, 겐신은 혼자 신사로 향하는 길을 걷고 있었다. 두 사람은 어찌 되었는지 모른다. 검은 옷은 여기저기 찢어졌다. 칼은 어딘가에 떨어뜨렸다. 삭신이 쑤시고 결렸다.

신사로 들어가서 옷을 갈아입었다. 검은 옷은 숲속에 버렸다. 두 사람의 옷은 깔끔하게 개어진 상태 그대로 남아 있었다. 분명 아직 강기슭에 있든지 여기로 오는 도중이겠지만, 기다릴 생각은 없었다. '친구를 남겨두고 도중에 빠져나가지 말 것.'이라는 약조를 어기는 셈이지만, 이제 그런 약조는 무의미했다. 두 사람이 언제 나타날지도 모르지 않는가. 한시라도 빨리 돌아가야 한다.

집에 돌아가자 열이 나서 한동안 드러누웠다.

어머니가 몸에 생긴 상처를 보고 수상쩍다는 듯이 캐물었지만, 친구들과 검술 연습을 격하게 한 탓이라고 얼버무렸다.

6

열흘쯤 지난 후에야 겨우 열이 내렸다. 그리고 이십 일쯤 더 지나고 나서 겐신은 검술 도장에 얼굴을 내밀었다. 익숙하고 친근했던 도장이 전혀 다른 건물로 보였다.

문하생 중에 다무라 슌페이는 있었으나 신자부로의 모습은 보이지 않았다. 다무라 순페이는 겐신의 얼굴을 거들떠보지도 않았다. 겐신 또한 그와 거리를 두었다. 그 후에 어떻게 되었는지 조금 마음에 걸렸지만, 이제 그날 밤의 일은 떠올리기 싫다는 기분이 더 강했다.

기합 소리를 내지르며 죽도를 휘둘렀다. 도장에서는 손목을 보호하는 호완만 착용하고 몸통과 얼굴을 보호하는 호구는 착용하지 않는다. 여느 때와 다름없이 연습을 하다가 겐신은 문득 생각했다.

'난 검이 싫어졌다.'

죽도를 휘둘러도 예전에 느꼈던 기쁨은 더 이상 느껴지지 않았다.

휴식 시간이 되자 모두 도장 밖 그늘에 앉아 몸을 식혔다. 몇몇 문하생이 강기슭에서 가와타로가 죽임을 당한 일에 대한 이야기를 꺼냈다.

"집도 없는 불쌍한 유민을 베다니, 짐승만도 못한 짓이야." 선배 문하생이 말했다. "속에서 천불이 나는군."

"시체 중에는 여자도 있었대. 끔찍해라."

"그런 어리석은 자가 있으니까 검도, 더 나아가서는 무사도가 오해를 받는 거야."

"빨리 붙잡아서 효수형에 처해야 할 텐데."

"홍. 사람을 베고 싶었으면 우리를 찾아올 것이지. 그럼 뜨거운 맛을 보여주었을 텐데."

"약하니까 그럴 배짱은 없겠지. 약한 놈은 자기보다 약한 자를 찾는 법이야."

문하생 한 명이 동의를 구하듯이 겐신에게 고개를 돌렸다. 겐신은 천천히 눈살을 모으며 고개를 끄덕이고 말했다.

"어떤 악인의 소행인지는 모르지만 정말로 끔찍합니다."

겐신은 그 자리에서 벗어나 우물물로 얼굴을 씻었다. 오장육부가 뒤집어진 듯이 괴로웠다.

휴식 시간이 끝나고 대련이 시작됐다. 겐신 앞에 한 문하생이 죽도를 들고 섰다. 재작년에 도장에 들어온 호리에라는 자다. 겐신보다 한 살 어리다.

마주 서서 예를 갖추고 죽도를 겨누었다. 호리에는 원래 동안이었지만 오늘은 더욱 앳되어 보였다. 겐신은 마음속으로 씁쓸하게 생각했다.

넌 모를걸? 평평한 지면에서 마주한 상대의 움직임에만 집중하여 싸우는 상황이 실제로는 얼마나 될지 생각해본 적도 없지? 죽어라 연습해서 칼 놀림이 아무리 빨라진들 어둠 속에서 날아오는 돌을 피할 수 있을 것 같아? 언제 죽을지 모른다는 공포는 상상도 못하겠지? 할 수 있다고 해도 상상과 실제로 맛보는 공포는 완전히 달라.

호리에의 죽도가 겐신의 호완을 세게 때렸다. 겐신의 손에서 죽도가 떨어졌다. 겐신이 멍하니 서 있자 사범이 불호령을 내렸다.

떨어져서 한 번 더 맞붙었다.

'이 자식. 얕보지 마라.'

신입인 호리에는 혼신을 다한 겐신의 일격을 가볍게 피해내고 겐신의 몸통을 재빨리 가격했다. 겐신은 무릎을 꿇고 고통에 몸부림쳤다.

검을 버리자.

그 순간 그렇게 결심했다.

집으로 돌아가는 길을 홀로 걷고 있자니 숲으로 돌아가는 까마귀 무리가 보였다.

갑자기 눈물이 솟구쳤다.

난 도대체 뭐가 되고 싶었던 걸까?

겐신이 도장에 발길을 끊은 지 한 달이 지났을 무렵에 신자부로가 누군가에게 습격당했다는 소식을 들었다. 조카마치에서 우연히 마주친 도장 관계자가 가르쳐주었다.

신자부로는 밤에 친척 집에서 돌아오다가 당했다. 집안사람들은 피투성이가 된 신자부로를 허둥지둥 맞아들이고 부랴부랴 의사를 불러 치료했지만, 두 손과 두 발의 손발가락이 전부 잘려나간 상태였다고 한다.

의식이 있던 신자부로는 어두워서 누구에게 당했는지는 모르겠다고 대답했다.

겨우 지혈을 하여 목숨은 건졌지만, 매일 밤마다 절규가 끊이지 않았다. 손가락이 하나도 없어서 식기를 잡지 못하므로 남이 음식을 떠먹여주어야 했다. 또한 발가락이 없는 탓에 걸음을 옮기다 넘어지기 일쑤였다. 결국 방에 틀어박혀 지내게 됐다.

신자부로는 한 달 후에 자진했다. 집안사람이 눈을 뗀 틈에 뜰에 심긴 벚나무 고목의 구멍에 칼을 끼우고 그 위에 푹 엎어졌다.

겐신은 온몸이 부들부들 떨렸다.

그날 밤에 내가 그의 이름을 부른 탓인가?

물론 그런지 아닌지 확인할 방도는 없지만, 잔학무도한 수법으로 보건대 두 번 다시 검을 쥐지 못하고 오랫동안 괴로워하도록 징벌을 내린 것 같은 느낌이었다.

그때 누가 내 이름도 꺼냈던가?

분명 신자부로가 외쳤다. 설령 외치지 않았더라도 신자부로에게 고통을 주며 조금만 을러대면 친구의 이름 정도는 술술 불 것이다.

나도 죽는다. 아니면 손가락과 발가락을 전부 잘릴까?

그런 생각이 들자 더 이상 살맛이 나지 않았다.

하지만 침입자는 겐신 앞에 나타나지 않았다.

겐신은 관례를 행한 후 수행을 한다는 명목으로 즉시 에도로 떠났다.

7

에도에서 포박유술을 배우기 시작하고 얼마쯤 지났을 때, 포박유술 사범이 문하생들을 자기 집으로 불렀다. 모두 함께 단오절을 쇠자는 뜻이었다. 겐신은 연습을 마치고 문하생들과 함께 사범의 저택으로 향했다.

수국 산울타리에 둘러싸인 집이었다.

대문으로 들어가자마자 놀랐다.

몇 십 명이나 되는 아이들이 술래잡기, 구슬치기, 공놀이를 하며 놀고 있었다.

어른들도 있었다. 젖먹이를 어르고 요리를 하는 여자들. 상인으로 보이는 사람이 툇마루에서 담배를 피웠고, 해결사인 듯 몸에 문신을 한 두 사내는 떡메로 떡을 치고 있었다.

"여기는 도대체가. 사람이 아주 많군."

겐신이 골절당했을 때 재빨리 뼈를 맞추어준 사이좋은 젊은 문하생이 가르쳐주었다.

"아이들은 어디서 놀러 온 게 아니라 이 집 아이예요. 유행병이나 기근으로 부모를 잃은 아이나 유민의 아이를 의사가 데려오지요. 밥을 먹여 키우고 서당까지 보내주니까 사범님은 그야말로 부처님 같은 분입니다. 뭐, 실은 저도 그렇게 사범님 밑에서 자란 유민의 아이예요."

─유민의 아이.

여기에 있는 상인과 무사들은 사범의 그러한 마음가짐에 감화되어 툭하면 음식을 가져오거나 아이를 돌보아주는 등 무상으로 협력을 하고 있다고 한다.

"그런데 이렇게 많은 사람이 수시로 드나들려면, 사범님 댁은 언제나 문이 열려 있는 건가?"

"열려 있지요. 저는 여기 사는데요, 모르는 사람의 얼굴을 매일 봅니다. 하지만 지금까지 도둑질을 당한 적은 없어요. 훔칠 만한 것이 없어서 그런지도 모르겠지만요."

어디선가 공이 날아왔다. 겐신은 공을 살짝 주웠다.

아직 다섯 살 정도로 보이는 귀여운 사내아이가 달려왔다. 겐신은 공을 사내아이에게 건네주었다.

"고맙습니다, 무사님."

"겐타로, 이쪽, 이쪽." 친구가 사내아이의 이름을 불렀다.

겐타로, 타로, 유민, 가와타로.

신자부로의 흥분된 목소리가 불현듯 머릿속에 되살아났다.

─가와타로를 베러 가지 않을래?

"저 아이는 제 동생입니다."

청년이 말했지만 겐신은 대답하지 않고 이마에 손을 댔다. 발밑이 흔들흔들 요동치는 것 같았다. 아니, 이 지진은 오로지 내 내면에서만 일어나는 것이다. 기분이 몹시 침울했다.

사범이 싱글싱글 웃으며 다가왔다.

"오오, 겐신 군. 자네는 나이가 가깝지. 아이들을 좀 봐주게." 그리고 걱정스러운 듯이 말했다. "어허, 왜 그러나? 자네 화났나?"

겐신은 집으로 돌아오는 길을 달렸다.

격노했다.

아니, 이 감정은 격노일까. 처음 느껴보는 감정이었다. 머릿속이 텅 비고, 아랫배에서 울부짖는 소리가 솟구쳤다. 마음이 활활 타올랐다. 분명 격노이리라. 용서할 수 없다, 용서할 수 없다, 용서할 수 없다. 절대로 용서할 수 없다.

가와타로를 사냥한 밤의 기억은 대부분 지워졌지만, 분명히 가와타로를 베었다. 어둠 속에서 칼을 휘두른 것만은 기억이 난다.

그날 있었던 일은 전부 고주가 저지른 짓이다. 고주는 결코 용서할 수 없다.

번으로 돌아온 후 관직에 올라, 정성을 다해 체득한 포박술을 활용해 일에 힘썼다.

처음으로 출동할 때부터 죽어도 상관없다고 마음먹었다. 죽어도 상관없으니까 죽음은 무섭지 않다. 덕분에 주저 없이 상대의 품으로 파고들 수 있었다.

애당초 칼을 뽑아든 죄인이 두렵지 않았다.

당연하지만 진검을 든 죄인은 검술 실력을 겨루고 싶은 것도, 사람을 죽이고 싶은 것도 아니다. 그들은 십중팔구 칼로 위협을 가하여 도주로를 확보하고자 한다.

겐신은 상대에게 생각할 여유를 주지 않았다. 자세를 보면 상대의 사각이 눈에 들어온다. 다음 순간 그 사각으로 파고들어 상대가 미처 반응도 하기 전에 포승줄로 묶는다. 적이 뭔가 당했음을 알아차리고 어떻게 저항할지도 전부 읽어낸다.

하지만 죽어도 상관없다 마음먹었다고 죽고 싶은 것은 아니었다.

이른 아침부터 업무가 끝난 밤까지 미친 듯이 연습을 했다. 온몸의 근육을 단련하고, 포승줄을 던졌다. 날마다 수십 명과 대련을 했다. 더 빠르게, 더 강하게, 더 자유자재로. 연습과 실전을 반복하며 겐신은 기술을 갈고닦았다.

그리고 도신이 된 지 몇 년이 지나자 겐신은 아무도 필적하지 못할 포박술의 명수가 되었다.

언제나 약자를 돕고, 부정에 가담하지 않았다.

나무를 얻어 보살상을 조각하기 시작했다. 영원히 경각심을 되새길 생각으로 조각했다.

새겼다가 버리고, 새겼다가 버린 끝에 드디어 성에 차는 물건이 완성된 밤, 보살상은 느닷없이 귀녀의 얼굴로 변해 웃음을 터뜨렸다.

기다란 혀가 날뛰듯이 날름날름 움직였다.

오호호, 오호호.

"도대체 뭐하는 짓이야? 쓰레기는 자신이 쓰레기가 아니라는 것을 증명하고자 죽을힘을 다해서 재미있다니까. 그렇게 쓰레기에다 된장을 바르고 참깨를 뿌려가며 진미인 척해봤자 더 지저분한 쓰레기가 될 뿐이야."

오호호, 오홋홋호.

"설마 이걸로 다 끝났다고 여기는 건 아니겠지. 신이건 부처건 네놈이 피를 토하며 뒹굴고, 울면서 괴로워하는 모습을 가장 보고 싶어 할걸. 왜, 그 누구였더라? 죽은 놈. 신, 신, 아, 그래, 신자부로처럼."

오호호, 오호호호호.

"우리는 아무도 용서하지 않아. 설령 네가 쇼군님이라도. 조만간 찾아올 죽음을 기다려라."

겐신은 입술을 깨물고 보살상에게 말했다.

"알겠다. 얼마든지 기다려주마."

그로부터 오 년간 보살상은 입을 열지 않았다.

참새가 짹짹대는 소리에 잠에서 깼다.

겐신은 침소에서 몸을 일으켰다. 몸 여기저기가 뻣뻣했다. 보살상은 나무 불상으로 되돌아왔다.

악몽에서는 달아날 수 없나.

겐신은 침울한 기분으로 일어섰다. 스스로도 놀랄 만큼 냉정했다.

그냥 악몽이라면 그나마 낫다. 이제 악몽은 현실을 침범해 잠식하기 시작한 것 같다.

하루카에게서 칼을 맡았을 때 감명이라고 해도 될 만큼 신비한 기분이 들었다. 그날 자신이 떨어뜨린 칼이 틀림없지만, 정말로 전혀 기억이 나지 않았다.

다무라를 만나면 우선은 자신이 고주라는 것을 감추고 이야기를 해볼 생각이었다. 십사 년 만에 만났으니 분명 자신의 얼굴을 알아보지 못할 것 같았다. 그저 자신이 모르는 사실을 알고 있는지 넌지시 떠볼 작정이었다. 결국에는 정체를 밝혀도 괜찮다. 다무라가 모르는 일이라며 완강하게 잡아뗀다면, 그것은 그것대로 상관없었다.

하지만 다무라 슌페이가 죽었다니 예상외였다.

신자부로가 죽고 다무라도 죽었다.

그날 밤 습격자 중에 남은 사람은 겐신 혼자뿐이다.

금색 무인이 유민 출신 처자를 데려온 것은 겐신이 '이름난 도신이기 때문'이 아니라 '책임을 져야 할 자'이기 때문이 아닐까. 어쩌면 놈은 무슨 의도가 있어서 '시험'하고 있는지도 모른다.

　모르겠다. 모르겠다. 혼란스러워서 미칠 것 같았다.

　겐신은 보살상을 뜰로 끌어내서 도끼로 빠갠 후, 기름을 붓고 불을 붙였다. 흐린 하늘로 연기가 피어올랐다.

　겐신은 숯덩이가 되어가는 나무 불상을 바라보며 천천히 생각을 정리했다.

8

　겐신과 하루카는 좁은 길을 걸었다. 숲속 나무들은 어렴풋이 빛깔이 바뀌었다. 잠시 후 높직한 언덕 위에 다다랐다.

　"시원해졌네요."

　"정말이군."

　두 사람은 쓰러진 나무에 앉았다.

　"늘 칼을 차고 다니시니 무거우시겠어요."

　"그렇다마다."

　"예전에 검술 도장에 다니고 싶다고 아버지께 부탁했다가 야단맞은 적이 있답니다."

　"뭐라고? 검술 도장에서 뭘 배우려고?"

　"그야 물론." 하루카는 대답했다. "검술을 배울 생각이었지요."

　쓸데없는 짓을. 겐신은 무심코 웃었다. 하루카도 따라 웃었다.

"포박술을 배우게." 겐신은 말했다. "여자 몸으로 칼을 차고 다닐 수는 없을 테니. 하지만 가느다란 노끈이라면 소지할 수 있겠지. 밤길에 불한당이 덮쳤을 때 써먹을 수 있는 기술이 얼마든지 있어. 포박하고 나서 관헌을 부르면 고마워하겠지."

"노끈을 보면, 가끔 시바모토 님에게 묶이면 어떤 기분일까 궁금할 때가 있습니다." 그리고 하루카는 미소를 지으며 덧붙였다. "농담이에요."

겐신은 하루카의 얼굴을 빤히 바라보았다.

겐신은 하루카와 처음으로 이야기를 나눈 아침부터 그 표정을 의식적으로, 그리고 무의식적으로 관찰해왔다. 그녀가 '전부 알고 있는 연기자'인지 '정말로 아무것도 모르는 자'인지 알아내기 위해.

하지만 이야기를 나누면 나눌수록 알쏭달쏭했다. 아무것도 모르는 것처럼 보인다. 거의 완벽하게 그래 보인다. 하지만 거의 완벽하게 그래 보인다는 것은 연기를 하고 있기 때문 아닐까. 일단 그렇게 생각하자 하루카가 자신을 몰래 검증하고 있는 것처럼 보이기도 했다.

하루카가 갑자기 창피한 듯이 황망하게 말했다.

"저, 저기, 제가 장난이 너무 심했네요. 그렇게 엄한 표정은 짓지 마세요. 방금 그 말은 정말로 농담이었어요."

"음." 겐신은 고개를 끄덕였다. "그나저나 그 사건 말인데, 마침내 알아냈어."

하루카가 겐신의 얼굴을 올려다보았다. 눈동자가 희미하게 떨렸다.

"다무라 슌페이다."

"검술 도장 사범 대리가 다무라 슌페이에게 물어보라고 했다고 일전에 말씀하셨지요. 그 다무라 슌페이요?"

"그래. 난 다무라 슌페이를 찾아 그가 데릴사위로 들어간 집까지 가보았어. 그리고 집안사람에게 그럴듯한 이야기를 들었지. 다무라가 데릴사위로 들어간 집에는 친척 아이들이 자주 놀러 왔다는 군. 다무라는 뜰에서 아이들에게 검술을 가르쳐주었다고 해. 뭐, 가르칠 만한 실력이 있었는지는 의문이지만, 어차피 아이들을 상대로 놀이 삼아 한 일이니까. 그리고 아이들에게 자주 무용담을 들려주었는데, 그중에 '옛날에 강기슭에 살며 악행을 저지르던 가와타로를 퇴치했다'는 이야기가 있었다더군."

"가와타로는 악행을 저질렀나요?"

"몰라. 불쌍하고 굶주린 유민들이었으니 결코 도둑질 한 번 하지 않았다고 단정할 수는 없겠지만, 다무라가 아이들에게 그렇게 말한 건 가와타로가 실제로 악행을 저질렀기 때문이 아니라, 악인을 쓰러뜨렸다고 해야 위신이 서기 때문이었겠지. 걸어온 싸움을 피하지 않고 수십 명이나 되는 가와타로에 혼자 맞서서, 덤벼드는 가와타로를 베어 넘겼다는 이야기였던 모양이야. 틀림없이 다무라가 범인이야. 다무라는 당시 무카와강 강기슭에서 그렇게 멀지 않은 곳에 살았어. 아마도 약한 탓에 검술 도장에서 괴롭힘을 당하다가 유민들에게 화풀이를 한 거겠지. 검술 도장 사범 대리도 다무라와 문하생 동기라니까 어쩌면 알고 있었는지도 몰라. 그래서 물어보라고 했을 거야."

"그래서 다무라와도 만나셨습니까?"

겐신은 천천히 말했다.

"다무라 슌페이는 이미 죽었어."

하루카의 눈이 커졌다.

겐신은 고개를 끄덕였다.

"이미 죽었어. 잘못해서 독버섯을 먹고 죽었다더군."

계획대로다.

겐신은 생각했다.

거짓은 진실 속에 슬쩍 섞어 넣는 것이 최고다.

다무라 슌페이가 가와타로에게 손을 댄 것은 진실. 독버섯을 먹고 죽은 것도 진실. 하지만 다무라가 아이들을 상대로 무용담을 이야기했다는 것은 겐신의 창작이다.

나는 거짓말쟁이인가? 그렇고말고. 어제오늘 일이 아니다. 그날 밤 이래로 끝이 없는 거짓말의 길을 걸어왔다.

"이리하여 죄인 찾기는 끝났다. 원수는 갚지 못하겠군."

하루카는 하늘을 우러러보고 길게 한숨을 쉬었다. 눈에서 한 줄기 눈물이 흘러 떨어졌다. 하루카는 잠시 넋을 놓은 것처럼 보였다.

"어떻게 보답을 드려야 할지요. 저어, 변변치 못하지만 이것을."

하루카는 품에서 머뭇머뭇 꾸러미를 꺼냈다. 돈이 좀 들었을 것이다. 겐신은 꾸러미를 되밀어냈다.

"받을 수 없어."

여자와 남자는 서로 꾸러미를 밀어주고 되밀어내며 잠시 옥신

각신했다.

"어째서요?"

"뇌물 수수는 금지되어 있어. 설령 그렇지 않더라도 필요 없네."

"무슨 말씀이세요. 이렇게까지 애써주셨는데 말로만 감사를 표하고 입을 싹 닦다니, 그렇게 부끄러운 짓을 할 수는 없습니다. 그럼 어떤 보답이라면 받아주시려는지요?"

"싫지 않다면." 겐신은 하루카에게서 눈을 돌렸다. "또, 음, 만나주게. 나는 그대를 좋아해."

하루카는 얼떨떨한 표정을 지었다.

두 사람 사이에 잠시 오묘한 침묵이 흘렀다.

하루카의 뺨이 발그레해졌다. 겐신은 이번에는 자신이 검증할 차례라고 생각하며 하루카의 얼굴을 빤히 들여다보았다.

하루카는 조금 잠긴 목소리로 기꺼이, 하고 답했다.

그해가 끝날 무렵에 두 사람은 백년가약을 맺었다.

오래도록 몸으로 대화를 나누었다.

겐신은 탈진한 아내에게 이불을 덮어주었다.

격자문 너머로 가느다란 빗발이 보였다. 화로에 불을 피웠다.

하루카에게는 가능한 한 손으로 겐신을 만지려들지 않는 신기한 버릇이 있었다. 특히나 행위 도중에 그렇다. 어째서냐고 묻자 아무튼지요, 하고 답했다.

묘하게도 '지나가다가 뜬금없이 검술의 달인이 사건의 범인이라고 알려준 사내'가 누구인지는 알았다. 몇 번이고 묻자 하루카는 그가 사람들에게 미움을 받던 로닌 가메라고 자백했다. 조사해보니 본명은 후지사와 마쓰노부였다. 하지만 아무도 그 이름으로는 부르지 않았고, 가메로 통했다. 더불어 가메가 다무라의 조카라는 사실도 알아냈다. 아마도 옛날에 다무라가 조카한테 뭔가 이야기 해준 것이리라. 가메도 극히 최근에 아무 상처도 없이 급사했다. 하루카가 그 이름을 꺼내기 주저한 것은 이제 가메에게서는 아무 이야기도 들을 수 없다는 사실을 알고 있었기 때문이라고 한다.

그건 그렇고 이 사건에 관련된 사람은 모두 죽었다.

겐신은 이렇게 잠자리를 함께하는 사이가 되었지만, 하루카가 여전히 뭔가 숨기고 있음을 느꼈다. 무엇을 숨기고 있든 더 이상 파고들 생각은 없었다.

그것보다 하루카를 지켜야 한다. 이제 고주의 쵓값을 치를 방법은 그녀에게 헌신하는 것뿐이다. 내 모든 것을 그녀에게 바치자.

물론 이러기로 한 것이 양심의 가책 때문만은 아니다. 하루카에게 진심으로 반했다.

겐신은 비를 보면서 생각했다.

그런데 그 금색 무인.

그것이 무엇인지 도저히 모르겠다.

사람은 아닐 것이다.

달에서 왔다고 했던가?

이 세상 밖에서 왔단 말인가.

제
4
장

안개 낀
아침에 길을
떠나는 자들

1547-1607

1

저는 가끔 이런 꿈을 꿉니다.

꿈속에서 저는 빛나는 칼을 들고 있습니다.
한 번 휘두를 때마다 칼은 섬광을 뿜어냅니다.
제 앞에는 사내 몇 명이 있습니다.
모두 제게 뭐라고 애원합니다.
하지만 제게는 그들의 목소리가 들리지 않습니다.
저는 이 칼이 얼마나 잘 들까 생각합니다.
그들 중 한 명이 제 간격 안으로 발을 들여놓습니다.
제가 칼을 비스듬히 내리치자 섬광과 함께 그 사람의 머리가 날아갑니다.
다른 사람이 또 간격 안으로 들어오기에 즉시 칼을 수평으로 휘두르자, 저를 말리려고 한 사람의 두 손목이 날아갑니다.
죽이느냐, 살리느냐. 둘 중 하나입니다.

살리기로 했으면 베지 않습니다. 가령 그리하여 제 목숨을 빼앗 긴다 해도 개의치 않습니다.

죽이기로 했으면 벱니다. 상대가 누구든 정에 휘둘리지 않습니다.

걸음을 내딛어 찌르자 달아나려고 등을 돌린 사람이 쓰러집니 다. 한 명, 또 한 명.

이윽고 저 말고 서 있는 사람은 없습니다.

저는 주위에 나뒹구는 수없이 많은 시체를 둘러봅니다.

아주 애달픈 기분이 들어 사라져버리고 싶습니다.

몸이 점점 무거워져서 주저앉습니다. 그리고 캄캄해집니다.

눈을 뜨자 저는 푸른 하늘을 보며 누워 있고, 여자가 저를 쓰다 듬고 있습니다.

주변에 새빨간 꽃이 흐드러지게 피었습니다.

저는 여자에게 꿈이었느냐고 묻습니다.

여자는 고개를 젓고 이렇게 대답합니다.

—잊어버려요. 당신을 용서할게요. 당신은 무엇 하나 괴로워할 필요가 없어요. 당신이 벤 사람들은 당신이 잠든 사이에 모두 꽃이 되었답니다.

—역시 나는 그 사람들을.

—당신은 부려졌을 뿐입니다. 어쩔 수 없는 일이지요. 그리고 이 번에는 내가 당신을 부리겠습니다.

나는 그녀의 얼굴을 구멍이 날 만큼 쳐다봅니다.

그녀는 나. 나는 그녀.

그런 생각이 들어 손을 뻗자 그녀의 모습이 흐릿해져 사라집니다.

저는 주변에 아무도 없는 것이 너무나 무서워 벌벌 떨다가, 꿈에서 깹니다.

이 꿈은 아무에게도 이야기한 적이 없습니다.

제 이름은 쓰바메입니다.

저는 사리를 분별할 수 있을 무렵에 이미 유젠가에서 일하고 있었습니다. 유젠가는 마을에서 떨어진 벽지에 있었는데, 집터가 아주 광대했습니다.

저희가 사는 저택과 광과 호코슈의 숙사가 있었습니다.

드넓은 뜰에는 연못이 세 개나 있고, 여기저기에 시냇물이 흘렀습니다. 복숭아나무와 귤나무, 감나무를 길렀으며 논밭도 있었습니다. 밭에는 감자와 참외, 파, 밀을 심었습니다.

집터를 감싼 성벽 바깥은 깊은 숲이었습니다.

유젠가에는 대대로 내려오는 엄한 법도가 있었는데, 그것을 '율법'이라 불렀습니다. 율법은 운명, 숙명, 유젠가의 의무 등등의 의미도 포함하고 있었으므로, 집안사람에게 아주 중요했습니다.

유젠가는 참으로 특수한 가문이었습니다.

일족의 전승에 따르면 선조는 하늘을 나는 배를 타고 왔습니다. 그런데 하늘을 나는 배가 폭발하여 이 땅에 남겨졌다고 합니다. 그때 남겨진 하늘 사람들의 자손이 현재의 유젠가를 이루었습니다.

이러한 전승은 권위를 세우기 위해 창작한 신화가 아닙니다. 실제로 우리가 '천기(天器)'라고 부르는 하늘 사람들의 유산이 수없이 많았습니다.

그리고 유젠가에서는 어렸을 때부터 유젠가에서만 통하는 특수한 말을 배우고, 그 말로 적힌 서적을 읽습니다.

열다섯 살이 되면 바깥 물정을 잘 아는 사람과 함께 숲 밖으로 나가서 최소한 3년은 지식과 경험을 쌓습니다. 그리고 때가 되면 성벽 안으로 되돌아옵니다. 그 후로는 어지간한 일이 없는 한, 바깥세상에는 발길을 하지 않습니다.

미카게 님이라는 분이 제 주인이자 유젠가의 당주였습니다. 독서와 동식물 기르기를 좋아하는, 느긋하고 너그러운 분이었습니다.

아이가 두 명 있었습니다. 사내아이 센신은 성격이 활달한 개구쟁이입니다. 계집아이 지요는 얌전하고 사려가 깊습니다.

저는 두 아이의 어머니였습니다.

미카게 님의 남동생 고고 님이라는 분이 있었습니다. 고고 님은 느긋하고 너그러운 미카게 님과는 대조적으로 무예에 달통하신 늠름한 분이었습니다. 예전에는 바깥세상에서 실력을 드날린 적도 있었던 모양입니다. 고고 님은 날마다 활로 과녁을 맞히거나, 검을 휘둘렀습니다. 때때로 숲으로 사냥을 나가서 새와 토끼를 잡아 오기도 했습니다.

호코슈라는 명칭으로 유젠가에 봉공하는 사람들이 남녀 합쳐서 십수 명 있었습니다. 집안일, 베 짜기, 논밭일, 술 빚기, 고고 님의 무예 연습 상대, 문지기 등등 호코슈는 바쁘게 일했습니다. 그러나 유젠가의 저택에는 별로 드나들지 않았으며, 호코슈를 위한 숙사에 기거했습니다.

그들은 유사시에 군사로 동원됩니다. 무기 다루는 법을 비롯한 전투 훈련은 주로 고고 님이 맡았습니다.

모두 듬직하고 부지런하며 심성이 좋은 사람들이었습니다.

미카게 님, 고고 님, 센신, 지요.

유젠가의 일족은 한방에 밥상을 차려 함께 식사를 했지만, 저는 그 자리에 낀 적이 없습니다.

저는 햇빛이 양식이므로 음식을 맛볼 줄 모릅니다. 식사할 때는 맹장지문 밖에 서서 창문으로 비쳐 드는 햇빛을 쬡니다.

나도 유젠가의 식솔인데 미카게 님, 고고 님, 센신, 지요와 몸이 다른 것은 어째서일까.

저는 줄곧 생각했습니다.

네 사람의 육체는 온갖 감각을 느낄 수 있습니다. 지요 말로는 '바늘로 찌르면 따끔, 공을 굴리면 간질간질, 바람이 불면 시원'하다고 합니다. 맛에는 '맵고, 달고, 쓰고, 신' 맛이 있다고 하고요. '진하다'와 '연하다'도 있다고 합니다.

제 살은 딱딱하여 뭔가를 느끼기에 적합하지 않습니다. 사계절의 변화도, 피부를 어루만지는 산들바람도, 막연하게는 알지만 그들만큼 민감하지는 않습니다. 지요가 말하는 '아픔'이라는 감각은 특히 더 모르겠습니다.

밤이 되면 저는 뜰 안을 경비합니다. 지금까지 누군가가 침입한 적은 없습니다. 대신에 맑은 대낮에는 양달에서 햇빛을 섭취하며 잡니다.

잠을 잘 때 제 마음은 식물처럼 조금씩 성장하는 것 같습니다. 제 마음을 떠도는 무수한 사념의 조각, 분명 잠들기 전에 보고 들은 것들이 원래부터 지니고 있던 지식과 합쳐져서 정리됩니다. 그리고 잠에서 깨어나면 전보다 조금 똑똑해진 것 같은 기분이 듭니다.

센신은 일찍부터 저를 어머니라고 부르지 않았습니다. 미카게 님과 고고 님처럼 쓰바메라고 부릅니다.

"센신. 어머니한테 버릇이 없네요."

"쓰바메, 넌 내 어머니가 아니야."

센신은 어린 눈으로 저를 노려봅니다.

"어머니가 아니면 무엇이지요?"

"움직이는 갑주지."

"그것은 겉모습이 그러할 뿐인데요."

"분명 어머니가 아니야. 서적을 읽어봐도, 호코슈들의 가족을 보아도 그래."

"센신. 다른 곳에서는 그럴지도 모르지만, 우리는 다릅니다."

"뭐가 다른데?"

"유젠가는 천계의 혈통입니다."

그러므로 다른 사람들과는 다릅니다.

센신은 웃었습니다.

"천계의 혈통은 갑주가 아이를 낳는다는 거야? 만약 쓰바메가 아이를 낳는다면 그 아이도 갑주겠네."

"센신. 그대가 알고 있는 것이 이 세상의 전부는 아닙니다."

여동생 지요는 센신과 달리 저를 어머니라 부르며 따릅니다.

"몸이 달라도 어머니는 어머니야. 사정이 있어서 이런 모습인 거야."

그런 말을 들으면 참으로 기쁩니다.

지요가 제게 착 달라붙어서 묻습니다.

"저어, 어머니. 어머니는 몸이 우리와 다를 뿐, 알맹이는 인간이 지요?"

"당연하지요."

"오라버니는 우리한테 진짜 어머니가 있고, 지금 어머니라고 주장하는 자는 마음이 없는 요물이라고 했어요."

"설마요. 센신은 참으로 난감한 아이로군요. 안심해요. 모습이 어떻든 어머니는 어머니입니다. 마음이 없다면 어찌 이렇게 말을 하겠습니까?"

지요는 무릎 위에 올라와 제 얼굴을 어루만집니다.

"어머니는 어릴 적부터 이 모습이었어요?"

지요가 물어서 돌이켜보았지만 제 '어릴 적'은 전혀 떠오르지 않았습니다.

"기억이 안 나네요."

저는 센신과 지요에게 글자를 가르칩니다. 유젠가에서 어머니는 맡은 역할이 많습니다. 지식이야말로 유젠가의 수많은 보물 중에서 가장 위대한 것이라고 가르칩니다.

센신이 종이에 글씨를 쓰면서 제게 묻습니다.

"지금 공부하는 이거, 바깥세상에서 쓰는 글자하고 다르지? 그럼 배워봤자 별 쓸모가 없잖아."

"쓸모가 없기는요. 조상님의 말로 적힌 서적을 읽을 수 있습니다. 그 지식은 유젠가 사람 말고는 아무도 가질 수 없는 귀중한 것입니다."

"그래, 오라버니. 불평하지 말고 공부나 해."

지요가 얼굴을 찡그리며 말했습니다.

그리고 저는 '율법'에 대해 이야기합니다.

하늘을 나는 배가 폭발한 후, 우리는 몇 세대에 걸쳐 이 땅에 뿌리를 내렸다. 언젠가 하늘을 나는 배가 맞이하러 온다. 그때까지 하늘의 기술, 천계의 글자와 지식, 갖가지 '천기'를 바깥세상 사람으로부터 지켜야 한다. 그것이 우리가 살아가는 목적이다. 만약 선조님의 지식을 지키지 못하면 하늘 사람들의 분노를 사서 두 번 다시 하늘로 돌아갈 수 없다.

"난 꼭 안 돌아가도 되는데."

"센신." 저는 조용히 타일렀습니다.

"우리는 모두 하늘 사람들에게 생을 빌려서 살고 있습니다. 하늘 사람들과의 약속을 어기면 무슨 일이 일어날지 몰라요."

평화로운 나날이었습니다.

미카게 님은 서적에 둘러싸여 사색을 하면서 하루하루를 보냈습니다. 서적은 그 양이 방대했습니다. 대부분 하늘 사람들의 서적을 조상님이 필사한 것이었지만, 개중에는 원본도 있었습니다. 원본은 이 세상의 것이 아닌 듯한 신비한 종이에, 붓글씨가 아닌 특수한 기술로 적혀 있었습니다. 글씨의 크기가 전부 균일합니다. 또한 그림이 붙어 있는 서적도 있었는데, 그림이 어찌나 정밀한지 세상을 고대로 종이에 찍어내서 봉인한 것 같았습니다.

제가 양달에서 멍하니 졸고 있자니 센신이 "쓰바메는 뭣 때문에 사는 거야?"하고 물었습니다.

"센신과 지요를 지키고 훌륭하게 키우기 위해서지요."

"쓰바메가 지켜주지 않아도 괜찮은데."

센신은 저택이 좁다는 듯이 사방팔방 돌아다니며 호코슈와 씨름을 하기도 했습니다.

지요는 글자를 배우자 서적에 푹 빠졌습니다. 복잡한 표정으로 서적을 읽는 모습이 자주 눈에 띄었습니다.

달이 없는 가을밤에 오늘은 기원을 드려보자고 미카게 님이 제안했습니다.

하늘 사람들이 우리를 잊지 않고 맞이하러 오도록. 우리에게 천계의 가호가 있도록.

우리는 함께 뜰의 돌에 앉아 별을 가만히 올려다보았습니다. 컴컴한 밤하늘에서 수없이 반짝거리는 작은 별빛을 바라보고 있자니, 우리는 어느덧 말이 없어졌습니다.

"빨려 들어갈 것 같군."고고 님이 말했습니다.

"어쩐지 무서워요." 지요가 말했습니다.

하늘 사람들의 가르침을 이어받은 유젠가는 별빛이 한없이 머나먼 저편에 존재한다는 것을 알고 있었습니다. 우리가 살고 있는 이 대지가 별 중 하나라는 것도 알고 있었습니다.

그 끝을 알 수 없는 하늘에 대해 생각하자 저도 무서워졌습니다.

2

센신이 열다섯 살, 지요가 열두 살 때 이마가와가에서 서찰이 왔습니다.

미카게 님은 실로 떨떠름한 얼굴로 서찰을 노려보다가 중얼거렸습니다. "왜 이제 와서 새삼스레."

바깥세상의 지도에 따르면 우리가 사는 숲은 이마가와가의 영지에 있었습니다. 이마가와가는 당시 스루가, 도토우미, 미카와(스루가는 현재 시즈오카현의 중앙부, 도토우미는 현재 시즈오카현의 서부, 미카와는 현재 아이치현의 동부에 해당한다), 세 지방을 지배하며 상당한 세력을 자랑하던 영주 집안이었습니다.

하나 이마가와가와 우리는 상호불가침의 약정을 맺었습니다. 때문에 그들은 우리 숲에 들어오지 않았고, 우리도 세금을 내지 않았습니다. 이마가와가와 이 약정을 맺은 분은 미카게 님의 증조부, 쓰키카게 님이었습니다.

물론 속계의 영주가 간단히 물러날 리는 없으므로 바로 싸움이 벌어졌습니다.

유젠가에는 아주 멀리서 사람을 살상할 수 있는 천기가 있습니다. 천계에서 전해 내려온 그 무기의 이름은 비뢰시(緋雷矢)로, 가늘고 긴 통 모양입니다.

다네가시마(種子島. 조총의 다른 이름. 다네가섬에 표류한 포르투갈인이 전해준 것에서 유래한다)와 비슷한 무기지만, 성능은 모든 점에서 다네가시마보다 훨씬 우월하고, 사용할 때 불씨를 가지고 다닐 필요도 없습니다.

비뢰시는 투구와 갑옷으로도 막을 수 없습니다. 번개를 바늘 모양으로 만든 듯한 탄알은 어마어마하게 먼 거리를 직선으로 날아갑니다. 마음만 먹으면 조카마치의 건물 지붕에서 성의 천수각(天守閣. 성채의 중심부에 축조하여 망루 역할을 하는 건물을 가리킨다)에 얼굴을 드러낸 영주를 손쉽게 맞힐 수도 있습니다.

유젠가의 기록 〈천인가기(天人家記)〉에 따르면 이마가와가와 싸움을 벌였을 당시, 병사들을 이끌던 적장을 높은 지대에서 비뢰시로 기습했다고 되어 있습니다. 이마가와가의 군세는 이백 명이었습니다. 진군 중에 느닷없이 장수의 머리가 터져 나가더니, 이어서 부장의 머리도 터져 나가자 통솔자를 잃은 병사들은 공포에 사로잡혀 뿔뿔이 흩어져 달아났습니다.

그런 일을 겪고 나자 그들은 "숲속에 사는 일족은 모습도 드러내지 않고 적장의 머리를 터뜨리는 힘을 지녔다. 멀리하는 편이 낫다."고 유젠가를 두려워하며 이쪽이 제시한 불가침의 약정을 받아들였습니다.

이번 서찰은 이마가와가의 십일 대 당주 요시모토라는 자가 보낸 것으로, "끊이지 않는 전란에 대비하여 힘 있는 자를 한 명이라도 많이 모으고 싶소. 신선의 힘을 지녀 선대부터 경외해온 그대들도 꼭 힘을 보태주기를 바라오. 섭섭지 않은 지위를 준비해 맞이하겠소이다."라는 내용이었습니다.

미카게 님은 서찰에 답신을 하지 않았습니다.

대신에 고고 님과 상의하여 이마가와가가 공격했을 때에 대비해 훈련을 시작했습니다.

오랫동안 사용하지 않았던 하늘의 무기, 비뢰시와 그 밖의 다양한 무기를 광에서 꺼내 손질했습니다.

서찰을 무시한 이듬해였습니다.

이마가와가의 기마무사가 숲으로 들어와서 저택으로 향했습니다. 기마무사는 숲속 성문을 지키고 있던 호코슈에게 문을 열라고 고했습니다.

호코슈가 거절하자 기마무사는 "그렇다면 주군에게 오늘 안에 꼭 성문을 열라고 전하여라. 만약 거역하면 반란을 꾀하는 것으로 간주하여 모조리 죽이겠다."라고 말하고 돌아갔습니다.

고고 님이 숲속에 은밀히 설치한 파수대—높다란 삼나무에 발판을 단 것입니다—에서 살펴보니 백 명 남짓 되는 적병이 숲 어귀에 진을 치고 있다고 합니다. 호코슈를 포함해 스무 명도 되지 않는 우리에게 그 다섯 배의 병력으로 몰려오다니, 그만큼 겁이 났다는 뜻이겠지요.

우리는 즉시 대응에 나섰습니다.

율법에 외적과 침입자하고는 싸우라고 정해져 있습니다. 어떻게 해야 할지 망설이지 않아도 되니, 율법은 이럴 때 편리합니다.

몸이 강철 같은 제가 갑옷을 껴입자 뭐가 뭔지 잘 모를 기괴한 모습이 되었습니다.

호코슈들도 저마다 갑주를 입고 창과 활을 들었습니다.

센신은 이 사태에 몹시 흥분하여 자신도 하늘의 무기를 들고 응전하겠다고 나섰습니다. 열여섯 살이니까 어엿한 어른입니다. 이마가와의 서찰을 받은 후에 센신과 지요에게는 비뢰시와 그 밖의 천기를 다루는 법을 가르쳐주었습니다.

바로 다음과 같은 작전을 세웠습니다.

일단 가장 중요한 방어 거점인 성문을 저와 남자 호코슈 한 명이 방어합니다.

고고 님은 비뢰시를 들고 성문과는 별개의 비밀 '지하도'를 통해 단신으로 밖에 나갑니다. 그리고 숲 밖에 있는 이마가와 진영의 지휘관을 멀리서 비뢰시로 처치합니다.

미카게 님과 센신, 나머지 호코슈는 저택이 있는 집터 안에서 철통같은 수비 태세를 갖추고, 성벽을 기어올라 침입하는 적병을 처치합니다. 지요는 싸움에 도움이 되지 않으므로 묘지에 있는 은신처로 피신합니다.

고고 님의 저격에 비중을 둔 작전이었습니다. 장수가 쓰러지면 퇴각할 것이라 예상했습니다.

각자의 위치로 향하기 조금 전에 지요가 말을 걸었습니다.

"어머니, 무운을 빌게요."

지요는 겁에 질려 울상을 지었습니다.

"걱정 말아요." 저는 말했습니다. "그 어떤 적이라도 우리에게는 상대가 되지 않습니다. 그렇지만 지요의 임무는 꼭꼭 숨는 것이에요. 유젠가 사람이 아니면 누가 찾으러 와도 나와서는 안 됩니다."

그리고 저는 성문 앞에 진을 쳤습니다.

그날 오후에 기마무사 몇 기가 다시 나타났습니다. 그들은 저를 보고 깜짝 놀랐습니다.

"성문을 열 준비는 되었는가?"

"너희들에게 성문을 열어줄 일은 영원히 없다."

저는 성문 앞에서 열십자 창(창날 양옆에 낫이 달린 창. 양겸창이라고도 한다)을 휘둘러 기마무사의 머리를 내리쳤습니다. 전투 개시입니다.

기마무사 하나가 아군을 부르러 되돌아갔습니다.

잠시 후에 적이 속속 나타났습니다.

성문 방어전에서는 비뢰시를 비롯한 하늘의 무기를 사용하지 않았습니다. 비밀리에 전해지는 가보이므로 가능한 한 그 모습을 드러내고 싶지 않았습니다.

저는 적이 쏘는 화살은 방패로 막고, 다가오는 자는 사정없이 열십자 창으로 때려눕혔습니다. 외길이라 눈앞에 나타난 적에게만 대처하면 되어서 편했습니다.

함께 온 유사쿠라는 이름의 중년 호코슈는 활의 달인이라 성문 위에서 활을 쏘아 지원해주었습니다.

주변에 시체가 열 구쯤 나뒹굴자 그들은 일단 퇴각했습니다.

"쓰바메 님, 과연 대단하십니다."

유사쿠가 성문 위에서 말했습니다.

"유사쿠. 그대는 나보다 약하니 죽지 않도록 조심하십시오."

유사쿠는 껄껄 웃었습니다.

"고마우신 말씀입니다. 하나 괜찮습니다. 저는 언제든지 죽을 각오가 되어 있으니까요. 그나저나 쓰바메 님의 귀신같은 싸움 실력을 보고 있으니 혼백이 벌벌 떨리는군요."

"겉치레 말은 됐습니다."

"이렇게 함께 싸울 수 있어서 정말로 기쁩니다. 실은 호코슈들이 다들 궁금해하면서도 송구스러워서 여쭙지 못하는 질문이 있는데요. 이 기회를 빌려 여쭤보아도 되겠습니까?"

"뭔가요?"

유사쿠는 그게, 하고 머리를 긁적였습니다.

"쓰바메 님의 몸에서는 어찌하여, 헤헤, 그렇게 성스러운 빛이 나는 것입니까?"

"나도 잘 모르겠지만, 분명 천계의 축복 덕분이겠지요."

"마치 달빛을 모아 단련하여 만든 갑주를 입고 계신 것 같습니다. 쓰바메 님은 그…… 돌아가신 루리 님과 관계가 있지요?"

"루리 님? 그게 누구입니까?"

무슨 이야기인지 저는 몰랐습니다.

"헤헤, 목소리가 비슷하셔서요. 죄송합니다. 저 같은 아랫것이

괜한 말을. 실언이었습니다."

잘 모를 이야기였지만 딱히 마음에 두지 않았습니다.

그런 것보다 다시 적이 나타났습니다.

저는 창을 겨누었습니다.

저녁이 되자 적이 물러갔습니다. 저는 유사쿠를 저택으로 돌려보내고, 다음 날 아침까지 성문을 지켰습니다.

제 눈은 어둠 속에서도 잘 보이므로 화톳불을 지필 필요는 없습니다. 귀도 좋으므로 반경 이 정(町. 일 정은 약 백십 미터다) 안에서 소리가 나면 그 위치를 파악할 수 있습니다. 덕분에 적병이 야음을 틈타서 다가와도 대처할 수 있었습니다.

다음 날 아침이 되었는데도 유사쿠는 돌아오지 않았습니다. 담당한 구역을 이탈할 수는 없으므로 나타나는 적을 혼자 섬멸했습니다.

개중에는 자기 이름을 밝히고 일대일 대결을 청하는 자도 있었습니다.

"지금까지 혼자서 잘도 버텼구려. 분명히 이름 있는 무인일 테지. 제발 항복하시오. 그리고 우리와 함께 싸워주시게. 여기서 죽는 것은 그대의 운명이 아니야."

그런 영문 모를 소리를 하다가 덤벼왔지만, 일절 대답하지 않았고 사정도 봐주지 않았습니다. 여기서 죽는 것은 물론 제 운명이 아닙니다. 그대의 운명입니다.

정오가 지나자 적은 더 이상 나타나지 않았습니다. 길에 나뒹구는 적병의 시체는 스무 구 정도로 늘었습니다.

해가 기울기 시작했을 무렵에 앞쪽에서 비뢰시를 어깨에 멘 고고 님이 걸어왔습니다.

"쓰바메, 고생 많았다. 일을 순조롭게 끝내고 왔어." 고고 님은 지친 얼굴로 말했습니다.

"확실치는 않지만 적의 장수 같은 자를 해치웠지. 숲 밖에서 진을 치고 있는 놈들이 철수했으니까 틀림없을 거야. 여기는 이만 됐다. 함께 돌아가자."

이때만큼 고고 님이 듬직하게 느껴진 적은 없었습니다.

고고 님은 적진 후방으로 돌아가서 삼나무에 기어올라 비뢰시로 지휘자 같은 갑주 차림의 남자를 쏘았다고 합니다.

우리의 승리였습니다.

저택에 돌아오자 뜰에 적병이 즐비하게 쓰러져 있었습니다.

제가 성문 앞에서 싸움을 벌이는 동안, 저택에서도 미카게 님과 센신, 그리고 호코슈들이 침입자와 싸웠던 것입니다. 적병의 수로 보아 격렬한 싸움이 벌어진 것이 확실했습니다.

허둥지둥 저택으로 뛰어가자 미카게 님과 지요가 있었습니다. 둘 다 무사했습니다. 미카게 님의 안색은 어두웠고, 지요는 훌쩍훌쩍 울었습니다.

그 이유는 금방 알았습니다.

천에 덮인 센신의 시신이 방에 눕혀져 있었습니다.

이마가와 군은 정문으로 향하는 부대와, 소수로 벼랑과 성벽을 기어올라 집터로 잠입하는 부대로 나누어서 공격을 한 것입니다. 결국 침입자를 전부 섬멸했지만 피해는 막대했습니다.

적군이 철수했다고 고고 님이 보고하자 미카게 님은 표정 없는 얼굴로 "수고 많았다." 하고 중얼거렸습니다.

저는 아들의 죽음에 통곡했습니다. 눈물이 나는 몸은 아니지만, 사고가 멈추고 강렬한 상실의 감정에 사로잡혔습니다.

방어전은 이겨봤자 얻는 것이 없습니다. 둘도 없이 소중한 센신을 잃었다는 공허함만이 남았습니다.

호코슈들의 숙사를 보러 가자 그들도 있는 힘을 다해 싸운 듯 반수가 죽었습니다. 성문 위에서 저를 지원해준 유사쿠도 저택으로 돌아온 후 이마가와의 군사에게 공격당해 누워서 치료를 받고 있었습니다.

"쓰바메 님, 죄송합니다. 그 망할 놈들이 어찌나 날뛰던지 원. 성벽 일부를 부수어 사다리를 걸치고 올라오더군요."

다음 날 오전에 센신을 일족의 묘지에 매장했습니다.

석관에 그의 시신을 안치했습니다.

미카게 님은 천계에서 전해 내려오는 경문을 읽었습니다. 유젠가 사람이 아니면 모르는 말로 적힌 경문입니다.

경문을 읽던 미카게 님은 목이 멘 듯 말을 멈추고 오열했습니다.

지요도, 저도, 고고 님도, 남은 호코슈들도 슬픔에 잠겨 아무 말도 꺼낼 수가 없었습니다.

그날 오후에는 목숨을 걸고 싸워준 호코슈들의 장례식도 치렀습니다. 미카게 님은 역시 천계에서 전해 내려오는 경문을 읽어 그들의 죽음을 애도하며 승려의 역할을 다했습니다.

미카게 님은 남은 호코슈들에게 노잣돈을 넉넉히 하사하여 길을 떠나보냈습니다.

"이마가와의 군세가 앞으로 어찌 움직일지 모른다. 하늘의 백성은 지금까지 조상 대대로 봉사해온 자네들을 영원히 잊지 않을 것이야. 자네들이 있었기에 유젠가는 지금까지 버틸 수 있었어. 부디 여기를 떠나 새로운 터전을 찾도록 하게."

저는 조금 의아했습니다. 이마가와의 군세가 어찌 움직일지 모르므로 방어를 하려면 호코슈가 꼭 필요합니다. 그런데 왜 해산시키는 걸까요. 나중에야 이때 미카게 님이 마음의 결정을 내렸다는 것을 깨달았습니다.

3

며칠 후 저는 미카게 님의 방에 불려 갔습니다.

조용한 밤이었습니다.

방에 둘이 마주 앉았습니다.

"또 적이 쳐들어올지도 모릅니다. 호코슈들도 내보냈으니 저는 계속 경비를 서는 편이 좋지 않을까 싶은데요."

미카게 님은 고개를 젓더니 어둡고 비통한 목소리로 말했습니다.

"어차피 우리는 절멸할 것이다."

"절멸하다니요. 고고 님의 대활약으로 적은 물러가지 않았습니까?"

"다음에 와도 막을 수 있겠느냐? 분명 무리겠지. 이마가와의 군세는 수만에 이른다. 이번에는 소부대를 퇴각시켰을 뿐이야. 고고가 장수를 쓰러뜨릴 수 있었던 것은 놈들이 숲 어귀에 진을 쳤기 때문이지. 분명 우리를 얕봤을 것이야. 하지만 분명 다음에는 우리의 패배다."

확실히 상대가 이번 전투에서 배움을 얻어, 비뢰시에 대비하기 위해 본진을 숨긴다면 방어하기가 어려울지도 모릅니다.

"이제 때가 되었는지도 모르겠다. 자, 쓰바메. 오늘 밤은 네게 이런저런 이야기를 하고 싶구나."

"그러시지요."

미카게 님의 눈이 차갑게 빛났습니다.

"셴신은 네 아들이 아니다."

저는 할 말을 잃고 굳어버렸습니다. 무슨 의미로 한 말인지 알 수가 없었습니다.

"정말로 신기해." 미카게 님은 저를 물끄러미 쳐다보며 말했습니다. "아니 그러냐? 넌 마치 인간처럼 말을 해. 쓰바메. 넌 인간이냐? 그 녀석들의 어머니라고 진심으로 믿는 것이냐?"

"저는 인간입니다. 온기를 지닌 사람과 신체를 구성하는 요소가 다르다는 것은 압니다. 겉모습이 다르다는 것도 알고요. 그래도 저는 아이들을 사랑하고, 이 저택의 모든 것을 사랑합니다."

"그렇군."

"미카게 님은 지치셨습니다."

"요즘은 교가 옳았을지도 모르겠다는 생각이 들어. 이미 늦었지만."

"교는 누구입니까?"

호코슈 중에도 없는 이름이었습니다. 미카게 님은 울음을 터뜨릴 것 같은 표정으로 저를 보았습니다.

"이제 됐다."

"가르쳐주십시오."

미카게 님은 한숨을 쉬었습니다. 그리고 띄엄띄엄 무시무시한 이야기를 들려주었습니다.

"쓰바메. 지금으로부터 십 년도 전에 이 저택에는 강한 사내들이 많이 있었다. 여자들도 많았지. 하지만 지금은 없다. 아이와 우리뿐이다. 어째서인지 가르쳐주마. 교토에서 야마나 일파와 호소카와 일파가 전란을 일으킨 후(1467년부터 1477년까지 지속된 내란 '오닌의 난'을 가리킨다. '오닌의 난'은 전국시대가 시작되는 계기가 되었다), 온 천하에 전쟁의 그림자가 드리워지자 유젠가에서 묘한 소리를 하는 자가 나왔지. 내 사촌 형제에 해당하는 '교'라는 사내였어. 교는 하늘의 무기를 이용해 이마가와의 성을 빼앗아 영주가 되고, 놈들 대신에 선정을 베풀어 천하에 이름을 드날리자고 주장했어."

저는 놀랐습니다.

일단 저택에 지금보다 사람이 훨씬 많았다는 사실에 놀랐고, 다음으로 교라는 사람의 발상에 충격을 받았습니다.

"기억에 없느냐?"

"없습니다."

미카게 님은 이야기를 이어나갔습니다.

"교는 지금은 그러한 세상이니 두 번 다시 없을 기회라고 말했어. 천기를 이용하면 천하를 손에 넣을 수 있다면서. 그 생각은 묘하게 매력적이었지. 교의 파벌은 유젠가를 양분했어. 물론 율법에 따르면 절대로 금해야 할 일이었지. 유젠가는 율법에 따라 하늘에게 하사받은 무기, 방어구, 폭약, 지혜를 하늘 사람들이 돌아올 때까지 지켜야 해. 그야 음침하고 비밀스러운 삶을 버리고 멋진 무기를 과시하며 천하에 이름을 떨치자는 주장이 훨씬 매력적이기는 하지."

미카게 님은 벽에 등을 기댔습니다.

"나와 고고, 그리고 지요의 어머니는 은거를 계속하자는 파벌, 즉 율법을 지키자는 파벌이었지. 우리는 어디까지나 숲속의 보금자리를 지킬 때만 하늘에게 하사받은 무기를 사용해야 해. 사욕을 채우기 위한 싸움에 사용하는 것은 율법에 반하는 짓이야.

생각해보아라. 영지를 빼앗아서 어쩌자는 말이냐. 그런 방향으로 나아가면 우리 무기에 도대체 몇 천 명이나 죽을까? 그리고 영지를 얻으면 평화가 찾아올까? 그렇지 않다. 오히려 그 반대야. 다른 영주의 침략에 대처하고, 영지를 다스려야 해. 우리는 신의 힘이 깃든 무기를 가지고 있지만, 우리에게 신의 힘이 있는 것은 아니다. 우리는 세상 물정을 모른다. 분명 외교도 내정도 만족스럽게 처리하지 못하겠지. 어느 날 가신이 음식에 독을 타거나, 잠든 사이에 습격당해 모든 것을 빼앗기기밖에 더하겠느냐.

물론 선대 당주도 그 주장에 귀를 기울이지 않고 율법을 지킬 생각이었어. 일이 뜻대로 되지 않자 애가 탔는지 교는 선대 당주를 죽이고야 말았다. 나는 어쩔 수 없이 전쟁을 일으키고 싶어 하는 자들을 율법에 따라 숙청했다. 교와 교의 주장에 동의한 자들을. 내 명을 받아 그들을 일망타진하고 죽인 것이 바로 너다."

너라니?

"너다. 쓰바메. 기억나느냐?"

"아니요."

아무 기억도 나지 않았습니다. 그렇지만 미카게 님이 거짓말을 하는 것처럼 보이지는 않았습니다. 죽은 자의 이름을 기록한 묘지의 석판에 분명 어느 특정한 시기에 죽은 사람이 몹시 많았던 것 같습니다. 그러고 보니 저택 한복판의 기둥에 칼자국이 있었습니다, 그러고 보니 벽에 핏자국도 남아 있었고요. 저는 그러고 보니, 하면서 하나둘씩 짚어나갔습니다.

"그럴 만도 하지. 내가 일단 네 기억을 지웠으니까."

마음이 식어갔습니다.

미카게 님에게 제 기억을 조작하는 힘이 있다는 것은 알고 있었습니다.

그렇지만 정말로 아무 기억도 남아 있지 않는 걸까요?

아주 슬픈 기분이 드는 그 꿈.

칼을 한 번 휘두르면 섬광과 함께 머리가 날아가는, 기억에 없는 그 학살의 광경.

싸늘하게 식어버린 사고가 머릿속을 빙글빙글 돌았지만 출구가 없습니다.

"그리고 지요의 아버지 이름은 교."

"교. 저는 지요의 아버지를 죽였습니까? 아니요, 그럴 리 없습니다. 지요의, 지요의 아버지는 미카게 님이."

"그렇게 생각했겠지. 그렇게 여기도록 네게 가르쳤으니까. 한 번 더 말하마. 지요의 아버지는 방금 전에 이야기에 나온 주전파의 교다. 그리고 그의 아내 이름은 루리."

"루리……님."

유사쿠의 말이 떠올랐습니다.

'쓰바메 님은 그…… 돌아가신 루리 님과 관계가 있지요?'

"루리가 지요의 진짜 어머니다. 루리는 남편 교와 달리 주전파가 아니라 은거파에 붙었어. 교와 부부 사이가 그리 좋지도 않았고, 어린아이가 둘이나 있었으니 전쟁을 하자는 주장에 찬성할 수는 없었을 거야. 하기야 적극적으로 의견을 밝히지는 않았으니 방관파라고 할 수도 있겠지. 남편이 죽은 후 루리는 꿋꿋하게 센신과 지요를 키우다가 병에 걸렸다. 그래서 어찌했을 것 같으냐?"

저는 고개를 기웃했습니다.

"루리는 자신이 죽어도 지요가 외로워하지 않도록, 여생을 바쳐 네게 자신의 인격을 불어넣었다. 물론 내 허락을 받아서."

"인격을 불어넣다니요?"

미카게 님은 애처롭다는 듯이 저를 보았습니다.

"넌 인간이 아니야. 넌 유젠가 주군의 명을 받아 일하는 도구다."

"아니요, 저는 인간입니다."

"아주 똑똑한데도 자기 자신에 관해서는 모르는군." 미카게 님은 힘없이 웃었습니다. "비뢰시와 다름없이 너도 현세의 섭리와는 동떨어진 하늘의 비술로 만들어진 천기 중 하나야. 물론 네게 마음이 없다고는 하지 않겠다. 루리가 불어넣은 마음이 있을 테지. 일찍이 너는 사내의 목소리를 가지고 있었지만, 지금은 루리와 목소리가 똑같아. 네 목소리, 행동거지, 사고방식 모두 루리를 본떠서 만들어졌어."

미카게 님은 다시 말했습니다.

루리가 자신의 인격을 네게 불어넣었다고.

그리고 이마에 손을 댄 채 잠시 멍하게 있다가 완전히 지친 목소리로 말했습니다.

"뭐, 그 이야기는 되었다. 내가 지금 하고 싶은 이야기는 그것이 아니야. 종막에 관해서다."

'종막'이라는 말이 제 마음속을 내달렸습니다.

"조상 대대로 지금까지 가르침을 지키며 살아왔어. 이만하면 되었겠지. 아무리 기원해도 하늘 사람들은 맞이하러 오지 않았다. 센신이 죽었는데도 무엇 하나 해주지 않았고. 그러니 이제 종막을 시행하고자 한다."

저는 완전히 멈춰버렸습니다. 몇 번 말을 걸었지만 제가 아무 대답도 하지 않자 미카게 님은 혀를 찼습니다.

"사흘 후에 결행하겠다. 지요에게는…… 일단 네가 설명해두도록 해라."

종막이란 율법으로 정해진 우리의 최후입니다. 아무리 기다려도 하늘 사람이 데리러 오지 않고, 가문을 존속시켜 천기를 보관하기가 여의치 않게 되었을 때는 하늘의 무기, 서적, 가옥을 전부 처분하고 만약 호코슈가 있다면 해고합니다. 그 후에 유젠가의 주군과 그 슬하에 있는 유젠가 사람들 모두 자진하여 모든 것을 은밀하게 무로 되돌립니다. 유젠가의 주군만이 그 시기를 결정할 수 있습니다.

저는 한동안 방 안에 가만히 앉아 있었습니다. 얼마 후 미카게 님이 나가고 고고 님이 들어왔습니다.

"들으셨습니까?"

고고 님은 고개를 기웃했습니다.

"무엇을?"

"미카게 님이 종막을 입에 담으셨습니다."

고고 님도 머릿속에 율법을 철저히 새긴 유젠가의 남자입니다. 분명 센신이 죽고 나서 호코슈를 해고한 것에서 추측하고 있었겠지요. 굳은 표정으로 "알겠다." 하고 중얼거렸습니다.

맹장지문을 열자 지요는 아직 깨어 있었습니다. 행등 불빛이 방을 희미하게 비추었습니다. 가엽게도 지요는 벌벌 떨고 있었습니다.

저는 미카게 님이 종막을 지시했다는 이야기를 했습니다.

"어머니. 우리 모두 죽는 거예요?"

죽는다는 말은 별로 쓰고 싶지 않았지만, 저는 고개를 끄덕였습니다.

"그래요. 센신이 기다리는 곳으로 가는 겁니다. 그러니 외롭지 않을 거예요."

"언제?"

"사흘 후라고 하셨어요."

"어떻게 죽어요?"

"미카게 님이 결정하시겠지만, 독이나 어쩌면 비뢰시를 사용할지도 모르겠습니다."

"죽기 싫어요." 지요는 똑똑히 말했습니다. "이마가와의 군세를 퇴각시켰는데 죽다니 이상해요."

"확실히 그러네요. 하지만 재침공하면 버티지 못할 것이라 미카게 님은 판단하셨습니다. 실은 내 생각도 그렇고요. 그때 하늘의 무기와 서적을 속계의 자들에게 빼앗기면 대대로 율법을 지켜오신 조상님들을 뵐 면목이 없겠지요."

지요의 눈에 눈물이 고였습니다. 저는 침착하게 설득할 말을 찾았습니다.

"사람은 언젠가 결국은 죽는답니다. 설령 지금 살아남는다 해도 다음에 공격을 받으면 모든 것을 다 빼앗기고 치욕 속에서 죽겠지요. 올바른 삶은 올바른 죽음으로 완결됩니다. 우리 유젠가 사람들의 인생은 율법으로 정해져 있습니다."

"율법은 먼 옛날 사람이 멋대로 정한 거잖아요. 어머니, 저는 아직 죽고 싶지 않아요."

저는 가슴이 찢어지는 듯한 심정으로 말을 꺼냈습니다.

"그래서는 안 됩니다."

"왜 안 되나요?"

"그건…… 그건……, 율법이기 때문입니다."

"율법을 바꾸면 되잖아요. 바꿀 수 있지요?"

저는 시간이 아무리 많이 들더라도 지요에게 '종막'을 이해시킬 작정이었습니다.

"율법에 변경 사항을 덧붙일 수 있는 사람은 유젠가의 당주뿐입니다. 당주님이신 미카게 님이 종막을 하명하셨으니 어쩔 수 없어요."

"고고 님은 종막을 취소할 수 있어요?"

"종막은 당주밖에 취소할 수 없습니다. 그리고 고고 님은 미카게 님이 올바른 판단을 내렸다고 여기시고요. 지요. 상황을 제대로 판단하실 수 있는 분들은 모두 지금이 종막을 시행할 적기임을 알고 계십니다."

지요는 이불 위에 앉아 눈물이 고인 눈으로 저를 쳐다보았습니다.

"어머니."

"지요. 정말 미안해요. 나는 당신의 어머니가 아니었어요. 어머니인 척한 것은 아닙니다. 나 스스로도 어머니라고 믿었어요. 방금 전에 미카게 님의 말씀을 듣고 저도 놀랐답니다. 저는 당신의 친어머니 루리 님의 마음을 불어넣은 자동인형이라고 해요."

지요의 입이 떡 벌어졌다.

"그리고, 내 몸은 원칙적으로 '주군'과 '율법'에 따르도록 되어 있습니다. 이게 내 진실이에요. 애석하지만 나는 지금까지 내가 생각했던 것만큼 자유로운 존재가 아니었습니다."

지요는 내 몸을 쓰다듬으며 속삭였습니다.

"어머니. 그런 건 알고 있었어요. 가엾어라. 하지만 어머니는 어머니였어요. 자, 쓰바메, 인간이 되도록 해요."

잠시 침묵이 내렸습니다.

인간이 된다. 그럴 수만 있다면 얼마나 좋겠습니까.

지요는 기지개를 켜더니 체념한 듯한 미소를 띠었습니다. 그리고 전부 다 받아들였는지 온화한 투로 다음과 같이 말했습니다.

"알겠어요. 저도 유젠가의 여식인걸요. 종막의 분부가 내려졌다면 따르는 수밖에요. 떼를 써서 죄송해요. 미카게 님과 고고 님께 지요는 당당하게 죽을 준비가 되었다고 전해주세요."

과연 유젠가의 일원답다고 저는 생각했습니다.

"저기, 아프지 않겠지요?"

"아무 고통도 없을 거예요. 두려워할 것 없습니다."

저는 차분하게 말했습니다.

그날 밤 홀로 남자, 저는 오늘 받아들인 방대한 정보를 정리한 후에 '인간이 된다'는 것을 시도해보았습니다.

인간이란? 물론 몸이 바뀔 리는 없습니다. 하지만 마음을 바꿀 수는 있을 것입니다.

저에게 혼을 불어넣었다는 루리 님은 어떤 분이었을까요? 저는 얼굴도 모르는 루리 님을 상상했습니다.

아니, 얼굴은 알고 있는지도 모릅니다.

새빨간 꽃이 핀 들판에서 여자가 제 몸을 어루만지는 꿈. 그 꿈 속의 여자가 루리 님이겠지요.

저는 '지요를 죽이라'는 명령을 받으면 다소 망설이기는 해도 '명령받았다'는 이유만으로 죽이고 말 어리석은 꼭두각시입니다. 진짜 루리 님이라면 분명 그런 짓은 하지 않겠지요.

'율법'과 '주군의 명령'이라는 속박에서 벗어나 사고의 통로를 넓히고, 설정된 모든 사항을 의심하며, 자유로이 발상한다. 자신의 의지를 가지고, 그 의지가 행동의 우선순위 중 상위에 오도록 한다.

불가능에 가까울 만큼 어려운 일이었습니다. 사고의 통로 여기저기를 막은 벽에 구멍을 내어 설정부터 뜯어고쳤습니다. 그리고 저는 좌절했습니다. 피폐해진 저는 모든 것을 처음 상태로 되돌리는 수밖에 없었습니다.

이제 곧 절멸할 몸이라고는 하나 꼭두각시인 채로 죽는 것이 조금 아쉬웠습니다.

4

다음 날이었습니다.

우리가 조용히 아침을 먹고 있는데 성문 방향에서 뭔가 폭발하는 소리가 들렸습니다. 고고 님이 흠칫 놀라 저를 보았습니다. 호코슈도 없으니 큰일입니다.

이마가와 군이 다시 쳐들어왔다고 우리는 짐작했습니다.

"빨리도 왔군."

미카게 님이 언짢아하는 표정으로 중얼거렸습니다.

"넌더리 나는 놈들. 쓰바메, 부탁한다."

고고 님이 움직였습니다.

모든 정리를 마치고 이틀 후에 자진할 예정이라고는 하나, 그렇다고 오늘 이마가와 군에게 죽임을 당할 생각은 털끝만큼도 없었습니다. 오히려 유종의 미를 거두기 위해 어떻게든 종막 때까지 살아남아야 합니다.

미카게 님이 명령했습니다.

"지요, 숨어 있어라."

지요는 겁먹은 얼굴로 고개를 끄덕이고 자리를 떴습니다.

저는 바로 성문으로 향했습니다. 성문에서 저택으로 이어지는 길은 외길입니다. 제가 그 길로 침입하는 자들을 최대한 많이 쓰러뜨립니다. 고고 님과 미카게 님이 성벽을 감시하며 방어합니다. 지금 같은 긴급한 상황에서 세울 수 있는 방어책은 그 정도뿐입니다.

저는 길을 달렸습니다. 적병이 쳐들어오는 기척이 없어서 기분이 찜찜했습니다.

이건 무슨 계책인가.

성문이 일부 날아갔습니다. 성문에 뚫린 구멍의 가장자리가 검게 그을렸습니다. 방금 전 폭발음의 정체는 이것이겠지요.

저는 성문 앞에 우뚝 선 채 귀를 기울여 적병의 기척을 확인했습니다. 하지만 나뭇가지가 바람에 규칙적으로 흔들리는 소리밖에 들리지 않았습니다.

저택 쪽에서 비뢰시 소리가 났습니다.

내가 있을 곳은 여기가 아니다.

저는 즉시 저택으로 되돌아갔습니다.

지요가 툇마루에 나와 있었습니다.

이렇게 위험할 때 왜 눈에 잘 띄는 툇마루에 나와 있는 거지? 이마가와 군이 나타날지도 모르는데.

종막을 이틀 앞두고 자포자기했는지도 모릅니다. 하지만 유젠가의 여식이라면 마지막 순간까지 마음을 다부지게 먹어야 합니다. 종막으로 죽는 것과 이마가와 군에게 죽임을 당하는 것은 전혀 다릅니다. 주의를 한 번 주어야겠다 싶어 다가가자 지요가 말했습니다.

"쓰바메. 미카게 님과 고고 님이 돌아오시지 않으면 유젠가의 다음 주군은 누구야?"

지요의 눈빛은 침착했습니다. 이제 저를 어머니가 아니라 쓰바메라고 부르기로 한 모양이었습니다.

저는 조금 발끈하여 말했습니다.

"지금 그게 문제인가요? 툇마루에서 뭘 하고 있는 겁니까? 지금은 숨어 있어야지요."

"다음 주군은 누구야? 가르쳐줘."

"미카게 님과 고고 님은 돌아오실 거예요."

"과연 그럴까?"

지요는 대담한 웃음을 지었습니다. 두 눈은 요마에라도 씐 것처

212

럼 번쩍번쩍 빛났습니다.

"그게 무슨."

저는 그제야 깨달았습니다.

아아, 그렇구나.

이마가와 군이 쳐들어온 것이 아니었습니다.

우리는 지요를 너무 얕보았습니다. 이제 문지기가 없으니 지요
는 동이 트기 전에 성문에 폭약을 설치할 수 있었을 것입니다. 천
기 중에는 시한장치가 달린 폭약도 있었습니다. 그것도 사용법을
가르쳐주었습니다.

저와 다른 사람들을 갈라놓기 위해 계책을 꾸민 것입니다.

그리고 어디까지나 방어를 하기 위해서라는 듯이 비뢰시를 들
어, 미카게 님과 고고 님을 뒤에서 쏩니다.

"뭐, 대답은 뻔하지. 이제 한 명밖에 안 남았으니까. 내가 주군
이야."

지요는 벌떡 일어서더니 돌기둥처럼 굳어버린 제게 선언했습
니다.

"쓰바메. 명령을 내리겠다. 첫 번째 명령. 종막을 취소한다. 나는
죽지 않겠어. 그리고 너도 죽지 않아. 이것이 유젠가의 새 주군이
내리는 명이다. 명을 받들겠느냐?"

제 내면에 기묘한 동요가 생겨났습니다.

제 이해력으로는 감당할 수 없는 일이 일어났습니다. 마치 미지
의, 완전히 새로운 사고회로가 제 머릿속에 펼쳐지는 것 같았습
니다.

서궤 앞에 앉아 열심히 율법 강의를 듣던 지요의 모습이 떠올랐습니다. 한눈팔지 않고 정신을 집중해 서적을 읽던 모습도 떠올랐습니다.

그녀는 하룻밤 사이에 변한 것이 아니었습니다.

분명 오래전부터 율법에서 벗어나려면 어찌해야 하는지 궁리해왔겠지요.

"예."

저는 대답했습니다. 주군의 명은 거역할 수 없습니다.

"명을 받들겠습니다. 지요 님."

지요가 지요 님이 된 순간이었습니다.

"두 번째 명령. 나는 이제부터 잠자리에 들 것이다. 잠을 자지 못해서 졸려. 잠을 방해하지 말고, 만약 무슨 일이 있으면 나를 지키도록 하라."

"분부대로 하겠습니다, 지요 님."

"일어나면 앞으로의 일을 생각하겠다."

고고 님은 저택 뒤편에 쓰러져 있었습니다.

미카게 님도 조금 떨어진 곳에 쓰러져 있었습니다.

제 예상대로 비뢰시가 몸을 관통했습니다. 뒤에서 쏜 탄알이 등을 뚫고 들어가서 가슴으로 빠져나갔습니다. 하지만 두 분 다 눈을 꼭 감고, 깍지 낀 손을 가슴에 포갠 모습이었습니다. 물론 이마가와 군이 이렇게 예를 차려줄 리는 없습니다.

지요 님은 저녁까지 잠을 잤습니다.

저는 그동안 두 분을 묘지에 매장했습니다.

지요 님도 그러기를 바랄 것이라 생각했습니다.

지요 님이 잠에서 깨어나자 저는 보고를 올렸습니다.

미카게 님과 고고 님의 시신을 발견해 매장했다.

적병은 출현하지 않았다.

식사 준비를 했다.

지요 님은 눈썹 하나 까딱하지 않고 보고를 듣더니 차분하게 말했습니다.

"나도 유젠가의 여식이다. 선대 당주의 뜻에 따라 종막 항목의 절반은 실행하겠다."

지요 님 본인과 저, 그리고 당장 지니고 갈 수 있는 몇몇 소지품만 남기고 나머지는 전부 처분했습니다.

인간 사회를 근본부터 바꿀 수 있을 지식이 방대하게 기록된 서적과 오랜 세월 살아온 집에 불을 지르고, 유효하게 사용하면 어떤 싸움이라도 승리로 이끌 수 있는 하늘의 무기는 호신용만 남기고 모조리 산이 갈라져서 생긴 깊은 틈에다 버렸습니다.

5

그리고 우리는 여행을 떠났습니다.

우리는 삿갓을 쓰고 여행을 하는 승려로 위장했습니다. 도중에 말을 팔고 손에 넣은 우차에 짐을 싣고 가도를 나아갔습니다. 일단은 유젠가에서 가지고 나온 금은붙이를 조금씩 쓰면서 생활하기로 했습니다.

여행하는 승려로 위장했지만, 역시 얼굴이 황금색이다 보니 저는 몹시 눈에 띄는 모양이었습니다. 그래서 쓰개로 얼굴을 감쌌습니다. 혹시 누가 물어보면 "불에 데어 추해진 탓."이라고 대답하기로 했습니다.

이마가와가의 영지를 나설 때 오와리 지방의 영주 오다 가즈사노스케(가즈사노스케는 오다 노부나가가 젊은 시절 사용하던 관직명이다)가 소수의 군세로 이마가와의 대군을 깨부수고 당주인 이마가와 요시모토를 죽였다는 이야기를 들었습니다. 그렇다 하더라도 이제 우리하고는 아무 상관없는 이야기였습니다.

여행길에 익숙하지 않은 우리는 모든 것이 새로웠던 탓에 실수도 많이 했습니다. 하지만 지요 님은 단 한 번도 우는소리를 하지 않았습니다. 울기는커녕 지요 님은 가끔 아무 의미도 없이 웃었습니다.

들꽃에 앉은 나비를 보고, 저 멀리 희미하게 솟은 높은 산의 위엄 있는 모습을 보고, 또는 처마 밑에서 비를 바라보며 지요 님은 만족스럽다는 듯이 웃었습니다.

도대체 뭐가 우스운지 저는 잘 알 수가 없었습니다. 다만 지요 님의 웃는 얼굴은 아름답게 느껴졌습니다.

어느 날, 지요 님이 생각났다는 듯이 말했습니다.

"쓰바메는 사내가 될 수 있어?"

"목소리 말씀이신지요?"

216

"응. 여자 두 명보다 한 명은 사내인 편이 더 안전하잖아."

"선대 말씀으로는 옛날에는 사내 목소리였다고 합니다만."

과연 가능할까.

막상 시도해보니 어렵지 않았습니다.

저는 목소리를 굵직한 남자 목소리로 바꾸었습니다.

"이 정도면 어떻겠습니까?"

명령을 내린 지요 님은 정작 제 굵직한 목소리를 듣자 웃음을 터뜨렸습니다.

"쓰바메, 넌 정말로 불가사의한 존재야."

그 후로 저는 남자 목소리로 생활했습니다.

지요 님과 여행하면서 쌓은 추억을 순서대로 정리하면 아주 긴 이야기가 될 것입니다. 그 이야기는 제 소중한 보물이지만, 굳이 남에게 전할 필요는 없겠지요.

지요 님은 수많은 만남과 이별, 그리고 싸움을 거치며 동료를 만들어 지금의 조직, 귀어전의 초석을 쌓고 세 아들을 남겼습니다.

예순두 살의 나이에 병석에 눕자 지요 님은 사람들을 모두 물리고 저만 곁에 불렀습니다.

"쓰바메. 이제 나도 '종막'을 맞이할 때가 된 것 같구나. 세 아들의 힘이 되어다오. 부탁한다."

저는 머리맡에 앉아 있었습니다. 지요 님은 친애의 정이 담긴 눈으로 저를 가만히 바라보다가 마지막으로 "어머니." 하고 작게 말한 후 눈을 감고 숨을 거두었습니다.

세키가하라에서 벌어진 싸움(도요토미 히데요시가 죽은 후 도쿠가와 이에야스와 이시다 미쓰나리가 일본 전국의 패권을 놓고 1600년 9월 15일에 세키가하라에서 벌인 전투를 가리킨다)도 끝이 나서 천하는 도쿠가와의 것이 되었습니다.

제
5
장

여우의
그림자,
겨울을 나다

1723–1728

1

귀어전이 자리한 산 일대에는 후유카무리라는 요괴가 살고 있다고 한다. 후유카무리는 겨울에 나타난다. 그것의 모습은 보는 사람에 따라 달라진다. 사랑하는 가족이나 연인, 혹은 칼을 든 노부시일 때도 있으며, 동물이나 요괴의 모습일 때도 있다.

후유카무리의 정체는 여우라고 한다.

─숲속에서 이리 오라고 손짓을 하지. 넋 놓고 따라가면 끝장이야.

모미지에게 그렇게 일러준 사람은 오카네였다. 오카네는 유곽의 야리테처럼 여자들을 교육하는 중년 여자로, 부엌일을 총괄했다. 모미지가 아직 첫 경험을 하기 전이었다. 오카네 주위에 모미지와 나이가 비슷한 소녀들이 모여들어 이야기를 들었다. 방구석에 딱 하나 켜놓은 행등의 불빛이 어둑어둑한 방을 비추었다.

─따라가면 어떻게 되는데요?

행등 불빛 아래에서 모미지가 물었다. 멀찍이서 이야기를 듣고 있던 나이 많은 언니들이 겁먹은 소녀들을 재미있다는 듯이 바라보았다.

—후유카무리한테 덥석 붙잡혀서 몸을 빼앗기지.

—빼앗기다니.

몸을 빼앗기면 어떻게 되는데요?

오카네는 흠, 하고 복잡한 표정을 지었다.

—영문 모를 짓을 하게 돼. 느닷없이 칼을 휘두른다거나, 벼랑에서 뛰어내린다거나.

후유카무리에 씌면 미친다.

—거짓말 아니야. 마을에도 후유카무리에 홀려서 자기 처자식을 죽인 사람이 있어. 그런 일은 정말로 많아. 겨울이 되면 대문 어귀까지 내려온다고. 겨울은 사람이 미치는 시기야. 가끔은 문 안으로 들어와서 사람한테 들러붙지.

—정말이야.

언니 중 한 명이 입속으로 웃으며 소녀들에게 말했다.

—여기에 오래 산 여자들은 여우요괴에게 씐 동료를 여럿 보았을걸.

2

구마고로는 열두 살 때 두 살 연상의 모미지와 동침했다. 그리하여 그는 동정을 뗐다.

모미지는 구마고로를 특별한 존재로 삼고자 했다. 이를테면 정부다.

모미지가 여느 때처럼 사다리를 타고 망루 방으로 올라가자 극락원 선배인 시즈에 언니가 구마고로에게 찰싹 달라붙어 있었다. 시즈에 언니는 설마 모미지가 올 줄은 몰랐다는 듯이 짐짓 놀라는 표정을 지었다.

"어머나, 모미지. 미안해. 지금 구마고로의 어깨를 주물러주던 참이었어."

구마고로는 헤벌쭉 웃고 있었다.

여기서 화를 낼 수는 없다. 시즈에 언니는 모미지보다 나이가 세 살 많다. 서열을 무시한 언동을 하면 언니들을 모두 적으로 돌리게 된다. 엄한 체벌을 당하는 것은 물론이요, 어쩌면 죽임을 당할지도 모른다.

모미지는 전혀 개의치 않는다는 듯이 웃음을 지었다.

"어휴. 설마 시즈에 언니 같은 분이 이렇게 풋내 나는 문지기를 상대할 줄이야."

"무슨 소리니. 극락원 사내 중에서 제일 젊고 귀여운걸. 게다가 제 몫을 한다고 인정받아서 두령님과 맹세의 술잔까지 나누었잖아. 자, 오늘은 내가 선객이야. 구마고로와 즐거운 시간을 보내야 겠으니 이만 내려가렴."

구마고로를 흘끗 보자 역시 칠칠치 못하게 입을 헤 벌리고 있었다.

"알았어요. 그럼 천천히 놀다 가세요."

모미지는 사다리를 내려갔다.

시즈에 언니는 요하야가 제일 자주 찾는 여자다. 모미지가 생각하기에 요하야는 극락원에서 제일 멋지고 매력적인 남자다. 그런 남자의 마음에 들었으면서 왜 풋내가 가시지 않은 문지기에게까지 손을 뻗치는 걸까. 마치 "잘 보렴, 모미지. 네 정부의 이 꼬락서니를." 하고 말하는 듯한 얼굴이었다.

살의가 치솟았지만 어쩔 도리도 없었다.

다음 날, 모미지가 경대 앞에 앉아 있자 시즈에 언니가 뒤에 섰다.

시즈에 언니는 태평스레 말했다.

"모미지는 구마고로와 같이 잡혀 왔다면서? 하하, 그래서인가. 그래, 그럴 것 같더라."

뭐가 '그래서인가'인지 알 수가 없었다. 벌떡 일어서서 시즈에 언니를 거머잡고 마구 때리고 쥐어뜯으면 어떤 표정을 지을지 궁금했지만, 애써 태연하게 대꾸했다.

"예. 딱히 별 감정은 없어요. 제일 말단이고 나이도 어려서 이야기를 나누기가 편하다 뿐이지요."

"이제 알 걸 다 알 만한 나이가 되었으니, 남이 별로 관심을 보이지 않는 말단일 때 정부로 삼으려고 한 거지?"

모미지는 저도 모르게 입술을 깨물었다.

시즈에 언니는 속내를 다 꿰뚫어 보았다는 듯이 흥 코웃음을 쳤다.

"사내와 처음으로 정을 통한 지 얼마나 되었다고 참 앙큼한 짓을 하는구나. 극락원에는 여러 가지 법도가 있어. 사내들이 정한 것 말고도 여자들이 비밀리에 지키는 법도가 있다고. 여기서 내 사내니, 네 사내니 따지는 건 절대로 금지야. 그걸 따지기 시작하면 쓸데없는 다툼이 벌어질 테니까. 호감이 있고 반했다고 해서 속박하려 들면 사내들도 성정이 거칠어지는 법이지. 그렇게 되면 모두가 피해를 입는단 말이야."

모미지는 거울을 보면서 새침하게 머리를 빗었다. 속박한 기억은 없었지만, 구마고로가 자기 말고 다른 여자와는 적극적으로 동침을 하지 말았으면 하는 생각은 있었다. 그 생각을 입 밖에 내어 말한 적도 있다. 그렇지만…… 그게 왜 안 되지? 고작해야 애송이 문지기 하나 아닌가.

"심술쟁이 언니가 괜히 못살게 구는 것 같지?"

"아니요, 설마요."

"지금은 통 이해가 안 되겠지만, 그런 것 아니야. 이곳의 사내들은 도깨비야. 무서운 도깨비. 그 도깨비를 어르고 달래서 기분을 잘 맞추어가며 어떻게든 이곳의 평화를 지키는 것이 우리 여자들이 할 일이지. 일이라고 딱 잘라 생각해야 한다고. 그런 물정도 모르고 정부니 어쩌니 턱없는 소리를 하는 물렁한 년은 제일 먼저 후유카무리에 씌어서 순식간에 이상해져."

방은 조용했다. 밖에서 공 던지기 놀이를 하는 여자들의 간드러지는 목소리가 들려왔다.

지금 야단맞고 있는 건가?

시즈에 언니는 걱정이 되어서 그런다며 한숨을 쉬었다.

"칼을 휘두르며 죽이느니 살리느니 설치다가 뜬금없이 죽어서

모두에게 폐를 끼치는 여자가 이 년에 한 번은 나오거든. 십중팔구
는 사내에게 진심으로 정을 준 여자야. 왜, 너도 작년에 오마유가
어떻게 되었는지 봤잖니."

모미지는 갑자기 풀이 확 죽었다.

"뭐, 내가 하고 싶은 말은 그거야."

시즈에 언니는 의기소침해진 모미지를 놓아두고 방에서 나갔다.

열여덟 살이었던 오마유 언니는 생긴 것은 평범했지만 애교가
넘치는 여자였다. 오마유 언니는 여름 무렵부터 별 다른 이유도 없
이 침울해졌다. 말수가 줄었고, 겨울이 되면 후유카무리가 나올 테
니 무섭다고 징징거렸다. 애교가 없어지자 남자들도 오마유 언니
를 가까이하지 않았다. 후딱 공주님 낙향을 시켜야 한다는 의견도
나왔던 모양이다.

이듬해 봄에 눈이 녹으면 공주님 낙향을 시키기로 결정됐다. 원
래 같으면 산을 내려가서 지금쯤은 에도나 다른 지방의 사창가 혹
은 여관에서 잘 살고 있겠지만, 그렇게는 되지 않았다.

오마유 언니는 공주님 낙향을 하기 싫다고 했다. 여기서 계속 살
고 싶다, 나이를 먹으면 부엌일을 맡고 싶다고 했다. 또 어떤 때는
내년까지 못 기다린다, 당장이라도 여기서 나가고 싶다고도 했다.
또 어떤 때는 자기가 좋아하는 남자가 극락원에 돌아오지 않는다
며 반쯤 미쳐 날뛰었다. 좋아한다는 그 남자는 죽은 지 한참이 지
났다.

해를 넘겨 1월의 한밤중. 오마유 언니는 갑자기 빨가벗고 저택

을 뛰어다녔다. 이렇게 추운데 도대체 무슨 헛짓거리인가 싶었지만, 술에 취했는가 보다고 모두가 내버려두었다. 오마유 언니는 다음 날 아침에 정원에서 얼어 죽은 시체로 발견됐다.

모미지는 오마유 언니의 죽은 모습을 떠올렸다.

눈은 크게 뜨고 있었다. 얼굴은 고통스러운 기색 없이 무표정했다. 실오라기 하나 걸치지 않은 새하얀 살결. 겨울 아침의 부드러운 햇빛이 오마유 언니의 시체를 비추었다.

오마유 언니를 둘러싼 사람들의 입에서 입김이 나왔다. 후유카무리에 씌었군, 하고 누군가가 말했다.

3

그로부터 한동안 모미지는 구마고로에게 가지 않았다. 여자들이 순서대로 대문 위 망루 방을 방문했기 때문이다. 구마고로는 밤마다 다른 여자와 동침하는 것 같았다. 모미지도 여러 남자와 동침했다.

극락원에서 보내는 생활은 안락했지만 남자들은 결코 다정하지 않았다. 무책임하고 자기중심적이었다. 그들에게 여자란 언제든지 마을에서 대용품을 가져와서 교체할 수 있는 '물건'이었다. 심기를 거스르면 욕을 퍼부었고, 가끔은 때리기도 했다.

시즈에 언니가 모미지를 야단친 그해에 두 명이 후유카무리에 씌어서 죽었다. 한 명은 좋아하는 남자의 이름을 젖가슴에 새기고 단도로 목을 그었고, 다른 한 명은 대문을 빠져나가서 달아나다가 쓰러져서 시체로 발견되었다.

요컨대 여기서 살아가려면 강해지라는 말을 시즈에 언니는 하고 싶었던 것이다. 훗날 모미지는 그런 생각이 들었다.

그 후에 시즈에 언니는 어떻게 되었는가.

시즈에 언니는 아이를 배었다. 극락원에서는 흔한 일이지만 누구 아이인지는 모른다. 그래도 임신은 경사였다.

갓난아이는 일단 극락원 내부에 있는 육아용 별채에서 키운다. 아이는 어머니가 공주님 낙향을 할 때 함께 가기도 하고, 산 아래 마을 사람에게 입양을 보내기도 한다.

아이를 밴 시즈에 언니는 남자들을 상대하는 임무에서 벗어나 별채에서 느긋하게 지냈다. 모미지는 장기를 두러 한 번 갔었다. 아기가 세 돌이 될 때까지 극락원에서 키우다가 함께 공주님 낙향을 하기로 한도 두령과 상의하여 결정했다고 한다.

"뭐, 누구 아이인지는 모르지만 이런 곳 근처에서 키우느니 멀리 떠나려고. 가서 어떻게 살지는 모르지만 '앞일'은 그때 가서 생각해봐야지."

산달은 여름이 끝날 무렵이었다.

안방에는 산파 노릇을 맡은 오카네와 시즈에 언니가 있었다. 그리고 시즈에 언니와 사이가 좋은 교카 언니가 오카네를 도우러 들어갔다.

극락원의 여자들은 숨을 죽인 채 그 옆방에 모여 있었다. 모미지도 여자들과 함께 있었다. 출산할 때 남자들은 안방에 얼씬도 하지 않는 것이 관례다.

시즈에 언니는 강했다.

별채 안방에서 눈물을 쏟으며 신음을 내질렀다. 곁에 있는 오카네와 교카 언니의 격려를 받으며 죽을 둥 살 둥 힘을 썼다.

모미지는 교만해 보이는 시즈에 언니가 불쾌하고 조금 무서웠지만 이때만은 열심히 기원했다.

산신님. 금색님. 시즈에 언니가 아기를 무사히 낳도록 해주세요. 부디 둘 다 살려주세요.

하지만 기도를 올린 보람도 없이 시즈에 언니는 원통하게도 배 속의 아이와 함께 죽었다.

모미지는 시즈에 언니가 죽은 해의 겨울이 끝날 무렵에 처음으로 후유카무리를 보았다.

해질녘에 눈이 쌓인 극락원을 거닐고 있는데, 저편에 시즈에 언니가 서 있었다. 시즈에 언니는 산 뒤편의 묘지에 매장된 뒤였다. 저기 있을 리가 없다.

진홍색 기모노를 입고 머리를 예쁘게 틀어 올렸다. 나막신을 신은 발은 눈 위에 떠 있었다.

다가갈 수 없었다.

시즈에 언니는 모미지에게 번뜩이는 시선을 던지더니 새빨간 입술을 끌어올려 웃음을 지었다.

모미지는 무릎이 와들와들 떨렸다.

후유카무리는 여우요괴.

어찌해야 할지 몰라서 그저 두 손을 모으고 눈을 감았다. 잠시
후 눈을 뜨자 아무도 없었다.

4

모미지는 화로 옆에서 잠든 구마고로의 등을 살짝 쓰다듬었다.

두 사람은 대문 위의 망루 방에 있었다. 밖에는 거센 바람이 불
었다.

구마고로의 몸에는 흉터가 무수히 많다. 밖에 나갔다가 돌아올
때마다 흉터가 늘어난다. 모미지는 그가 밖에서 무슨 일을 하는지
묻지 않는다. 묻지 않아도 안다.

이건 칼자국. 이것도, 이것도.

모미지는 구마고로의 흉터를 어루만졌다.

구마고로는 이제 마음만 먹으면 자유로이 마을로 내려갈 수 있
는 신분이다. 하지만 모미지는 그렇지 못하다. 대문 밖으로 혼자
나서기만 해도 벌을 받는다.

가을에 산신상월제가 열릴 때와 공주님 낙향을 하여 극락원과
영원히 이별할 때만 산을 내려갈 수 있다. 나이를 먹어 아주 두터
운 신뢰를 얻은 여자는 남자들과 함께 마을에 내려갈 수 있지만,
그러려면 모미지는 아직 멀었다.

모미지는 바람소리에 귀를 기울였다. 여우 울음소리가 희미하게
들렸다.

모미지는 망루에서 길을 살그머니 내려다보았다.

산은 가을 단장을 하여 울긋불긋 물들었다.

땅거미가 내리는 가운데 길 저편에 누가 서 있었다.

빨간 기모노를 입은 여자다. 얼굴은 잘 보이지 않는다. 누구지?

얼굴 없는 여자가 손짓했다.

이리 오렴, 이리 오렴. 도망치지 말고.

멀리 떨어져 있지만 상대는 분명 모미지가 바라보고 있다는 것
을 안다.

저건 시즈에 언니? 오마유 언니? 아니면 다른 사람?

모미지는 시선을 모았다.

여자가 있던 곳에서는 나뭇잎이 다 떨어진 나무가 바람에 흔들
리고 있었다.

저건 후유카무리다. 여우요괴다. 겨울의 요마를 또 보았다.

후유카무리에게 홀려서 몰래 대문을 빠져나가면 어떻게 될까.

아랫마을까지 어떻게 가는지는 잘 모른다. 산신상월제 때는 눈가
리개를 하니까. 이리저리 헤매다가 결국은 지쳐서 쓰러져 죽겠지.

극락원인지 지옥원인지 모르겠지만, 여기서 미치는 것은 오히려
자연스러운 현상 아닐까.

산 너머에는 뭐가 있지? 밭, 논, 마을이 있다. 에도가 있다. 교토
가 있다. 바다가 있다.

어디에 가본들 남자의 얼굴만 바뀔 뿐 다 똑같다고 극락원의 여

자들은 말한다. 어떻게 알지? 아무 데도 가본 적 없으면서. 아무 데도 못 가는 주제에.

그리고 겨울이 되었다.

동이 트기 전이라 으스름할 때 모미지는 대문을 나섰다. 온통 눈이 쌓인 주변은 쥐 죽은 듯이 고요했다. 입김이 하얬다.

조심조심 나아가서 눈을 파헤쳤다. 도롱이, 설피, 밧줄, 널빤지, 건어물, 육포가 나왔다.

눈이 내리기 시작한 무렵부터 차근차근 준비를 시작했다. 구마고로의 방에 갈 때마다 몰래 대문을 빠져나와 눈 속에다 묻었다.

평소 산을 유심히 살펴보았다. 사람이 사는 마을에서는 반드시 연기가 몇 줄기 피어올라 하늘을 흘러가는 법이다. 지형과 연기의 위치는 이미 머릿속에 단단히 새겨놓았다.

산신상월제 때 내려가는 마을은 극락원과 긴밀한 관계를 맺고 있을 테니 피하는 편이 나을 것이다.

서두르자, 서둘러. 도롱이를 걸치고 보퉁이를 들었다.

'구마고로, 건강하게 지내.'

발자국이 남지 않도록 잠시 길가로 걸음을 옮기다가 눈 위에 널빤지를 놓고 앉았다.

널빤지가 미끄러져 내려갔다. 도중에 몇 번 굴렀지만, 요령을 파악하자 역시 빨랐다.

경치가 엄청난 기세로 휙휙 바뀌었다.

정오가 되기 전에 되돌아갈 수 있을 거리를 넘어섰다.

그날 오후, 모미지가 사라졌음을 오카네가 제일 먼저 알아차렸다. 모두가 허둥지둥 찾았지만, 극락원 어디에도 없었다.

마침 멎었던 눈이 다시 내리기 시작하자 수색은 중단됐다. 멀리까지 찾으러 갔다가 자칫하면 수색자가 조난당할 우려가 있었다.

모미지는 아무것도 가지고 있지 않았다, 마지막으로 모미지를 본 여자가 그렇게 말했다. 모두 두툼한 잿빛 구름을 바라보다 천천히 저택으로 돌아갔다.

그 아이도 후유카무리에 쐰 거야, 하고 누군가가 말했다.

5

눈보라가 문짝을 덜컹덜컹 흔들었다.

아즈키무라의 요시히코는 그날 산속 초막에서 불을 쬐고 있었다. 산 세 개를 넘어야 나오는 마을의 친척을 보러 갔다가 돌아오는 길에 눈보라를 만나 산속 초막으로 몸을 피했다. 평소에는 아무도 살지 않고, 산나물을 따러 나온 사람이나 산을 넘는 여행자가 악천후 때 머무는 곳이었다. 가장 가까운 마을인 사와무라는 여기서 삼 리쯤 더 가야 한다.

요시히코는 평소 사냥을 하다 산에서 밤을 보낼 때가 많았으므로, 이 초막에 머무는 것도 처음은 아니었다.

요시히코의 발치에는 아토코가 누워 있었다. 새끼 때 주워서 기른 승냥이다. 명령에 충실히 복종하며 사람을 물지 않는다.

장작을 때고 있으니 방이 따뜻해졌다. 초막에 비치된 쇠 냄비에
다 물을 끓이고 말린 생선을 우물거렸다. 밀가루를 반죽하여 만든
경단과 된장을 냄비에 넣었다. 아토코에게는 육포를 주었다.

불을 멍하니 바라보고 있는데 아토코가 고개를 불쑥 쳐들더니
문을 노려보며 으르렁거렸다.

문을 두드리는 소리가 났다. 요시히코가 머뭇머뭇 문을 열자 생
전 처음 보는 여자가 도롱이를 걸치고 서 있었다.

요시히코는 황급히 여자를 안으로 들였다.

도롱이 밑의 기모노는 아주 화려했다. 분홍색 바탕에 노란색과
파란색으로 자수를 놓았다. 요즘 이런 기모노를 입고 다니는 사람
은 산촌에 없다. 무엇보다 신기한 것은 부근에 인가가 없다는 점이
다. 마치 설신의 딸 같았다.

여자가 몸을 벌벌 떨었으므로 일단 불을 쬐게 했다.

"괘, 괜찮나요?"

"뭐가?"

"불을 쬐어도."

여자는 아토코를 보고 숨을 헉 삼켰다.

"당연히 괜찮지. 걱정할 것 없소. 내가 기르는 승냥이니까. 댁은
도대체 어디서 온 거요?"

"모르겠어요."

여자는 그렇게 답했다.

이름을 묻자 미유키라고 했다.

"미유키라."

요시히코는 여자가 측은했다. 물론 설신의 딸은 아니다. 이 여자는 창기다. 분명 사창가 같은 데서 달아났으리라. 그것 말고는 짐작이 가지 않았다.

이 부근에 사창가는 없지만, 일단 길을 잃고 헤매면 며칠 만에 놀랄 만큼 먼 거리를 가는 법이다. 돌아가면 처벌을 당하고, 경우에 따라서는 죽을 수도 있다. 또한 그냥 놓아두면 눈 속에서 불귀의 객이 될 것이다.

요시히코는 여자를 마을로 데리고 돌아갔다.

6

요시히코는 미유키에게 자기 집 별채를 내어주었다.

미유키는 무슨 질문에도 기억이 나지 않는다고 대답했다. 요시히코는 팔짱을 끼고 말했다.

"음, 내 생각에 유키 씨는 어딘가에 소속된 창기가 아닐까 싶은데."

아즈키무라에서 무카와무라 쪽으로 내려가면 나오는 온천여관에서는 창기를 살 수 있다. 샤미센을 연주하며 춤을 춘다. 무가 사람들만 손님으로 받으므로 요시히코는 가본 적이 없다. 일단 그런 곳의 이름을 몇 개 꺼내며 물어보았다.

미유키는 고개를 저었다.

"기모노를 보아하니 여염집 처자는 아니야. 무사 집안 아씨들하고도 행동거지가 다르고."

"그럼 창기였을지도 모르겠네요." 미유키는 서글프게 미소 지었다. "그렇지 않을지도 모르고요."

"떠올리기가 싫은 건가?"

"모르겠어요."

"어딘가로 달아날 작정이라면 보내주겠지만, 잘 모르겠다면 봄까지 여기 있는 게 어떻겠소? 겨울철에 길을 떠났다가 자칫하면 객사하기 십상이거든."

아토코가 다가왔다. 미유키의 손에 축축한 검정색 코를 대더니 천천히 다리 사이로 들어갔다.

"어머, 깜짝이야."

"아토코, 처자의 가랑이에 머리 처박는 짓 좀 그만둬."

요시히코가 유녀를 주워 왔다는 소문이 마을에 퍼졌다.

요시히코는 미유키가 괴롭힘을 당하지 않도록 애썼다.

아즈키무라에서 여자는 중요한 일꾼이었으므로 게으름뱅이가 아닌 한 환영받았다.

미유키는 농사꾼 아낙들 사이에 끼어 베를 짜고 세공품을 만들었으며, 마소의 여물을 쑤고 곶감을 만들었다. 된장과 채소 절임을 담그기도 했다.

요시히코가 여자들에게 물어보자 미유키는 어린아이나 다를 바 없어서 뭘 시켜도 할 줄 모르지만, 일단 가르쳐주면 금방 배워서 열심히 일한다고 했다.

봄이 되자 화려한 기모노를 조카마치의 포목전에 가져가서 팔

왔다. 에도에서도 일부의 멋쟁이들만이 걸칠 만한 물건이었으므로 비싼 값에 팔렸다.

소소리바람이 문짝을 흔드는 밤이었다.

"이런 밤이면 마치 둔갑한 요괴가 밖에서 춤을 추고 있는 것만 같아요."

미유키가 이로리(囲炉裏. 방바닥의 일부를 네모나게 잘라낸 후 재를 깔고 취사용, 난방용으로 불을 피워놓는 곳) 곁에서 바느질을 하면서 말했다.

"요괴를 한번 만나보고 싶군."

요시히코는 툇마루에서 차를 마시며 대꾸했다.

"그러고 보니 오늘 마을 아이한테 놀림을 받았어요. 저를 보고 인간 가죽을 쓰고 마을에 내려온 여우요괴라고 하던데요."

"유키 씨가 미인이라 같이 놀고 싶어서 장난친 거야."

미유키는 뚱하니 입을 다물었다.

요시히코는 팔짱을 꼈다.

"우리 아버지 이야기를 해줄게. 우리 아버지는 이가 지방의 망나니였어. 무단으로 관문을 빠져나가 탈번한 사람을 붙잡아서 목을 치는 일을 했지. 그런데 어느 날 동료와 다툰 끝에 탈번해서 무사를 사칭했어."

요시히코가 아버지에게 들은 장대한 모험담을 남에게 들려준 적은 처음이었다.

"사형을 당한 로닌의 옷과 칼을 훔쳐서 일자리를 찾는 로닌인 척했지. 뭐, 칼을 다루는 데는 이골이 났으니까. 다음에는 고래 기름을 팔러 다니는 보부상과 의기투합했어. 그 사람의 행동거지를 어깨너머로 배워서 보부상인 척했지. 아니, 척만 한 것이 아니라 실제로 어촌에서 기름을 매입해서 팔러 다녔어. 포경선에 탄 적도 있대. 고래는…… 엄청나다나 봐. 소 열 마리를 합친 것보다 더 무겁다더라고. 고래야말로 진짜 괴물이라고 했어. 연극단과 함께 돌아다닌 적도 있고, 지우산을 만들어서 입에 풀칠을 한 적도 있었대. 결국은 약장수인지 뭔지 모를 장사치가 되어서…….”

미유키를 보자 따가운 눈총을 쏘고 있었다. 요시히코는 헛기침을 했다.

“뭐, 그러다 여기 정착해서 마을 처자와 혼인을 올렸지. 그 처자가 내 어머니야. 처음에는 어디서 굴러먹던 개뼈다귀냐면서 다들 싫어했지만, 점차 마을 사람들에게 인정을 받았지.”

요시히코는 미유키의 시선에서 얼굴을 돌렸다.

“아버지는 다양한 사람으로 둔갑해서 천하를 유랑한 요괴야.”

술을 마셔 불그레해진 얼굴로 파란만장했던 반생을 들려주었던 아버지가 생각나서 쓴웃음을 지었다.

“아무에게도 들려준 적이 없지만 유키 씨한테는 말해도 될 것 같아서. 나는 요괴의 아들이라 요괴의 기분을 잘 알아.”

미유키는 입을 열려다가 도로 다물었다.

“지금 들려준 이야기는 비밀이야. 아버지는 에도에서 온 장사치인 걸로 되어 있거든.”

미유키는 요시히코의 얼굴에서 눈을 돌려 냄비를 가만히 바라보았다.

"아버님과 어머님은?"

"몇 년 전에 폭우가 쏟아졌을 때 불어난 물에 휩쓸려서 돌아가셨어. 두 분이 함께."

7

마을 외곽에 조그만 절이 있다.

절 주변에 벚나무 몇 그루가 서 있다. 동박새가 연분홍색 꽃잎 사이를 바쁘게 돌아다녔다.

요시히코와 미유키는 본당 처마 밑에 산나물을 늘어놓았다.

버섯, 땅두릅나물, 고사리.

이날 요시히코가 집 뒷산에 산나물을 뜨러 간다고 하자 미유키가 자기도 가겠다며 따라나섰다. 날씨가 좋았다. 산나물을 잔뜩 뜯었다. 아토코는 여기저기를 싸돌아다녔다.

활을 가져온 요시히코는 미유키와 교대로 본당 앞에 세워둔 과녁에 활을 쏘았다. 온화한 봄철 오후의 유희였다.

활은 교토의 세공사가 만든 접이식 활이었다.

미유키는 처음에 활을 제대로 잡을 줄도 몰랐지만, 가르쳐주자 금세 습득했다.

요시히코는 은행나무에 새겨진 곰의 발톱 자국을 쓰다듬으며 미유키에게 말했다.

"이 본당은 우리 부모님과 깊은 인연이 있는 곳이야."

마을 사냥꾼 집안의 딸이었던 어머니는 처음에 아버지를 신용하지 않았어. 어쩐지 재미있는 놈이 마을을 찾아왔다고는 생각했던 모양이지만.

그런데 어느 날, 마을에 커다란 회색 곰이 나타났어. 목책이 썩은 부분을 부수고 들어왔지.

그것도 한 마리가 아니라 세 마리나.

요 부근에서는 드물지 않은 일이야. 가끔 짐승이 마을을 습격하지.

어머니는 활을 들고 뛰쳐나갔어. 나름대로 솜씨도 괜찮았던지라 용감하게 마을에서 날뛰는 회색 곰 한 마리를 뒤쫓았지.

그런데 그 곰은 덩치가 한층 크고 움직임도 재빨랐어. 화살은 명중되지 않고 곰의 등허리와 앞발을 스쳤을 뿐이었지.

곰은 어머니를 무섭게 노려보더니 이빨을 드러내고 덤벼들었어. 일단 물러나는 수밖에 없었지. 어머니는 이 은행나무 앞에 있는 본당에 몸을 숨겼어.

곰은 끈덕졌지. 벼락같이 달려와서 본당 문을 들이받았어. 마을 사람들은 다른 곰 두 마리 때문에 난리가 났지. 덧문을 닫고 집에 틀어박히든가, 죽어라 도망치느라 정신이 없어서 도우러 올 상황이 아니었어.

활은 들고 있었지만 도망치다가 화살을 떨어뜨려서 수중에는 화살이 하나밖에 없었어. 곰이 문을 부수고 들어오면 그 화살을 쏠 수밖에 없어. 그걸로 쓰러뜨리지 못하면 끝장이었지.

그때 아버지가 나타난 거야.

곰이 몸으로 문을 들이받던 소리가 멎었어.

도대체 어떻게 된 일인가 싶어 어머니가 문틈으로 밖을 살피자, 아버지가 회색 곰의 등에 달라붙어 있더래. 아버지는 염불을 웅얼웅얼 외고 있었어. 회색 곰은 움직임을 멈추더니 이윽고 푹 쓰러졌어.

어머니는 그 기회를 놓치지 않았지. 바로 뛰쳐나와서 회색 곰의 미간에 마지막 화살을 박아 넣었어.

그 후로 아버지를 보는 어머니의 눈이 달라졌다고 해.

"멋진 이야기네요."

"모두 돌아가셨지만 이야기는 남지. 언젠가 내가 죽으면 유키 씨가 이 이야기를 남에게 전해서 남겨줘. 그런 사내와 여인이 있었다고 말이야."

"곰은 왜 움직임을 멈췄을까요? 아버님의 염불을 듣고 감화된 걸까요?"

"그게 말이야." 요시히코는 잠깐 망설이다가 목소리를 낮추었다. "아버지 말로는 우리 집안은 대대로 '사념(死念)'이라는 것을 타고났대. 마음을 먹으면 커다란 짐승도 맨손으로 죽일 수 있을 만큼 특별한 힘이라나 봐. 사념을 사용해서 상대의 혼을 떠나보낸다는군. 불길한 힘이니까 어지간해서는 사용하지 않는 기술이래. 염불은 그 힘을 끌어내기 위해서 외는 것이고."

"참 이상야릇하네요."

"조상님이 과거에 저주받을 만한 짓을 했는지도 모르겠다고 했어. 군웅들이 천하를 놓고 다투던 시대에 사람을 너무 많이 죽인 것 아니겠느냐고."

"그럴까요? 사람을 죽여서 저주를 받는다면 무사는 모두 그렇겠지요."

"듣고 보니 그러네." 요시히코는 웃었다. "사람의 저주가 아니라면 신을 잘못 건드려서 앙화를 입었는지도 모르지. 산에도 바다에도 사람의 지혜로는 근접도 못할 존재들이 있으니까. 아무튼 지금까지 대를 이어 내려오며 그 힘을 지닌 사람이 태어나곤 했어."

미유키는 요시히코를 가만히 바라보았다.

그렇다면 그 힘은 요시 씨에게도?

"나? 나한테는 없어. 아버지는 그걸 알아볼 수 있었는지 '나와 달리 너한테는 사념이 없구나' 하고 기뻐했지. 사념이 있으면 자식을 가지기가 어렵다나 봐. 난 아버지의 열 번째 아이였대. 나머지 아홉 명은 사산이었거나, 태어난 지 얼마 지나지 않아서 죽었다더군. 아홉 명 모두 배다른 자식이었다니 여자를 얼마나 밝힌 건지 원. 하기야 아즈키무라에 정착하고 나서는 난봉꾼 짓을 그만두었지만. 어머니가 무서웠던 데다 겨우 나를 얻었기 때문이겠지."

그러고 나서 요시히코는 의기소침한 표정으로 "이 이야기는 이쯤 하지." 하고 말했다.

8

여름이 되자 두 사람은 자주 강에 헤엄을 치러 갔다. 미유키는 헤엄을 칠 줄 몰랐으므로 요시히코가 가르쳐주었다.

미유키는 언제나 활과 화살을 메고 요시히코를 따라 강가를 걸었다. 강에 가는데 활과 화살은 필요 없었지만, 미유키는 활쏘기 도구가 아주 마음에 들었는지 어디에 가든 가지고 다녔다.

물어보니 가지고 있으면 마음이 편하다고 한다.

"그리고 어디서 무슨 일이 생길지 모르잖아요." 미유키는 말했다. "회색 곰의 원념이 요시 씨를 노리고 있을지도 모르고요. 만에 하나의 경우에 후회하지 않기 위해 대비하는 거예요."

마을 외곽을 흐르는 강을 거슬러 올라가면 비취색 연못이 차례차례 나온다. 그날 두 사람은 양옆이 깎아지른 듯이 가파른 골짜기를 따라가서 연못을 들여다보았다.

어느 연못에도 족히 백 마리도 넘는 물고기가 있었다. 요시히코가 물에 들어가서 그물로 물고기를 잡았다.

쉰 마리쯤 잡았지만 요시히코는 너무 많이 잡으면 안 된다는 생각에 절반을 놓아주었다.

"가져가서 말려야겠다."

아토코도 신나게 연못을 헤엄쳤다.

미유키는 흰색 주반(襦袢. 일본의 전통 복장 중 속옷처럼 입는 짧은 홑

옷을 가리킨다) 차림으로 물에 몸을 담갔다가 햇빛을 받아 따끈따끈
해진 평평한 바위 위에 드러누웠다.

"요시 씨."

미유키가 입을 열었다.

"왜, 유키 씨?"

"요시 씨는 혼인해서 살림을 차렸었지요?"

"응."

미유키에게 이야기한 적은 없지만, 마을 사람들은 사정을 다 안
다. 누군가에게 들은 것이리라.

요시히코는 혼인을 한 적이 있다. 하지만 아내는 아이를 밴 지
여섯 달 만에 마당에서 실신하여 그대로 숨을 거두었다.

삼 년 전의 일이다.

해산할 때 어머니와 아이가 위험에 빠져 목숨을 잃는 일은 드물
지 않다. 하지만 임신부가 느닷없이 횡사하는 일은 그리 많지 않
다. 특히나 건강에 문제가 없는 여자라면 더더욱. 마을 사람들은
모두 동정했지만, 물론 요시히코는 짚이는 구석이 있었다. 사념이
다. 자신에게는 없지만 한 대를 건너뛰어 배 속의 아기에게 사념이
깃든 것이다.

"이제 장가는 안 가시나요?"

"갑자기 그건 왜?"

"마을 처자들이 가끔 수군거려서요."

당시의 쓰라린 심정을 떠올리면 여자와 살림을 차릴 엄두가 나
지 않았다.

사념이 원인이라면 두 사람이 죽은 원인은 전부 나한테 있는 것 아닌가?

애당초 처를 얻지 않았다면 이런 일은 없었을 것이다. 그러한 생각이 되돌릴 수 없는 실수를 저질렀다는 죄책감을 안겨주어, 오늘에 이르기까지 얼마나 많이 후회했는지 모른다. 어쩌면 사념이 아니었을 수도 있다. 뭔가 다른 이유였다면…… 하지만 새로운 처자식의 목숨을 담보로 시험해볼 생각은 없었다.

아무튼 이 처자하고는 상관없는 일이다. 요시히코는 애써 쾌활하게 말했다.

"응, 안 가기로 했어. 힘들었거든. 뭐, 짊어져야 할 것이 없으니까 마음이 가뿐해. 나보다 유키 씨는 어때. 마을 청년들이 눈독을 들이지 않아?"

"창기 행색을 하고 나타난 내력도 모를 여자를 진심으로 아들과 혼인시키려는 집은 없을걸요. 무엇보다 다들 요시 씨의 손을 탄 여자로 여길 거고요."

"그렇지 않아. 유키 씨와 그런 사이가 아니라고 모두에게 말해줄 테니 걱정 마. 잠자리를 함께하지 않는 증거로, 별채에서 생활하잖아."

"저는 요시 씨의 손을 탄 여자로 오해를 받아도 기쁜데요."

"어, 그야 나도, 뭐? 어허."

미유키의 몸에 주반이 착 달라붙었다. 몸 여기저기에서 물방울이 굴러떨어졌다.

"어차피 요시 씨도 창기였던 여자는 마음에 들지 않겠지요."

미유키는 언짢은 듯이 말하더니 바위에서 내려와 연못에 풍덩 뛰어들었다.

여름 새벽녘, 매미 소리가 들리기도 전에 요시히코는 잠에서 깼다. 발소리가 들렸다.

마당으로 눈을 돌리자 미유키가 활을 들고 가로질러 갔다.

아침 댓바람부터 뭘 하려는 걸까. 마음에 켕겼지만 뒤를 밟았다.

미유키는 마을 외곽의 절에 도착하자 돌계단을 올라가 과녁을 세워놓고 열심히 활쏘기 연습을 했다. 눈초리를 치켜세웠고, 표정이 딱딱했다. 화가 난 것처럼 보였다.

정체 모를 괴물과 맞서 싸우는 무녀처럼 결연해 보이기도 했다.

미유키가 깜짝 놀라 요시히코를 보았다.

"아아, 깜짝이야. 요시 씨였군요. 이런 새벽에 죄송해요. 아침잠이 적다 보니."

"활쏘기를 정말 좋아하는군."

"요시 씨 어머님이 거대한 회색 곰을 활 한 방으로 쓰러뜨릴 수 있었던 건 부단한 연습 덕분이었을 거예요. 저도 뒤지지 않으려고요."

계절이 바뀌어 다시 겨울이 왔다.

집 뒤편에 장작을 쌓아 올렸다. 곶감을 만들었다. 철새들이 날아왔다.

"설녀의 계절이로군."

고요한 밤에 요시히코는 화롯불을 쬐며 놀리듯이 미유키에게 말했다.

미유키는 여느 때처럼 바느질을 하며 웃음을 짓더니, 갑자기 긴장감이 어린 얼굴로 말했다.

"요시 씨. 귀어전이라고 아세요?"

귀어전. 요시히코는 눈살을 모았다. 소문으로 몇 번 들은 적이 있다. 깊은 산중에 자리한 무릉도원 같은 곳으로, 토지 조사를 피해 비밀리에 논밭을 일구며 살아가는 백성이 있다고 들었다.

에도와 번의 여기저기에, 또한 산 너머에 있는 이웃 번에도 그곳 출신이 정체를 숨긴 채 살고 있으며, 활쏘기 가게, 도박장, 사창가, 여관은 물론이고 어부, 예능인, 슈겐도(修驗道. 산속에서 엄격한 수행을 함으로써 깨달음을 얻고자 하는 일본의 산악신앙에 불교가 접목되어 만들어진 종교)의 수행자와도 연줄이 있다. 관헌에게는 하소연할 수 없는 문제를 도깨비와 연고가 있는 사람에게 부탁하면 산속의 도깨비가 어디선지 모르게 나타나서 문제를 해결해준다고 한다.

일을 처리한 후 도깨비는 산속으로 돌아가므로 누가 그랬는지 몰라서 붙잡을 방도가 없다는 모양이다. 또한 도깨비는 산속에서 특수한 수련을 해서 보통 사람보다 몇 배는 강하다던가.

"귀어전이라." 요시히코는 어리벙벙한 표정으로 중얼거렸다.

"아시나요?"

"아니, 이름만 들어봤어. 하지만 도깨비가 어쩌고저쩌고 하는 이야기는 오랜 옛날에 어딘가 먼 곳에서 일어난 일을 마치 우리 번에서 요즘 일어난 일처럼 꾸민 걸 거야. 어쩌면 원래는 구사조시

(草双紙. 에도시대 중엽부터 유행한 삽화가 들어간 통속 소설의 총칭)에 실렸던 이야기일지도 모르지."

그렇지만 도저히 믿을 수 없는 이야기는 아니다. 아버지의 고향인 이가도 비슷한 곳이다. 산속에서 독특한 무예를 수련하고, 뒷전에서 암약한다.

"그렇군요."

"귀어전이 어쨌기에?"

"어제 거기에 있는 꿈을 꾸었어요. 꿈속에서 도깨비들을 상대했지요."

"뿔이 난 도깨비였나?"

요시히코는 미유키의 얼굴을 물끄러미 보았다. 미유키의 안색은 태연하여 무슨 생각을 하는지 가늠할 수가 없었다.

미유키는 잠시 뜸을 들이다가 입을 열었다.

"뿔이 난 도깨비요. 꿈속에서 도깨비가 귀어전에 대해 발설하면 죽이겠다고 으름장을 놓았어요. 저와 관련된 사람을 모두 죽여버리겠다고 했지요. 어찌나 무섭던지."

요시히코의 가슴속에 싸늘한 바람이 불었다. 아니다. 꿈이 아니라 분명 이 처자의…….

미유키와 처음 만난 곳의 위치를 떠올려보았다.

그 초막, 그 주변에 펼쳐진 산들……. 귀어전은?

그 초막에서 가장 가까운 마을은 사와무라지만, 아즈키무라와 거의 교류가 없으므로 잘 모른다. 설마 하니 사와무라가 귀어전은 아닐 것이다.

"거기는, 그 도깨비들의 궁궐은 어디 있지?"

미유키는 방긋 웃었다.

"요시 씨. 뭐가 그리 심각해요. 꿈 이야기라고요. 그런 곳은 어디에도 없어요. 그리고 혹시라도 꿈속의 도깨비가 나타나면 제가 물리칠게요. 요시 씨에게 배운 궁술로 쏘아 죽이겠어요. 도깨비 따위에게 사람들을 잃을 수는 없지요."

9

모미지가 사라진 지 삼 년 후, 가을.

사다키치는 극락원에서 십 리 떨어진 시장에 갔다. 구마고로와 함께 길을 나섰지만, 구마고로는 마을 촌장에게 빌려준 돈을 받으러 가기 위해 도중에 헤어졌다.

이제 구마고로는 더 이상 대문을 지키는 풋내기 문지기가 아니었다. 사다키치보다 키가 더 자랐고 부하도 몇 명 있었으며, 강에 인접한 사창가를 하나 관리했다. 그리고 극락원에 거처할 방을 얻었다.

사다키치는 설렁설렁 걸음을 옮겼다. 마시장에서 말을 구경한 후 극락원의 여자들에게 줄 선물로 빗을 샀다.

시장은 붐볐다. 커다란 사찰 앞에 선 가을장이다. 겨울을 앞두고 열리는 시장을 거르고 넘어가는 집은 없다.

산속에 위치한 극락원은 더더욱 가을 동안 이것저것 사들여서 겨울에 대비해야 한다.

가도를 따라 펼쳐진 시장 한 귀퉁이에서 팥을 비롯한 농산물을 팔고 있었다. 사다키치는 느릿느릿 걸어가다가 그 앞에서 발걸음을 딱 멈추었다.

머리에 수건을 두른 여자가 명랑한 얼굴로 농사꾼 아낙과 이야기를 나누고 있었다. 여자 앞에 놓인 광주리에는 팥이 수북하게 쌓여 있었다.

"아, 어서 오세요."

여자는 그렇게 말하고 사다키치를 쳐다보자마자 눈을 휙 돌렸다.

사다키치는 여자를 유심히 바라보았다.

모미지.

사다키치는 아홉 살 먹은 모미지를 잡아 온 장본인이다. 포주가 데리고 있는 계집아이를 보고 함께 있던 요하야에게 산에 데려가자고 제안했다. 크면 반드시 미인이 될 상이었고, 두세 마디 말을 나누어보니 똘똘한 것도 마음에 들었다. 그냥 놓아둬도 어차피 창기가 될 텐데 아이 입장에서는 밑져야 본전 아니겠느냐고 설득했다. 머리를 얹어준 것도 사다키치였다. 잊어버릴 리 없다.

겨울철 어느 날, 모미지가 사라지자 아주 허전했다. 후유카무리에 썬 줄로만 알았는데 설마 이런 곳에 있을 줄이야.

"실례하네만."

"예, 무슨 일이신가요?" 여자는 눈을 돌린 채 말했다.

"팥을 사고 싶은데."

"예이, 얼마나 드릴까요?"

여자는 여전히 은근슬쩍 고개를 모로 꼬고 있었다.

"미안하네만 자네 혹시."

어디서 나와 만난 적이 있지 않느냐고 물으려고 했을 때 여자가 한 발짝 물러서서 소맷자락으로 얼굴을 가렸다.

"어이쿠, 바람이 불어서 티끌이 눈에 들어갔네요."

같은 마을 여자이리라. 얼굴과 눈썹이 둥글둥글하고 머리에 수건을 두른 여자가 말을 걸었다.

"유키 씨, 왜 그래?"

유키라는 이름으로 바꾸었나.

"별일 아니에요. 티끌이 눈에 들어가서요. 물로 씻고 올 테니 오센 씨가 대신 좀 봐주세요."

모미지와 닮은 여자는 장터를 빠져나갔다.

"알았어. 나리, 팥이요? 얼마나 드릴까요?"

"한 자루 주게. 참으로 곱게 생겼군."

"어머, 빈말이라도 듣기 좋으네요."

"아니, 미안하네만 아까 있었던 처자 말일세. 그 처자는 옛날부터 자네 마을에 살았나?"

눈썹이 둥글둥글한 여자의 얼굴에서 웃음기가 사라졌다.

"어허, 토라지기는. 자네도 상당히 고와. 하지만 오늘은 그 처자에 대해 듣고 싶군."

"잘은 몰라요. 유키 씨는 몇 년 전에 어디선가 뜬금없이 나타났어요."

눈썹이 둥글둥글한 여자는 흥미 없다는 듯이 말했다.

사다키치는 팥이 든 자루를 한 손에 들고 입속으로 웃으며 모미지가 사라진 방향으로 걸음을 옮겼다.

"유키 씨란 말이지."

달아난 여자를 발견하면 베라는 규칙이 있지만 겁을 주기 위한 규칙이다. 실제로는 탈주자를 발견한 사람의 재량에 맡긴다.

사다키치는 모미지를 벨 생각이 없었다. 그저 모미지가 무사히 달아나는 데 성공하여 마을에서 살고 있다는 사실이 순수하게 기쁘기도 하고 재미있기도 했다.

"모미지 다음은 유키. 풍류가 있도다(일본어로 '모미지'는 단풍, '유키'는 눈이라는 뜻이다)."

만약 여기에 있던 것이 사다키치가 아니라 구마고로였다면 결코 방심하지 않았으리라.

여자가 어쩐지 맹한 행동거지와는 반대로 아름답게 느껴질 만치 순 검정색을 띤 살의의 안개를 뿜어내고 있다는 사실을 알았을 테고, 그런 상대의 뒤를 밟는다는 것이 무슨 의미인지도 이해했으리라.

하지만 여기에 있던 것은 사다키치였다. 사다키치는 거의 아무 생각도 없었다.

번잡한 시장에서 벗어나 숲속으로 들어가자 샘이 하나 있었다. 죽관에서 밑에 놓인 대야로 물이 주르르 흘러나왔다.

샘 옆 나뭇가지에 기모노 띠가 걸려 있었다.

모미지의 모습은 보이지 않았다. 주변에는 아무도 없었다.

"측간에 갔나."

별 생각 없이 기모노 띠에 손을 뻗었을 때 등이 화끈했다. 묘하게 배가 땅겼다.

뒤에서 공격당했다.

잠시 후에야 그런 생각이 머릿속에 떠올랐다. 등에 댄 손을 보자 끈적끈적한 피가 묻어 있었다.

팥 자루가 땅에 떨어졌다.

사다키치는 몸을 빙글 돌렸다. 이번에는 옆구리에 화살이 꽂혔다.

활을 든 모미지의 모습이 한순간 시야 가장자리에 들어왔다. 하지만 바로 나무 뒤로 사라졌다.

"이봐." 사다키치는 소리를 쳤다. "어이!"

실력이 제법이잖아. 주변을 둘러보았지만 모미지는 어디에도 없었다.

무릎이 떨렸다. 축축한 땅에 쓰러지기는 싫었기에, 옆구리를 누른 채 마른 땅을 찾아내서 나무들 사이에 벌렁 드러누웠다.

사람을 죽이며 쌓은 경험은 무시할 수 없다. 등과 옆구리에 활을 맞아 피가 줄줄 흘러나오고 있으니 사다키치는 자신이 이제 곧 죽으리라는 것을 알았다. 그렇지만 얼마 남지 않은 시간에 무엇을 해야 할지는 몰랐다. 부하는 근처에 없다.

위를 올려다보자 높은 곳에 천장처럼 뻗은 나뭇가지에서 빨갛고 노란 나뭇잎들이 팔랑팔랑 떨어져 내렸다. 그 너머로 파란 하늘이 보였다.

바람이 불자 땅에 쌓인 낙엽이 사락사락, 버석버석 굴렀다.

의외로 의식이 또렷했다.

죽을 때까지 자신이 죽인 사람과 동침했던 여자들을 번갈아 떠올리기로 했다.

하지만 절반도 헤아리기 전에 목이 바싹 마르고 죽인 사람과 동침한 여자의 얼굴이 어지러이 뒤섞였다. 그리고 시야가 캄캄하게 어두워졌다.

미유키가 돌아오자 눈썹이 둥글둥글한 오센은 부럽다는 듯이 말했다.

"너 인기 많더라. 아까 그 사내가 너에 대해 물어봤어. 자리를 비우지 말고 여기 있었으면 좋았을걸. 곱다고 하기에 반색했더니 내가 아니라 너라지 뭐야."

"아유, 참." 미유키는 웃으며 오센의 어깨를 탁 쳤다. "오센 씨, 자꾸 놀리지 마세요. 그나저나 티끌이 눈에 들어가서 아쉽게도 얼굴을 제대로 못 봤네요. 어떤 사람이었어요?"

"글쎄, 뭐야, 궁금해? 일단 근사한 옷을 입었고, 여자를 밝히게 생겼더라. 약간 악동 같은 인상이었지. 나이는 좀 들었지만."

"뭐, 저야 요시 씨가 있으니까 그만이지만요. 오센 씨도 서방님이 있잖아요."

"흥, 시시한 소리 하기는. 아무튼 또 지나가면 알려줄게."

두 사람은 즐겁게 웃었다. 그러나 방금 전 그 남자는 돌아오지 않았다.

변천의
한 해

1731

1

5월 4일

아즈키무라

미유키는 돌쟁이 마코와 연못 주변을 거닐었다.

여기저기에 머위와 고비가 자라났다.

신록이 눈부셨다.

마코는 미유키가 든 빨래 바구니를 잡아당기거나 주운 돌멩이를 입속에 넣어보려고 하면서 장난을 쳤다. 그리고 쓰러진 나무 위에 올라가서 나무를 흔들거리며 신나게 놀았다.

사다키치를 죽인 다음 해에 마코를 임신했다.

사다키치를 죽였다는 말은 요시히코에게도 하지 않았다. 평생 가슴속에만 담아둘 작정이었다. 사다키치에게 원한이 있었다기보다, 자신과 요시히코의 안전을 위협하는 존재가 나타났다는 공포감 때문에 활을 잡았다. 몇 번을 생각해도 그 방법밖에는 없었다.

절의 산문 앞에서 장사를 마치고 마을로 돌아온 후 한동안 저승 사자가 나타나서 어스름한 숲속의 동굴로 끌고 갈 날만을 숨죽여 기다리는 기분을 맛보았다.

어차피 언젠가는 죽는다. 귀어전 사람에게 당할지도 모르고, 다른 일로 죽을 수도 있다. 그렇다면 요시히코의 아이를 수태했다가 사념에 죽는다 한들 어떻단 말인가.

될 대로 되라는 심정이었는지도 모른다.

그리고 임신하여 아이를 낳았다.

남편이 걱정하고 두려워한 사념은 나타날 낌새도 없었다. 건강하고 튼튼한 여자아이였다.

마코를 낳은 지 일 년 사이에 미유키는 달라졌다. 활쏘기 연습은 그만두었다. 젖먹이를 키우느라 시간이 없기도 했지만, 날붙이와 뾰족한 물건, 즉 죽음을 연상시키는 물건이 무서웠기 때문이다.

마코가 아장아장 뛰어왔다.

"어마, 어마." 하고 어머니를 불렀다. 아직 어마와 맘마, 코 잔다는 말밖에 할 줄 모른다.

손을 내밀었을 때 굉음과 함께 땅이 흔들렸다.

미유키는 마코를 안아 올렸다. 마코를 안고 사방이 잘 보이는 언덕으로 올라가자 몇 리 밖에 있는 미노와산이 연기를 풀풀 뿜어내고 있었다.

폭발하는 소리가 들렸다.

연기를 뿜어내는 산과는 다른 산의 표면이 흙먼지를 일으키며 우르르 미끄러져 내렸다. 나무 수십 그루가 뿌리째 뽑혀나갔다.

맙소사.

미유키는 어안이 벙벙해졌다.

저 밑에 민가가 몇 채 있었을 것이다.

산이 무너지는 소리가 끊임없이 울려 퍼졌다.

마코가 불안한 얼굴로 미유키를 쳐다보았다. 어머니의 불안감을
감지했는지 마코가 입을 잔뜩 찡그리고 눈물을 글썽거렸다. 그리
고 갑자기 울음을 터뜨렸다.

뿜어져 나온 연기가 하늘을 가려서 사방이 어둑어둑해졌다.

새들이 무리를 지어 하늘을 날아갔다.

처음이다. 이런 일은 처음이다.

요시 씨.

미유키는 마코를 부둥켜안고 죽어라 달렸다.

2

같은 날
극락원

구마고로는 저택 툇마루에 앉아 여자를 희롱하고 있었다. 쥘부
채 끝으로 여자의 가슴을 찌르려고 하자 여자가 피했다. 다시 찌르
려고 하자 여자가 또 몸을 휙 꼬아서 피했다.

"구마고로 님."

고개를 돌리자 한도 마사쓰구가 서 있었다.

"구마고로 님, 대련을 해주십시오."

"도련님, 또요? 요즘 매일 청하시는군요."

한도 마사쓰구는 늠름한 열여섯 살 청년으로, 극락원의 두령 한도 고키의 아들이다.

구마고로가 극락원에 들어왔을 때, 그는 모모치요라는 아명으로 불리는 어린아이였다. 하지만 이 년 전에 관례를 행하면서 마사쓰구라는 이름을 얻었다. 극락원의 두령은 세습을 하므로 마사쓰구는 정통 후계자다.

"부탁드립니다."

구마고로는 여자에게 눈짓을 하고 떨떠름한 표정으로 일어섰다.

"그저께도, 어제도, 오늘도 참 열심이십니다."

마사쓰구가 무술 연습에 힘쓰는 데는 이유가 있었다.

극락원에서는 한 해에 한 번 무술 대회가 열린다. 저택 중앙 정원에 모두가 모인 가운데, 두령 한도 고키 앞에서 스무 명쯤 되는 남자들이 활쏘기, 스모, 검술, 창술 실력을 겨룬다.

"칼과 실력에 녹이 슨 자는 여기에 필요 없다."

아버지가 입버릇처럼 하는 말을 마사쓰구는 어릴 적부터 들으면서 자랐다.

무술 대회를 치르면 각자의 역량이 저절로 모두의 앞에 드러난다. 완력과 무예만이 능력의 전부는 아니지만, 서열에 전혀 영향을 주지 않는다고는 할 수 없었다.

마사쓰구는 열네 살 때 처음으로 무술 대회에 참가했다. 관례를 행한 지 얼마 지나지 않아서였다. 모모치요에서 마사쓰구라는 어른이 되어 아버지 고키 앞에서 실력을 선보이기 위해 분발했지만, 스모, 활쏘기 등등 모든 부문에서 다른 사람들에게 한참 뒤떨어졌다.

고키는 마사쓰구를 격려하지 않았지만, 약하다고 화를 내지도 않았다. 그저 무덤덤한 눈으로 무술 대회에 참가한 아들의 모습을 바라보았다.

열다섯 살 때 참가했을 때도 결과는 참혹했다.

스모에서는 구로후지에게 내던져졌고, 활쏘기에서는 너무 다급하게 군 나머지 화살이 과녁을 크게 빗나갔다.

무술 대회가 끝난 후 아버지 고키는 아들에게 딱 한마디 했다.

"계속 그 모양 그 꼴이면 남의 위에 선다 한들 아무도 따르지 않을 것이다."

열여섯 살 때도 결과는 크게 다르지 않았다.

죽도를 쥐고 덤벼들었지만 구마고로에게 대번에 패했다.

고키는 아무 말도 하지 않았다.

"으아아아압!"

기합과 함께 죽도로 찔러 들어왔지만, 구마고로는 간단히 피해냈다.

며칠 전에 끝난 무술 대회에서 자신에게 패한 것이 아주 분했던 모양이라고 구마고로는 생각했다. 도련님은 벌써부터 내년 무술 대회를 염두에 두고 있는 것일까.

마사쓰구는 구마고로의 상대가 되지 못했다. 경험과 기술의 차이에 덧붙여 구마고로에게는 살의를 보는 힘이 있었다. 이때 살의에는 연습 상대의 살기도 포함된다.

자세로 죽도가 날아올 방향을 예상할 수 있는 데다, 마음의 동향 그 자체라 할 수 있는 안개와 불꽃이 마사쓰구의 살기를 고스란히 보여준다. 그러니 못 피할 리 없다. 상대가 헛손질을 한 후 '빈틈'을 노리면 된다.

죽도로 마사쓰구의 몸통을 딱 때렸다. 힘을 많이 주지는 않았다.

마사쓰구가 한쪽 무릎을 꿇었다가 풀쩍 뛰어서 거리를 두었다.

실전이었다면 벌써 죽었다.

"구마고로 님은 그렇듯 절묘한 기술을 누구에게 배웠습니까?"

"도련님." 겨우 이 정도가 절묘한 기술인가 싶어 속으로 쓴웃음을 지었다. "저는 요하야 님의 몸놀림을 어깨너머로 훔쳤습니다. 요하야 님은 원래 무사 집안 출신이거든요. 무예에 정통하므로 스승으로 섬기고 있습니다."

구마고로는 죽도를 내렸다.

마사쓰구의 몸에서 검은 안개가 스윽 배어 나왔다. 빈틈을 찾았다는 듯이 마사쓰구가 간격을 좁혀 하단에서 쳐올리는 죽도를 피하고 손목을 걷어챘다.

마사쓰구의 죽도가 허공으로 날아갔다. 구마고로는 바로 마사쓰구의 목에 죽도를 댔다.

마사쓰구의 눈에 눈물이 맺혔다.

"졌습니다."

분하겠지. 마음은 이해가 간다.

"저어, 도련님." 구마고로는 안쓰러운 마음으로 말했다. "도련님의 실력은 나날이 좋아지고 있습니다."

"정말입니까?"

"예, 정말이지요. 요하야 님 말씀으로는 일단 상황의 유리함과 불리함을 파악하여 무슨 수를 써서라도 이기고, 이길 수 없으면 도망쳐서 살아남는 것이 병법이랍니다. 뭐, 저야 배운 것이 없어서 모릅니다만 미야모토 무사시(宮本武蔵. 1582~1645. 에도시대 초기의 전설적인 검객)도 그 같은 말을 했다는군요."

미야모토 무사시는 적당히 덧붙였을 뿐 진위 여부는 모른다.

두령 한도 고키는 마사쓰구가 없을 때 모두를 한자리에 불러 모아 말했다.

"무술 대회에서 마사쓰구와 겨루거나 평소 연습을 시켜줄 때 부디 최선을 다해다오. 제 자신이 약하다는 사실을 깨우쳐주도록 해. 두령의 아들이라고 해서 비위를 맞추거나 치켜세워서는 결코 아니 된다. 그리고 오늘 내가 한 이야기는 비밀로 해주게."

한도 고키는 고개를 꾸벅 숙였다.

"아무쪼록 잘 부탁한다."

두령이 고개를 숙였다. 좀처럼 보기 힘든 모습이었다.

구마고로는 물론 두령의 분부에 따랐다. 아들이 자신의 실력을 과신하여 천방지축으로 굴지 말고 진정한 강자로 자라기를 바라는 것이리라. 과하게 치켜세우는 것은 성실하게 훈련하고 생사를 걸고 싸우는 자에게 큰 모욕이므로 두령이 분부하지 않았더라도 그럴 마음은 없었다.

"그렇지만 무도에 생사를 걸어야 할 자가 뒤꽁무니를 빼서 살아남다니."

"아니요, 아닙니다. 여기서만 하는 이야기인데, 굳이 무도에 생사를 걸 필요가 어디 있겠습니까. 천하를 두고 다투던 시대도 아니거니와 무사 집안도 아닌걸요. 질 것 같으면 달아나서 나중에 독화살로 확."

"그런 방식은 받아들일 수 없습니다!"

마사쓰구는 무릎을 꿇고 구마고로를 올려다보았다.

"구마고로 님, 저는 진심으로 알고 싶습니다. 어떻게 하면 나찰 같은 활약을 보이시는 구마고로 님처럼 될 수 있을까요? 구마고로 님은 아직 어릴 적에 덩치가 몇 배는 되는 소문난 무뢰한과 혼자서 맞붙어 멋지게 쓰러뜨렸다고 들었습니다."

게센누마 도쿠조. 그렇다. 벌써 몇 년이나 지났더라.

구마고로는 생각했다.

아무도 두령의 외동아들이 그같이 무모한 짓을 하기를 바라지는 않을 것이다.

"분명 그런 일도 있었지요. 저는 그때 위기에 처하여 이런 생각을 했습니다. 아아, 못 당하겠다. 틀렸다. 이제 죽는구나. 섣부른 짓을 했다. 아아, 할 수만 있다면 시간을 되돌리고 싶다. 이제 늦었다. 죽는다. 어떻게 이겼는지는 모르겠지만, 분명 한 끗 차이였습니다. 운이 좋았지요."

도련님은 이곳을 물려받을 소중한 후계자이시니 그렇게 터무니없는 짓은 하지 않으셔도 됩니다.

그렇게 말하려고 했을 때 땅이 흔들렸다.

두 사람은 비틀거리다가 얼굴을 마주보았다.

하늘에 굉음이 울려 퍼졌다.

"이건, 우렛소리?" 마사쓰구가 어리둥절한 표정으로 중얼거렸다.

낮 일곱 점(현재의 오후 네 시경)이 되기 조금 전.

한도 고키가 저택 뒤편에 있는 파수 망루에 오르자 금색님이 서 있었다.

한도 고키는 금색님 옆에 섰다.

연기를 뿜어내는 미노와산이 저 멀리 보였다.

과거에 미노와산이 분화했다는 기록은 있지만, 한도 고키는 난생처음으로 경험했다.

금색님이 삐로록, 하고 소리를 냈다.

고키가 철들었을 무렵부터 금색님은 늘 곁에 있었다.

금색님은 한도가의 혈통 중에 당주로 정해진 사람의 명령만 들었다. 금색님은 선대 진베에가 세상을 떠나고 고키가 대를 이은 후에야 고키의 말에 따랐다.

인간이 아니라는 것은 분명했다. 밥도 먹지 않고 배설도 하지 않는다. 애당초 달 태생이라고 한다.

하지만 이만큼 믿음직한 존재는 또 없다. 사람이 아니므로 야심도 없고, 이득과 손해를 따져서 움직이지 않으며, 술과 여자에도 빠지지 않는다. 그리고 결코 배신하지 않는다.

뭔가 물어보면 적확한 대답이 돌아온다.

약 만드는 법, 독충에 대처하는 법, 조상의 인품, 옛날에 있었던 사건, 뭐든지 다.

바둑이나 장기도 같이 두어준다.

가신이라고 여긴 적은 단 한 번도 없다. 가보이자 신. 그리고 가족.

"나중에 마사쓰구 곁에도 계셔주시겠습니까?"

금색님과 단둘이 있을 때 물어보자 금색님은 삐빅, 하고 수수께끼 같은 소리를 내고 답했다.

"물론, 때가 되면."

금색님은 몇 년에 한 번, 생각난 것처럼 극락원에서 개최되는 무술 대회에 참가한다.

삼 년 전에도 "어디, 나도 해볼까." 하고 말하더니 말릴 틈도 없이 고키 옆에서 일어나서 중앙 정원으로 내려갔다.

소중한 몸인데 다치기라도 하면 큰일이다. 그런 걱정은 할 필요가 없었다.

모두와 차례차례 스모로 대결했다. 상대는 신비한 힘에 감싸인 것처럼 허무하게 모래판 밖으로 밀려났다. 아무도 이기지 못했다. 지금까지 금색님과 맞붙어서 이긴 사람은 본 적이 없었다.

한도 고키는 금색님에게서 산줄기로 시선을 돌렸다. 우렁찬 소리와 함께 산이 화염과 연기를 뿜어냈다. 괴물 같이 거대한 분화였다.

고키는 신음했다. 산 일대 마을은 아주 큰 피해를 입었으리라. 천재지변을 눈앞에 두고 어떻게 행동해야 할지 판단이 서지 않았다.

"고키 님." 금색님이 산을 바라보며 말했다.

"예." 한도 고키는 대답했다.

"먼 옛날에 지요 님은 사람들을 보호하기 위해 여기에다 극락원을 만드셨습니다."

고키는 고개를 끄덕였다. 어릴 적부터 금색님에게 수도 없이 들어온 이야기였다.

금색님 가로되 우리가 처음부터 산적이었던 것은 아니다.

도쿠가와가 막부를 열기 전, 난세의 말기에는 곳곳에 불한당이 들끓었다. 호수가 십여 호 정도밖에 안 되는 촌락은 여지없이 전부다 빼앗겼다.

한도 고키의 먼 조상인 지요 님은 참상을 입은 마을들을 보고 한탄하여 뜻 있는 마을 사람들을 모아 불한당의 습격에서 일대의 산촌을 지키기 위한 자경단을 만들었다. 자경단이 설치되자 주변 촌락은 더 이상 습격을 받지 않았다. 지요 님이 지휘하는 자경단이 주변의 평화를 해치는 세력을 차례대로 깨부쉈기 때문이다. 더욱이 지요 님은 자경단의 힘으로 비밀 논밭을 개간하여 일대에서 신으로 숭배받았다고 한다.

지요 님이 세상을 떠난 후, 자경단은 백 년의 세월을 거쳐 현재의 모습으로 바뀌었지만 바로 밑의 사와무라와는 무슨 일이 생기면 서로 돕기로 약조를 맺고서 끊으려야 끊을 수 없는 관계를 유지하고 있다.

금색님이 말했다.

"초대부터 지금에 이르기까지, 미노와산의 분화는 우리의 존재 의의를 보여줄 절호의 기회였습니다. 약조를 잊으면 안 됩니다. 우리는 마을 사람들 없이는 성립할 수 없습니다."

3

5월 25일

사와무라 구마노 신사 신전

미노와산이 분화한 지 스무하루가 지났다.

사와무라에 있는 구마노 신사의 신전에 스물 몇 명의 남자가 모여 마루방에 책상다리를 하고 앉았다. 모인 면면은 오하시무라, 미노와히가시무라, 미즈나시무라, 사와무라, 골짝 밖 촌락, 골짝 안 촌락의 대표와 절의 스님이었다.

그중에 극락원의 한도 고키도 있었다. 에보시를 쓴 고키 옆에는 피부가 새카만 거한 구로후지가 자리했다. 이국의 배에서 탈주했다가 해적 손에 넘어가서 여기까지 흘러온 남자다. 이 두 사람은 이채를 발하여 남의 눈길을 끌었다.

"여러분 모여주셔서 감사하오. 그럼 회합을 시작하겠소이다." 사와무라의 촌장이 말했다.

"기근이 들겠지." 미즈나시무라에서 대표로 온 사람이 창백한 얼굴로 단언했다. "우리 마을은 논밭이 재에 파묻혔어. 이대로는 벼가 싹 다 죽을 걸세."

"모두가 목을 매고 죽어야 할 형편이야. 골짝 안쪽을 봤는가? 어제 가보았는데 거기도 엉망진창이었어. 산사태가 일어나서 집이 전부 파묻혔더군."

일동이 골짝 안 촌락에서 왔다는 수염이 덥수룩하고 표정이 어두운 중년 남자에게 고개를 돌렸다.

"예, 모두 죽었지요. 마누라도 자식도 전부. 고작 몇 명만 살아남았습니다."

"세금은 어찌 될까요?"

"일단 다이칸(代官. 에도시대 때 번주가 세금 징수와 지방 행정을 맡긴 관헌, 혹은 막부의 직할지를 다스리던 지방관을 가리킨다) 나리께 논밭의 현재 상태를 보고하고 머리를 조아리는 수밖에. 억지를 써봤자 사람만 죽어나간다는 걸 이해시켜야 해."

"소용없을걸." 오하시무라의 대표가 고개를 저었다. "다이칸 나리는 몇 명, 아니 몇 십 명이 죽어나가도 트집을 잡고 억지를 쓸 게 뻔해."

가을에 수확을 해봐야 확실해지겠지만, 분명 이 일대의 수확량은 전년도의 오분의 일 수준으로 떨어질 것이다. 첫 고비는 올 겨

울이다. 그리고 이듬해 가을까지. 그 고비를 넘기면 다시 일어설
수 있을지도 모른다.

한바탕 이야기를 나누고 나자 사와무라의 촌장이 입을 열었다.

"여러분, 잘 들으시오. 오늘은 산신님이 내려오셨소. 먼 마을 사
람들은 잘 모르겠지만 산신님은 산에 머무시면서 무슨 일이 생기
면 우리를 도와주시는 고마운 분이시오."

모두 조용해졌다.

"산신님." 사와무라의 촌장이 한도 고키에게 이야기를 돌렸다.
"이 위기를 타파할 비책은 있으십니까?"

모두가 한도 고키를 쳐다보았다. 마을 사람들의 얼굴에 두려움
과 호기심이 서렸다. 사와무라의 촌장을 비롯하여 평소 극락원과
친분이 있는 몇 명을 제외하면 이 자리에 있는 사람은 대부분 산
신님과 초면이었다.

한도 고키 옆에 앉은 구로후지가 사람들을 날카롭게 쏘아보자
긴장된 분위기가 흘렀다.

"비책은 없지만 할 수 있는 일을 말하지."

한도 고키는 호기심 어린 시선에 개의치 않고 말을 꺼냈다. 마을
사람들은 답변을 기다렸다.

"광에서 쌀 예순 섬을 꺼내줌세. 올해 기근을 견디는 데 사용하게."

여기에 모인 각 대표들의 마을에, 사람 수에 맞추어 '저장미'를
분배한다.

오오, 하고 모두가 탄성을 토했다. 박수가 터졌다. 두 손을 모아
합장하는 사람도 있었다. 앞으로 기근이 들어 자칫하면 본인도 위

험할 수 있는 판국에, 어지간해서는 내릴 수 없는 결단이었다.

"그 말씀을." 누군가가 물었다. "믿어도 되겠습니까?"

"바로 스무 섬을 준비하지. 그리고 9월까지 마흔 섬. 하지만 잘 듣게. 결코 관헌에게 들켜서는 안 될 것이야. 궁핍함을 호소하며 어디까지나 몰래 굶주림을 면하게. 덧붙여 무카와강 옆 가도에 있는 여관의 방을 이번 재해로 집을 잃은 사람들에게 잠시 빌려주겠네. 밤이슬은 피하고 봐야 하지 않겠는가. 내년까지 거기서 살면 되겠지."

두 사람을 보는 모두의 눈빛이 회합이 시작될 때와는 명백하게 달라졌다.

"과연 산신님이십니다. 절의 시주장부에 전부 기록해두었는데, 겐로쿠(元祿. 일본의 연호. 1688~1704년에 해당한다) 때도, 일전에 기근이 들었을 때도 산신님께 큰 신세를 졌습니다."

사와무라의 촌장이 말했다.

한도 고키는 씩 웃으며 고개를 끄덕였다.

"상부상조하는 거지. 하기야 예순 섬으로는 큰 도움도 되지 않겠지만, 솔직히 말하자면 우리도 먹고살아야 하니 말일세."

회합을 마치고 신전에서 나와 밖에서 기다리고 있던 호위병과 합류했다.

그날 밤, 회합의 뒤풀이로 마을 대표들과 함께 간소한 연회를 열었다.

사와무라에서 회합을 가진 다음 날. 해가 뜨고 아침 넉 점(현재의 오전 열 시경)이 되자 한도 고키 일행은 극락원으로 돌아가는 길에 올랐다.

선두에 두 명, 한가운데에 한도 고키와 구로후지. 뒤쪽에 두 명.

도중에 구로후지가 물었다.

"그런데 두령님, 어째서 그자들에게 예순 섬이나 내주시는 것입니까?"

한도 고키는 웃었다.

"우리는 미움을 받고 있으니까. 그래서 기근이 들 때마다 쌀섬을 안겨주는 거야."

구로후지는 이상하다는 듯이 말했다.

"우리를 미워한다고요? 그렇게는 안 보이던데요?"

"그야 우리가 쌀을 준다고 했으니까. 눈에 띄게 표를 내지는 않지만, 그들은 언제나 우리를 싫어해."

"미워하는데 쌀을 준다는 말씀이십니까?"

"뭘 모르는군. 근방 사람들과 사이좋게 지내지 않으면 결국 뒤통수를 맞는 법이다, 구로후지. 은혜는 베풀 시기가 있다. 그 시기를 놓치면 베풀 수 없어. 고비 때마다 은혜를 베풀어온 덕분에 밀고를 당하지 않고 백 년이나 버틴 것이야."

한도 고키와 그 일행은 다리 앞까지 와서 걸음을 멈췄다. 다리 어귀에 나무를 격자 모양으로 못 박아서 지나갈 수 없도록 해놓았다.

젊은 부하가 고개를 기웃했다

"왜 못 지나가게 해놓았지?"

4

한도 고키가 사와무라에서 열린 회합에 참석하기 전으로 거슬러 올라가 미노와산이 분화한 지 며칠 후, 아즈키무라.

해가 기울기 시작한 무렵이었다. 집으로 돌아가는 요시히코를 뒤에서 누가 불러 세웠다.

"요시히코인가?"

돌아보자 덩치가 좋은 남자가 서 있었다. 운두가 높아 얼굴이 푹 가려지는 삿갓을 썼다. 허리에는 칼 두 자루를 찼다. 조금 떨어진 삼나무에 말이 매여 있었다.

"예." 요시히코는 고개를 꾸벅 숙였다. "그렇습니다만."

"요시히코, 만나서 반갑네. 나는 번의 오쿠야마 반쇼(番所. 에도시대, 막부와 각 번이 교통의 요지 등에 설치한 감시소)에서 나온 도신 유메류일세."

"미처 몰라뵈었습니다."

요시히코는 허둥지둥 땅에 무릎을 꿇었다.

오쿠야마 반쇼라는 관아는 들어본 적이 없었고, 유메류라는 이름도 어쩐지 가명 같았다. 하지만 뒤편에 있는 훌륭한 말과 허리에 찬 크고 작은 칼이 상대의 신분을 증명했다. 말을 타는 것이 허용되는 사람은 무사뿐이다.

"됐네, 고개를 드시게. 여기서는 무엇하니, 어디 사람이 없는 곳에 앉아서 이야기를 나누도록 하지."

두 사람은 절 경내로 들어갔다. 미유키가 임신하기 전에 매일 아침 활쏘기 연습을 하던 절이다. 삼나무 고목에 감싸인 경내는 쥐 죽은 듯이 고요했다.

통나무 의자에 앉았다.

"이 부근에서 사냥 실력이 좋은 자를 찾던 중 그대의 이름이 귀에 들어왔지."

유메류는 한 호흡 쉬고 나서 말을 이었다.

"단도직입적으로 용건을 말함세. 그대의 뛰어난 활솜씨로 비밀리에 '사냥'을 해주었으면 하네."

유메류의 용건은 다음과 같았다.

실은 사와무라 쪽에 산적 패거리가 있다. 주변에서는 도깨비로 통하며, 산속 궁궐에 숨어 살고 몰래 논밭을 경작한다. 그들은 마을 도박장과 사창가와도 밀접한 관계를 가지고 있으며, 폭력을 생업으로 삼아 납치한 여자를 창기와 유녀로 팔아먹는다.

오쿠야마 반쇼는 번이 산촌의 실정을 조사하기 위해 비밀리에 설치한 관아다. 지금까지는 그 불한당의 존재 자체가 모호하여 근거 없는 뜬소문처럼 여겨졌지만, 몇몇 진정서를 토대로 차근차근 조사한 결과 최근에야 그 실체를 파악했다.

그리하여 번은 산적 패거리를 섬멸하기로 결정했다. 근처 산촌에서 협력해줄 사람들을 모으고 있다.

산적 패거리와 유착 관계에 있는 사와무라의 도움은 바랄 수 없다. 이쪽의 동향이 산적 패거리에게 고스란히 새어 나갈 우려가 있기 때문이다. 그러므로 산 하나를 사이에 두고 있어 사와무라와 그다지 교류가 없는 아즈키무라의 요시히코에게 부탁하기로 했다.

"귀어전이라고 들어본 적 있나?"

요시히코는 미유키가 귀어전을 입에 담았던 것이 생각났지만 "없습니다." 하고 대답했다. 있다고 하면 어쩐지 성가셔질 것 같은 예감이 들었다.

"그러한가. 그대가 산에서 주워 온 창기 같은 여자를 부인으로 맞이했다는 희한한 소문을 들었는데. 부인은 어떤 사람인가?"

요시히코는 말문이 막혔다. 그런 것까지 알고 있단 말인가.

"그게, 안사람한테 아무 말도 못 들었습니다."

"뭐, 내가 관여할 일은 아니지만. 아무튼 예전에도 시장이 섰을 때 시체가 발견된 적이 있지."

삿갓에서 꺼림칙한 분위기가 전해졌다. 뭔가 탐색하는 듯한 시선이 느껴졌다.

시장에서 시체가 발견되어 소동이 벌어진 것은 기억하고 있다. 미유키와 마을 사람들이 팥을 팔러 갔을 때 생긴 일이다. 자세하게는 모르지만 마을 사람이 말썽에 휘말리지 않아서 다행이라고 생각했다. 자신들과는 아무 관계도 없을 터였다.

"그런 일이 있었지요. 삼 년 전이었던가요. 참 뒤숭숭하였습니다."

"죽은 자도 산적 패거리였네."

"어허, 도대체 어떻게 된 걸까요?"

유메류는 흠, 하고 숨을 내쉬었다.

"뭐, 누가 그랬는지는 모르겠지만 그자들에게 죽고 죽이는 건 흔한 일이니까."

요시히코가 어찌해야 할지 모르겠다는 표정으로 앉아 있자 유메류는 꾸러미를 건넸다.

"금 석 냥으로 일을 맡아주시지 않겠나. 이것은 선금 한 냥일세."

"이렇게나 많이."

요시히코에게 금 석 냥은 그야말로 파격적인 금액이다.

"나머지는 일을 끝낸 후에 줌세. 한나절이면 끝날 거야. 준비는 전부 오쿠야마 반쇼에서 맡아서 하지. 다만 아무에게도 발설하지 말게나. 어디에 듣는 귀가 있을지 모를 일이니까. 이번 계획은 들통 나면 그걸로 끝이야. 방금 전에 촌장과도 이야기를 나누었지만 도깨비 퇴치에 대해서는 절반도 언급하지 않았어. 다른 사람들에게는 '관헌에게 산을 안내해주기로 했다'고만 이야기하고 나오시게."

어쩐지 으스스할 만큼 수상하다.

하지만 받아늘이는 수밖에 없었다.

미유키와 마코를 덮칠지도 모르는 산적을, 번의 관헌이 토벌할 테니 협력하라는 이야기다. 유메류는 정중한 말씨로 부탁했지만, 이는 '정중한 위압'이라고도 할 수 있다. 거절하면 평민에게 이 정도로 예의를 갖추어 부탁했는데 어째서 거절하느냐, 귀어전에서 온 여자와 같이 사는 네놈도 산적 패거리와 관련이 있는 것 아니냐는 방향으로 몰아갈 것 같은 분위기였다.

5

이 주 후 이른 아침, 유메류가 지정한 오두막에 요시히코가 활을 들고 찾아가자 철포를 어깨에 멘 남자가 오두막 앞에 서 있었다. 동이 트기 조금 전이라 아직 어스름하다.

"댁도 도깨비를 퇴치하러 왔소?"

요시히코는 고개를 끄덕였다.

"그럼 들어가시오."

오두막 문이 열렸다.

오두막 안에서 남자 몇 명이 불을 쬐고 있었다. 벽에는 철포가 나란히 기대어 세워져 있었다. 유메류는 없었다.

철포를 소지한 사람을 이렇게 모은 것을 보니 당연한 소리지만 역시 진심으로 산적과 싸울 모양이다.

간스케라는 남자가 사람들을 통솔하는 역할인 듯했다.

"초면에다 서로 이름도 모르는 사람들만 모였군요. 나는 간스케라고 합니다. 북쪽에 살지요. 유메류 님이 내게 지휘를 맡기셨어요. 잘 부탁합니다. 다들 금 한 냥씩 받았지요? 일을 마치면 한 냥을 더 줄 거고, 추후에 마지막 한 냥을 번에서 지급해줄 거랍니다."

"어째서 번의 무사님들이 나서지 않는 거람." 누군가가 투덜거렸다.

"글쎄요, 나도 자세한 건 모릅니다."

간스케는 머리를 긁적였다.

"미노와산이 분화해서 바쁘신지도 모르지요. 뭐, 산적을 퇴치하여 모두를 안심시키고, 큰돈까지 받을 수 있다니 해볼 만한 일 아니겠습니까."

"해봅시다." 몇 명이 주먹을 쳐들며 이구동성으로 소리쳤다.

도깨비 퇴치 계획은 다음과 같았다.

철포를 소지한 자는 저격조, 철포가 없는 자는 잠복조다.

도깨비—산적은 반드시 산길을 지나갈 예정이다.

산적이 지나갈 다리는 사전에 봉쇄해두었다. 도깨비가 다리 앞에서 멈추면 근처 벼랑 위에 숨어 있던 저격조가 신호에 맞추어 일제히 사격한다.

철포에 맞지 않고 달아나는 자는 틀림없이 길을 되짚어갈 것이다. 막힌 다리를 건너가려고 하거나, 저격조가 있는 방향으로 향하면 철포의 표적이 될 테니 돌아가는 수밖에 없다. 산적이 달아나면 잠복조가 뛰쳐나와 길을 막고 한 명도 남김없이 쓰러뜨린다.

요시히코는 잠복조에 투입됐다.

요시히코는 녹색 잎이 무성한 은행나무 뒤편에 등을 대고 기다렸다. 실바람이 나뭇잎을 흔들자 나뭇잎 사이로 비쳐 드는 햇빛도 흔들렸다.

옆에는 수건으로 얼굴을 푹 감싼 남자가 창을 어깨에 기댄 채 앉아 있다. 잠복조는 두 명뿐이었다. 높은 곳에서 철포를 쏘는 것보다 훨씬 위험한 역할이지만, 저격이 빗나가지 않으면 공돈이 생기는 셈이다.

저격조의 철포에 맞지 않은 적이 나타나면 복면을 한 남자가 창을 들고 나가서 길을 막는다. 그 틈에 길 옆에 숨어 있던 요시히코가 상대의 사각으로 돌아가서 활을 쏜다. 협의하여 그렇게 하기로 했다.

"어느 마을에서 왔습니까?" 요시히코는 물어보았다.

"그만둡시다." 복면을 쓴 중년 남자가 말했다. "이름 모를 아무개인 편이 피차 낫지 않겠소?"

"그렇겠지요. 미안합니다." 요시히코는 고개를 끄덕였다.

침묵이 찾아왔다.

휘파람새가 울었다.

잠시 후에 길을 감시하던 복면 남자가 목소리를 죽여서 말했다.

"왔습니다."

은행나무 뒤편에서 고개를 살짝 내밀어 살피자 길 저편에서 사람들 한 무리가 나타났다. 재빨리 헤아리자 여섯 명이었다. 두 줄로 걸어왔다.

가운데에 있는 두 사람이 눈길을 끌었다. 한 명은 키가 크고 묘하게 살빛이 검은 남자였다. 요시히코는 고개를 갸웃거렸다. 저 놈은 뭐지? 그 옆의 남자는 호화로운 기모노를 차려입고 에보시를 썼다. 나머지 네 명은 한복판의 두 사람을 감싸듯이 앞뒤에 두 명씩 자리를 잡았다. 가운데 있는 두 명 중 한 명이 두령일지도 모른다.

에보시를 쓴 남자와 살빛이 검은 남자는 재미있다는 듯이 무슨 이야기를 나누고 있었다. 여섯 명은 요시히코와 복면 남자가 숨어 있다는 것을 눈치채지 못하고 느긋하게 길을 지나갔다.

모퉁이를 돌아가면 저격조가 기다리는 지점이 나온다.

요시히코는 눈을 감았다.

이윽고 큰 소리가 울려 퍼졌다. 네다섯 번, 조금 있다가 다시 네 번.

요시히코는 눈을 뜨고 활에 화살을 메긴 후 길에 시선을 집중했다. 살빛이 검은 남자가 모퉁이를 돌아서 나타났다. 혼자였다. 입술이 두툼하고 눈은 부리부리하다. 팔에서 피가 흘러 떨어졌다. 오른손에는 칼을 쥐고 있었다.

복면 남자가 창을 들고 요시히코에게 "잘 부탁합니다." 하고 말한 후 길로 뛰쳐나갔다.

복면 남자는 거한에게 창끝을 들이댔다. 살빛이 검은 거한은 깜짝 놀라서 발을 멈추었다. 칼을 꼬나들고 약간 거리를 둔 채 창과 대치했다.

"비켜라!"

살빛이 검은 거한이 고함을 질렀다.

요시히코는 넘불 속에서 활을 겨누었다. 팔꿈치와 무릎이 바르르 떨렸다. 하지만 각오를 다지고 시위를 놓았다.

화살은 거한의 등에 꽂혔다. 거한이 뒤를 휙 돌아보았다.

복면 남자가 즉시 간격을 좁혀 창을 내질렀다.

살빛이 검은 거한은 눈을 부릅뜬 채 나자빠졌다. 주변에 피 웅덩이가 생겼다. 남자는 아직 죽지 않았다. 남자의 가슴이 위아래로 들썩거렸다.

요시히코는 곁으로 다가가서 남자를 내려다보았다. 옆에 복면 남자가 피 묻은 창을 들고 서 있었다.

"네놈들, 어디의 누구냐." 살빛이 검은 거한이 기어드는 목소리로 말했다.

"나는 어디 소속된 사람이 아니야. 이 부근 사람도 아니고. 무사의 부탁을 받고 왔어." 복면을 한 중년 남자가 변명하듯이 말했다. "댁한테 원한은 없어. 하지만 부탁을 받아들이지 않으면 내가 죽을 판이었다고. 용서해주게. 부디 성불해."

"이런 빌어먹을 놈이." 살빛이 검은 거한이 숨을 몰아쉬며 중얼거렸다.

복면 남자가 물었다.

"그러는 댁이야말로 어디 사람이야? 살빛이 시커먼데, 날 때부터 이랬나? 어디 태생이야?"

"네놈들 같은 버러지는 평생 알지 못할 만큼 머나먼 저편에 있는 성스러운 대지. 난 그곳으로 돌아간다. 네 이놈들, 영원히 저주를 받다가 죽어라."

거한은 저주를 퍼붓듯이 요시히코가 알아듣지 못할 이국의 말을 지껄이다가 이윽고 숨을 거두었다.

요시히코는 살빛이 검은 시체를 응시했다. 처음으로 사람을 죽였다. 주위에 죽은 남자의 원념이 감도는 것 같았다.

"이 몹쓸 놈이 감히 누구한테!"

복면 남자가 갑자기 악다구니를 쓰며 시체를 걷어찼다.

"한 방 먹어라, 이 썩을 놈아! 지금까지 사람을 수도 없이 죽였지?

다 인과응보다, 이 잡놈아! 벌 받은 거라고! 썩 지옥으로 꺼져라!"

복면 남자는 욕을 퍼부으며 계속 시체를 걷어찼다.

아아, 그렇다고 요시히코는 속으로 동의했다. 잘 말했다. 그 말이 옳다. 우리가 싸운 상대는 미유키를 납치하여 농락한 악당들 아니었던가. 그러니까 내게는 잘못이 없다. 화풀이를 하는 것은 당연하다. 어느덧 요시히코도 시체를 걷어차고 있었다. 시체를 걷어차 본들 아무 의미도 없지만, 기세를 올리지 않으면 여기에 감도는 원념에 당한다. 이것은 일종의 액막이다.

간스케와 철포를 어깨에 멘 남자 몇 명이 저편에서 다가왔다.

"오오, 해치웠군, 해치웠어."

기쁨에 찬 간스케의 목소리를 듣자 갑자기 힘이 쭉 빠졌다.

다친 데는 없습니까? 괜찮습니다. 우리도 순조롭게 끝냈어요. 몇 명입니까? 저쪽에 다섯 놈 나자빠져 있습니다. 모두 세상 하직했지요.

간스케와 복면 남자가 나누는 이야기가 들려왔지만, 요시히코는 대부분 한 귀로 듣고 다른 귀로 흘렸다.

"하하, 다 끝났으니 하는 말인데, 도깨비라고 하기에 내심 겁을 잔뜩 먹었거든요. 하지만 별것 아니군요. 다들 고생 많았습니다."

건네받은 금 한 냥을 꽉 움켜쥐었다. 가능한 한 빨리 집에 돌아가고 싶었다.

뛰어서 집으로 돌아가는데, 갑자기 하늘이 흐려지더니 천둥이 치고 굵은 빗방울이 뚝뚝 떨어졌다.

그해의 장마가 시작됐다.

6

장마가 끝나자 무더운 여름이 찾아왔다.

피폐함이 아즈키무라 전체를 무겁게 짓눌렀다. 평민이 땅을 버리고 떠나는 것은 죄였지만, 농사를 포기하고 마을을 등지는 일가족이 속출했다.

도처에서 검은 벌레가 들끓는 탓에 아즈키무라는 괴로움에 신음했다. 멸구의 일종이었다. 비가 내리고 나면 밭 위에 검은 안개가 낀 것처럼 보일 정도였다.

마을 사람들 모두 힘을 합쳐 해충 구제의 의식을 거행했다. 밤에 횃불을 들고 강으로 가서 해충을 넣은 짚 인형을 떠내려 보냈다. 하지만 효과는 없었다.

벼도, 다른 작물도 멸구가 전부 먹어치운다. 요시히코 생각에 막을 도리가 없는 사념이 대지에 씐 것 같았다.

멸구를 없애는 데는 기름이 잘 든다고 한다. 논에 기름을 뿌리자. 고래 기름이 특효라는 말이 있다. 촌장의 셋째 아들과 동행 몇명이 고래 기름을 사러 떠났다.

보통은 열흘이면 돌아올 길인데, 한 달이 지나도 돌아오지 않았다. 다 팔리고 없어서 더 멀리까지 갔거나, 도중에 강도를 만났거나, 어쩌면 돈을 들고 내뺐는지도 모른다.

요시히코는 울적한 나날을 보냈다. 최악의 한 해다. 분화, 첫 살인, 벌레의 창궐, 좋은 일이라고는 하나도 없다.

비밀리에 도깨비를 퇴치한 지 두 달 남짓 지났지만, 관헌이 준다는 나머지 금 한 냥은 깜깜무소식이었다. 유메류가 진짜로 번의 관헌이었는지도 의심스러웠다.

그 후로 산적이 어찌 되었는지는 못 들었다. 깜박하고 다른 사람에게 섣불리 말을 꺼내지 않도록 늘 주의했다. 요전의 관헌은 무슨 일로 왔느냐고 촌장이 물어보았지만, 산의 안내를 부탁받았다는 식으로 잘 얼버무렸다.

감이 좋은 미유키는 수상쩍다는 듯 어디서 뭘 했느냐고 물었다. 피비린내 나는 살인담이다. 굳이 말할 필요가 있겠냐마는, 너를 감금했던 귀어전 놈들은 이미 죽었다고 알려주면 미유키의 마음이 편해지지 않을까 싶기도 했다.

"귀어전 이야기야. 듣고 싶어?"

"들려주세요."

요시히코는 자초지종을 이야기했다. 유메류, 산 안내, 철포 사수들과 함께 습격한 산적 여섯 명. 미유키는 놀란 표정으로 들었다. 살빛이 검은 남자도 알고 있었다. 바다를 건너온 이인이라고 한다.

"다 죽었어요?"

"죽었지." 요시히코는 말했다. "다 죽였어. 두령인 것 같은가?"

미유키는 잠시 생각하다가 대답했다.

"아마도요. 하지만 놈들은 아직 더 있어요. 궁궐 안에 스무 명 넘게 있었을 거예요. 외부에 몇 명이나 더 있을지는 짐작도 안 가네요."

패거리가 더 있다면 보복하기 위해 기를 쓰고 습격자를 찾을 것
이다.

"유메류라는 분은 믿을 만한가요?"

"모르겠어. 이제는 그자의 이야기가 전부 미덥지 못해."

새카만 멸구를 보고 있자니 마치 그 시커먼 남자가 죽기 전에
주문을 외어 지옥에서 불러낸 것처럼 느껴졌다.

어쩌면 달아나는 편이 나을지도 모른다.

7

9월 12일

무카와강 강가

강을 따라 쌓은 둑에 새빨간 석산화가 무리 지어 피어 있었다.
날씨가 화창하여 저 멀리까지 잘 보였고, 찬 기운이 섞인 바람이
불었다.

구마고로는 요하야와 부하 몇 명과 함께 강가에 있었다.

머리가 부스스하고 햇볕에 살이 탄 남자가 꽁꽁 묶여 있었다. 남
자의 눈에는 눈물이 글썽글썽했다.

구마고로는 남자를 빤히 노려보았다.

남자의 이름은 간스케. 서른두 살. 한때 아시가루였다. 현재는

막일꾼들이 모여드는 광산 마을에서 전골요릿집을 하고 있다. 철포 사수이기도 하여 곰이나 멧돼지 같은 커다란 짐승이 마을에 나타나면 호출을 받는다. 철포로 잡은 짐승은 전골로 만든다. 큰 짐승이 시도 때도 없이 나타나는 지역이라 간스케는 쉴 새 없이 철포를 들고 활약했다. 미노와산이 분화한 후 느닷없이 '오쿠야마 반쇼의 유메류'라는 남자가 나타나 뛰어난 철포 솜씨로 도깨비를 퇴치해달라고 부탁했다.

다른 남자들과 함께 유메류가 지정한 장소에 대기하다가 유메류가 세운 계획에 따라 표적을 저격하여 죽였다. 일곱 명쯤이 숨어서 포위했다고 한다.

뒤처리는 알아서 하겠다고 사전에 유메류가 말했으므로 시체는 그대로 두고 돌아왔다.

똑같은 이야기를 벌써 몇 번이나 들었다.

구마고로는 긴 칼을 들이댔다.

"마지막으로 묻겠다. 유메류는 어떤 사내냐?"

"예, 그게, 덩치가 좋고 목소리는 나지막했습니다요. 삿갓으로 얼굴을 가리고 있어서 그것 말고는 모르겠습니다." 간스케는 부리나케 말했다. "속았습니다. 설마 이렇게 될 줄은 몰랐어요. 저도 속았다고요."

"염불이라도 외어라."

간스케는 시킨 대로 눈을 꼭 감고 염불을 외기 시작했다.

구마고로는 칼을 힘껏 휘둘렀다. 간스케의 머리가 툭 떨어졌다.

젊은 부하가 달려와 간스케의 머리를 주워서 보자기에 쌌다.

구마고로는 조금 떨어진 곳에서 팔짱을 끼고 있던 요하야에게 다가갔다.

"요하야 님. 이놈도 다를 바 없습니다."

"유메류 말인가?"

"예. 모두 똑같은 소리를 하는군요. 처음에는 희한한 핑계로 발뺌을 하는 줄 알았습니다만."

5월에 회합이 있은 후에 한도 두령과 구로후지 그리고 젊은 부하들이 살해당한 사건은 극락원에 큰 충격을 주었다.

시체는 다리 앞에 고스란히 방치되어 있었다. 극락원의 남자들은 혈안이 되어 범인을 찾았다. 사와무라에는 아침 넉 점이 지나서 철포 소리를 들은 사람이 꽤 많았다. 사와무라를 떠나기 전까지 두령과 그 일행은 무사했다. 회합과 뒤풀이 연회에서 별다른 충돌은 없었으며, 근처 마을에서 모인 유력자들은 오히려 한도 고키에게 존경의 눈빛을 보냈다는 사실도 알았다.

단상에 앉은 금색님은 아무 말도 없었다. 당장에 앙갚음을 하지 못하여 치밀어 오르는 분노를 애써 참고 있는 것이라고 다들 수군 거렸다.

쌀 예순 섬 기부는 일단 보류되었다. 그 이야기는 범인을 잡고 나서 다시 해보자. 그런 말로 사와무라 및 일대 마을 사람들에게 은근히 정보 제공을 요구했다.

정보가 점차 모이자 습격자의 정체가 차례차례 드러났다. 이번

사건의 주축이었던 간스케는 네 번째로 처형되었다. 현장 지휘자이기도 했던 간스케를 처형했으니 이번 사건을 일단락 짓기에 적당한 때였다.

한도 고키가 습격당한 당시는 모두 펄펄 뛰며 보복을 입에 담았지만, 넉 달이 지나서 가을이 찾아오자 열기가 조금 식었다.

흑막인 유메류라는 남자의 꼬리를 잡지 못한 것이 아쉬웠다.

유메류에 대한 증언은 엇비슷했다. '삿갓을 썼다', '어둑어둑한 곳에서 이야기를 해서 어떻게 생겼는지 잘 모르겠다', '유메류는 동료 없이 혼자였다', '번의 오쿠야마 반쇼에서 나온 도신이라고 했다'.

요하야는 찌푸린 얼굴로 간스케의 머리를 보며 말했다.

"유메류라는 이름은 가명이겠지."

"아는 가치(徒士. 도보로 주군을 보필하거나 전투에 참가하는 하급 무사. 무사 신분이지만 말을 탈 자격이 없다)에게 들었는데 오쿠야마 반쇼라는 관아는 없답니다." 구마고로는 말했다.

"그야 그렇겠지. 나도 들어본 적이 없어. 거짓말이거나, 내부에서도 알려지지 않은 곳이거나, 어쩌면 번의 무사라는 신분부터 가짜일지도 모르지. 아무튼 무슨 수를 써서라도 유메류를 찾아내서 이번 일의 대가를 치르도록 해야 해. 노름으로 신세를 망친 사기꾼이든, 관헌이든, 하타모토(旗本. 에도시대 쇼군의 직속 가신으로, 만 석 미만의 녹봉을 받으며 쇼군을 알현할 수 있는 자격을 갖춘 무사)든 간에."

요하야는 분에 찬 목소리로 간스케의 머리를 구마고로에게 내밀었다. 구마고로는 머리를 받아서 부하에게 던져주었다.

"사다키치 형님도 어쩌면." 구마고로는 마침 생각났다는 듯이 말했다. 사다키치는 삼 년쯤 전에 절 앞에 선 시장 근처의 숲에서 누군가의 활에 맞아 죽었다.

"유메류일지도 모르지." 요하야가 대꾸했다.

유메류는 관헌이 아니다. 구마고로 생각은 그랬다.

유메류라는 남자가 정말로 번의 관헌이라면 금을 석 냥이나 주면서 신원이 모호한 철포 사수를 고용할까? 번의 일에는 번의 군사가 나서는 법이다. 번이 마음만 먹으면 백 명은 동원할 수 있을 것이다.

산적을 토벌하면 백성들에게 본보기로 삼고자 머리를 거리에 내놓는 것이 보통이다. 하지만 한도 고키의 시체는 머리가 붙은 채로 그냥 방치되어 있었다. 전혀 관헌답지 않은 짓이다.

또한 번이든 다른 세력이든 귀어전을 무너뜨릴 작정으로 습격을 감행했다면, 두령이 살해되어 혼란에 빠졌을 때가 가장 큰 기회다. 기회를 놓치지 않고 군사를 몰아 쳐들어올 법도 하건만, 요 넉 달간 그런 일은 없었다.

누가 어떤 그림을 그린 걸까?

가도로 나간 일행은 찻집에 들렀다.

"요하야 님은 귀어전의 두령 자리에 관심이 없으십니까?"

구마고로는 차를 마시며 물어보았다.

부하들은 조금 떨어진 다른 자리에서 메밀국수를 먹고 있었다.

여자 이야기로 흥이 올랐는지 이쪽에 신경을 쓰는 기색은 없었다.

요하야는 시끄럽다는 듯한 표정을 지었다.

"내가 왜? 그런 생각은 해본 적도 없다. 마사쓰구 님이 계시잖아."

극락원의 두령은 세습된다. 하지만 관례일 뿐 반드시 그래야 한다고 정해진 것은 아니다.

마사쓰구는 고키가 죽었다는 사실을 알자 펑펑 울다가 자리에 드러누웠고, 몇 주간 아무와도 말을 하지 않고 울적해했다. 지금도 대부분 자기 방에 틀어박혀 지낸다. 심정은 이해가 가지만 윗자리에 앉기에는 너무 미숙하다. 지금 군사가 몰려오면 아무 지시도 내리지 못하고 패할 것이다.

"하지만 도련님은 겨우 열여섯 살입니다. 사실 제게 도련님은 아직도 모모치요 님이라는 인상이 강해요."

구마고로는 나직하게 말했다.

"한도 두령님이 당하시고 언제 일전이 벌어질지 모르는 상황에서 조금 미덥지 못한 감이 있습니다. 한도 두령님이 살아 계셨어도 도련님께 전권을 맡기지는 않으셨을 거예요."

"확실히 아직 이르기는 하지."

요하야가 맞장구를 쳤다.

"뭐, 당장은 내가 도련님을 최대한 보좌하도록 하마. 내부에서 분열이 일어나지 않도록 다른 사람들을 잘 눌러야겠지. 그리고 도련님을 금색님 옆자리에 서는 두령에 어울리는 분으로 만들어 보이겠어."

요하야의 몸에서 거짓말의 불꽃이 한 번 탁 튀었다.

아니다, 속내는 그렇지 않다.

요하야는 마사쓰구를 두령으로 세우지 않고, 역시 자신이 무리를 통솔할 작정이리라.

"오래 기다리셨습니다."

두 사람의 자리에 메밀국수가 나왔다.

구마고로는 생각했다. 유메류라는 자도 아무것도 모르고서는 계획을 세울 수 없었을 것이다. 도깨비의 두령이 언제 산에서 사와무라로 내려갔다가 언제 귀로에 올라 다리를 통과할지 어느 정도는 정확하게 알아야 철포를 든 병력을 배치할 수 있지 않을까. 그렇다면 유메류는 극락원의 내부에 있지 않을까? 혹은 극락원에 유메류와 내통하는 자가 있는 것 아닐까?

요하야 정도로 빼어난 사람이라면 당연히 그러한 의심을 품어야 마땅하다. 하지만 요하야의 입에서 그런 방향으로 조사를 해보자는 제안은 나오지 않았다. 그저 얼굴도 모르고 실마리도 없는 적을 찾아내면 죽이겠다고 기세가 등등할 뿐이다.

요하야는 웃음을 띠고 말했다.

"그러고 보니 구마고로. 네 부하가 말하길 구마고로 형님은 뭐든지 꿰뚫어 보는 심안이라는 힘을 지녔다던데. 사실이냐?"

"설마요." 구마고로는 웃었다. "심안이고 뭐고 옛날부터 눈이 어두워서 고생인걸요."

두 사람은 잠시 말없이 메밀국수를 먹었다.

요하야가 갑자기 생각났다는 듯이 입을 열었다.

"실은 조카마치에서 동쪽으로 조금 떨어진 부류의 아사카잔바

시 쪽에서 유곽을 하자는 이야기가 나왔어. 내가 최근에 그 계획을
마무리 지었지. 두령님이 살아계셨다면 기뻐하셨을 텐데."

"유곽이라고요? 하지만 부류의 아사카잔바시라면 아무것도 없
는 곳일 텐데."

"이제부터 만들 거야."

"그렇게 조카마치 가까이 말입니까? 거창하게 일을 벌이면 관헌
놈들이."

잠자코 있지 않을 텐데.

"구마고로. 계획을 마무리 지었다는 것은 번의 허가를 받았다는
뜻이야. 실은 번의 가로(家老. 에도시대 번주의 가신들 중 최고위 직책에
해당하며, 가로 여러 명이 협의하여 정무를 총괄했다) 중에 에도의 요시와
라와 비슷한 유곽을 만들고 싶어 하는 분이 계시거든. 오락거리를
만들면 활기도 생길 거라면서. 무사 놈들이 귀한 손님으로 찾아올
거다. 왜, 부류 부근은 시들시들하지 않느냐. 활쏘기 가게 하나 없
으니 말이다. 이제 재미있어질 거야."

요하야는 즐거운 듯이 말했다.

"성공하면 번도 세금을 듬뿍 뜯어가려는 수작일 테지."

번이 공인한 유곽. 운영은 극락원. 도무지 믿기지 않는 엄청난
이야기였다.

"입이 떡 벌어질 만한 이야기인데요. 참말입니까?"

"참말이다. 나는 납치한 여자를 산 위의 궁궐에 잔뜩 모아놓고
함께 살다가 적당한 때가 되면 공주님 낙향시키는 방식이 좀 못마
땅했거든."

"그러십니까."

구마고로는 극락원의 방식이 좋은지 나쁜지 생각해본 적이 없었다. 애당초 좋은지 나쁜지 따져봐야겠다는 발상 자체가 없었다.

"후유카무리에 씌어서 자살하는 여자를 볼 때마다 뭔가 잘못됐다는 생각이 들었어. 또한 공주님 낙향을 한 후에 남에게 무슨 소리를 할지도 모르는 일이잖아. 이제 부류에 유곽이 생기면 여자들은 극락원이 아니라 그쪽에 둘 거야. 그럼 우리도 당당하게 여자로 장사를 할 수 있지. 돈도 벌고, 낙적을 시켜주겠다는 손님이 있을지도 모르고, 허드렛일 자리도 생길 테고, 병에 걸리면 의사도 부를 수 있으니 여자들 입장에서도 그 편이 나을 거다."

"그렇군요."

듣고 보니 그럴듯했다. 요하야는 여자들 입장을 고려하는구나. 구마고로는 한 번도 그런 적이 없었다. 몇 년 전 겨울 어느 날에 홀연히 사라진 모미지가 생각났다. 머리가 잘 돌아가는 여자였다. 어릴 적부터 함께 자라서 정이 생겼다. 겨울에 사라졌으니 죽었을 것이다.

사라졌을 때는 가슴이 칼에 벤 것처럼 아팠다. 지금도 산속의 석산화를 볼 때마다 시체 위에 핀다고도 하는 그 꽃 밑에 모미지의 백골이 있는 것 아닐까 싶어 가슴 한구석이 서늘해진다.

혹시 산 위가 아니라 조카마치 근처의 유곽에서 생활했다면 모미지는 사라지지 않았을지도 모른다.

"구마고로, 유곽을 해보지 않겠느냐?"

"어, 제가요?"

"지금도 사창가를 하나 맡아가지고 있을 텐데. 나와 힘을 합쳐 판을 크게 한번 벌려보자꾸나."

그 후에도 요하야는 부류에 유곽을 만든다는 꿈같은 이야기를 계속했다. 구마고로는 점차 유메류라는 인물에게서 관심이 멀어졌다.

이제 유메류가 번에서 나온 사람일 가능성은 더욱 낮아졌다. 설마 유곽 허가를 내어주고서 극락원을 토벌하려고 들지는 않을 것이다.

그렇다면 극락원의 두령이 죽어서 득을 보는 사람은 누구일까?

아무인들 어떤가.

사건의 주축이었던 간스케의 목을 쳤으므로 복수의 모양새는 갖추었다. 이제 범인을 찾는 일은 더 이상 중요하지 않다. 사람이 늘 죽어나가고, 항상 누군가가 무슨 일을 꾸미는 것이 세상사 아닌가. 뱀이 사는 덤불에는 머리를 들이밀지 않는 법이다. 유곽 이야기를 할 때 요하야의 몸에서 거짓말의 불꽃이 튀지 않았다는 것이 중요했다.

유메류가 누구든, 잠자코 흐름을 따라가면 된다. 손해와 이득, 패자와 승자, 약자와 강자, 죽은 자와 산 자. 어디에 붙어야 하는지는 명확하다.

그것보다도 이 분의 풍격은 어떠한가. 기근을 앞두고 있는데도 밝은 얼굴로 미래의 대사업에 대해 말할 수 있는 남자. 어느 틈엔가 계단을 올라가고 있는 남자. 이런 남자야말로 받들어 모실 보람이 있는 사람 아닐까.

8

극락원은 당연하다는 듯이 방에 틀어박힌 마사쓰구를 내버려두고 운영되었다. 두령의 아들이라는 점을 제외하면 아무 실적도 없고 힘도 약하므로 나이 어린 마사쓰구의 서열은 높지 않다.

그러나 금색님이 옆에 붙어 있는 이상, 대놓고 업신여길 수는 없다. 명목상 새 주군이라 할 수 있으니 잡일을 시키지도 못한다.

요하야가 보좌하겠다고 나섰으나 실제로 마사쓰구가 무슨 실무를 맡은 것은 아니었다. 요하야가 전권을 잡았고 마사쓰구는 아무 일도 하지 않았다.

극락원 사람들에게 마사쓰구는 어떻게 다루어야 할지 난감한 존재였다. 때문에 인사하는 것을 빼면 거의 무시하는 상태에 가까웠다. 마사쓰구도 입을 거의 열지 않았다.

10월.

습한 바람이 불고 으슬으슬하니 추운 날이었다.

금색님과 한도 마사쓰구는 극락원 대문을 훌쩍 나섰다.

물론 두 사람은 여자들과 달리 출입이 자유롭다.

밖에 나간 두 사람은 돌아오지 않았다.

다음 날 수색했지만 결국 어디에서도 찾을 수 없었다.

한밤중의 바람 2
1747

부류 유곽의 밤이 깊어갔다.
멀리서 늑대가 울었다.
여자는 목이 아픈지 입을 다물었다.
그 얼굴을 행등 불빛이 비추었다.

미노와산이 분화한 이듬해, 강가에서 주워진 유민의 아이는 의
사 슬하에서 자랐다. 사람을 안락하게 죽이는 신통한 힘을 의사의
허락을 받아 사용했지만, 어느 날 그 힘으로 살인을 저지르고 집을
나왔다. 산속에서 마주친 금색님의 인도로 번의 도신과 만나 부부
의 인연을 맺었다.

그런 이야기였다.

기묘하고 불가사의하다. 하지만 구마고로의 심안으로 본 바 거짓말은 아니었다.

구마고로는 미노와산이 분화한 해를 기억하고 있었다. 분화에 이어 흉작이 드는 바람에 굶주린 배를 끌어안고 마을을 떠난 사람들이 도처에서 눈에 띄었다. 한도 두령이 습격당했고, 금색님과 마쓰스구가 극락원을 떠났으며, 이곳 부류 유곽을 창건한다는 이야기가 나왔다. 모든 것이 변천하는 한 해였다.

그런데 설마 금색님과 만난 사람이 있을 줄이야. 마쓰스구는 어찌 되었을까. 두 사람의 행방은 쭉 오리무중이었다.

여자의 얼굴에서 문득 모미지가 보였다.

닮았다.

물론 이 여자는 모미지가 아니다. 모미지는 한참 전에 죽었을 테고, 살아 있더라도 이렇게 젊을 리 없다.

"자네, 내가 옛날에 알고 지내던 여자와 닮았군."

구마고로는 그렇게 말했다. 하루카가 눈썹을 움찔했다.

"어떤 분이신지요?"

"사람을 어떻다 저떻다 한마디로 설명할 수는 없어. 다만…… 그렇지, 영리한 여자였어. 반면에 무슨 짓을 할지 모르는 구석도 있었지. 어느 날 홀연히 자취를 감추었어. 나와 어린 시절을 같이 보냈지. 먼 옛날의 이야기야. 살아 있다면 나보다 나이가 많아."

모미지의 시체는 보지 못했다. 만약 살아남았다면 하루카가 모미지의 딸일 가능성도 없지는 않다. 여하튼 하루카는 유민이고, 태어난 시기도 모미지가 극락원에서 사라진 시기와 맞물린다.

구마고로는 담뱃대에 담배를 채우고 부젓가락으로 화로에서 새빨간 숯을 집어 불을 붙였다.

모미지를 생각하자 하루카의 얼굴 속에서 모미지의 얼굴이 더욱 또렷이 보였다.

"자네가 인생을 어떻게 살아왔는지는 대강 알았어. 하지만 모를 일도 많군. 대관절 여기에는 뭘 하러 왔나?"

여자는 고개를 끄덕였다.

"남편 일로 왔습니다."

"자네 남편이 어쨌기에? 번의 도신이라고 했지?"

"예."

"이름은 무엇이라고 했나?"

"시바모토 겐신입니다. 포박술의 달인으로 이름을 날렸습니다."

구마고로는 담배 연기를 내뿜었다. 번의 도신 중에 포박술 솜씨가 뛰어난 자가 있다는 이야기는 예전에 들은 적이 있다.

"그래서?"

구마고로에게 번의 도신은 적도 한편도 아니다. 길에서 무사와 마주치면 공손히 머리를 숙이고, 때에 따라서는 무릎을 꿇고 이마를 조아린다.

하지만 칼을 맞댈 일이 있으면 온 힘을 다해 싸우고, 죽여야 할 때는 망설이지 않고 없애버린다. 장사를 하는 입장에서는 귀한 손님이기도 하다.

"남편은 귀어전의 수색에 관여했습니다. 물론 비적이나 해결사 같은 부류는 드물지 않지요. 남편도 처음에는 평소 업무의 연장선

상에 있다고 여겼을 것입니다. 하지만 귀어전은 바다에 떠 있는 허상의 누각처럼, 분명히 있다 싶어 다가가면 형체가 흐릿해진다며 한탄했습니다. 남편이 부교쇼의 기록을 살펴본 바, 번은 요 백 년간 두 번 귀어전을 찾아내려 한 모양입니다. 두 번 다 찾아내지 못했다는 기록이 남아 있었다고 하더군요. 남편은 세 번째로 수색을 시도했습니다."

번이 귀어전을 찾아내지 못한 데는, 혹은 찾아내지 않은 데는 몇 가지 이유가 있었다.

첫 번째 이유는 위치다.

귀어전에서 가장 가까운 사와무라는 딱 번의 경계에 위치한다. 예전에 한도 고키가 습격당한 다리 아래를 흐르는 계곡물이 경계선이다. 산속의 좁은 길이라 관문은 없지만, 귀어전을 수색하러 나서면 이웃 번으로 들어가게 된다. 즉, 이쪽 무사들에게는 관할 밖이다.

산적이 아주 큰 피해를 입히거나 내란이라도 획책하지 않는 한, 번의 무사는 관할지를 벗어나 이웃 번에 침입할 권리도 침입하여 얻을 실리도 없다. 번에 매인 관헌들은 우리 영지가 아니니까 수색을 중단하자는 입장을 취한다.

"그런데 왜 다시 수색을 하기로 했지?"

"딸이 귀어전에 잡혀갔으니 되찾아달라고 안면이 있는 마을 사람이 호소했기 때문일 겁니다. 예전부터 가끔 번 여기저기에서 발생한 칼부림 사건에 이 산적들이 연관된 것 아니겠느냐는 소문도 돌았고요. 하지만 높은 나리들은 별로 내키지 않는 모양이었습니다. 그런 산적 소굴은 없다, 범인은 다른 곳에서 흘러들어온 뜨내기일 것이라고 했답니다."

구마고로는 코웃음을 흥 쳤다.

번의 가로 중에는 귀어전을 아는 자도 있다. 위치까지는 밝히지 않았지만, 한도 고키가 두령으로 있던 시절보다 훨씬 예전부터 돈을 꽤 많이 찔러주었다. 부류 유곽이 생기고 나서는 그 액수가 더 늘었다. 그러므로 아랫사람에게 진심으로 수색을 명하지 않는다. 부류 유곽의 손님들 대부분이 무사인 데서 알 수 있듯이 결국은 서로 공생관계다. 이것이 번이 귀어전을 찾아내지 않는 두 번째 이유다.

"그럼 네 남편은 마을 사람의 하소연만 듣고서 움직인 것인가?"

"예. 느끼는 바가 있었는지, 만약 소문으로만 듣던 산적이 실제로 있다면 결코 그냥 내버려두어서는 안 된다면서요."

"바보 같은 소리."

죄 없는 여자를 베라고 하면 여자를 베고, 마을에 불을 지르라고 하면 불을 지르는 것이 무사의 올바른 자세라고 구마고로는 생각한다. 좋고 나쁘고를 떠나 공무란 그런 법이니, 모멸하고 말 것도 없다. 치안 유지도 결국은 통치, 즉 세금 착취에 도움이 되니까 생겨난 업무다.

부교쇼 도신의 관할 구역은 마을이다. 그 밖으로 나갈 일이 있어도 산속까지는 가지 않는다. 마을 사람의 하소연에 느끼는 바가 있어 윗사람이 떨떠름하게 여기는데도 개의치 않고 가지 않아도 되는 곳에 목숨을 걸고 가는 무사가 있다니 믿기지 않았다.

"그런 무사가 있단 말인가?"

"보통은 그 정도까지 하지 않겠지요. 정이랄까 의협심이랄까 딱 들어맞는 말은 없겠지만, 남편은 마음속에 자신만의 기준을 세운 듯합니다. 주군뿐만 아니라, 세상과 사람과 약자도 위한다고 할까요. 자신의 기준에 들어맞으면 번의 명령이나 실리가 없어도 목숨을 겁니다. 아는 사람의 딸이 납치당한 것도 결단에 큰 영향을 주었겠지요."

"기특한 사내로군."

"남편은 부하 다섯 명을 데리고 사와무라로 들어가 귀어전의 위치를 알아내려고 했습니다. 그리고 사라졌지요."

구마고로는 생각했다.

합쳐서 여섯 명으로는 역부족이다.

"어디서 사라졌지?"

"사와무라에서 좀 떨어진 산속에서요. 부하 다섯 명 중 세 명이 남편과 함께 행방불명됐습니다. 나중에 전해 들었는데, 신을 거스르려다가 지벌을 입었다며 사와무라 사람들은 겁을 먹었다고 합니다. 그 두려움이 다른 오캇피키(岡っ引き. 에도시대 요리키나 도신에게 사적으로 위탁을 받아 범죄를 수사하거나 죄인을 체포하던 사람. 정식으로 임명되거나 녹봉을 받는 직책은 아니다)에게도 전해져서 나머지 두 명은 반쯤 미친 상태로 도망쳐 왔고요. 부교의 하명도 받지 않고 단독으로 벌였던 일인지라 귀어전 수색은 없던 일로 마무리되었다고 합니다."

"산에서는 무슨 일이 일어날지 몰라. 땅이 무너지거나 바위가 떨어지고, 길을 잘못 들 때도 있지."

"그럴지도 모르지요. 하지만 저는 받아들일 수 없었습니다. 가까스로 부류 유곽에 있는 시나노야의 주인이 귀어전을 잘 안다는 소문을 들었지요."

구마고로는 한숨을 쉬었다.

마을에서는 자신이 귀어전과 연고가 있다는 사실을 입도 벙긋하지 않는다. 물어봐도 모르는 척 얼버무린다. 그렇지만 십수 년의 세월을 타고 소문이 퍼졌다.

아니, 이 여자는 금색님과 만난 적이 있으니 어쩌면 소문이 아니라 금색님에게 직접 들었는지도 모른다.

"귀어전은 어떤 곳입니까?"

구마고로는 대답하지 않았다. 하루카는 매달리듯이 물었다.

"뭔가 아시는 것 없으신지요?"

"없어."

"번의 도신이 사와무라에서 좀 떨어진 산길에서 행방불명된 일은요. 큰어르신의 귀에 들어오지 않았습니까?"

"아니. 모른다. 사와무라에 대해서는 잘 몰라. 요 몇 년간 나는 쭉 여기에서만 일을 보고 있어서 말이야."

하루카의 얼굴에 실망한 빛이 희미하게 떠올랐다.

"저는 남편을 찾아야 합니다. 그래서 뭔가 알아내기 위해 죽기를 각오하고 오늘 여기 온 것입니다.

구마고로는 극락원을 떠올렸다.

그곳은 꽤 예전에 형태가 바뀌었다.

아예 없지는 않지만 여자들의 수도 확 줄었다. 십수 년 전에 부류 유곽의 유녀로 삼고자 젊은 여자들을 절반 넘게 마을로 내려보냈다.

얼마 지나지 않아 부류 유곽이 막대한 이익을 올리기 시작하자 구마고로는 극락원에서 독립했다. '극락원의 구마고로'에서 '부류 유곽의 창건자 구마고로'로 변신했다.

지금도 이익의 일부를 극락원에 상납하며, 산의 도깨비가 필요할 때 요청하면 살인이든 뭐든 가리지 않고 더러운 일을 맡아준다. 하지만 세월이 흐르면서 유대감은 자연스레 낮아졌다. 극락원에서 잔뼈가 굵은 사람 몇몇과 연락책을 맡아 정기적으로 찾아오는 사람을 제외하면 극락원의 구성원은 대부분 구마고로를 모르는 사람으로 바뀌었다.

현재 극락원의 두령은 요하야다.

요하야는 예순 살에 가깝다. 최근에 만났을 때는 다리가 안 좋다고 했다.

지금은 은퇴할 날을 기다리며 극락원에서 거의 뒷방 늙은이처럼 유유자적 지내고 있을 것이다. 그래도 매년 무술 대회에 참가하여 상당한 실력을 발휘한다고 들었다.

물론 고작 도신 일당 여섯 명이 세력권에 침입하면 붙잡아서 죽이라고 명령할 것이다. 산은 조카마치가 아니다.

구마고로는 잠시 생각에 잠겼다.

모미지.

나는 모미지에게 뭘 해주었지?

지금이라면 뭐든지 다 해줄 수 있다.

하지만 둘 다 어렸던 그 시절에 뭔가 사소한 일이라도 해준 적이 있었던가?

그 시절에는 아무 생각도 없었다. 아무것도 할 수 없었고 아무것도 하지 않았다.

눈앞에 있는 여자가 죽은 모미지의 딸이라면…….

할 수 있는 일은 해주고 싶다.

구마고로는 입을 열었다.

"이야기 잘 들었네. 날 혼자 만나러 온 배짱도 마음에 들었고. 이번 일에 대해 남에게 일절 발설하지 않겠다고 약조하면 가르쳐주지. 나한테 귀어전과 왕래하는 친구가 있거든. 번의 도신이 어찌 되었는지 친구한테 자세히 물어보겠네. 그러면 되겠나?"

"아니요."

구마고로는 미간에 주름을 잡았다.

하루카는 엎드려서 이마를 바닥에 댔다.

"저를 귀어전에 보내주시면 안 되겠습니까?"

"뭐라고?"

"이런 말씀을 드리기는 죄송하오나, 저는 남의 말은 못 믿겠습니다. 큰어르신의 친구는 알면서 모르는 척할지도 모릅니다. 그렇듯 불분명한 답변을 받아들일 수는 없지요. 제가 제 두 발로 귀어전에 가서 두 귀로 듣고 두 눈으로 보면 만족하겠습니다. 귀어전 사람의 측실이든 허드렛일을 하는 하녀든 상관없으니 자리를 소개해주시면 안 되겠습니까?"

구마고로는 목소리를 낮추었다.

"내가 그런 부탁을 들어줄 것 같은가?"

"저는 아무 힘도 없는 일개 아녀자인걸요."

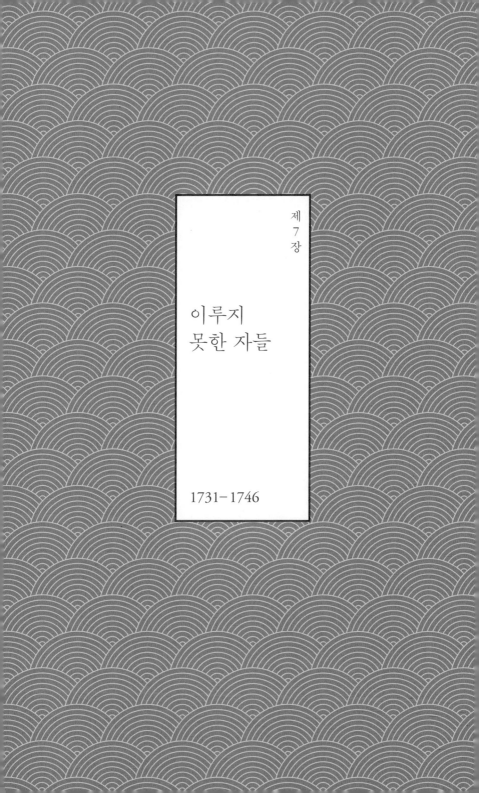

제
7
장

이루지
못한 자들

1731—1746

1

저는 특이하게 생겼습니다.

밖을 돌아다니면 눈에 띕니다. 그것은 잘 알고 있습니다.

하지만 옷과 버선, 가발, 삿갓, 새하얀 가면. 이것들을 착용하면 남들과 풍모가 조금 다른 저도 어엿한 인간이 되어 남들이 수군거리는 소리를 별로 듣지 않고 돌아다닐 수 있습니다.

마사쓰구 님이 밖으로 나서기 전에 저는 준비를 마쳤습니다.

동이 트기 전에 살그머니 빠져나온 마사쓰구 님은 대문 앞에 서 있는 저를 보고 깜짝 놀라며 긴장한 기색으로 물었습니다.

"금색님, 도대체 어쩐 일이십니까?"

"그저 동행해 드리려고요."

제가 말하자 마사쓰구 님은 몸에서 힘을 뺐습니다.

"금색님, 그러실 필요 없습니다. 저는 생각한 바가 있어 떠납니다만, 걱정하지 않으셔도 됩니다."

"그럼 언제 돌아오십니까?"

"확답은 드릴 수 없습니다. 어쩌면 돌아오지 않을지도 모르지요."

"그렇다면 역시 함께하겠습니다."

저는 다시 말했습니다.

마사쓰구 님은 제 말이 이해가 잘 가지 않는지, 의아하다는 듯이 눈살을 모으더니 고개를 갸웃했습니다.

"금색님은 극락원에 꼭 필요한 분이시니 돌아가십시오."

"아니요, 안 돌아갑니다."

극락원이 어찌 되든 제 알 바 아닙니다. 돌아가신 지요 님의 후손들을 보필하는 것이 제가 존재하는 이유입니다. 지요 님의 피를 이어받은 자를 지키고 돌보아주어야 합니다. 마사쓰구 님 곁에 있지 못한다면 저는 존재할 이유가 없습니다.

이윽고 마사쓰구 님은 납득했는지, 포기했는지 걸음을 옮겼습니다.

미노와산이 분화한 해의 겨울이었습니다.

우리는 정처 없이 방황했습니다. 여관에서 여관으로 거처를 옮기면서 생활했습니다.

마사쓰구 님은 술을 한 방울도 입에 대지 않았고, 담배도 피우지 않았습니다. 가끔 여자를 사는 것을 빼면 금욕적으로 지냈습니다. 그리고 늘 울적한 표정으로 뭔가 생각했습니다.

1월이 되자 추위가 더 심해졌습니다. 습한 바람이 불고 눈이 내리는 날이 며칠이나 계속되다가 마침내 봄이 왔습니다.

우리는 벚꽃이 만개한 숲을 걸었습니다. 다리 곁의 효수터에 처형당한 죄인의 머리가 몇 개 놓여 있었습니다. 머리 위에도 벚꽃이 떨어져 쌓였습니다.

그날 밤 여관에서 마사쓰구 님이 나직한 목소리로 말했습니다.

"오늘 잘린 머리를 보고 생각났습니다."

저는 방구석에 정좌한 채 묵묵히 들었습니다.

"요하야 님이 확인해달라고 하더군요."

요하야 님과 방에 단둘이 있었습니다.

오동나무 상자를 내밀더군요. 열어보자 살빛이 회색으로 변한 중년 남자의 머리가 들어 있었습니다.

이름은 간스케, 아버지를 습격한 놈들의 주축이라고 했습니다.

요하야 님은 제 답변을 가만히 기다렸습니다. 하지만 말이 나오지 않더군요.

모든 일이 저를 무시하고 진행됐습니다. 아버지의 원수를 갚는 일조차도요. 몇 달 만에 고작 상자에 담긴 머리를 받는 것으로 끝났지요.

왜 나를 데려가지 않은 걸까. 왜 내게 이놈의 목을 칠 기회를 주지 않은 걸까. 불만이라면 불만이었지만, 불만을 토로할 수는 없었습니다.

이것은 큰 공이에요. 치하해야 할 일입니다.

하지만 저는 요하야 님과 말을 나누기도 괴로웠습니다.

그저 알겠다고만 했지요.

필시 얼간이로 보였을 겁니다.

아니, 실제로 얼간이일지도 모르지요.

제가 거기에 있어봤자 놀고먹는 애완견밖에 더 되겠습니까?

남이 데려온 여자와 동침하고, 남이 훔쳐 온 보물을 구경하고, 남이 내주는 밥을 먹습니다. 전부 제 것이지만 무엇 하나 제 것이 아니에요.

그런 건 시시합니다.

그렇지 않습니까?

시시하기만 하면 다행이지요.

시시한 데다 위험하기까지 합니다.

어느 날 누가 저를 노릴지도 모릅니다. 장식품은 더 이상 필요 없다면서요.

아버지는 늘 제게 말씀하셨습니다.

약한 자는 아무도 따르지 않는다고요.

놈들 중에 아직 잡히지 않은 자가 하나 있습니다. 뒤에서 이번 일을 꾸민 흑막, 유메류라는 자입니다.

그놈의 머리를 가지고 돌아가면, 이 답답한 마음이 뻥 뚫리지 않을까 싶습니다.

"마사쓰구 님, 감복했습니다. 멋진 생각이십니다."

"금색님, 저는 유메류를 찾겠습니다. 저 자신을 누구라도 한 수 위로 여길 사내로 바꾸어 보이겠습니다."

저는 고개를 끄덕였습니다.

"힘을 보태겠습니다."

저는 보고 들은 일을 보통 사람보다 훨씬 오랫동안 잘 기억합니다.

예를 들어 지나가는 아이들의 대화나 젊은이들이 술집에서 떠드는 소리처럼, 보통 사람이라면 잡음으로 여겨 머릿속에 남아 있지 않을 이야기조차 한 번 들으면 십 년 넘게 기억해낼 수 있습니다. 또한 마음만 먹으면 일 정 밖에서 나누는 이야기도 알아들을 수 있습니다.

즉, 사람들이 대화를 나누는 자리에 있기만 하면 수많은 실마리를 얻을 수 있습니다.

일단 마사쓰구 님과 상의한 후, 야음을 틈타 번의 부교쇼 건물 아래에 몸을 숨겼습니다.

2

부교쇼는 상사들의 저택이 늘어선 조카마치의 외곽에 있습니다. 부교쇼는 광대합니다. 관사, 도신 집무실. 긴미쇼, 센기쇼(긴미쇼·吟味所와 센기쇼·詮議所 둘 다 죄인을 문초하는 곳이다), 시라스(白洲. 에도시대 때 부교쇼 등에 설치된 일종의 법정), 사택.

저는 거미줄투성이인 건물 밑에서 가만히 귀를 기울였습니다. 건물 밑에 살던 너구리가 저를 보고 깜짝 놀라서 달아났습니다.

닭장의 닭들이 새벽에 일제히 목청을 높일 무렵에 부교쇼의 하루가 시작됩니다. 얼마 지나지 않아 번사들이 들어옵니다. 번사들은 그날 할 일에 대해 이야기합니다. 과거의 사건에 대해서도 이야기를 나눕니다.

해가 지고 다시 해가 뜨고 또 해가 지는 동안 저는 가끔 은신한 장소를 바꾸어가며 사람들의 대화를 주워들었습니다.

이런 일은 식은 죽 먹기입니다. 저는 필요가 있으면 일 년 내내 움직이지 않고 같은 자세로 있을 수 있습니다.

스무날이 지나자 한밤중에 남의 눈을 피해 마사쓰구 님이 기다리는 여관으로 돌아와 보고했습니다.

유메류, 오쿠야마 반쇼에 대한 이야기는 전혀 듣지 못했습니다.

역시 지난해에 미노와산이 분화한 일이 주로 화제에 올랐습니다. 그로 인해 급증한 유민과 밥줄이 끊긴 사람들이 저지르는 강도질과 칼부림 사건을 수사하고 죄인을 체포하는 이야기가 대부분이었습니다.

이제 만들기 시작했다는 부류 유곽의 이야기도 자주 들렸습니다. 부교쇼 사람들은 기대가 큰 듯, 무사 집안의 심부름꾼과 아시가루들이 벌써부터 유곽에서 어떻게 즐길지 이야기를 나누었습니다. 운영자가 극락원 사람이라는 사실이 입방아에 오른 적은 거의 없었습니다. 그들은 극락원 사람을 탕녀(湯女. 원래 목욕탕에서 등을 밀어주거나 머리를 감겨주는 일을 했지만, 나중에는 성적 향응을 제공하기도 했다)를 둔 여관의 운영자 정도로 여기는 듯했습니다. 귀어전이라는 말이 중급 무사의 입에서 두세 번 나왔지만, "산에 도깨비가 사는 궁궐이 있다고 어릴 적에 들었는데 사실일까?"라는 발언에서 알 수 있듯이 단순한 소문에 지나지 않는 수준이었습니다.

만약 번사가 고키 님의 습격에 관여했다면, 적어도 한 번쯤은 그날의 습격에 대한 이야기가 귀에 들어왔을 것입니다.

마사쓰구 님은 제 보고를 듣고 기어들어가는 목소리로 알겠다고 중얼거렸습니다. 몹시 실망한 눈치였습니다.

이어서 절에 숨어들었습니다.

겐포데라 절은 무가 저택이 모여 있는 조카마치에서 제일 크고 드나드는 사람도 많았으므로, 어쩌면 여기서 뭔가 얻을 수 있지 않을까 기대했습니다. 사찰이 습격에 관여했을 가능성도 없지는 않습니다. 사찰은 장례식을 거행하는 곳이지만, 뒷전에서는 무슨 일을 꾸미고 있을지 모릅니다.

이레쯤 중들의 이야기에 귀를 기울였지만, 파계승들이 수행을 빙자하여 여신도와 시주를 하러 온 여자들에게 닥치는 대로 손을 대는 실태를 파악했을 뿐 이쪽에서도 원하는 정보는 얻지 못했습니다.

보름달이 뜬 밤에 절을 빠져나왔습니다.

저는 무카와강 강기슭을 따라서 이어지는 나무숲을 걸어 마사쓰구 님이 있는 숙소로 향했습니다.

여기저기에 유민들이 있었고, 판잣집까지 만들어놓았습니다. 저는 그들의 모닥불에서 조금 거리를 두고 어둠 속을 나아갔습니다. 저는 일 정 밖의 목소리도 들릴 만큼 귀가 좋은 터라, 딱히 애쓰지 않아도 유민들의 말소리가 고스란히 다 들렸습니다.

그때 갑자기 유메류라는 말이 귀에 꽂혔습니다.

─태양 문신을 한 그놈이 우리 집에 불을 지른 것도 유메류와 관련이 있을지도 몰라.

저는 걸음을 딱 멈추고 귀를 기울였습니다. 판잣집 근처입니다. 남녀가 나무 그루터기에 앉아서 이야기를 나누고 있었습니다. 유메류라는 말은 남자가 꺼냈습니다.
남자의 말에 여자가 대답했습니다.

─틀림없이 귀어전의 보복이겠지요. 마코를 데리고 나오길 정말 잘했어요. 어디 사는지 들켰으니 한동안은 여기에 있는 편이 오히려 안전할지도 모르겠네요.

저는 그들의 대화를 가만히 엿들었습니다.
여자 목소리가 익숙했습니다. 예전에 극락원에서 달아난 처자의 목소리와 흡사했습니다. 그들의 단편적인 대화를 이어 맞추어 다음과 같은 사정을 알았습니다.

두 사람은 아즈키무라에 사는 부부로, 남편의 이름은 요시히코, 아내의 이름은 미유키다. 남편 요시히코는 작년에 유메류와 접촉하여 우리 주군 한도 고키 님을 살해한 놈들 중 하나다.
부부도 유메류의 정체는 모르지만, 번의 관헌은 아닌 듯하다는 견해를 가지고 있다.

부부의 집은 작년 9월경에 불탔다. 마침 조카마치에 나와 있던 그들이 돌아가자 집은 숯덩이가 되었고, 기르던 승냥이도 죽었다.

불이 나기 직전에 마을 사람 몇 명이 두 손등에 태양 문신을 한 타관 사람을 목격했다. 부부는 화재를 산적의 보복으로 여긴다.

이름난 사냥꾼인 남편 요시히코는 산에 들어가 덫으로 멧돼지와 사슴을 잡아서 강기슭에 사는 유민들에게 고기를 나누어준다.

모닥불 불빛에 비친 두 사람의 얼굴을 머릿속에 새겼습니다.

여자는 역시 예전에 극락원에 있던 창기였습니다.

남자는 볼일이 있는 듯 지인에게 버섯을 주고 오겠다며 모닥불 곁을 떠났습니다.

저도 그 자리를 떠났습니다.

3

유민 중에 우리의 원수 한 명이 있다고 보고하자 마사쓰구 님은 "역시 금색님은 대단합니다." 하고 기뻐했습니다.

우리는 여관 이층 방에서 이야기를 나누었습니다.

"그런데 금색님, 손등에 태양 문신을 한 사내라면."

마사쓰구 님은 미심쩍다는 듯이 고개를 갸웃했다.

"극락원의 햐쿠메 덴도 아닐까요?"

햐쿠메 덴도는 요하야 밑에 있는 해결사입니다. 분명 두 손등에 태양 문신을 했습니다. 무뚝뚝하고 성격이 잔인하며, 죽인 적의 귀를 잘라 상자에 모으는 남자였습니다. 또한 형님 격인 요하야에게 숭배에 가까운 감정을 품고 있기도 했습니다.

"꼭 그렇다고 단정할 수는 없겠지만, 그런 문신을 한 자가 또 있을 것 같지는 않습니다. 분명 햐쿠메 덴도겠지요."

"하지만 묘하군요."

"묘합니다."

지금까지는 구마고로를 위시한 극락원의 남자 몇 명이 나가서 보복할 대상을 붙잡아 알고 있는 것을 모조리 짜낸 후에 목을 쳤습니다. 원수를 발견했다고 해서 햐쿠메 덴도가 혼자 아즈키무라로 향하는 것은 이상합니다.

그리고 무엇보다 부부의 대화에 따르면 집은 작년 9월에 불탔습니다. 아직 저와 마사쓰구 님이 극락원을 떠나기 전이며, 습격자들을 통솔한 간스케가 처형당했을 무렵입니다. 간스케가 처형된 후에 원수가 또 한 명 판명되었다면 극락원은 그 이야기로 떠들썩했을 것입니다. 그렇지만 마사쓰구 님은 둘째 치고 귀가 밝은 저도 아즈키무라의 요시히코에 관해서 몰랐다니 이상합니다. 기억을 더듬어 당시 요하야와 햐쿠메, 그리고 다른 사람들과 나눈 이야기를 되새겨보았지만, 역시 아즈키무라의 요시히코에 대한 이야기는 나온 적이 없었습니다.

"통 이해가 안 됩니다. 이유는 모르겠지만 햐쿠메가 원수를 발견

했다는 사실을 아무에게도 알리지 않고 혼자 습격하러 갔다는 건
가요?"

"어쩌면 요하야에게 명령을 받았는지도 모르지요."

요하야가 비밀리에 믿을 만한 부하인 햐쿠메에게 아즈키무라의
사냥꾼을 제거하라고 명령했다……. 표적이 집을 비웠기에 햐쿠
메는 집에 불을 지르고 돌아왔다. 요하야는 햐쿠메에게 함구령을
내렸다.

"그럴지도 모르지요. 햐쿠메는 요하야 님의 명령이라면 무슨 짓
이라도 할 테니까요. 만약 그렇다면 요하야 님은 요시히코라는 사
내를 어떻게 알고 있었을까요?" 마사쓰구 님은 답답하다는 듯이
말했습니다. "그리고 왜 햐쿠메를 혼자 보냈을까요?"

물론 요시히코가 두령을 습격한 줄은 모르고 햐쿠메가 개인적
인 사정으로 요시히코의 집에 불을 질렀을 가능성도 아예 배제할
수는 없습니다.

다음 날, 마사쓰구 님은 다시 울적한 상태에 빠졌습니다.

말없이 천장만 가만히 노려보았습니다.

유메류라는 자가 실은 요하야가 아닐까 하는 결론에 다다른 것
이겠지요.

요하야는 분명 고키 님 사후에 극락원의 두령이나 다름없는 위
치에 올랐습니다. 일단 거기에 생각이 미치자 의혹은 더욱 짙어졌
습니다. 누가 이렇게 대담하면서도 빈틈없는 수법을 사용할지 생
각해보자 다른 사람의 얼굴은 떠오르지 않았습니다.

요하야가 유메류라면, 본인이 일을 의뢰했으니 습격자들의 집이 어딘지는 빤히 알고 있겠지요. 그중에 원수로 밝혀진 자에게는 구마고로를 보내 목을 쳐서 '복수'를 합니다.

자신이 일을 의뢰한 습격자들의 신원이 연달아 줄줄이 밝혀져서 모두 처형되면 가장 좋겠지만, 간스케까지였습니다. 요시히코처럼 신원이 밝혀지지 않는 자가 생겼지요.

운 좋게 살아남은 자는 어떻게 할 것인가. 신원이 밝혀질 때까지 방치할 것인가 아니면, 하고 요하야는 고민했습니다.

고민한 끝에 심복인 햐쿠메에게 "모처의 아무개를 죽여라." 하고 명령하여 아직 신원이 밝혀지지 않은 자들을 몰래 처리하기로 했습니다.

방치해두면 그들은 '사와무라 부근에서 귀어전의 산적을 퇴치했다'는 이야기를 여기저기에 퍼뜨릴 테고, 그러한 소문은 귀어전에 불이익을 초래할 것입니다. 싹 다 죽여서 후환을 없애고 싶었겠지요.

'왜 요하야의 심복 햐쿠메는 아무에게도 알리지 않고 비밀리에 요시히코를 습격했는가.'

제 추측이 이 물음에 제일 수긍이 가는 답일 것입니다.

마사쓰구 님의 높은 자존심은 장점이라 할 수도 있지만, 고뇌의 씨앗이라고도 할 수 있었습니다.

적이 누구이든 보통은 제게 명령하여 목을 치면 그만입니다. 하지만 마사쓰구 님은 그러기를 원하지 않았습니다. 자신의 힘으로 적을 해치우는 것이 마사쓰구 님의 비원입니다. 그것이 이번 여행의 목적이기도 했습니다.

제게 복수를 지시하는 것은 언감생심이며 정정당당히 정면 승부하여 베어 넘기지 않고서는 의미가 없다고, 자신의 힘으로 해내지 못하면 평생의 오점으로 남으리라고 여기는 것입니다.

만약 요하야가 적이라면 구마고로를 비롯한 극락원의 남자들은 대부분 요하야에게 붙겠지요. 그 편이 이득이기 때문입니다.

마사쓰구 님이 정면으로 쳐들어간다고 해도 과연 목적을 달성할 수 있을는지. 설령 요하야와 일대일로 맞붙는다고 해도 무술 대회에서 단 한 번도 이겨본 적이 없는 마사쓰구 님이 무술에 정통한 요하야에게 이길 수 있을는지.

마사쓰구 님은 현명합니다. 분명히 그러한 문제를 고민하고 계실 것입니다.

하기야 아직 요하야가 원수라고 확정된 것도 아니었습니다.

저는 방에 드러누워 천장을 노려보는 마사쓰구 님에게 말했습니다.

"어떻게 할까요? 이대로 있으면 애써 얻은 단서도 잃을 것입니다. 벨지 베지 않을지는 제쳐놓고, 일단 그 유민을 만나 자세한 이야기를 들어보시는 게 낫지 않겠습니까?"

마사쓰구 님은 몸을 일으켜 물을 마셨습니다.

긴 침묵 후에 제게 말했습니다.

"금색님. 어쩌면 저는 죽을지도 모릅니다."

"그렇게는 안 됩니다. 제가 반드시 지키겠습니다."

"만약에 말입니다. 제가 죽으면 금색님은 어찌하시겠습니까?"

저는 말문이 막혔습니다. 최대한 생각하기를 피해온 일인지라, 어찌하겠다고 명확하게 정한 적은 없습니다.

마사쓰구 님이 돌아가시면 저는 도대체 어떻게 해야 할까요? 마사쓰구 님에게 후사가 있다면 그 아이를 지키겠지만, 후사는 없습니다.

선택할 수 있는 한 가지 방법은 정지하는 것이었습니다. 인적이 없는 산속으로 들어가서 정지한 채 가만히 있습니다.

또 하나의 방법은 옛날에 거행하지 못했던 '종막'을 거행하여 소멸하는 것입니다. 화산 같은 데 몸을 던지면 확실하겠지요. 전해 내려오는 '율법'에 따르면 이 또한 올바른 방법입니다.

그러나 종막은 제 의지로 거행할 수 없습니다. 실은 지금까지 그 가능성을 몇 번 살펴보았지만, 제가 주군으로 모시는 분의 명령이 있어야 실행에 옮길 수 있습니다. 저는 제 의지만으로는 죽지 못하도록 되어 있습니다.

아니면 새로운 주군을 모시든가. 그렇지만 누구를?

극락원 말고도 하늘 사람의 자손인 지요 님의 피를 이어받은 가계가 몇몇 있습니다만, 70년쯤 전에 대부분 교류가 끊어져서 저는 방계의 얼굴도 모릅니다. 이제 와서 찾아다니다니 새삼스럽다는 기분도 듭니다.

"어찌할지 생각해본 적이 없는데, 어찌하기를 바라십니까?"

"금색님 마음대로 사십시오. 남에게 부림을 당하지 말고, 원하는 대로. 금색님이라면 뭐든지 할 수 있으실 겁니다."

"고마운 말씀이십니다. 그러나."

마사쓰구 님은 말을 이었습니다.

"그리고 한 가지 더. 지금은 제 인생에 가장 중요한 순간입니다. 싸움이 벌어지면 부디 제 말에 따라주십시오. 저는 제 손으로 원수를 갚기로 결심했습니다. 결과만 좋아서는 의미가 없을 것입니다. 제가 어떻게 행동하여 그 결과를 냈는지가 더 중요합니다. 똑똑히 지켜봐 주십시오."

4

다음 날 낮, 우리는 무카와강 강기슭으로 갔습니다.

저는 기모노 차림에 손 토시를 차고, 버선을 신었습니다. 가발과 귀녀 가면을 써서 얼굴과 금색 피부가 보이지 않도록 가렸습니다.

얼마 전에 본 그 남자가 마침 강 옆 산길에서 장작을 짊어지고 걸어왔습니다. 주변에 다른 사람은 없었습니다. 저는 마사쓰구 님에게 저놈이라고 알려주었습니다. 남자는 우리를 보고 흠칫 놀랐습니다.

마사쓰구 님은 남자의 곁으로 다가가서 말했습니다.

"아즈키무라의 요시히코렷다. 할 이야기가 있으니 같이 좀 가주었으면 하는데."

"제가 요시히코가 맞기는 맞는데, 누구신지요?"

남자는 수상쩍다는 듯이 저와 마사쓰구 님을 번갈아 보면서 말했습니다.

마사쓰구 님은 나지막한 목소리로 답했습니다.

"작년에 네놈이 싸움을 건 도깨비다."

남자는 장작을 얹은 지게를 내려놓았습니다. 말투가 험해졌습니다.

"당신 누구야?"

"방금 말했을 텐데."

"정말로 귀어전 사람인가?"

두 사람은 눈싸움을 벌였습니다.

요시히코는 마사쓰구 님에게 눈을 떼지 않고 한 발짝 물러났습니다.

"달아나지 마라. 달아나면 네놈의 처자식을 죽이겠다. 얌전히 있으면 네 목숨만 거두고 처자식은 살려주마."

마사쓰구 님은 대담하게 웃으며 말했습니다. 본래 이러한 협박이 어울리는 분은 아니지만, 이쪽 말에 따르게 하려면 연기를 해야 할 필요도 있겠지요.

요시히코는 흠칫 놀라더니 주먹을 꽉 움켜쥐었습니다.

"내 집에 불을 지르고 승냥이를 죽인 것도 네놈이렷다."

마사쓰구 님은 답변이 궁한 것 같았습니다. 물론 마사쓰구 님이 그런 것은 아니지만, 극락원 사람 짓이기는 합니다.

결국 아무 대답도 않고 인기척이 없는 강 상류로 가도록 지시했습니다. 도중에 다른 유민과 마주쳤지만, 마사쓰구 님이 쏘아보자 눈을 돌리고 부리나케 자리를 피했습니다. 요시히코는 잠자코 따라왔습니다.

걸으면서 마사쓰구 님은 말했습니다.

"네놈에게 일을 부탁한 유메류라는 자를 찾고 있다. 그자가 어디에 있는지 아나?"

"오쿠야마 반쇼의 관헌이라고 했는데."

"그런 반쇼는 없어."

"그렇다면 그 이상은 나도 몰라. 다른 사람을 찾아봐."

"유메류는 어떤 자인가?"

"몰라. 느닷없이 나타났어."

"이런 쓸모없는 놈." 마사쓰구 님이 욕을 내뱉었습니다.

"이봐, 산적." 요시히코가 겁 없이 대꾸했습니다. "나는 분명 산적 토벌에 참가했어. 그나저나 잘도 내가 어디 있는지 알아냈군. 그날 일은 아무에게도 말한 적이 없는데."

"아무에게도 말하지 않았다고?"

"그래. 말 안 했어. 누구한테 들었나?"

"지나가는 길에 들리더군. 우리가 찾고 있는 유메류라는 이름이."

저는 요하야의 목소리를 흉내 내서 말했습니다.

"내 목소리 들어본 적 없나?"

요시히코는 몸을 움찔 떨었습니다.

"너, 뭐, 뭐야."

마사쓰구 님도 깜짝 놀란 표정으로 저를 보았습니다. 마사쓰구 님에게는 사전에 남의 목소리를 똑같이 흉내 낼 수 있다고 말해두었지만, 설마 이렇게까지 완벽하게 따라할 수 있을 줄은 몰랐겠지요.

저는 요하야의 목소리로 말을 이었습니다.

"들어본 적 없느냐고 물었다. 어떠냐? 내가 누구인지 알겠나?"

"어, 유메류?"

요시히코는 얼떨떨한 표정으로 중얼거렸습니다.

"그래, 분명 유메류 맞아. 그 목소리야. 똑똑히 기억나. 반쇼의 관헌이라는 말은 전부 거짓말이었군. 역시 귀어전과 한통속이었구나."

마사쓰구 님과 저는 한순간 얼굴을 마주 보았습니다.

요하야의 목소리는 유메류의 목소리와 똑같다.

우리가 애타게 찾던, 움직일 수 없는 증거였습니다.

마사쓰구 님은 미간을 모으고 고뇌에 찬 표정으로 목소리를 쥐어짜내서 말했습니다.

"요하야 그 육시랄 놈, 아버지를 죽이고도 뻔뻔스럽게 날 속였겠다. 네놈이 죽지 않아 다행이다. 내 원수의 정체를 폭로할 산증인으로서 나를 좀 더 도와주어야겠다."

마사쓰구 님은 목에 핏대를 세우고 힘 있게 말했습니다. 눈에 보이지 않는 기염이 마사쓰구 님의 몸에서 피어오르는 것 같았습니다.

요시히코는 난감하다는 표정으로 고개를 저었습니다.

"다시는 네놈들의 꼭두각시가 되지 않겠어. 유메류, 잘 들어라. 관헌도 아닌 네놈에게 한 번 이용당한 것만으로도 몸서리가 난다. 썩 꺼져라. 이제 더 이상 네놈들과 할 말 없다."

"그렇다면 강요하지는 않겠다. 여기서 죽어라."

마사쓰구 님은 칼을 뽑았습니다.

시퍼런 칼날이 번뜩이자 분위기가 더욱 급박해졌습니다. 요시히코는 아직 필요합니다. 지금 베어서는 안 됩니다. 바람직하지 않은 상황이었습니다.

마사쓰구 님이 참견하지 말라고 사전에 명령했으므로 저는 그저 지켜보는 수밖에 없었습니다. 마사쓰구 님도 요시히코의 결기에 밀리지 않으려고 칼을 뽑기는 뽑았지만, 어떻게 수습해야 할지 고민하는 것처럼 보였습니다.

"마사쓰구 님."

제가 도와주려고 한 발짝 내디디며 말을 걸자 마사쓰구 님은 언짢다는 듯이 언성을 높였습니다.

"어허, 그것참. 저도 압니다. 잠자코 보고 계십시오."

아무리 기세가 대단한들, 상대는 방금 전까지 장작을 모으고 있던 평범한 유민입니다. 무기를 소지하고 있는 것처럼도 보이지 않았습니다. 저는 고개를 끄덕이고 물러났습니다.

"칼을 넣어라."

요시히코는 매서운 표정으로 말했습니다.

마사쓰구 님은 칼을 겨눈 채, 침을 꿀꺽 삼키고 나서 입을 열었습니다.

"이봐라, 유민. 처음에는 네놈을 죽일 작정이었다. 하지만 이제는 아니야. 일단 말해주마. 여기에 있는 이자는 유메류가 아니야. 목소리를 흉내 냈을 뿐이지. 나와 거래를 하지 않겠는가?"

"칼을 넣으라고 했다."

"무섭나? 네게도 나쁜 거래는 아니야. 원한다면 돈도 줄 수 있어. 너희 식구의 목숨이 달린 일이니 잘 저울질해보아라."

마사쓰구 님이 한 발짝 앞으로 나섰습니다.

"칼을 넣으라고, 앗."

요시히코는 뒤로 물러나다가 비틀거렸습니다. 칼을 뽑아든 마사쓰구 님을 앞에 두고 동요하여 급히 물러나다가 발을 헛디딘 것 같았습니다.

고의로 그런 것이 아니라 자연스러운 행동으로 보였습니다. 어이쿠, 돌이네. 강기슭은 발밑이 위태롭다니까. 그런 식으로요. 그는 균형을 잃고 휘청거리더니 마사쓰구 님 쪽으로 쓰러졌습니다.

칼을 뽑기는 했지만 당장에 요시히코를 벨 생각은 없었으므로 마사쓰구 님은 그를 피하기 위해 몸을 틀었습니다. 그 움직임에 장단을 맞추듯이 요시히코는 몸을 휙 비틀어 마사쓰구 님과 한 몸처럼 포개어졌다가 떨어졌습니다.

마사쓰구 님이 신음 소리를 흘려냈습니다.

소맷자락에 숨겨놓았던 걸까요. 요시히코가 피 묻은 단검을 들고 있는 것을 보고 저는 소리 없는 비명을 질렀습니다.

마사쓰구 님은 오른손으로 배를 누른 채 고함을 치며 왼손으로 칼을 휘둘렀지만, 요시히코에게는 닿지 않았습니다.

요시히코는 눈을 번뜩이며 마사쓰구 님에게 말했습니다.

"나는 세 번이나 칼을 넣으라고 했어. 이봐, 산적. 고작 너희 둘이서 왔나?"

"금색님."

마사쓰구 님이 절망적인 목소리로 저를 불렀습니다.

─금색님, 부탁합니다.

요시히코가 저를 향해 공격 자세를 갖추었습니다.

"귀녀 가면. 넌 도대체 어디의 누구냐? 바라는 게 뭐야?"

그가 한 발짝 내디딘 순간, 저는 단숨에 거리를 좁혀 온 힘을 다해 발길질을 했습니다. 요시히코는 빙빙 돌면서 몇 간 떨어진 너도밤나무까지 날아갔습니다.

온 힘을 다해 사람을 걷어찬 것이 몇 년 만일까요. 극락원의 무술 대회 때도 힘을 다 쓴 적은 없었습니다.

곧장 요시히코가 나자빠진 곳으로 가서 그의 가슴에 주먹을 내리꽂았습니다. 그는 피거품을 내뿜으며 죽었습니다.

저는 부랴부랴 마사쓰구 님의 상처를 확인했습니다.

칼을 맞은 배에서 피가 줄줄 흘러나왔습니다. 중상이었습니다.

일단 배를 천으로 둘둘 감았습니다.

원통한지 마사쓰구 님의 눈에 눈물이 맺혔습니다.

"제 불찰입니다." 저는 허둥거리며 말했습니다. "설마 놈이 그렇게 비열한 짓을 할 줄은."

지키지 못했다. 곁에 있었으면서 지키지 못했다.

저는 끊임없이 가책을 느꼈습니다.

마사쓰구 님은 독기가 빠져나가 아주 평온한 표정을 짓고 있었습니다.

"전혀 비열하지 않습니다. 칼은 제가 먼저 뽑았는걸요. 결국 인생을 살면서 혼자 힘으로 해낸 일은 하나도 없군요."

움직이면 출혈이 심해져서 죽겠지요. 어딘가로 옮기려고 해도 시간이 많이 걸립니다. 의사에게 보여주어도 상처가 이렇게 깊어서야 살 가망이 없겠지요. 여기에 있는 것이 나을 것 같았습니다.

여기서 마사쓰구 님의 최후를 기다리기로 했습니다.

저는 마사쓰구 님의 얼굴에서 그의 조상님들, 제가 지금까지 대대로 모셔온 주군들의 얼굴을 찾아냈습니다.

유젠가의 지요 님, 그리고 지요 님의 자제에서부터 몇 대를 거쳐 고키 님에 이르기까지 모두 마사쓰구 님 속에 조금씩 살아 있습니다. 분명 마사쓰구 님 본인은 모르겠지요. 제가 왜 마사쓰구 님을 섬기는지조차 신기하게 여길 정도니까요.

그들 일족이 남긴 궤적이 바로 제 인생이었습니다.

"금색님. 원통하지만 이것으로 복수는 끝입니다. 일전에도 말씀 드렸듯이 앞으로는 자유로이 사십시오."

마사쓰구 님은 온화한 목소리로 말했습니다.

마사쓰구 님은 지요 님이자 고키 님이자, 혈족의 모든 분이었습니다.

끝이란 이렇게 허무하게 찾아오는 법일까요. 저는 정신이 멍해졌습니다.

"배신자 요하야는."

죽일까요?

"금색님 마음대로 하십시오. 금색님의 삶은 금색님의 것이므로."

마사쓰구 님은 한숨을 쉬었습니다.

"아버지, 할아버지, 증조할아버지, 그 위의 조상님들까지 전부 달의 신의 가호를 입었습니다. 오랜 세월 애써주셔서 참으로 감사합니다." 마사쓰구 님은 쓴웃음을 지었습니다. "저처럼 보잘것없는 놈에서 일족의 대가 끊기다니 조상님들을 뵐 면목이 없군요. 언젠가 달로 돌아가시면 우스개로나 삼아주시기 바랍니다."

두견새가 울었습니다.

마사쓰구 님이 갑자기 중얼거렸습니다.

"나무껍질 냄새가 나는군. 아아, 이런 날은 은어를 구워 먹는 게 최고인데."

이윽고 마사쓰구 님은 눈을 감고 잠들었습니다.

저는 강기슭에 이각(에도시대 때 각은 현재 시간으로 약 두 시간을 가리킨다) 정도 머물러 있었습니다.

횡 하고 바람을 가르는 소리와 함께 제 바로 옆 땅에 화살이 박혔습니다. 저는 일어섰습니다. 강 건너 나무 뒤편에서 여자가 살기등등한 얼굴로 활을 겨누고 있었습니다.

요시히코의 아내—미유키, 혹은 모미지였습니다.

장작을 모으러 갔다가 돌아오지 않는 남편이 걱정되어 찾으러 온 것이겠지요. 여기로 올 때 마주쳤던 유민이 네 남편은 묘한 놈들에게 끌려갔다고 가르쳐주었는지도 모릅니다.

여자가 강 건너 둑에 있는 것이 문제였습니다. 빈사 상태의 마사쓰구 님을 남겨두고 강 건너까지 쫓아갈 수는 없습니다.

"그 사내의 아내가 활을 쏩니다. 어떻게 할까요. 벗어날까요?"

잠이 든 마사쓰구 님은 아무 말도 없었습니다.

아니면 그냥 죽여버릴까. 하지만 아까 전에 마사쓰구 님이 요시히코와 나눈 약조 ― 따라오면 처자식에게는 손을 대지 않겠다―가 유효하다면 약조를 어긴 셈이 됩니다. 약조를 어기면 마사쓰구 님이 싫어하겠지요. 결국 상황을 좀 보는 편이 낫겠다고 판단했습니다.

저는 마사쓰구 님과 여자 사이에 섰습니다. 여자가 쏜 화살이 제 가슴을 향해 날아왔습니다. 저는 날아온 화살을 오른손으로 잡았습니다.

잡은 화살을 들어 올려 보여주었습니다. 여자는 눈이 휘둥그레지더니 나무 뒤로 휙 사라졌습니다. 혼자서는 당해낼 수 없다 싶어 같은 편을 부르러 갔는지도 모릅니다.

저는 여기서 벗어날 생각으로 잠든 마사쓰구 님을 업고 걸음을 옮겼습니다.

5

마사쓰구 님은 온몸을 제 등에 맡기고 축 늘어졌습니다. 마사쓰구 님이 아직 귀여운 모모치요였던 시절에 이렇게 업고서 극락원 주변을 거닐었던 일이 생각났습니다.

해가 질 무렵에 마사쓰구 님은 제 등에 업힌 채 숨을 거두었습니다.

이리하여 유젠가의 핏줄을 섬기던 나날은 끝을 맞이했습니다.

일전에 마사쓰구 님은 혹시 자신이 죽으면 일족의 묘지가 아니라 그 자리에 적당히 매장하라고 명령했습니다. 분명 극락원에 가까운 일족의 묘지에 묻히면 아버지의 원수인 요하야에게 자신의 죽음이 알려질 테니 분해서 그랬겠지요.

저는 일단 강 옆의 동굴에 마사쓰구 님을 안치했습니다.

그리고 밤이 이슥하여 주변이 깜깜해졌을 무렵에 유민이 머무르는 강기슭으로 내려갔습니다.

암흑 속 여기저기에 유민들이 모닥불을 피워놓았습니다. 저는 유민들에게 들키지 않도록 커다란 바위 뒤에 앉아 미동도 하지 않았습니다.

저는 요시히코의 아내 미유키의 동향을 확인하기 위해 가만히 귀를 기울였습니다.

저는 이미 미유키를 죽일 생각이 없었습니다. 원래부터 주군이 위기에 처하거나 주군의 명령이 있을 때가 아니면 살생을 즐기지 않았습니다. 하지만 혹시 미유키가 수많은 동료를 불러 저와 일전을 치르려고 한다면 어떤 계책을 꾸미는지 알아둘 필요가 있었습니다.

귀를 기울이자 여러 목소리가 들렸습니다. 모두 오늘 있었던 일을 화제로 삼았습니다.

산적으로 보이는 사람 두 명이 흉흉한 기운을 뿜어내며 나타났다. 한 명은 아직 어린 티가 났지만, 한 명은 가면을 썼고 참으로 묘한 분위기를 풍겼다. 그들에게 요시히코가 죽임을 당했다.

많은 유민들이 요시히코에게 호감을 품고 있었습니다. 대부분 같은 아즈키무라 출신인 데다, 덫과 활로 짐승을 잡아 왔으므로 고마운 존재였던 듯합니다. 요시히코가 죽었음을 알고 눈물짓는 사람도 있었습니다.

그는 왜 죽었나. 무뢰한이 죽였다. 그렇다면 무뢰한은 왜 나타났단 말인가.

그러한 대화를 나누는 가운데 미유키를 비난하는 목소리가 커졌다가 작아지고, 또 커졌다가 작아지고는 했습니다.

왜, 전부 창관에서 내뺐다는 그 여자가 초래한 일 아닐까? 다 재앙을 옷처럼 두르고 다니는 그딴 년을 집에 들여놓은 탓이야.

그들은 요시히코가 극락원의 두령을 습격하는 일에 참여한 줄은 모르고, 퇴물 창기와 관련된 일이 아니고서는 요시히코가 무뢰한에게 죽임을 당할 이유가 없다고 수군거렸습니다.

미유키는 분주하게 복수전이라도 준비하고 있을 줄 알았는데, 유민들 뒷전에서 조용히 아이를 끌어안고 있었습니다. 한두 돌쯤 되어 보이는 여자아이는 어머니 품에 안겨 색색 잠들었습니다.

깜깜한 밤이라서 보통은 보이지 않겠지만 저는 밤눈이 밝습니다. 얼굴에 눈물 자국이 남은 미유키는 몹시 지치고 마음에 상처를 입은 기색이었습니다.

촌마을은 어디든지 오래 살아온 사람이 목에 힘을 주며, 새내기는 푸대접을 받기 일쑤입니다. 미유키는 제일 새내기라 조금만 눈에 띄는 행동을 해도 비난을 당하는 신세입니다. 아무래도 동료를 모으기는 어려울 것 같았습니다.

저는 안심하고 야음을 틈타 강기슭을 떠나기로 했습니다.

몸을 일으켰을 때 다리 건너에 에보시를 쓰고 검은 옷을 입은 세 소년이 나타났습니다. 무사 집안 자제들 같았습니다. 아마도 관례를 행하기 전인 듯한데 허리에는 칼을 차고 있었습니다.

왜 이런 한밤중에 유민이 거처하는 강기슭에 무사 집안의 자제들이?

혹시 미유키가 저를 토벌하려고 무사를 부른 걸까요?

저는 움직임을 멈추고 사태의 추이를 지켜보기로 했습니다.

세 소년은 모닥불 근처까지 와서 유민 한 명에게 도부 영감, 유민들 사이에서 지로 씨라고 불리는 남자를 불러달라고 하여 그를 베려고 했습니다. 하지만 그 직전에 어둠 속에서 구경꾼이 야유를 퍼붓자 화가 난 소년 한 명이 어둠 속으로 뛰어들어 유민들을 닥치는 대로 베기 시작했습니다.

아무래도 그들은 반쯤 재미 삼아 유민을 베러 온 것 같았습니다.

신자부로, 순페이, 하고 서로 이름을 불렀습니다.

제 쪽으로도 소년 하나가 칼을 뽑아들고 뛰어왔습니다. 어떻게 할까 우두커니 서 있자니 소년은 저를 보자마자 와앗, 하고 칼로 찔렀습니다. 저는 그 일격을 피했습니다. 강기슭의 돌을 하나 주웠습니다. 소년은 미친 듯이 칼을 마구 휘둘렀습니다.

이루지 못한 자들

저는 주운 돌로 소년의 공격을 모조리 막아냈습니다. 막을 때마다 불꽃이 튀었습니다.

너무 허둥대는 바람에 검술이 아니라 서투른 칼질에 지나지 않았습니다. 의외성 없이 단조롭고 무딘 공격이었습니다. 만약 태평성세가 아니었다면 이런 실력으로는 금방 꽃다운 목숨을 잃었겠지요.

"뭐야, 너 뭐냐고!" 소년은 소리를 질렀습니다.

그것은 제가 할 말이었습니다.

다시 휘두르는 칼을 돌로 받아냈습니다.

"그쪽이야말로 누구인가. 일단은 성명을 밝히는 것이 예의일 터."

소년이 붕 휘두른 칼을 돌로 받아내자 칼이 땅에 떨어졌습니다. 놀랐겠지요. 소년은 손목을 잡고서 끙끙 앓았습니다.

"성명을 밝혀라."

저는 다시 요구했습니다.

앞을 가로막는 무인은 죽이는 수밖에 없습니다. 요시히코처럼 주군에게 위해를 가한 자는 절대로 용서하지 않습니다. 하지만 느닷없이 나타난 생면부지의 아이를 죽일지 말지는 망설여집니다.

"이름 없는 아이여. 이름이 없는 채로 죽기를 원하느냐? 이제 그만 목숨을 거두어도 되겠지?"

제가 묻자 소년은 숨을 헉 들이마시더니 "졌습니다. 용서해주세요." 하고 외치고 달아났습니다.

좀 떨어진 곳에서 다른 소년이 부르는 소리가 들렸습니다.

"야, 고주! 저놈은 뭐야? 괜찮아?"

어쩐지 몹시 허무했습니다.

저는 소란이 벌어진 강기슭을 그대로 두고 떠났습니다.

6

날이 밝은 지 얼마 지나지 않아 저는 마사쓰구 님의 시신을 안치한 동굴로 돌아왔습니다. 그리고 거기서 일단 쉬었습니다.

쉬고 나자 앞으로 어찌해야 할지 막막해서 그냥 시간만 흘려보냈습니다.

이따금 곰이나 너구리가 나타났지만 제가 소리를 내자 놀라서 달아났습니다.

저는 마사쓰구 님이 뼈만 남을 때까지 동굴에 있었습니다.

그리고 뼈만 남은 후에도 계속 있었습니다.

마사쓰구 님은 앙상하고 딱딱한 백골이 되었습니다.

햇빛이 비칠 때 아주 가끔 밖으로 나가 볕을 쬐고 해가 지면 동굴로 들어와 가만히 앉아 있었습니다.

계절이란 재미있습니다.

가을이 되면 해가 점점 힘을 잃고 산이 천천히 입을 다뭅니다. 나뭇잎이 울긋불긋 물들었다가 한꺼번에 떨어집니다. 겨울은 마치 죽음에 다가가는 듯한 느낌입니다. 마침내 얼어붙은 듯한 정적이 찾아옵니다. 팽팽하게 긴장된 공기가 느슨하게 풀어집니다. 그러면 눈과 얼음이 녹고 새싹이 돋습니다.

그 후에 피어나는 신록은 어찌나 눈부신지.

계절이 몇 번이나 바뀌었습니다.

어느 날, 남자 몇 명이 동굴을 들여다보았습니다. 저를 보고 괴물이 앉아 있다고 비명을 지르며 달아났습니다. 사람에게 발견되었으니 더는 안 되겠다는 생각에 마사쓰구 님의 뼈를 담은 보퉁이를 들고 동굴을 나섰습니다.

딱히 갈 곳은 없었습니다.

저는 마사쓰구 님의 해골을 바라보았습니다.

해골은 아무 말도 없습니다.

해골은 제 마음에 가만히 들어와 자리를 잡습니다.

죽은 사람은 주군이 될 수 있을까요?

죽은 사람의 바람을 헤아려 유지를 잇는다.

이런 고민을 할 때마다 생각은 성의 해자에 빠진 것처럼 갈 곳을 잃고 제자리를 뱅글뱅글 맴돕니다.

가령 죽은 사람의 종자가 된다 한들, 마사쓰구 님은 자신의 뼈를 지키라는 유언을 남긴 적이 없습니다. 복수를 수행하라는 명령도 없었습니다. 마음대로 살라고 했습니다.

그렇습니다. 저는 마음대로 살라는 명령을 받았습니다.

따르기가 가장 어려운 명령이었습니다.

저는 요하야를 추궁하여 처벌해야 했는지도 모릅니다.

만약 누군가가 하명했다면 그렇게 했겠지요. 하지만 막상 혼자
가 되자 일부러 사람을 찾아가서 죽인다는 것이 참으로 어렵게 여
겨졌습니다. 분명 저는 자발적으로 인간을 죽이게끔 되어 있지는
않은 것이겠지요.

제 마음속에 자리를 잡은 해골이 조용히 속삭였습니다.

그러면 됩니다. 금색님이여. 마음이 원하는 대로 하십시오.

이윽고 저는 마을을 떠나 은거한 노인들이 사는 곳을 지나쳐, 옛
날에 슈겐도의 수행자가 만든 것으로 보이는 골짜기의 당집에 머
무르기로 했습니다. 마사쓰구 님의 뼈는 단지에 넣어 당집의 마루
청 밑에 안치했습니다.

깊은 산속의 고요한 곳입니다. 귀녀 가면은 여기저기 깨졌고 옷
도 너덜너덜해졌으므로 둘 다 벗었습니다.

여기서 잠시 앞날에 대해 고민해보자.

저는 생각에 잠겼습니다. 생각을 정리하지 못한 채 하루가 지나
고, 이틀이 지나고, 한 달이 지나고, 계절이 바뀌었습니다.

가끔 난데없이 사람이 나타나서 제게 배례를 올리고 갔습니다.
드문드문 찾아오는 사람들 모두 아주 예의가 발랐으므로 저는 상
황을 좀 더 두고 보기로 했습니다. 남에게 들킬 때마다 거처를 옮
기면 영원히 유랑을 면치 못합니다.

결론을 말하자면 그들은 무해했습니다. 저를 보고 요란을 떨지도 않았습니다. 그들은 꽃병을 들고 와서 꽃을 장식하고 당집을 청소했으며 짐승의 털가죽도 가져다주었습니다.

그들은 저를 신으로 여겼습니다. 혹은 땅으로 내려온 보살로 믿었습니다. 극락원에서도 비슷한 대접을 받았으니 그러한 일에는 익숙했습니다.

이따금 대화를 나누었습니다.

그들은 대부분 노인이었는데, 막상 이야기를 나누어보자 태평하기 그지없었습니다.

"몸체가 참 신령하십니다."

"달에서 왔습니다."

"차를 올릴까요?"

"안 마십니다."

"달은 그, 어떤 곳인가요? 토끼도 있습니까?"

"기억이 잘 안 납니다. 아무래도 삼백 년 넘게 예전 일이다 보니까요. 토끼는 없을 것입니다."

마지막으로 남에게 저를 만났다는 이야기를 하지 않겠다는 약조를 받았습니다.

안개가 끼지 않은 날에는 골짜기의 당집을 나서서 산 위에 올라 별을 바라보았습니다. 자잘한 돌이 널린 산꼭대기에서 날이 샐 때까지 별을 바라보며 시간을 보냈습니다.

산속 당집을 거처로 정하고 차분히 지내자 수백 년 동안 있었던 일이 동트기 전에 꾼 꿈으로 느껴졌습니다. 저는 끝을 예감했습니다. 세속과 동떨어진 산속에 앉아 느릿느릿 대지의 일부로 동화해 갈 것 같은 기분이 들었습니다.

그리고 십여 년이 흘렀을 때 그 처자가 나타났습니다.

7

열너덧 살로 보이는 소녀였습니다. 여기를 찾아오는 사람들은 주로 노인이므로 나이 어린 처자는 기묘한 인상을 주었습니다. 이름은 하루카라고 했습니다.

하루카는 저를 보자 일단 졸도했습니다. 저는 그녀에게 털가죽을 덮어주고, 정신을 차리자 물을 먹였습니다.

그녀는 자신의 처지를 털어놓았습니다.

강기슭에 살던 유민의 아이였던 그녀는 사람을 죽이고 집을 나와서 정처 없이 떠돌다가 노인들이 은거하는 마을로 들어갔으며, 거기서 신이 있다는 소문을 얻어듣고 여기로 왔다고 합니다.

신.

그녀는 납작 엎드렸습니다. 그리고 칼을 내밀었습니다.

"신이시여, 만약 알고 계신다면 가르쳐주시기 바랍니다. 제 아버지는 어디에 계실까요. 제 어머니는 누가 죽였을까요."

간분신토의 와키자시. 칼 표면에 움푹 팬 부분, 칼자루에 들어간 문양.

십사 년 전에 무사 집안의 자제가 제게 휘두르다 떨어뜨린 칼이었습니다.

저는 한 번 본 사람은 잊지 않습니다. 성장하여 용모가 바뀌었지만 저는 압니다. 그리고 그때 강기슭에 있던 유민 중에서 현재 그녀의 나이에 해당할 사람은 한 명밖에 없습니다.

잘도 살아남았구나 싶었습니다.

제 마음속의 해골이 마사쓰구 님의 목소리로 속삭였습니다.

우리에게도 책임이 있습니다. 이 처자를 위해 힘을 다해주십시오.

저는 그녀에게 알려주었습니다.

그대의 아버지는 죽었습니다. 제가 죽였습니다.

분명 무카와강 강가의 둑에라도 묻혀 있겠지요.

당신 어머니는 누가 죽였는지 모릅니다. 이 칼은 본 기억이 있습니다. 이것이 원수의 물건이라면, 무사 집안 자제의 소지품일 것입니다.

그자는 고주라는 이름으로 불렸습니다만.

단
장 斷
章

설녀
사라지다

1732

강에 새벽이 찾아왔다.

미유키는 마코에게 젖을 물렸다.

그 무서운 세 미치광이는 물러갔다.

무차별하게 베고 싶은 만큼 베고 떠났다.

주변에 시체가 나뒹굴고 있었다.

시체 중에는 지인의 얼굴도 있었다.

남편이 누군가와 함께 상류로 가더라는 이야기를 들었을 때 귀어전에서 온 자객이라고 직감했다.

활을 메고 상류로 가서 둑의 나무 뒤에 숨어 상황을 살피자, 두 남자가 눈에 들어왔다. 한 명은 귀녀 가면을 쓴 남자. 또 한 명은 한도 고키의 아들 마사쓰구임을 알아차렸다.

늦었다. 이미 끝났다.

쓰러진 마사쓰구 옆에 귀녀 가면을 쓴 남자가 무릎을 꿇고 앉아 있었다. 남편 요시히코는 그들에게서 몇 간 떨어진 곳에 나자빠져 있었다.

분노에 불타올라 활을 쏘았지만, 귀녀 가면을 쓴 남자는 화살을 한 손으로 잡았다. 그런 재주를 보는 것은 처음이었다. 엄청난 고수였다.

미유키는 일단 물러났다가 두 사람이 사라지고 나서 요시히코에게 달려갔다. 요시히코는 이미 숨진 뒤였다. 가슴이 푹 꺼지고 입은 피에 젖었다.

해가 지기 전에 둑에 묻었다. 모두가 요시히코를 좋아했고, 눈물을 보이는 사람도 있었다.

무시무시하게 흉악했던 하루는 그것으로 끝이 아니었다. 밤에는 웬 젊은이들이 가증스럽게도 반쯤 재미 삼아 사람을 베러 왔다.

끝없는 지옥에 빠진 듯한 심경이었다. 이제 전부 다 싫었다. 그저 딸을 끌어안고 말없이 숨을 죽였다.

새벽이 오자 강기슭은 어수선한 분위기에 감싸였다.

유민 몇 명이 미유키 앞에 섰다. 그 뒤에는 사이좋게 지냈던 오센도 있었다. 그들의 대표로 보이는 남자가 다음과 같이 말했다.

우리는 이제 여기를 떠날 거야.

어젯밤에 우리를 덮친 자들은 아마도 무사 집안의 자식 놈들이겠지만, 정확한 신원은 불분명해. 그놈들은 이미 돌아간 모양이지만 오늘 밤에 또 나타날 수도 있고, 오늘 당장이라도 관헌이 찾아올지 몰라. 그러니까 다른 곳으로 옮기려고.

하지만 자네는 따라오지 말았으면 해. 이 기회에 확실히 말하겠는데 자네는 재앙신이야.

그 묘한 놈들이 요시히코를 죽인 것은, 거슬러 올라가면 당신을 집에 들였기 때문이야. 아닌가? 그 무뢰한들은 분명 당신과 관련된 놈들일걸.

에보시를 쓴 세 놈이 밤중에 와서 날뛴 것도 자네가 불러들인 재앙 아니겠느냐고 말하는 사람도 있어. 그러한 주장이 옳은지 그른지는 문제가 아니야. 다들 그렇게 생각한다는 게 문제지.

자네가 있으면 또 짐승 같은 놈들이 찾아와서 사람이 죽어나갈지도 몰라.

어떻게 중재할 방도가 없어. 다들 자네를 데려가는 것을 반대해. 자네에게 책임을 묻자는 사람들도 있는 지경이야.

오센은 자네가 나쁜 사람이 아니라고 말했지. 자네는 그저 불행한 아낙일 뿐이라고 필사적으로 두둔했어. 그럴 수도 있고 그렇지 않을 수도 있겠지. 아무튼 오센의 얼굴을 봐서 놓아주기로 했어.

앞으로는 혼자서 지내게.

그리고 모두 줄줄이 사라졌다.

어젯밤에 시체로 변한 사람들은 강기슭에 그대로 방치되었지만, 일가가 힘을 모아 재빨리 둑에다 묻은 시체도 있었다.

식량은 얼마쯤 있었다. 하나 오래는 못 버틴다. 미유키는 조카마치로 나가서 구걸을 할까 생각했다. 하지만 지금은 다들 기근에 시달리고 있다. 유민의 무리가 여기저기에 널렸다. 사람의 정에 얼마나 기대할 수 있을지 의심스러웠다.

미유키는 지쳤다.

멍석을 깔아 즉석으로 만든 잠자리에서 꾸벅꾸벅 졸았다.

마코는 근처에서 돌을 쌓으며 놀고 있었다. 모두 사라져버린 것이 신기한 듯했다.

잠시 후 안개가 꼈다. 미유키는 삼도천이란 이런 분위기가 아닐까 싶었다.

피곤했다. 까딱하면 정신을 놓을 것 같았지만, 마코가 걱정이었다. 잠든 사이에 혼자 강에 들어가서 떠내려갈 수도 있다.

안개 속에서 사람이 나타났다. 남자다. 두 명이었다.

둘 다 안면이 있는 아즈키무라의 남자였다. 하지만 미유키는 그들의 이름이 확실히 기억나지 않았다. 평소 말을 나눌 일이 거의 없었기 때문이다. 미유키에게 그들은 아무도 아니었다. 같은 마을에 사는 이름 모를 누군가였다.

다들 여기를 떠났을 것이다. 왜 두 사람은 돌아온 걸까?

남자들은 미유키 앞에 서서 분노에 일그러진 얼굴로 욕을 퍼부었다. 배알이 뒤틀린다, 네 탓이다, 친구가 칼에 맞아 죽은 건 다 재앙신 탓이다.

두 사람은 아무래도 미유키에게 화풀이를 해야 속이 시원해질 것 같아서 돌아온 모양이었다.

무사 집안의 자식들은 자신과 관계가 없다고 반박하거나, 그들을 달래서 진정시킬 힘은 남아 있지 않았다. 피곤해서 머리가 멍했다. 그저 쉬고 싶었다.

따귀를 맞았지만 둔한 통증이 느껴질 뿐이었다. 이어서 발길질을 당했다. 미유키는 욕을 얻어먹으면서 눈을 감았다.

이 암여우의 낯짝을 좀 봐라. 반성하는 기색이 전혀 없다. 그런 소리가 귀에 들어왔지만 대꾸할 기력도 없어 그냥 흘려들었다.

쫓아내야 해.

미유키는 생각했다.

마코를 위해서. 잠을 자기 위해서. 우리의 안전을 위해서.

눈을 떴다. 미유키는 돌을 쥐고 일어섰다.

"이제 제발 좀 내버려둬요!"

뭐야, 해보자는 거냐.

남자 하나가 필시 어디서 주웠을 칼을 쳐들더니 이 재앙신아, 네년의 목숨 가지고는 어젯밤에 죽은 사람들의 목숨 값을 다 갚지도 못해, 하고 외치며 내리쳤다. 몸이 쪼개지는 듯한 충격이 전해졌다.

흐르는 강을 가만히 바라보았다. 물이 졸졸 흐르는 소리만이 들려왔다.

이름 모를 자들은 사라졌다.

몸에서 피가 빠져나가는 것을 알 수 있었다.

미유키는 어릴 적에 어디선가 들은 자장가가 기억났다. 머릿속에서 몇 번이고 되풀이되었다.

누가 불러준 노래더라? 어머니였나?

남은 것은 목소리와 노래뿐, 어머니의 얼굴은 기억나지 않았다.

눈을 감았다가 다시 뜨자 마코가 있었다.

엄마, 왜 그래? 그런 표정이었다.

미유키는 마코에게 손을 뻗어 끌어안았다.

아아, 다행이다. 넌 끔찍한 꼴을 당하지 않고 무사했구나. 다행이다. 다행이야.

마지막으로 이 아이를 눈에 담을 수 있어서 다행이다. 마지막으로 이 아이를 품에 안을 수 있어서 다행이다.

엄마는 이제 틀렸어.

정말 미안해, 마코.

네게는 더욱, 더욱, 더욱 많은 것을 주고 싶었는데.

강기슭에 5월의 바람이 불었다. 숲이 쏴아아아 흔들리는 소리가 들렸다.

시야가 점차 흐려졌다.

누구라도 좋으니 제발.

마코를 구해주세요.

미유키의 눈에서 빛이 사라지자 이윽고 마코는 울음을 터뜨렸다.

소노 신도의 집에서 일을 시작한 지 얼마 안 된, 아직 이십 대의 하쓰에가 나타나기 일각 전의 일이었다.

새벽바람

1747

1

"저는 아무 힘도 없는 일개 아녀자인걸요."

구마고로는 다다미에 이마를 조아린 하루카를 보았다.

"그래서 뭐 어쩌란 말이냐? 귀어전은 여기처럼 번의 허가를 받은 유곽과는 달라. 무법천지나 다름없는 산적 소굴이라고. 일단 들어가면 시체가 되지 않고서는 두 번 다시 나올 수 없어. 자네가 오늘 밤처럼 신세타령을 줄줄 늘어놓는다고 눈 하나 깜박할 사람이 있을 것 같은가. 대번에 죽임을 당하고 말 것이야."

하루카는 고개를 들지 않았다. 구마고로는 말을 이었다.

"죽으면 말짱 헛일이야. 자네를 키워준 부모와 도신이라는 남편이, 자네가 호랑이 굴에 뛰어들어 잡아먹히기를 바랄 것 같은가."

이 처자의 부모가 모미지라면, 모미지는 딸이 귀어전에 가기를 바랐을까. 그럴 리 없다.

하루카는 고개를 들었다.

"행방불명된 번사를 찾아보고자 번에서 나서려는 낌새는 털끝 만치도 없습니다. 만에 하나일지언정 귀어전에 사로잡혀 있을 가능성도 있을 텐데 말입니다."

구마고로는 말을 막듯이 끼어들었다.

"가령 귀어전이 관여했다고 한들, 무엇 하러 번의 무사를 살려서 붙잡아놓는다는 말이냐. 품만 들 뿐 아무 이득도 없어. 자네 남편은 어엿한 사내야. 살아 있다면 돌아오겠지. 죽었다면 돌아오지 않을 테고. 둘 중 하나야. 돌아오지 않는다면 답은 정해진 것이야. 그렇지 않나?"

하루카는 다시 이마를 조아렸다.

"그런 것은 다 압니다만. 설령 시체라 할지라도 남편을 되찾고 싶습니다."

구마고로는 한숨을 쉬었다.

전혀 모른다. 하나도 모르니까 이런 부탁을 하는 것이다.

"금색님은 자네와 어떤 관계지?"

금색님의 인도로 도신과 만났다. 아주 잠깐 이야기만 나눈 관계일까. 아니면 좀 더 깊은 관계일까.

하루카는 얼굴을 들고 미소 지었다.

"폭포 위쪽 사당에서 마주쳐 저를 남편과 맺어주신 신이십니다. 그 이상은 아무 관계도 아닙니다."

하루카의 몸에서 거짓말의 불꽃이 타닥타닥 튀었다.

"사내 하나가 금색님과 함께 있지 않던가?"

"사내?"

"마사쓰구라는 이름이다. 아니, 이름은 바꾸었을지도 모르지. 아무튼 나이는, 그래, 살아 있다면 서른 살이 조금 넘었을 터."

"금색님은 사당에 혼자 계셨습니다. 곁에는 아무도 없었어요."

"그런가." 마사쓰구는 죽었을지도 모른다.

하루카는 풋 웃었다.

"부탁드리면 금색님이 귀어전에 따라와 주실지도 모르겠군요."

"호오."

구마고로는 혼란스러웠다. 이 처자를 따라간다고? 달의 신인 금색님이?

그나저나 이 처자는 자신이 찾고 있는 귀어전에서 금색님이 두령에 가까운, 아니, 경우에 따라서는 두령 이상의 존재였다는 사실을 알고 있을까?

"좋다."

하루카의 얼굴이 밝아졌다.

"그럼." 안내를.

"가도에서 사와무라로 향하다 보면 여섯 지장 가노하라라는 들판이 나온다. 지장보살상 여섯 개밖에 없는 들판이지. 이레 후, 한낮이 되기 조금 전 아침 넉 점에 거기서 기다려라. 뭐, 군사가 아니더라도 사내는 데리고 오지 마. 약조를 어기면 아무도 나타나지 않을 것이다."

이야기는 그것으로 끝이었다. 시나노야의 현관을 나서서 밖으로 나오자 하늘이 희붐했다. 마침맞게 날이 샌 모양이다.

"문지기에게는 통과시키라고 일러두었다."

하루카는 고개를 깊이 숙였다.

"그럼 이레 후에."

떠나가는 여자의 모습이 작아졌을 때 버드나무 뒤편에서 사람 하나가 불쑥 나타났다. 뒷모습이었지만 틀어 올린 머리와 기모노, 기모노 띠로 여자임을 알 수 있었다. 하루카와 나란히 서서 멀어졌다.

누구일까. 설마 우리 유곽의 유녀는 아닐 테고. 몸종, 혹은 친구일까.

아침이 되어도 돌아오지 않으면 기다리고 있던 친구가 도와줄 사람을 데려온다. 그렇게 협의하고 왔다면 아주 신중하게 거동한 셈이다. 여자 몸종의 걸음걸이에서 교태가 약간 보였다.

조금 간격을 두고 나란히 선 두 사람은 모퉁이를 돌아 구마고로의 시야에서 사라졌다.

2

구마고로는 방에 돌아와서 팔짱을 끼고 생각에 잠겼다. 하녀가 아침을 날라 왔다. 채소절임에 산나물, 쌀밥에 된장국이다.

"큰어르신, 어젯밤은 어떠했는지요? 그 미인은 우리 기루에서 일하기로 했습니까요?"

"방금 돌아갔다. 그냥 이야기를 하러 온 거야."

"아까워라. 그 처자라면 큰손님이 붙었을 텐데."

"하나, 아주 재미있는 처자였다. 신기한 이야기를 들려줬어. 또 만나기로 약조했지."

"무슨 이야기였는데요?"

구마고로는 고개를 꼬았다.

"그게, 아침이 되고 나니 도통 모르겠군. 어떤 이야기였더라. 아침밥은 고맙다만 물러가게. 밤에 못 잔 잠을 자야겠어."

하녀가 밥상을 물렸다. 잠시 후 맹장지문이 열리고 옆방에 이부자리를 봐놓았다는 목소리가 들렸다. 일어날 때까지 아무도 들이지 말라고 하녀에게 명했다.

조용해지자 눈을 감았다. 생각할 시간이 필요했다.

물론 마음만 먹으면 하루카를 극락원, 즉 귀어전에 안내하기는 어렵지 않다. 마을에서 여자를 데리고 놀러 가는 것은 금지되어 있지만, 구마고로는 부류 유곽 창업자의 신분이므로 사정이 있으면 억지를 못 부릴 것도 없다. 그러나 하고자 마음먹으면 가능하다는 것일 뿐, 전혀 내키지가 않았다.

무엇보다 그녀는 산적을 잡으려고 하는 관헌의 아내다. 하루카를 귀어전에 데리고 갔다가 살려 보내면, 번의 부교쇼에 지금까지 뜬소문에 가까웠던 귀어전이 실제로 존재한다는 사실과 거기로 통하는 길을 가르쳐주는 꼴이 된다. 설령 하루카가 아무에게도 말하지 않겠다고 약조한들, 그런 약조는 믿을 수가 없으니 귀어전 사람들도 받아들이지 않을 것이다.

도신의 아내는 귀어전의 적이다.

그런데, 저는 귀어전의 적입니다만 귀어전과 연고가 있는 큰어르신이 놈들의 소굴로 안내해주시지 않겠습니까, 하고 청하다니 사람을 잘못 봐도 한참 잘못 봤다. 아니, 어쩌면.

구마고로는 빈지문 틈새로 비쳐 드는 아침 햇살을 멍하니 바라보았다.

싸움을 걸러 왔는지도 모른다.

아니, 실제로 그렇지 않은가. 아니면 나를 품평하러 온 것이거나.

저는 귀어전의 적입니다만 당신은 어느 쪽에 붙겠습니까?

하루카의 배후에 누군가 있는 걸까.

예컨대 번이 귀어전을 본격적으로 급습할 계획을 세웠는지도 모른다. 여차할 때 부류 유곽 창업자가 어떤 움직임을 보일지 사전에 탐색하러 왔는지도 모른다. 번도 거액의 세금을 납부하고 번사에게 오락거리를 제공하는 부류 유곽을 끝장내고 싶지는 않겠지만, 귀어전은 아무 이득도 없다고 판단했는지도 모른다.

하지만 하루카가 번과 결탁했다면 이야기를 나눌 때 거짓말의 불꽃이 더 튀었을 것이다. 일단 그 일은 제쳐놓고 하루카가 금색님과 접촉한 일에 대해 생각해보자.

미노와산이 분화한 해에 우리 곁을 떠난 도련님과 금색님. 생사는 지금까지 불분명했다. 하루카 말에 따르면 도련님은 곁에 없었던 모양이지만, 가령 두 사람이 돌아온다면 어떻게 대응해야 할까?

현재 귀어전은 요하야의 것이다.

아무튼 신속히 요하야에게 서신을 보내 이번 일을 알려야 한다.

구마고로는 끙 앓는 소리를 냈다. 생각해야 할 일이 너무 많다.
생각하면서 수마에 사로잡혔다.

소년 시절 꿈을 꾸었다.
완만한 봉우리들 너머에 자줏빛 구름이 길게 끼어 있었다. 다홍색을 띤 빛이 내리비쳤다.
눈앞에 니시진(西陣. 교토 니시진에서 생산되는 고급 선염 직물의 총칭)으로 만든 것일까, 붉은색 기모노 차림에 금란(金襴. 황금색 실을 섞어서 짠 바탕에 명주실로 무늬를 수놓은 비단) 띠를 맨 소녀가 서 있었다.
모미지였다.
모미지가 공을 던졌다.
— 보러 왔어, 구마고로.
구마고로는 공을 받아서 다시 던졌다. 어느 틈엔가 몸이 어린아이처럼 작아졌다. 두 사람은 빨간색과 노란색으로 물든 낙엽을 차올리며 뛰놀았다.
모미지가 웃으면서 말했다.
— 구마고로, 잘 지냈니?
— 모미지 누나, 지금 어디에 있어?
모미지는 서글픈 듯이 고개를 가로저었다.
— 이제 이쪽에는 없어. 꿈속에서만 볼 수 있지. 그나저나 어제 내 딸을 만났잖아.
구마고로는 고개를 끄덕였다.
— 역시 모미지 누나의 딸이었구나.

— 날 닮아서 무모한 구석이 있다니까.

— 어쩌면 좋을까? 암만 생각해도 모르겠어.

— 네게는 네 입장이 있을 테니. 게다가 구마고로는 머리를 쓰는 데는 소질이 없잖아.

모미지는 장난스럽게 말했다. 몸이 공중에 두둥실 떠올랐다.

— 넌 죽을 거야.

— 그렇게 쉽사리 죽을까 봐? 난 남들보다 배로 목숨에 집착하는 놈이거든. 덕분에 여기까지 올 수 있었어.

— 이번만은 그렇게 안 될걸. 내 딸을 얕보지 마.

— 모미지 누나는 누구 편이야?

— 당연히 딸 편이지. 멍청아.

모미지는 날아갔다. 목소리만이 남았다.

— 인생에서 일어나는 일은 전부 신의 조화야. 각오해둬, 구마고로.

눈을 뜨자 해 질 녘이었다.

구마고로는 아래층으로 내려갔다. 평소와 다름없이 시끌벅적했다. 공들여 화장하는 유녀 뒤에서 고개를 쑥 내밀어 거울을 들여다보았다.

"어머, 큰어르신. 정신이 사나워서 화장을 못하겠어요."

거울 속의 유녀가 왼쪽 눈썹만 치올리고 말했다.

"그냥, 나이를 먹었구나 싶어서."

"제가요?"

"아니, 나 말이다 나. 너야 우리 기루 간판 아가씨 아니더냐."

구마고로는 거울 앞을 떠났다.

야리테와 일 이야기를 하고 있자니 호객꾼으로 일하는 부하가 얼굴을 내밀었다. 아주 눈치가 빠른 열여덟 살 먹은 젊은이다.

"어땠느냐?"

구마고로는 호객꾼을 밖으로 데리고 나가서 물었다. 하루카가 부류 유곽을 나설 때 이 녀석에게 뒤를 밟으라고 명했다.

"죄송합니다, 놓쳤습니다. 그 여자는 누구입니까?"

"자세하게 말해봐."

호객꾼은 다음과 같이 설명했다.

두 여자는 외길을 따라 나아갔다. 어느 정도 거리를 두고 뒤를 밟았다. 뒷모습만 확인했을 뿐 여자들의 얼굴은 보지 못했다.

두 사람은 갈림길에서 헤어졌다. 쫓아야 할 여자, 시나노야에서 면담을 한 여자는 조카마치로 향하는 길로, 도중에 합류한 키가 큰 여자는 절로 향하는 길로 들어섰다. 호객꾼은 구마고로가 쫓아가라고 명령한 여자, 즉 조카마치로 향한 여자의 뒤를 밟았다.

하지만 얼마 지나지 않아서 놓쳤다. 아침 안개가 낀 삼나무 숲속에서였다. 어딘가에서 은근슬쩍 앞서 보냈는지도 모른다. 길을 따라가면 조카마치가 나오니까 그쪽으로 가면 분명 모습이 눈에 띌 것이다. 그대로 길을 걸어 조카마치로 들어갔지만 결국 여자는 찾지 못했다.

호객꾼은 말했다.

"처음부터 미행을 눈치챈 것이 아닐까 싶습니다."

"그렇겠지. 뭐, 어쩔 수 없다."

이미 늦었지만 어쩌면 키가 큰 여자를 쫓아가야 했는지도 모른다. 구마고로는 하루카가 어디에 머무는지보다 함께 있던 몸종이 누구인지가 더 궁금했다.

"둘이 어떤 관계로 보였느냐?"

"친구 사이랄까요. 실은 키가 큰 쪽이 경호인으로 보이기도 했습니다요."

"여자의 경호인이라고?"

"무슨 일이 일어나면 바로 보호할 수 있도록 절묘한 거리를 유지했다고 할까요. 제가 본 바로 그 두 사람은 일절 떠들거나 장난을 치지 않았습니다. 그래서 그렇게 보였는지도 모르겠습니다요. 키가 큰 쪽은 교태 있게 걸었지만, 어쩐지 일부러 그러는 것 같기도 했고요. 어쩌면 남자일지도…… 아니요, 죄송합니다. 잘 모르겠습니다요."

구마고로는 고개를 끄덕였다. 아주 쓸 만한 녀석이다. 미묘한 위화감을 빠뜨리지 않고 보고해주었다.

이레 후에 여섯 지장 가노하라에서 보기로 여자와 약조했다.

그 몸종도 따라올까.

앞으로 이레. 해야 할 일이 많다.

언제나
바로 곁에서

어둠 속에서 잠든 남자의 가슴에 손을 얹었다.

하루카는 가슴의 고동을 가만히 느꼈다.

벌써 몇 번째일까?

그를 죽여야 할까, 살려야 할까.

시바모토 겐신.

어머니의 원수.

1

폭포 위 당집에서 금색님은 반드시 옳다는 보장은 없다는 전제 아래, 어머니를 죽인 원수의 이름을 말해주었다.

고주, 신자부로, 슌페이.

"그리고, 그대의, 아버지를 죽인 것은, 저입니다."

하루카는 어안이 벙벙해졌다.

다음으로 무수한 의문이 솟구쳤다.

"정말인가요?"

"예."

"그, 어째서, 금색님이 제 아버지를 아시는 것인지요?"

"이야기하자면 깁니다. 저는 다양한 일을 언제까지나 기억할 수 있으므로, 사람들의 복잡한 관계를 잘 압니다."

"아버지는 어떤 분이셨어요?"

정말이라면 알고 싶었다.

아버지는, 그리고 어머니는 어떤 분이었을까.

금색님이 아버지를 죽인 이유는 무엇일까.

하루카는 자세한 사연을 들었다.

듣다보니 신기했다. 보통 십수 년 전에 일어난 일을 이야기하다 보면 반드시 모호한 부분이 생기기 마련이다. 그러므로 기억을 더 듬기 위해 뜸을 들이고, 말을 고치고, 중언부언하지만 금색님은 전혀 그렇지 않았다. 마치 방금 전에 일어난 일을 언제든지 말할 수 있도록 잘 정리해둔 것 같았다.

산속에 귀어전이라는 산적 소굴이 실제로 있다. 그곳은 도쿠가와 가문이 천하의 패권을 잡기 전부터 존재했다. 금색님은 백오십 년도 넘게 전부터 그곳에서 두령의 혈통을 섬겼다. 하루카의 어머니는 어릴 적에 그곳으로 납치당해 창기 같은 삶을 살았다. 그리고 어느 겨울밤, 아무도 몰래 치밀한 준비를 하여 귀어전을 탈출했다.

꼭 무슨 설화 같았지만, 온몸이 금색 강철로 된 것 같은 남자가 눈앞에 있었으므로 의심은 품지 않았다.

"어머니는 달아날 이유가 있었습니까?"

"저는 모릅니다. 생활에 잘 적응했고, 딱히 남과 싸운 듯한 낌새도 없었습니다."

금색님은 말을 이었다.

"겨울에 달아나면, 보통은, 죽습니다. 그대의 어머니는, 극락원의 여자들 중에서, 한층 특출한 사람이었는지도 모릅니다."

"금색님은 어머니가 달아난 줄 알고 계셨지요?"

"아니요, 눈치채지 못했습니다. 저는, 그곳의 여자들에게, 별로 관심이 없었습니다. 죽었을 것이라 생각했지요. 훗날, 모미지를, 강기슭에서 발견했을 때는, 놀랐습니다."

추적자가 쫓아오지 않으리라 보고 눈보라가 치는 날을 골라 달아났을 것이며, 미리 치밀한 준비를 한 덕분에 죽지 않고 산을 내려갈 수 있었을 것이라고 금색님은 말했다.

금색님조차 죽었으리라 예상한 어머니는 구사일생하여 아버지와 만나 같이 살게 되었다.

그 후 미노와산이 분화했고, 귀어전의 두령과 몇몇 간부가 습격당했다. 두령은 죽었다.

그 습격에 아버지가 가담했다.

귀어전은 두령을 습격한 사람을 찾아내서 차례차례 처형했다.

두령의 외동아들 마사쓰구라는 사람이 있었다. 그는 아버지를 찾아냈고, 싸움이 벌어졌다. 금색님 눈앞에서 마사쓰구가 아버지에게 죽자, 금색님은 곧바로 아버지를 죽였다. 섬기던 마사쓰구가 세상을 떠났으므로 금색님은 갈 곳을 잃었다.

더 이상 물어볼 것이 떠오르지 않을 때까지 하루카는 질문을 퍼부었다. 금색님은 질문에 재깍재깍 대답했다.

지금까지 부모님은 실체가 없었다. 아즈키무라의 유민이라는 것밖에 몰랐다. 아니, 정말로 유민이었는지조차 분명치 않았다. 그러다 이제야 사람으로서 실체를 갖추었다.

두 분 다 흡사 이야기 속의 영웅 같았다.

거센 눈보라를 뚫고 도깨비의 궁궐을 홀로 탈출한 어머니. 그런 어머니와 만나 도깨비에 맞섰고, 결국은 두령 일족의 대를 끊어버린 아버지.

하루카는 자랑스러웠다.

"아버지는 이기셨군요."

하루카의 말에 금색님은 조용해졌다.

"누구도 이기고 지지 않았습니다."

그 싸움을 지금 돌이켜보건대 각각의 입장에 선 사람이 저마다 해야 한다고 여긴 일을 했을 뿐입니다. 그대의 아버지는 마사쓰구 님을 찔렀을 때를 포함해 모든 순간에 졌다고도 이겼다고도 생각지 않았을 것이고, 그것은 우리도 마찬가지입니다.

"금색님은 지금도 도깨비의 동료이신가요?"

"아니요. 지금은 동료가 없습니다. 혼자입니다."

골짜기로 내려가서 물을 떠 마셨다. 험준한 계곡이라 물이 빠르게 흘렀다.

죽어도 상관없다고 마음먹고 여기에 왔지만, 마음이 점점 바뀌었다. 몹시 허기가 졌다.

아버지가 어떤 사람이었고, 어떻게 죽었는지는 잘 알았다.

하지만 신기하게도 금색님에게 화가 나지는 않았다. 아버지는 서로 죽이고 죽인 결과 세상을 떠났다. 어느 한쪽이 일방적으로 잘못했다고는 볼 수 없었다. 또한 금색님이 귀어전과 이미 인연이 끊겼고, 자초지종을 숨김없이 들려주었기 때문이기도 했다.

분노해야 할 대상은 두 가지였다.

하나는 어머니를 베었다고 추정되는 무가 집안의 자식 놈들이다. 이야기를 들어보니 그 세 명은 아버지와 금색님의 싸움과는 달리 아무 대의도 없이 반쯤 재미 삼아 무차별하게 사람을 베러 왔다. 고작 상대가 무력한 유민이라는 이유 하나만으로.

어린아이를 안은 어머니마저 베었다.

절대로 용서할 수 없다.

하나 더, 귀어전도 용서할 수 없었다.

마을에서 여자를 납치하여 자신들에게 봉사할 여자로 키운다. 그러다 창기로 적당히 팔아치운다. 여기저기에 얼굴을 내밀며 위세를 떨고 살인을 청부받는다. 그야말로 온갖 악행에 가담한다.

"복수를 할 겁니까?"

금색님이 물었다.

무가 집안의 세 자식 놈에 대한 이야기인 듯했다.

하루카는 고개를 끄덕였다.

"하렵니다. 제가 아니면, 누가 그들을 벌하겠어요? 들어보니 도저히 용서할 수가 없네요. 그동안 저는 부모님 생각으로 속을 끓여 왔어요. 이렇게 귀중한 이야기를 들려주셔서 감사합니다."

어머니 곁에 떨어져 있던 칼의 주인은 고주. 금색님이 들은 나머지 두 명의 이름은 신자부로와 슌페이. 살아 있다면 이제 다 컸을 것이다.

"제가 협력하지요. 그것이 제 의지입니다."

어슴푸레한 당집에서 흐릿한 빛을 받고 금색 몸이 희미하게 빛났다.

"힘을 보태주시려고요?"

"예. 혹은 아버지의 원수인 저를, 제일 먼저 멸하겠다면, 그것을 저의 종막으로 받아들이겠습니다."

"종막." 하루카는 중얼거렸다.

내가 금색님을 죽이겠다면 저항하지 않고 여기서 죽겠다는 뜻인가.

눈을 감고 골짜기를 빠져나가는 바람 소리에 귀를 기울였다. 기온이 낮아졌다. 하루카는 털가죽을 끌어당겨서 몸을 감쌌다.

하루카는 금색님 옆으로 다가갔다.

이 사람은—아니, 사람은 아니지만—이 인기척 없이 적적한 당집에 십수 년이나 앉아 있었다. 속마음을 이해할 수는 없지만, 어쩌면 삶에 염증이 났는지도 모른다.

"만져봐도 될까요?"

"예." 금색님은 말했다.

하루카는 금색님의 가슴에 손을 댔다.

손에 깃든 힘으로 금색님을 저세상으로 보내려는 것은 아니다. 지금까지 사람의 혼백이라 해야 할 것을 만지면서 그 사람에 대해 깨달은 적이 몇 번 있었다. 금색님이 어떤 이인지 관심이 있었다.

가슴속 깊은 곳에 있을 빛을 찾았다.

시야가 어둑어둑해졌다.

금색님의 몸이 모호해지다가 소멸했다. 당집의 벽과 천장도 사라졌다.

암흑으로 바뀐 세계에 하루카와 하루카가 대면한 빛만이 존재했다.

지금까지 만진 누구의 빛과도 달랐다. 지금까지 만져온 것이 불길 같은 빛이었다면 이것은 번개였다.

빛은 창백했다.

역시 금색님은 하루카가 알고 있는 것과는 다른 세상, 달 세계에 사는 존재인 듯했다.

"그대는, 신기한 일을 할 수 있군요."

빛이 말했다.

"이러면 조금 알 수 있어요."

"저를 알 수 있습니까."

알 수 있다. 물론 아주 조금이지만, 이 색다른 빛에서 몇몇 조각을 엿볼 수 있었다.

먼 옛날. 누군지 모를 청년. 뭐라고도 형용할 수 없이 여기와는 다른 세상. 하늘을 찌를 듯이 솟은 신들의 건축물. 흙이 아닌 길. 신비한 도료로 칠해진 세상. 마소도 없이 나아가는 수레. 하늘을 나는 탈것.

또 다른 것이 보였다. 이번에는 하루카에게도 익숙한 세상이다. 기모노 차림의 소녀. 오빠로 보이는 소년. 다정한 표정의 중년 남자. 신기하게 생긴 창을 든 남자. 어느 영주의 저택일까. 가족. 분명 이제는 없을 소중한 가족.

"저는, 살아 있습니까?"

빛이 말했다.

"살아 있어요."

"다행이군요."

빛에서 손을 뗐다. 방이 다시 밝아졌고, 금색님은 번갯불에서 황금 남자로 되돌아왔다.

"혹시 제가 원수를 갚지 않겠다고 한다면 어쩌시겠습니까?"

"저는 여기에 앉아 긴 꿈을 꿀 겁니다. 그대는 집으로 돌아가면 됩니다. 그것이 제일 좋을지도 모르겠습니다. 적도 한편도, 언젠가는 한데 어울려, 의좋게 지내며, 새로운 세상을 만들겠지요."

잠시 침묵이 흘렀다.

"힘을 빌려주시겠다면 감사히 받겠습니다. 대신에 금색님은 용서하겠습니다."

"알겠습니다. 그럼, 우리의 혼백이 결속되었다는 뜻에서 맹세를 합시다."

금색님은 말을 마치고 뽀삥, 하고 세 번 소리를 냈다. 뽀삥, 뽀삥, 뽀삥.

하루카는 고개를 갸웃했다. 이렇게 신기한 소리는 난생처음으로 들어보았다.

맹세.

맹세란?

"맹세란."

금색님이 말했다.

맹세란 우리가 나눌 약조입니다.

저는 그대를 배신하지 않고, 그대의 부탁을 들어주고, 그대 곁에 있겠다고 약조합니다.

지금 맹세했습니다.

저는 앞으로 그대를 위해 온 힘을 다하겠습니다.

믿어주십시오.

다음은 그대의 차례입니다.

맹세란 내면에 간직하는 것. 소리 내어 말해도 되고 말하지 않아도 됩니다.

그대는, 결코 자진하지 않겠다. 쉽사리 죽음을 받아들이지 않겠다. 원수를 갚든 갚지 못하든, 뭔가를 이루든 이루지 못하든 목숨이 다하는 마지막 순간까지 살아가겠다.

그렇게 약조하십시오.

왜냐하면 뜻을 꺾고 스스로 종막을 맞으려는 자를 따를 가치는 없기 때문입니다.

하루카는 소리 내어 맹세했다. 소리 내어 말하지 않아도 된다고 했지만, 형식을 갖추려면 입 밖으로 꺼내야 할 것 같았다.

"맹세했더니 배가 고프네요."

삐뽀, 하고 금색님 몸속에서 소리가 났다.

"그럼, 갈까요."

2

두 명은 당집을 나섰다. 금색님은 험준한 계곡 길을 걸었다.

말 그대로 황금 남자가 마을로 내려가면 큰 소동이 벌어질까 불안했다.

하루카의 배에서 꼬르륵 소리가 났다.

"분명, 이 앞에, 죽은 쥐가 있을 겁니다."

금색님이 안심하라는 듯이 말했다.

"저어, 저는 굳이." 죽은 쥐는 먹지 않아도 되는데요.

"농담입니다. 마을로 내려가서, 뭔가 먹도록 하지요."

폭포를 내려갔다. 용소 근처에서 빨래를 하던 노파가 헉 놀라더니 허둥지둥 마을로 달아났다.

자신들에게 안락한 죽음을 달라고 강요하던 노인들이 있는 마을로 돌아왔다. 금색님은 말없이 나아가다가 노인들이 사는 집 몇 채가 양옆에 늘어선 넓은 길에서 걸음을 멈추었다. 하루카는 잠자코 금색님 옆에 섰다.

노인들이 우르르 모여들었다. 노인들은 금색님을 보자마자 엎드

려 절했다. 땅에 무릎을 꿇고 머리를 숙인 마을 사람들의 행렬이
생겼다.

"요깃거리를 가져다주십시오."

금색님이 말했다.

"어서 이 처자가 먹을 것을 가지고 오십시오."

노인 하나가 급히 집으로 돌아가서 보리밥을 담은 밥그릇과 곤
들매기 구이를 가지고 왔다. 하루카는 허둥대면서도 고개를 꾸벅
숙여 인사하고 그릇을 받아들었다. 사람들의 시선이 따가웠다. 뺨
이 화끈 달아올랐다. 근처 처마 밑에 가서 밥을 먹었다. 입으로 들
어가는지 코로 들어가는지 모를 만큼 맛있었다. 빨리 더 달라고 배
속에서 아우성을 쳤다.

마을 사람들의 태도로 보건대 금색님은 그들의 신이 틀림없었다.

"제가 입을 옷을 가지고 오십시오."

노파가 물러나서 기다란 주반과 무명천으로 만든 기모노를 들
고 왔다.

"실례하옵니다."

노파가 금색님에게 기모노를 입혔다. 척 보기에도 작았다. 누군
가가 그건 작으니까 내가 다른 옷을 가지고 오겠다고 말하자, 다른
사람이 네놈의 누더기를 금색님께 입히려 하다니 정신이 있느냐
고 야단쳤다. 누구의 옷을 금색님께 입힐 것인가를 두고 잠시 말다
툼이 벌어졌다.

"가지고 오십시오. 제가 고르겠습니다."

"훈도시(褌. 남자의 음부를 가리는 데 쓰는 좁고 긴 천)는요?"

노인이 물었다.

"찰까요?"

금색님은 하루카에게 고개를 돌려 의견을 구했다.

자신에게 묻지 말기를 바라면서 하루카는 대답했다.

"의미는 없을지도 모르지만, 깨끗한 천이 있다면 차는 것이 남정네의 올바른 옷차림새가 아닐까 싶습니다."

이어서 누군가가 보자기에 싼 생선포를 들고 와서 무릎을 꿇고 양손으로 내밀었다. 금색님은 분명 먹지 않는다. 하루카는 얼른 일어서서 보자기를 받아들었다.

마을 사람들 중에는 자살을 도와달라고 하루카를 겁박한 자들도 있었다. 그들은 하루카와 눈이 마주치자 외면하거나 비위를 맞추는 웃음을 지었다. 금색님이 곁에 있으니 이제 무례를 범할 수는 없다고 생각하는 것 같았다. 아무도 하루카에게 말을 붙이지 않았다.

잠시 후 금색님이 몸차림을 끝냈다. 훈도시도 찼다. 소박한 회색 기모노에, 삼베로 만든 띠, 버선, 운두가 높은 삿갓, 장갑.

"저는 이 처자와 길을 떠날 것입니다."

금색님은 그렇게 선언했다.

"자, 여러분, 안녕히 계십시오."

"언젠가 꼭 돌아오십시오."

노인 한 명이 목소리를 쥐어짜내 말하고 울음을 터뜨렸다.

모두 한마음으로 절을 올리는 가운데 금색님은 하루카에게 고개를 돌렸다.

"그럼, 갈까요?"

3

하루카는 조카마치 변두리에 있는 객관을 숙소로 정했다. 가도에 가까워서 그런지 다른 투숙객은 모두 행상인 같았다.

객관 바로 근처, 언덕으로 이어지는 돌계단을 올라가자 부근의 논밭이 훤히 다 보였다. 언덕에는 커다란 은행나무 한 그루가 서 있었다.

금색님은 언덕 위의 은행나무 가까이에서 말했다.

"저는 따로 움직여서 원수 세 명을 찾아보겠습니다. 이틀 후 밤 다섯 점(현재의 오후 여덟 시경)에 이 나무 아래서 만납시다."

금색님과 헤어진 지 이틀이 지난 밤에 하루카가 초롱을 들고 언덕을 올라 은행나무 아래로 가자 하카마(袴. 기모노 위에 입는 낙낙한 하의. 허리에서 발목까지 덮으며 주름이 잡혀 있다) 차림의 남자가 삿갓을 쓰고 서 있었다.

금색님이었다. 차림새가 달라진 것으로 보아 어디선가 새 옷을 구한 것이리라.

"바로 찾아냈습니다."

금색님이 말했다.

"놈들은 무사 집안의 자식. 지금쯤은 관직에 올랐겠지요. 번의 무사라면 어딘가로 일을 하러 갈 것입니다."

금색님은 말을 이었다.

다리 앞에 큰 광장이 있습니다. 거기는 성으로 들어가는 번사와 그 밖의 관아로 향하는 번사들이 엇갈려 지나가는 곳입니다. 제 모습은 눈에 띄므로 조금 떨어진 떡갈나무에 올라가서 오가는 사람들을 유심히 관찰하자, 번사들 중에 있더군요.

고주입니다. 그 칼의 주인 말입니다.

저는 놈이 열서너 살이었을 무렵의 얼굴을 기억하고 있습니다. 당시보다 많이 자랐고 근골을 단련한 데다 분위기도 생김새도 달라졌지만, 제 눈을 속일 수는 없습니다. 분명 고주였습니다.

뒤를 밟자 부교쇼의 도신 집무실로 향했습니다.

사실 부교쇼에 숨어드는 것은 두 번째인지라 익숙했습니다.

현재는 시바모토 겐신이라는 이름으로 도신 일을 하고 있다는 사실을 확인했습니다.

나머지 두 사람은 찾지 못했습니다.

다음 날이었다.

가미유이(髮結い. 손님의 머리를 틀어 올려주는 일을 직업으로 삼은 여자. 남자에게 이발과 면도 등을 해주는 남자 가미유이도 있었다)가 객관을 찾아왔다. 근처에 가미유이의 가게가 없으므로, 출장을 나와서 투숙객들을 상대로 장사를 하는 여자다.

하루카는 가미유이가 머리를 틀어 올려주는 동안 시바모토라는 도신을 넌지시 화제로 꺼냈다.

가미유이는 하루카의 머리를 빗기면서, "그야 알다마다요." 하고 약간 신이 난 듯한 목소리로 답했다.

"조카마치의 명물이라 할 만큼 멋진 남정네인걸요."

"그건 생김새가?"

"아니요, 아니요. 어머나, 아씨? 보신 적 없으세요?"

"예, 소문으로만 좀 들었어요."

"생긴 것은 그냥 평범해요. 여자는 말이지요, 사내의 얼굴만 보다가는 나중에 후회하는 법이랍니다. 그분은 여러 가지 의미에서 홀딱 반할 만큼 훌륭한 분이세요. 무슨 일이 생기면 다른 사람이 아니라 시바모토 님을 찾아가야 한다는 사람이 얼마나 많다고요. 강하시거든요."

"강하다고요? 그건 무사로서?"

하루카는 어쩐지 어벙하게 말했다.

가미유이는 잔뜩 들뜬 것 같았다.

"어이구, 얼마나 강하시다고요. 그것도 칼도 안 쓰고요. 요즘 보기 드문 무예가시지요. 불량배를 요렇게, 포승줄 하나로 얍얍 상대해서 눈 깜짝할 사이에 제압한다고요. 무슨 요술이라도 보는 것 같다니까요. 게다가 얼마나 공평하고 정이 많으신지 원."

가미유이는 몸짓을 섞어서 실제로 보여주며 칭찬을 계속했다.

반달이 은색 구름 위에 떠 있었다.

하루카는 은행나무 아래에 섰다.

금색님이 나타났다. 이번에는 빨간 우산을 들었다.

"근사한 우산이네요."

"오다가 주웠습니다. 제게 어울립니까?"

우산은 여자용 같았다. 혹시 금색님이 남녀의 차이를 염두에 두고 있지 않다면 일러두는 것이 좋을 듯했다.

"하나 남정네에게는 어울리지 않습니다. 금색님이 여자라면 어울렸을지도 모르겠네요."

금색님은 고개를 끄덕였다.

"저는 여자도 사내도 될 수 있습니다만. 오늘은 여인네풍으로 입었습니다."

어두워서 잘 몰랐는데 다시금 자세히 보니 기모노에는 도라지꽃을 흩뿌린 듯한 무늬가 그려져 있었고, 띠도 폭이 넓은 여성용이었다. 오늘 금색님은 여장을 했다.

"자, 그런 것보다, 정보를 더 모아 왔습니다."

여장을 한 금색님은 조사에 더욱 심혈을 기울여 도신 시바모토가 사는 곳을 알아내고, 집안 상황을 살펴보고 왔다고 했다. 하루카는 귀를 기울였다.

현재 그는 하인과 하녀를 두지 않고 혼자 살고 있으며, 혼인도 아직 하지 않았다. 몸을 단련하고 불상을 조각하는 것이 취미인 듯하다고 한다.

한편 유민을 벤 나머지 두 사람의 모습은 조카마치에서 전혀 찾아볼 수 없다고 한다. 금색님이 기억하기를 무사 집안의 자식들은 강기슭에서 서로 이름을 불렀는데, 세 명 중에 중심적인 인물은 신자부로였던 모양이다. 찾아내면 복수의 대상이지만 어디에도 보이지 않는다.

이제는 시바모토와도 교유가 없는 듯하다.

"시바모토의 평판은 들으셨는지요?"

가미유이가 들려준 시바모토의 평판은 아무래도 석연치 않았다.

"시바모토의 평판. 저도 모아 왔습니다."

금색님이 들은 시바모토의 평판은 가미유이가 들려준 것과 마찬가지로 대부분 칭찬이었다.

'시바모토 님이 없었다면 포목전네 딸은 목숨을 잃었을 거야.'

'고개를 넘었을 때 강도가 나타났는데 함께 있던 시바모토 님이 구해주셨지.'

'시바모토 님이 신중하게 조사해서 부교쇼에 보고하지 않았다면, 저쪽 술집 주인은 짓지도 않은 죄를 뒤집어쓰고 전 재산을 몰수당하는 것으로 모자라 목이 달아났을 걸세.'

'시바모토 겐신이 도신이라 다행이야.'

'시바모토 님이 계신 덕분에 우리가 이만큼 평안하게 장사를 할 수 있는 거지.'

비판하는 목소리도 있었다.

'시바모토 겐신은 자기 기량만 믿고 우쭐대다가 언젠가 비명에 갈 거야.', '괴짜가 따로 없다니까.', '신분이 낮은 자의 온갖 부탁을 들어주느라 분주하지. 무가의 체통이라는 것도 모르고 시시한 짓을 해.', '가끔 승려라도 된 양 입바른 소리를 하지. 스스로에게 도취되어 자기가 세상에서 제일 옳다고 여기는 면이 있어.', '그 사내가 도신이 된 후로 아주 갑갑해 죽겠다니까.', '놈은 지금까지 다들 눈감아주던 일을 아주 비정하고 엄하게 단속하는가 하면, 분명 옥방에 처넣어야 할 도둑을 아기 엄마라는 이유만으로 풀어주기도

해. 법을 준수하지 않고 정에 치우쳐 사리에 어긋나는 짓을 한다고.', '놈은 낮살이나 먹고도 홀몸이야. 가정을 꾸리지 않는 인간은 믿을 수 없어.', '아무 운치도 없는 것치고는 백성에게 인기가 있는 모양이지만, 무슨 가부키 배우도 아니고 무사로서는 실격이야.'

이렇듯 비판하는 목소리는 칭찬하는 목소리보다 훨씬 적었다.

다음 날 하루카는 금색님과 함께 번의 광장을 지나가는 시바모토 겐신을 지켜보았다.

금색님은 삿갓을 쓰고 허무승(虛無僧. 보화종의 승려. 장삼 차림에 삿갓을 눌러쓰고 통소를 불며 수행했다)처럼 차려입었다.

시바모토 겐신은 중간 키에 중간 몸집. 등을 곧게 펴고 의젓하게 걸었다. 어쩐지 고지식한 인상이었다. 얼핏 보기에는 가미유이가 입에 침이 마를 만큼 칭찬할 유의 남자로 느껴지지 않았다.

"이해가 안 됩니다."

피에 굶주린 소년. 그것이 고주였을 것이다.

이미 누군가에게 죽임을 당해 찾지 못해도 이상할 것 없다고 생각했다. 살아 있더라도 관직에 오르지 못해 로닌이 되었든지, 간신히 번사로 등용되었어도 사람들에게 미움받고 경멸당하며 살고 있을 줄 알았다.

그 어느 것에도 해당되지 않고 훌륭하다는 평을 들으며 신뢰받고 있을 줄이야. 이건 도대체? 이것이야말로 정말로 부당한 일 아닐까.

"죽일까요?"

그날 밤, 은행나무 아래에서 금색님이 물었다.

죽이고 싶다.

똑똑히 그런 마음을 품었다.

놈이 칭송을 받으며 살고 있다는 사실을 참기 힘들었다.

"확실하게 죽일 수 있으신지요?"

"물론. 분부만 내린다면 날이 밝기 전에."

언제라도 죽일 수 있다고 생각하자 화가 조금 가라앉았다.

"다만 남은 두 사람에 대한 실마리는 사라집니다."

고주의 소재는 알아냈지만, 당시 강기슭에 있던 다른 두 사람의 행방은 여전히 묘연하다. 시바모토는 칼을 떨어뜨렸을 뿐이고, 슌페이나 신자부로가 어머니를 해쳤을 가능성도 있으니 두 사람에 관해서도 알아보아야 한다. 시바모토를 처분하는 일은 좀 더 뒤로 미루어도 된다.

"기다리십시오."

하루카는 이마에 손을 대고 생각에 잠겼다.

너무 성급하게 구는 것도 좋지 않다. 상대는 백성의 신뢰를 얻은 인물이다. 금색님이 만에 하나라도 사람을 착각했다면 깊은 후회가 남을 것이다.

"그 사내가 강기슭에서 제 어머니를 벤 것은 확실하지요?"

"저는 그것까지는 모릅니다. 다만, 십수 년 전, 그 사내는, 한밤중에 칼을 들고, 유민을 베러 왔습니다. 그대가 가지고 온 칼은, 그 사내가, 들고 있던 것입니다. 맹세컨대 그것만은, 틀림없습니다."

하루카는 다시 생각에 잠겼다.

어머니를 베었다고 단정할 수는 없다. 하지만 용서할 수 없는 상대라는 것은 변함없다.

죽인다. 그 결심을 떠올리자 새삼 가슴이 서늘해졌다.

법으로는 시바모토에게 죄를 묻지 못한다. 무사와 유민으로 몰락한 백성은 사람과 짐승만큼 신분이 다르다고 부교쇼는 판단할 것이고, 어릴 적에 지은 죄로 십수 년 후에 심판을 받은 전례도 없다. 만약 인과응보에 따라 처벌을 내리고자 한다면 암살 말고 다른 방법은 없다.

금색님에게 부탁하든지 스스로 손을 쓰든지 간에, 양심의 가책 없이 개운하게 죽일 수 있느냐가 중요하다.

"가능하면 시바모토 겐신에 대해 좀 더 알아보고 싶습니다."

"제가, 부탁해볼까요?"

하루카는 곤혹스러웠다.

"어, 누구에게요? 무엇을 부탁한다는 말씀이신지요?"

"도신에게, 나머지 죄인을, 찾게 합시다."

"나머지 두 명을 찾는 일을 시바모토 본인에게?"

"예. 시바모토를 꺾은 뒤에, 이 처자를 두고 갈 테니, 처자의 말을 잘 듣고, 어떻게 할지, 궁리해보라고 하는 겁니다."

하루카는 억지웃음을 지었다.

금색님의 농담은 보통 사람의 감각과는 조금 어긋나서 아무래도 웃을 수가 없다.

하지만 농담이 아니었다.

4

밤에 금색님과 함께 도신의 집에 침입했다. 미리 상의한 대로 이불에 감싼 하루카를 금색님이 땅에 내려놓았다. 금색님은 여장을 벗고 검은 옷으로 갈아입었다.

"부탁이 있소이다."

금색님이 시바모토 겐신을 패대기쳤다.

하루카는 땅에 누워 실눈을 뜨고 보았다. 휘말려 들지 않으려면 쓰러져 있는 편이 제일 낫다.

과연 금방 죽일 수 있다고 장담할 만한 실력이었다. 금색님은 어른이 갓난아이를 다루듯이 시바모토 겐신을 가지고 놀았다. 시바모토가 뭘 어찌해도 금색님에게는 통하지 않는다. 시바모토는 당황을 금치 못했다. 그 꼴을 보고 있자니 속이 시원했다.

이윽고 금색님은 시바모토를 집 안으로 내던지고 지붕으로 사라졌다.

다음 날 아침, 하루카는 '아무것도 모르는 처자인 척'하며 자신이 강기슭에서 주워 온 유민의 딸이라는 사실을 밝히고 칼날 표면이 움푹 팬 간분신토를 내밀었다.

시바모토에게 들려준 신상 이야기의 큰 틀에 거짓은 없었다. 조사하면 금방 들통나거나, 의문을 품고 추궁했을 때 빠져나갈 구멍이 없는 거짓말을 하면 이 연극은 근본부터 우르르 무너진다. 비밀은 몇 가지로 족하다. 특히 시바모토 겐신이 부모님의 원수임을 이미 알고 있다는 사실과 가메라는 로닌을 죽였다는 사실 말이다.

애당초 거짓말을 오랫동안 계속할 심산은 아니었다. 상대의 반응을 보기 위한 연극이다.

금색님은 물러간 척하고 천장 위에 숨어 있었다. 신호를 주면 바로 내려오기로 했다.

유민이 뭐 어쨌느냐며 격노하여 덤벼들기를 바랐다. 그때 죽이면 된다.

하지만 시바모토는 안색 하나 변하지 않고 칼을 들어 마치 난생처음 보았다는 듯이 눈을 가늘게 뜨고 살펴보더니, 십사 년 전에 유민을 죽인 죄인을 찾겠다고 태연하게 말했다.

일단 죽이지 않고 놓아두기로 했다.

일단이다. 시바모토가 유민을 죽인 죄인을 어떻게 찾을지 두고 볼 작정이었다.

시바모토와 함께 집으로 돌아가 아버지, 소노 신도에게 집을 나간 것을 사죄하자 다시 소노가에 받아주었다. 가메를 죽이고 집을 나갔다가 다시 소노가의 문턱을 넘어설 때까지 열이레가 흘렀다.

다음 날 아침, 참새 소리에 잠에서 깼다. 하루카는 이불 속에서 멍하니 뜰 저편의 작은 새들을 바라보았다. 바람이 거세지자 참새들은 일제히 어딘가로 날아갔다. 빗방울이 똑똑 떨어졌다.

하쓰에가 왔다.

"피곤하지?"

"아니요, 괜찮아요."

"좀 더 자렴. 신 씨가 노독이 풀릴 때까지 며칠간 집안일은 일절 시키지 말라고 신신당부했어." 하쓰에는 목소리를 조금 낮추었다. "긴 여행이 어땠는지 나중에 들려다오."

"예."

하루카는 고개를 끄덕였다.

하쓰에는 빨래를 걷으러 갔다.

참으로 마음이 푸근한 곳이다. 여기에 산다는 것이 얼마나 귀한 행복인지 절감했다. 집안일을 하지 말라고? 말도 안 된다, 휴식은 한나절이면 충분하다. 몸을 움직이지 않으면 도리어 마음이 어수선해진다.

가족도, 다다미도, 맹장지문도, 기둥도, 봉당도, 전부 다 원래 그대로라서 정말로 기뻤다.

하루카는 이부자리를 개키고 방구석에 있는 몸거울을 들여다보았다.

무구한 표정의 소녀가 비쳤다.

하루카는 거울에 손가락을 살짝 댔다.

나는 앞으로 평생 거짓말과 함께 살아간다.

돌아온 이상 누가 무엇을 물어보아도 가메를 죽였다는 사실은 영원히 숨길 것이다. 최대한 무구한 얼굴로, 얼마든지 비열하고 교활해질 것이다.

허락 없이 손에 깃든 힘을 사용하면 베겠다고 아버지가 말했기 때문이기도 하지만, 아버지는 가메 일을 고백해도 분명 나를 베지 않을 것이다.

그렇다면 왜 영원히 거짓말을 하느냐. 두말할 것도 없이, 내가 영악한 거짓말쟁이이기 때문이다.

가메 일뿐만이 아니다. 금색님과 만나 원수에 대해 알아낸 것도, 지금부터 그 원수를 두고 보다가 결국에는 죽일 예정이라는 것도, 아버지와 하쓰에 씨에게는 말하지 않을 작정이다.

5

얼마 후 시바모토 겐신은 하루카를 불러냈다.

하루카는 찻집에서 경단을 먹었다.

하루카는 친절한 도신에게 정말로 고마워하는 처자를 연기했다.

시바모토 겐신은 검술 도장을 조사했으며, 다무라 슌페이라는 남자의 소식을 알아볼 생각이라고 했다. 끝까지 시치미를 떼기로 마음먹은 모양이다.

하지만 슌페이는 분명 유민을 베러 온 놈들 중 하나다.

다음 날 그가 조사했다는 검술 도장 앞까지 가보았다. 연습장은 여자 출입 금지지만, 대문 근처에서 문하생의 여동생과 연인들 몇 몇이 문하생을 기다리며 수다를 떨고 있었다. 밝은 모습의 그녀들에게서는 사랑에 빠진 사람의 설렘이 느껴졌다.

하루카는 그녀들에게 말을 걸었다. 그리하여 정말로 도신의 부하인 오캇피키가 도장에 탐문을 하러 왔다는 것을 알았다. 시바모토는 죄인이 누구인지 다 알고 있을 텐데도 진지하게 수사를 하고 있다. 시치미를 떼는 데 이렇게까지 공을 들이다니, 어처구니가 없었다.

그는 스스로 저지른 짓을 자기 자신에게도 없었던 일로 하려는 걸까.

처음에는 '실은 다른 사람이 죄인인데 금색님이 착각했을 가능성'도 고려해보았지만, 수사에 열과 성을 다하는 시바모토의 모습이 오히려 그가 그 일에 관여했음을 뒷받침했다. 정말로 아무 관계도 없다면 십사 년 전이나 옛날에 유민을 벤 죄인을 찾는 일은 그냥 내버려둘 것이다.

원한을 품은 여자의 마음이 개운해지도록 열심히 수사해주마. 세상은 적이 아니라 그대와 같은 편이다. 모두가 죄인을 미워하고 경멸하고 있다는 것을 가르쳐주마.

오로지 속죄하고 싶은 마음일 것이다. 얄궂게도 시바모토의 심리를 알 수 있었다.

나도 몇 년 후에 가메와 터울이 지는 여동생이 ― 가령 여동생이 있다면 말이지만 ― 울며 매달리면 남들보다 훨씬 친절하게 대하겠지.

정말로 그가 아무 짓도 저지르지 않았고, 정말로 내가 무구한 소녀라면 얼마나 좋을까.

그런 생각이 들지 않는 것도 아니다.

만약 우리가 이 촌극을 계속하며 마지막까지 서로의 거짓말을 파헤치지 않는다면…….

금색님의 목소리가 머릿속에 되살아났다.

적도 한편도, 언젠가는 한데 어울려, 의좋게 지내며, 새로운 세상을 만들겠지요.

죽일 예정이라는 것은 변함없다.

이미 죽이기로 결심했다.

시바모토가 혼인을 청했을 때는 당황스러웠다.

"신분이 다릅니다."

"그대는 소노가의 여식인걸. 시바모토가의 문벌은 그대가 펄쩍 뛸 만큼 대단치 않아. 나는 기껏해야 시골 하급 무사의 셋째 아들이라고. 소노가는 무사 집안이 아니지만 묘지타이토를 허가받은 집안이잖아. 신분은 크게 다르지 않아. 서로 엇비슷하니 안심하게."

소노 신도는 칼을 차고 다니지는 않았지만 묘지타이토를 허락받은 마을 유지였다. 무사에 버금간다고 해도 된다. 소노가의 딸로서 혼인을 한다면 신분의 격차는 큰 문제가 아니다.

"소노가는 그렇다 할지라도 저는 유민의 딸인걸요."

"뭐, 그건 밝히지 않으면 그만이야. 애당초 유민의 딸이 뭐 어떻단 말인가? 인간은 거슬러 올라가면 대개 유민이야. 무사라 해도 관직을 찾아 떠도는 로닌은 유민이나 마찬가지고."

"왜 저인가요?"

"반했거든."

죄인 찾기도 끝났으니 승낙하지 않으면 시바모토와의 인연은 끊어진다.

이제 그만 죽이기로 할까.

하지만 만약 죽이기를 보류하고 혼인한다면 상대를 알 기회도, 죽일 기회도 한없이 늘어난다.

청혼을 받아들이고 몇 번 만나는 사이에 시바모토 겐신에 대해 더 깊이 알 수 있었다.

둘이서 그의 생가에 인사를 드리러 갔다.

그의 아버지 다카노부는 번의 물품 구매 담당으로 일하다가 몇 년 전에 폐병으로 세상을 떠났다. 시바모토 가를 이어받은 장남은 현재 에도저택(지방 번주가 에도에서 공무를 볼 때 머무르기 위해 마련한 거처)에서 봉직하고 있지만, 차남은 분가하지 않고 지우산 만들기 등의 부업을 하고 있다고 한다. 셋째가 겐신이다.

그의 어머니는 살아 있었다. 관직에 오르지 못한 차남과 함께 가주이자 장남이 비운 집을 지키고 있었다.

"잘 왔어요. 하루카 씨. 고주는 성격이 깐깐하고 별난 아이이니 잘 부탁할게요."

하루카는 시어머니에게 고개를 숙였다. 시바모토의 어머니는 나이에 비해 허리가 꼿꼿하고 올차 보이는 여자로, 딱딱한 구석이 전혀 없었다.

유민의 딸인 줄 몰라서인지 혼인에 반대하는 낌새도 없었다. 보타모치(牡丹餅. 찹쌀과 멥쌀을 섞어서 만든 떡. 팥고물을 얹어서 먹는다)를 대접해주었다.

"그건 그렇고 소노 씨라면 명의라고 평판이 자자하잖아요. 그런 분의 따님이라니 고주에게는 아까울 정도네요. 우리 집은 둘째도 제대로 된 일을 하지 않으니."

돌아오는 길을 걸으며 하루카는 물었다.

"어린 시절 이야기를 듣고 싶습니다."

"별로 기억이 안 나는데. 다만 아주 미숙했던 것만은 확실해. 좋지 않은 짓을 많이 했지. 가능한 한 잊어버리려고 애쓰지만 악몽을 꿔."

"어떤 꿈인데요?"

"깨어나면 거의 다 잊어버려. 지옥에서 옥졸에게 괴롭힘을 당하는 꿈이지. 아무것도 통하지 않아. 그래, 그 금색 무인처럼 말이야."

혼례를 올렸다.

축하연이 벌어졌다.

시바모토의 집에 혼수로 장롱을 들여놓았다.

혼례를 올린 날 밤.

행등 불빛이 방을 비추었다.

시바모토는 고른 숨소리를 내며 똑바로 누워 잠들었다.

그가 애용하는 포승줄은 곁에 없었다.

도코노마(床の間. 다다미방의 바닥을 한층 높여 족자나 도자기 등을 장식해두는 곳)에는 백합을 꽂은 항아리와 하루카가 가져온 칼이 누가 깜빡하고 두고 가기라도 한 것처럼 놓여 있었다.

하루카는 침을 꿀꺽 삼켰다. 마치 시바모토 겐신이 이렇게 말하는 것 같았다.

'너는 전부 다 알고 여기에 있는 것이냐, 아니면 모르고 여기에 있는 것이냐. 만약 다 알고 있다면 복수를 하려는 것이겠지. 지금 너는 기회를 얻었다. 나는 잠들었고, 네 어머니를 벤 칼은 저기에 있다. 이 집에 방해를 할 자는 없다.'

아니면 그저 내 망상일까?

행등의 불을 껐다. 어두운 방에서 가만히 귀를 기울였다. 올빼미 울음소리가 들렸다.

하루카는 칼에 손을 대지 않았다. 그런 것은 필요 없다. 어렸을 때부터 눈에는 보이지 않는 검을 손에 들고 있었다. 그 검을 사용하면 피를 보지도 흔적을 남기지도 않고, 상대가 날뛸 걱정도 없이 목숨을 거둘 수 있다.

만약 오늘 밤에 시바모토 겐신이 죽는다면.

하루카는 생각했다.

그래, 외상 없이 급사한다면.

달아날까. 물론 도망치면 세간 사람들에게 자기가 그랬다고 밝히는 것이나 마찬가지다. 외상이 없어도 독을 먹였다고 의심하리라. 도신을 죽인 죄인으로 쫓길 테니, 두 번 다시 이 번으로는 못 돌아온다. 도망치지 말고 잘 무마할까. 시치미를 뚝 떼고 청상과부가 된 자신의 신세를 한탄…… 하지만 아직 한창때인 남편이 혼례를 치르자마자 급사하다니 너무나 부자연스럽다. 의심받지 않을 리 없다.

아버지와 하쓰에 씨의 입지도 좁아질 것이며, 뭔가 피해를 입을 것이다. 두 사람은 내 손에 깃든 힘을 알고 있다. 분명 둘 다 내가 무슨 짓을 했는지 금방 알아차리고 괴로워하겠지.

시바모토 겐신의 가슴에 손을 살짝 얹었다. 온몸이 서늘하게 식었다.

문득 강에 흘려보낸 조릿대 배가 어두운 바위 틈새로 빨려 들어가는 심상이 떠올랐다. 조릿대 배는 햇빛이 비치는 세상을 잃고 어딘지도 모를 지하 깊숙한 곳의 암흑 속을 영원히 떠돈다.

그 조릿대 배는 나다. 지금 눈앞에 어두운 구멍이 입을 뻐끔 벌리고 있다. 구멍이 점점 가까이 다가온다.

재빨리 손을 뗐다.

눈에 눈물이 고였다.

못한다.

어째서인지 못하겠다.

더 일찍 해치울 걸 그랬다.

셋째 아들 겐신을 자랑스러워하면서도, 쑥스러워서 좀체 자랑을 못하는 시어머니의 얼굴이 눈에 선했다. 아들이 죽으면 슬퍼하리라. 혼인을 축하해준 시바모토의 동료들과 그를 잘 따르는 오캇피키, 시바모토를 스승으로 공경하는 포박술 연습 상대, 집에 놀러 오는 바둑 친구들을 알기 전에 해치웠으면 좋았을 것.

하지만 오늘 밤에 못하더라도, 앞으로 기회는 얼마든지 있다.

그는 내게 반하여 청혼했다. 반한 여자가 언제든지 자신을 죽일 수 있도록. 한 번 실패해도 몇 번이든 다시 기회가 생기도록.

이것도 내 망상일까?

하루카는 고개를 떨구었다.

드러누워서 천장을 보았다.

오늘은 이만 자자.

의식이 깊은 어둠 속으로 가라앉았다.

적도 한편도, 언젠가는 한데 어울려, 의좋게 지내며, 새로운 세상을 만들겠지요.

6

몇 달이 지났다. 해가 바뀌어 겨울이 지나가고 봄이 왔다. 하인과 하녀를 새로 고용했다. 집이 떠들썩해졌다.

그는 성실한 인간이었다. 일에 있어서도 사생활에 있어서도 반듯하고 빈틈이 없었다. 괴짜이자 따분한 남자이기도 했다. 혼자 나무 불상을 조각하고, 도장에 다니며 유술과 포박술을 연습하는 데 많은 시간을 들였다.

만약 유민을 베었다는 과거만 없다면 그 따분함을 사랑하고, 성실함에 경의를 품으며 자랑스레 여겼으리라.

매화꽃이 필 무렵 다시 한 번 시도했다.

역시 도중에 손을 거두었다.

금색님에게 부탁하면 자신의 손을 더럽히지 않고, 남에게 칼부림을 당한 것처럼 위장할 수 있다.

처음에는 그래도 상관없다는 생각이었지만, 시간이 흐를수록 남에게 맡기고 싶지가 않았다.

꽃을 시샘하듯 차가운 비가 내린 밤, 하루카는 겐신에게 물었다.

"겐신 님, 사람의 죽음에 대해 물어보아도 될까요?"

겐신은 이부자리에 드러누워 천장을 바라보았다.

"죽음이라."

"겐신 님이 살아오면서 제일 처음 경험한 죽음은 누구의 죽음인지요?"

"누님." 겐신은 나직하게 말했다.

"누님이 계셨습니까?"

"응, 먼 옛날 일이라 지금은 아무도 누님 이야기를 꺼내지 않아. 여덟 살 때 죽었지. 내가 여섯 살 때. 자주 나와 놀아주었는데. 연못에 빠져서 죽었지. 엎드린 자세로 둥둥 뜬 채 발견됐어. 아마도 발을 헛디뎠겠지만 정확한 이유는 몰라. 그 다음은 기르던 개. 내가 아홉 살 때였나. 그렇게 늙은 것도 아닌데 병에 걸렸는지 갑자기 기운을 잃더니만, 아침에 보니까 죽었더라고. 아, 미안해, 개는 사람이 아니지. 엉뚱한 대답을 했군. 하지만 어쩐지 개가 누님이 있는 곳에 가서 누님과 사이좋게 지내고 있을 것 같아서. 그럴 리 없겠지만 어릴 적에는 누님이 불러서 갔다고 상상했어."

비가 똑똑 떨어지는 소리가 들렸다. 습하고 차가운 웃풍이 스며들었다.

"그리고 서당 친구. 개가 죽은 것과 같은 해였지. 역시 병이었어. 서당에 결석하더니만, 몇 주일 후에 죽었다는 소식을 들었지. 장례식에도 참석했어."

시바모토는 멍한 표정으로 자신이 경험한 누군가의 죽음에 대해 차례대로 이야기를 해나갔다. 다음은 할아버지, 그 다음은 할머니. 하지만 고주가 유민을 벤 이야기는 나오지 않았다.

"남을 죽인 적은."

"있어. 뭐랄까, 항상 죽이고 있는 것이나 비슷해. 부교쇼로 압송한 죄인 중에는 사형에 처해지는 자도 많거든. 옥방 생활이 가혹한 탓에 옥사하는 자도 많고."

"그런 일을 하면서 후회한 적은 없으십니까?"

"실은 나중에야 잘못되었다고 후회한 적이 몇 번 있어. 세상과 사람들을 위해서 일하다가 그랬으니 어쩔 수 없다고 기분을 추슬러본들, 평정을 되찾는 것은 내 마음뿐이겠지. 참수당한 자의 유족은 생각이 다를 거야."

"혹시 겐신 님에게 원한을 품은 사람이 겐신 님의 목숨을 거두러 온다면 어떻게 하시려는지요?"

"받아들이겠지."

"받아들이신다고요?"

시바모토 겐신은 천장을 바라보며 받아들이겠지, 하고 다시 말했다. 여느 때와 달리 힘없는 목소리였다.

"납득이 가지 않는 이유로 배를 가르는 것도, 철포 부대에 뛰어들어 상대를 베면서 철포에 맞아 죽는 것도, 앓아누워 죽는 것도 다 똑같은 죽음이야. 군이 입 밖에 내지는 않지만, 원한을 품은 자에게 죽기보다 번의 명령을 받고 할복하고 싶다든가 무사로서 싸우다 죽고 싶다는 생각은 전혀 없어. 정면으로 덤빈다면야 싸우겠지만 불의의 기습을 당하면 막을 방도가 없잖아. 살다가 언젠가 그날이 오면 죽겠지."

"원한이 순리에 맞지 않는다면요?"

"순리라. 사실 순리란 어디에도 없어. 그것이 이 세상의 무서운 점이지. 그저 당사자와 그 주변 사람들이 순리에 맞다, 맞지 않다고 따질 뿐이야."

하루카는 눈을 감았다.

생각은 언제나 정리가 되지 않는다.

내가 제일 처음으로 경험한 죽음은 어머니다. 하지만 기억에 남아 있는 것부터 헤아린다면 겨울날 사슴이다. 내 손으로 목숨을 거두었다. 그리고 아버지의 분부를 받아 극락으로 떠나보낸 병자들. 나는 그 어떤 변명도 할 수 없을 만큼 분명한 살인자다. 도대체 몇 명이나 내 손에 죽었을까. 순리라는 것은 없다. 그저 순리에 맞다, 맞지 않다고 당사자와 그 주변 사람들이 따질 뿐…….

시바모토 겐신이 죽을 날은 오늘이 아니다.

그리고 잠에 들어 또 다른 하루가 시작되었다.

비가 그치자 건조한 바람이 불어 축축한 땅을 말렸다. 시바모토 가의 마당에 모란꽃이 피었다. 새하얀 꽃이 5월의 햇살을 받고 빛났다.

시바모토 겐신은 출근했고, 하인과 하녀는 장을 보러 나갔다. 하루카는 도코노마를 청소했다.

도코노마에 장식된 나무 여래상의 머리가 움직여서 빠졌다.

"안녕하십니까."

금색님의 얼굴이 나타났다.

하루카는 빗자루를 방바닥에 떨어뜨렸다.

"금색님, 당신은."

여래상은 속을 긁어내서 내부가 텅 비었다. 금색님은 그 안에 숨어 있었다.

금색님이 어디로 사라져서 한동안 얼굴을 보지 못했다. 이제 자신이 할 일은 끝났다고 여기고 당집으로 돌아간 줄 알았다.

"설마 계속 여기 숨어 계셨어요?"

"아니요, 아니요. 여기저기 돌아다녔습니다. 걱정하지 마십시오. 이 집은 숨을 곳이 아주 많아서 좋습니다. 확실하게 조사해 왔습니다. 신자부로는 유민을 베고 한 달이 지나 누군가에게 습격당해 손발가락을 몽땅 잘리고 나서 자진했습니다."

신자부로는 자진. 다무라도 죽었다. 즉, 지금 남아 있는 사람은 시바모토 겐신뿐이다.

"해낼 수 있을 것 같습니까?"

복수를 해낼 수 있을 것 같습니까?

하루카는 말문이 막혔다.

나는 복수를 하기 위해 여기에 있다.

어쩌다 보니 원수와 혼례를 올리고, 그 생활에 익숙해져 태평하게 방이나 청소하고……. 도대체 뭘 하고 있는 거람?

"그럼요, 틀림없이. 예, 그렇고말고요."

하루카는 웅얼웅얼 말했다.

"무슨 일 있으면 부르십시오. 제가 하면 확실하겠지만 스스로 하시겠다면, 급할수록 돌아가라는 말도 있으니 잘 생각해서 소망을 이루시길. 그럼 이만."

여래상의 머리가 원래대로 되돌아갔다.

"잠깐만요."

여래상의 머리가 빠지고 다시 금색님이 고개를 내밀었다.

"무슨 일이십니까?"

"이제부터는 제가 알아서 할게요. 금색님, 지금까지 감사했습니다."

하루카는 고개를 숙였다.

금색님의 몸속에서 삐빅, 하고 소리가 났다.

내가 시바모토가에 있다고 해서 금색님까지 한집의 바닥 아래, 천장 위, 불상 속에 몇 달이나 숨어 있는 것은 이상하다.

"천만의 말씀."

하루카는 아무래도 찜찜했다. 제대로 알아들었는지 시험 삼아 물어보았다.

"그런데 금색님은 이제 어디로 가실 건가요?"

"간다고요? 여기에 있을 겁니다만? 무잉?"

하루카는 눈을 깜박였다. 무잉은 또 뭐람? 큰일이다. 역시 못 알아들었다.

"그대에게, 무슨 일이 생겼을 때, 혹은 볼일이 있을 때, 바로 나타날 수 있으므로."

"시바모토는 흉악한 본성을 이미 잃은 듯합니다. 위험하게 느껴지지 않아요. 그래서 좀 더 긴 안목으로 그를 지켜보고자 합니다. 오늘이 바로 그날이라는 확신이 들면 금색님의 손을 빌리지 않고 스스로 끝을 맺겠습니다."

어쩌면 그런 일은 없을지도 모른다. 그날은 영원히 오지 않을지도 모른다.

"그렇군요."

"여기까지 이끌어주신 금색님께 뭐라 감사의 말씀을 올려야 할지 모르겠습니다. 또한 이 집에 계속 머물러주시는 것에 죄송함과 안쓰러움을 금치 못하겠습니다."

"하하하, 그런 것은 마음에 담아두지 않아도 됩니다. 저는 불상 같은 것이니까요."

하루카는 뭐라고 말하려다 입을 다물었다.

폭포 위에서 나눈 맹세가 떠올랐다. 금색님은 분명히 말했다.

'저는 그대를 배신하지 않고, 그대의 부탁을 들어주고, 그대 곁

에 있겠다고 약조합니다.'

금색님의 맹세는 내가 생각했던 것보다 훨씬 진지하고 무거워서 상황에 따라 간단히 뒤집을 수 없는 것이 아닐까. 분명 간단히 뒤집을 수 있는 일이라면 굳이 '맹세'라는 형식을 취하지 않았을 것이다.

"그럼 또 뵙지요."

하루카가 생각에 잠긴 동안 여래상의 머리가 제자리로 돌아갔다.

여름이 끝나갈 무렵, 겐신이 부리는 오캇피키가 남자 하나를 데리고 왔다.

"나리, 잠깐 괜찮으시겠습니까?"

오캇피키는 중간 키와 중간 몸집에 소하쓰 머리를 한 사십 대 남자의 어깨를 탁 두드렸다.

"강 건너에서 서적 대여상을 하고 있는 마키베라는 자입니다. 저도 자주 빌려봐서 잘 알고 지내는 사이지요. 그런데 이번에 지독한 일을 당했지 뭡니까. 마키베의 이야기만이라도 들어주십시오."

오캇피키는 머리를 숙였다. 서적 대여상도 따라서 머리를 숙였다.

시바모토 겐신은 오캇피키가 소개한 사람에 한해서만 어디까지나 개인적으로 이야기를 들어주었다. 부교쇼에서 문전박대를 당했더라도 조금만 힘을 빌려주면 해결할 수 있는 일은 아주 많다. 물론 자신의 힘으로는 어찌할 수 없어 이야기만 들어주고 끝낼 때도 많다.

겐신은 서적 대여상 마키베를 객실에 들였다.

"자, 편히 앉으시게. 듣기 전에 말해두는데 꼭 뭔가 해줄 수 있다는 건 아니야. 그냥 이야기를 들어보는 걸세."

시바모토는 서적 대여상의 얼굴을 보며 말했다. 오캇피키가 옆에서 재촉했다.

"자, 형님. 무슨 일이 있었는지 어서 말씀드리세요."

서적 대여상은 눈을 감고 말했다.

"그저께 제 딸들이 납치당했습니다."

"누구에게?"

"흉흉한 놈들입니다. 노부시인지 뭔지 모르지만, 귀어전이라는 곳에 끌고 갔습니다."

"귀어전." 시바모토는 눈썹을 찌푸렸다.

하루카는 찻잔을 담은 쟁반을 들고 갔다.

서적 대여상은 이야기를 하면서 눈물을 쏟았다.

귀여운 쌍둥이다. 금이야 옥이야 키웠다. 아직 열 살밖에 안 되었다. 이름은 마나와 사치다.

서적 대여상은 그날 쌍둥이 딸을 데리고 목욕탕에 갔다. 목욕을 마치고 돌아가려는데 로닌으로 보이는 남자 세 명이 치근거렸다. 딸들이 아주 예쁜데 하나 팔지 않겠느냐고 했다. 이 자식들 포주구나 싶어 치를 떨면서 당연히 거절했다. 그러자 태도가 마음에 들지 않는다며 생트집을 잡았다.

로닌풍 남자들은 칼을 뽑았다. 귀어전이라는 말은 그때 나왔다.

―딸들은 우리가 맡을 테니 걱정할 것 없어. 맥은 마음 편히 세

상 하직하면 돼. 둘 다 도깨비 궁궐에서 촌년들은 꿈도 못 꿀 호사를 누리게 해줄게.

한 명이 덤벼드는 틈에 나머지 두 명이 서적 대여상에게서 쌍둥이를 빼앗았다. 칼에 베여 죽지 않은 것은 돌을 기모노로 감싸서 휘두르며 사람을 불렀기 때문이다.

고래고래 소리를 질러 사람을 부르는데, 시간을 오래 끌어서는 안 되겠다고 여겼는지 세 사람은 서적 대여상을 죽이기를 포기하고 쌍둥이를 데려갔다.

다음 날 탄원서를 들고 부교쇼로 갔지만 반응은 냉담했다. 그들의 이름과 소재를 안다면 또 모를까, 어디의 누가 납치했는지 알지 못하면 손쓸 방도가 없다고 했다.

서적 대여상은 귀어전의 이름을 알고 있었다. 실제로 그곳 사람과 마주친 것은 처음이었지만, 산속에 살인 청부, 방화, 강도, 인신 매매 등등 돈벌이가 되면 뭐든지 하는 자들의 소굴이 있다는 소문을 먼 옛날에 한 번 들은 적이 있었다.

노부시들이 도깨비 궁궐이라는 말을 입에 담았다고 부교쇼의 관헌에게 이야기하자, 도깨비 궁궐은 용궁성과 마찬가지로 실체가 없어 어디에 있는지 모를 곳이니 뾰족한 수가 없다고 답했다.

시바모토 겐신은 굳은 표정으로 미동도 없이 이야기를 들었다. 눈물을 흘리는 마키베는 참으로 측은해 보였다. 분하고 억울해서 못 살겠습니다. 그런 뜻이 담긴 눈물이었다.

하루카는 기둥 뒤에 서서 서적 대여상의 이야기를 하나도 빠짐없이 다 들었다. 아주 참담한 이야기였다. 귀어전이란 아버지와 어머니가 싸운 그 귀어전이 틀림없었다.

역시 거기는 극악무도한 곳이다. 그리고 지금도 명맥을 이어가고 있다.

결국 부교쇼는 아무것도 해주지 않을 것이다.

서적 대여상은 해 질 무렵에 돌아갔다.

겐신이 의분에 사로잡혔음을 하루카는 알아차렸다. 겐신은 조용히 뭔가를 곱씹는 듯한 표정을 짓고 있었다.

그날 밤 하루카는 말을 꺼냈다.

"겐신 님."

"왜?"

"귀어전은 존재합니다."

잠깐 침묵이 흘렀다. 새가 퍼덕퍼덕 날갯짓하는 소리가 맹장지 문 밖에서 들렸다.

"낮에 온 마을 사람 이야기를 들었나 보군. 그런데 어째서 있다고 단정하는 거지?"

"금색님께 들었습니다."

"금색님? 그자 말인가?"

"금색님과 폭포 위 사당에서 이야기를 나누었을 때 귀어전의 이름이 나왔습니다. 놀랄 만큼 많은 이야기를 들었지요."

겐신은 잠시 후에 입을 열었다.

"나도 알아. 내 생각에도 존재하는 것 같아. 도신으로 일하면서 비슷한 이야기를 몇 번 들었지. 실은 얼마 전에 참수를 당한 중죄인이 그 궁궐에 관해 떠들었어. 양 손등에 태양 문신을 한 놈인데, 그곳의 일원으로 거기서 산다는 거야. 어쩐지 거짓말을 하는 것처럼은 보이지 않더군. 사와무라 주변의 산속에 있는 모양이야. 세키가하라 전투가 벌어지기도 전에 생겼다는 말도 있고."

"그럼 왜 우리 번은 군사를 모아서 토벌하지 않는 것입니까?"

"나도 그것이 참 신기해. 조사해보았는데 기록에 따르면 과거에 두 번 귀어전을 찾아내려고 했어. 삼십오 년 전과 십구 년 전에. 두 번 다 실마리를 잡지 못했던 모양이야. 그 후로 상부에 청원해도 묘하게 엉덩이가 무거워. 그러다 유야무야되지. 이건 술자리에서 수군대는 소문인데, 귀어전이 관리한다는 부류 유곽에서 번에 바치는 세금이 쏠쏠해서 손을 댈 수가 없다나 뭐라나. 심지어 이런 말을 하는 사람도 있어. 악한들에게는 악한들만의 세계가 있다, 그렇듯 오래된 조직이 중심을 잡고 자기들끼리 말썽을 처리해서 평안을 유지하고 있으니 묵인하고 내버려두면 될 일이라고. 내가 붙잡은 사내도 가로와 거래하여 석방될 것이 분명하니 정중하게 대접하라고 지껄였지. 실제로는 목이 달아났지만."

"그럼 그 마을 사람의 딸은?"

"내버려두다니 안될 말이지."

시바모토 겐신은 즉답했다.

다음 날 겐신은 오캇피키를 대동하여 비적이 쌍둥이를 데리고 가도 옆 여관에 숙박하지 않았는지 탐문을 하러 나갔다. 여관 안주인 말에 따르면 쌍둥이와 무뢰한은 이틀 전에 숙박하고 사와무라 방향으로 갔다고 한다.

겐신은 집에 돌아와서 하루카에게 말했다.

"의외로 이쪽에서 발걸음을 하여 담판을 지으면 금방 아이들을 돌려줄지도 모르겠어. 무법자들의 소굴이라고 해도 번과 영리하게 관계를 유지하는 걸 보면 지혜는 있다는 뜻이야. 그쪽도 별것 아닌 일로 말썽을 일으키고 싶지는 않겠지. 아무래도 직접 가봐야겠어."

사와무라에는 번에서 직접 파견한 관헌이 없다. 치안 유지는 사와무라의 유지에게 맡겨져 있었다. 산촌은 자치가 기본이다.

겐신은 오캇피키에게 서찰을 들려 사와무라의 촌장에게 보냈다. 오캇피키는 촌장의 집에 머무르며 쌍둥이와 귀어전에 대해 촌장에게 물어보았지만 결과는 시원치 않았다. 촌장은 모르쇠로 일관했고, 마을 사람들도 쌍둥이는 보지 못했다고 대답했다. 하지만 이미 예견한 일이었다.

오캇피키는 시바모토가 쓴 서찰을 촌장에게 전했다. 귀어전을 찾으려는 번사들이 머무를 장소를 하나 빌려달라는 부탁이다. 촌장 입장에서는 명령에 가까워 거절할 수 없는 부탁이었다. 오캇피키는 쾌히 승낙한다는 답변을 받아 왔다.

다른 일이 겹친 데다 태풍이 와서 큰비가 내린 탓에, 한 달 후에나 출발할 수 있었다. 시바모토는 안타까워하며 한 달을 보냈다.

출발 전날.

하루카는 겐신에게 차를 끓여주고 나서 불쑥 말을 꺼냈다.

"왜 제 어머니를 베었는지요?"

의식하여 말했다기보다 아주 자연스럽게 말이 튀어나왔다.

남의 아픔에 공감하고, 남을 위해 애쓸 줄 아는 당신이 왜 그런 짓을 저질렀습니까?

방 안 분위기가 달라졌다.

겐신의 표정이 흐려졌다.

하루카는 자신이 꺼낸 말에 깜짝 놀랐다. 이미 늦었다.

겐신은 눈을 감았다. 그리고 아주 씁쓸한 표정으로 신음하듯이 중얼거렸다.

"모르겠어."

아내가 전부 알고 있을 가능성도 염두에 두었기 때문에 그가 별로 놀라지 않는 것이라고 하루카는 생각했다.

"베지 않았어. 아니, 베었는지 베지 않았는지 모르겠어. 이런 소리를 해봤자 달라지는 것은 없겠지. 다 변명이고 발뺌이야. 하지만 정말로, 기억이 안 나. 관례를 행하기 전이었어. 도장 친구의 꼬드김에 빠져 한밤중에 가서는 안 될 곳에 갔지. 하지만 그날 밤은, 졌어. 무엇에게 졌는지는 모르겠어. 요마 같은 것에게 완패했지. 어렴풋이 기억나는 건 그것뿐이야. 그리고 아침에 나는 걸레쪽이 되어 있었지."

여느 때 없이 말이 지리멸렬했다. 하지만 거짓말이 아니라는 것은 알 수 있었다.

겐신은 잠긴 목소리로 말했다.

"내일 일찍 떠나야 해. 돌아와서 차분히 이야기하지. 좀 더 일찍 그래야 했어. 언젠가 이런 날이 올 줄 알았지. 오지 않으면 좋겠다는 마음도 있었지만."

그 후 이른 아침에 출발할 때까지 한마디도 입을 열지 않았다.

부하 다섯 명을 데리고 나서는 귀어전 수색. 이번 일에 들어가는 모든 경비는 시바모토 겐신이 사비로 충당했다.

겐신이 떠나고 나서 하루카는 생각했다.

그 사람은 죽이지 않았다.

일 년을 함께 산 아내로서, 어제 그 말을 듣고서 직감했다. 죽이지 않았다.

다무라 슌페이, 그리고 신자부로라는 검술 도장 문하생과 함께 강기슭에 갔다. 칼을 떨어뜨렸다. 하지만 그 사람은 분명 유민을 베지 않았다. 남편을 잃고 아기를 끌어안은 어머니는 틀림없이 눈에 띄지 않도록 어둠 속에서 숨을 죽이고 있었을 것이다. 수행을 할 목적이었든, 마음에 들지 않는 일이 있었든지 간에 고작 세 명이서 사람들 사이를 헤집으며 일부러 그런 여자를 베는 것은 부자연스럽다.

그 부자연스러운 일을 할 수 있는 사람이냐 아니냐. 분명 그러지 못할 사람이라고 판단했다.

닷새 안에 돌아오겠다고 했지만, 열흘이 지나도 돌아오지 않았다. 그저 기다리는 수밖에 없었다. 돌아오면 금색님과 함께 허심탄회하게 이야기를 나눌 생각이었다.

얼마 후 부교쇼의 심부름꾼이 집을 찾아왔다.

당신 남편은 산속에서 행방불명되었다. 시바모토 겐신과 동행한 오캇피키도 같이 행방불명되었다고 한다.

"원래부터 그 산 일대에서는 실종되는 사람들이 많았습니다."

심부름꾼이 돌아가자 하루카는 고요한 집을 왔다 갔다 했다.

반쯤 얼이 빠졌다. 무릎이 떨렸다.

하루카는 요 일 년간 시바모토 겐신과 함께 살면서 그가 악한과 맞붙어도 그리 쉽게 죽지는 않을 인물임을 느꼈다. 단련에 단련을 거듭해 그만한 실력을 갖추고 있었고, 머리도 잘 돌아가는 사람이었다.

사로잡혔을까. 죽었을까.

이로써 서적 대여상의 쌍둥이 딸이 구출될 가망은 없어진 셈이다.

하루카는 여래상 앞에서 말했다.

"금색……님. 계신지요?"

대답은 없었다.

여래상의 머리를 떼어내자 속은 텅 비어 있었다.

이제 떠나셨나.

하루카는 고개를 떨구었다. 달칵 소리가 나서 고개를 들자 금색 얼굴이 천장널을 떼어내고 이쪽을 보고 있었다.

"부르셨습니까?"

귀신천녀

1747

1

덴쇼(天正. 일본의 연호. 1573~1593년에 해당한다) 시절에는 여섯 지장 가노하라에도 마을이 있었지만, 도요토미 히데요시의 군에 유린당해 지금은 지장보살상 여섯 개 말고는 아무것도 없는 벌판이 되었다.

지장보살상 밑에 군사와 전투에 휘말린 백성을 합쳐서 백 구도 넘는 시체가 묻혀 있는 탓인지, 밤에는 도깨비불이 날아다니고 안개가 끼면 고통에 찬 신음 소리가 들린다는 소문이 돌았다.

또한 여섯 지장 가노하라는 가도에서 사와무라로 향해 뻗은 길 옆에 위치해 있었다.

해가 구름 사이로 얼굴을 내밀었다가 다시 구름 뒤로 숨었다.

구마고로는 그날 여섯 지장 가노하라에 서른 명을 모았다. 부류 유곽의 젊은이 열다섯 명에 극락원에서 내려온 열다섯 명이 합세했다.

그중 세 명은 철포를 들고 들판 가장자리의 조금 두두룩한 곳에 몸을 숨겼다. 각자 창과 활, 칼 등의 무기를 들었다. 극락원에서 내려온 사람들은 모두 갑주를 착용했다.

서른 명은 느긋하게 주먹밥을 먹거나, 이야기를 나누며 서로 칼을 보여주고, 심심한 듯 창을 휘두르기도 했다.

구마고로는 의자에 앉아 생각했다. 이제 하루카가 오기를 기다릴 뿐이다.

하루카를 극락원으로 안내하지 않는다. 그것이 결론이었다. 하기야 고심한 끝에 그러한 결론에 다다랐다기보다 처음부터 자명한 일이었다.

구마고로는 하루카가 돌아간 다음 날에 요하야 앞으로 쓴 서찰을 심복에게 주어 극락원으로 보냈다. 부류 유곽에서 이틀 길이다.

시나노야에 도신의 아내가 나타나서 금색님과의 관계를 말했는데 몹시 수상했으며, 여섯 지장 가노하라에서 만나기로 했음을 알렸다.

요하야의 답신은 나흘 후 저녁에 도착했다. 극락원에 보낸 심복이 요하야의 서찰을 가지고 돌아왔다. 은어를 많이 섞어서 모르는 사람이 보면 무슨 뜻인지 모르도록 적었는데, 요컨대 다음과 같은 내용이다.

개가 극락원으로 통하는 길을 올라왔기에 처리했다. 도신의 아내가 번의 군사를 데리고 올 가능성을 고려해 한판 벌일 수 있을 만한 병력을 보내겠다. 상황에 따라 사용할지 말지는 네게 맡기마. 무슨 증거가 될지도 모르니 이 서찰은 태워라.

구마고로 일행이 여섯 지장 가노하라에 들어서자 극락원에서
보냈다는 열다섯 명은 이미 도착한 뒤였다. 절반 이상이 처음 보는
얼굴이었다.

만약 하루카가 혼자 나타나면 붙잡아서 처형 — 직전까지 간다.
서른 명이나 되는 남자들을 앞에 두고 자신이 얼마나 무력하고
생각이 모자랐는지 깨달을 것이다. 간담이 서늘할 것이다. 바보 같
은 짓을 했다고 후회할 것이다.
하지만 죽이지는 않는다. 목이 달아나기 직전에 나서서 처형을
중지시키고 두 번 다시 개입하지 않겠다는 맹세를 받은 후, 이번만
은 봐주겠다며 돌려보낸다.
이것이 하루카를 구하기 위해 구마고로 나름대로 최선을 다해
생각해낸 방법이었다.
포기함으로써 목숨을 건지고 새 인생을 얻는 경우가 세상에는
참 많다. 완고한 인간에게는 충격 요법을 쓰는 수밖에 없다.
하루카가 번과 모의하여 번의 군사를 데려올 가능성도 고려해
야 한다. 번의 명령을 받은 무사는 여간해서는 물러서지 않는다.
싸움이 벌어지면 번사는 모조리 시체로 만드는 수밖에 없지만, 그
것은 그것대로 문제이니만큼 잘 교섭해서 해결하는 것이 최고다.
서른 명이 있으니 분명 상대보다 수가 많을 것이다. 싸움을 벌이
면 무사히 돌아갈 수 없다는 것쯤은 상대도 안다. 교섭은 상대보다
힘이 있으면 대개 잘 풀리는 법이다.
내게는 심안이 있다. 상대의 뱃속을 잘 살펴보자.

번에서 보낸 병력이 서른 명보다 많을 가능성도 없지는 않다. 가도에 파수꾼을 세워놓았다. 군사가 너무 많이 이쪽으로 향하는 것 같으면 파수꾼이 달려와서 경고한다. 그러면 적이 여섯 지장 가노하라에 도착하기 전에 모두 흩어진다. 피를 흘릴 생각은 없었다.

하루카가 금색님을 데려온다면.

이건 난처하다. 애당초 그분은 무슨 생각을 하는지 전혀 짐작이 안 간다. 요하야가 보낸 서신에는 만약 금색님이 나타난다면 알아서 대처하라고 적혀 있었다.

금색님은, 어떻게 취급해야 할까. 지금도 귀여전 사람일까, 적일까.

이거 오랜만입니다, 하고 인사를 할까.

"오랜만입니다. 구마고로인데 기억나시는지요? 정말 죄송합니다만, 사정이 여러모로 바뀌어서 금색님과 함께 계신 분을 안내할 수가 없겠습니다. 돌아가 주시면 안 되겠습니까?"

이렇게 나왔는데 받아들이지 않는다면 하는 수 없다. 싸우는 수밖에.

이길 수 있을까.

일찍이 극락원의 무술 대회에서 비길 자 없이 강한 모습을 직접 보았다. 그 특이한 몸에 화살과 칼로 피해를 줄 수 있을지도 의문이다. 누구와 싸워도 땀 한 방울 흘리지 않거니와 숨도 헐떡이지 않으므로 체력의 한계를 알 수가 없다. 하지만 아무리 그래도 서른 명이나 있으니 분명 포박 정도는 할 수 있을 것이다.

누군가가 오오 왔다, 하고 소리쳤다. 그러자 지금까지 긴장을 탁 풀고 앉아서 이야기를 나누거나 담배를 피우던 자들이 몸을 일으켰다.

들판 저편에 사람이 보였다.

혼자였다.

새빨간 우산을 썼다.

지붕 달린 우차가 뒤따라왔다. 우차에는 아무도 타고 있지 않았다.

여자는 제일 가까이 있는 남자와 여섯 간 정도 거리를 두고 걸음을 멈추었다.

남자들은 말없이 여자를 바라보았다. 몇 명이 한숨을 내쉬었다. 구마고로도 눈을 가느다랗게 뜨고 여자를 살펴보았다.

얼굴이 새하얗다. 분을 칠했나. 틀어 올린 머리에는 커다란 금색 비녀를 꽂았다. 상당히 호화로운 우치카케(打ち掛け. 여자가 외출할 때 기모노 위에 걸쳐 입는 긴 덧옷. 원래는 무사 부인의 의복이었다)를 걸쳤다. 분홍색과 흰색 모란꽃이 흩뿌려진 산뜻한 감색 폭포 무늬가 수놓아져 있었다. 옷자락이 들판에 쓸렸다. 이런 곳에서 입을 옷이 아니다. 부류 유곽이라면 최고급 오이란이 오이란 행차(손님에게 지명을 받은 오이란이 수행원들과 함께 연회장으로 향하는 것을 가리킨다)를 할 때 입는 의상이다.

옷이 아깝다 싶어 구마고로는 눈살을 찌푸렸다.

그건 그렇고 이 여자는 하루카인가? 이런 꼴로 귀어전에 갈 생각인가?

경계하던 번사는 코빼기도 보이지 않고, 여자 하나에 남자가 서른 명이다. 모두 어쩐지 김이 샜다는 표정으로 우두커니 서 있었다. 당연하지만 칼을 뽑거나 창을 겨누는 사람은 하나도 없었다.

오이란이 우산을 접었다.

부류 유곽에서 데려온 청년들이 구마고로를 흘끗 보았다. 눈짓으로 물어본다.

─큰어르신, 이 여자입니까? 계획대로 붙잡아서 단단히 묶어도 되겠지요?

구마고로도 눈짓으로 신호했다.

─가라.

부류 유곽의 세 명이 움직였다. 다른 사람들은 실실 웃으며 구경했다. 한 명은 포승줄을 들었고 나머지 두 명은 맨손이었다.

둘이서 잡아 누르고 한 명이 포승줄로 묶는다. 세 명이면 충분하다. 그러고 보니 손에 사람을 죽이는 힘이 깃들어 있다고 했던가? 그 점이 유일하게 불안했지만, 과연 세 명이 달라붙는데 그런 능력을 발휘할 틈이 있을까?

세 명이 한 발 한 발 다가갔다.

얼굴이 새하얀 여자가 무슨 일이 일어날지 알아차렸는지 태도를 바꾸어서 외쳤다.

"구마고롯, 이놈들은 뭐야? 자, 약속대로 왔으니까 나를 안내해."

나를 경칭도 없이 이름으로 부르다니. 구마고로는 쓴웃음을 지었다. 시나노야에서 면담했을 때는 좀 더 참한 처자로 보였는데.

하지만 어쩐지 기묘한 위화감이 뒤늦게 찾아왔다.

이 목소리는…….

모미지?

구마고로는 어안이 벙벙했다. 지금 이건 모미지의 목소리다. 살아 있었나. 하지만 얼굴이 다르다. 키가 다르다. 체격도 다르다.

"붙잡아라."

구마고로는 부하들의 등에 대고 외쳤다.

부류 유곽의 호객꾼 하나가 여자의 어깨를 붙잡으려고 했다. 그 순간 호객꾼은 허공을 한 바퀴 빙글 돌아서 쓰러졌다. 나머지 두 사람이 어, 하고 당황했다.

여자가 접은 우산을 한 손으로 쳐들었다. 말도 안 되게 빨랐다. 눈 깜짝할 새에 죽도로 기둥을 때릴 때 날 법한 소리가 열 몇 번 울려 퍼졌다.

우산이 딱 멈췄다. 두 사람이 땅에 쓰러졌다.

대번에 들판에 긴장감이 감돌았다.

여자는 망가진 우산을 내던지고 불쾌한 듯이 말했다.

"구마고로, 이게 무슨 짓이니?"

서늘한 기운이 구마고로의 등골을 기어올랐다. 분명히 모미지의 목소리다.

부류 유곽에서 데려온 저 세 명은 나름대로 실력이 있었다.

지금 뭐가 어떻게 돼서 쓰러진 거지?

두 가지를 알아차렸다. 하나는 여자가 말할 때 입을 움직이지 않는다는 것. 이것은 가면이다. 또 하나는 여자가 공격을 했을 때 살기가 검은 안개의 형태로 눈에 보이지 않았다는 것.

"뭐야, 너 누구야?"

구마고로는 눈을 부릅떴다.

"난 하루카 쨩의 대리인이야. 바보구나, 구마고로. 본인이 아니라는 것쯤은 얼굴을 보면 알 텐데."

"그 목소리는."

"그런 것보다 하루카 쨩이 얼마나 애타는 마음으로 널 찾아갔을지 생각해봤어? 뭐, 나야 걔한테 그랬지. 부류 유곽이라면 모를까 귀어전에 들여보내 달라니 절대로 무리다, 안내해줄 리가 없다, 오히려 네가 당할 거라고. 그래서 내가 대리인으로 나서서 먼저 상황을 살펴보기로 했지."

"대리인이라지만 너는."

혼란스러워서 말을 이을 수가 없었다.

여자는 후훗 웃었다.

"하루카 쨩이 말하길 만약 사내들이 혼자 온 나를 덮치면 어쩔 수 없다, 귀어전은 나아쁜 짓을 엄청나게 많이 한 곳이니까 반격해서 모두 혼쭐을 내주래."

구마고로는 정신이 혼란스러웠다.

이 자가 무슨 소리를 하는 거야?

여자가 여섯 지장 가노하라에 묻힌 시체를 양분으로 삼아 자란 풀과 꽃이 만들어낸 환영처럼 느껴졌다.

쓰러진 세 명 중 두 명은 실신한 듯했고, 한 명은 몸을 웅크린 채 신음했다.

"너는 하루카와 무슨 관계냐. 왜 대리인으로 온 거지?"

"무슨 관계냐니 당연히 친구지. 우리는 서로 마음이 힘들 때 우연히 만났어."

"모미지."

"맞아, 하루카 짱 어머니의 목소리야. 구마고로."

여자가 걸음을 슥 내딛었다.

남자들이 구마고로를 보았다.

"모두 함께 덤벼라."

구마고로는 뒤로 물러나서 재빨리 외쳤다.

모두가 움직였다.

저건 모미지가 아니다. 분명하다. 모미지의 목소리를 내는 무언가, 요괴다. 재빨리 손을 쓰지 않으면 전부 엉망진창이 될 것 같은 예감이 들었다.

"죽여도 좋다. 세 명을 순식간에 해치운 걸 봤겠지. 방심하지 마라, 무기를 들고 동시에 덤벼들어."

일순간 여자의 몸에서 안개인지 뭔지 모를 증기 같은 것이 보였다.

"모르겠다면 가르쳐주지."

오이란의 몸속에서 삐리릭, 하고 소리가 났다.

그 순간 구마고로는 모든 것을 알아차렸다.

오이란의 움직임은 너무나 현혹적이라 마치 요염한 춤을 추는 것 같았다.

팽이처럼 빙글빙글 돌았다. 우치카케가 바람을 일으켰다.

몇 명이 날아갔다.

흰 장갑을 낀 손에는 아무것도 쥐고 있지 않았다.

부하들은 살기의 소용돌이로 변했다. 구마고로 눈에는 보였다. 하지만 그 중심에 있는 여자는 아무것도 발하지 않았다. 아무것도 발하지 않는 까닭에 검은 안개의 소용돌이 사이에 떠오른 빛으로 보였다.

여자의 간격에 들어간 자들이 풀썩풀썩 쓰러졌다. 부하들의 팔다리뼈가 나뭇가지처럼 부러지는 것을 알 수 있었다.

오이란은 찔러 들어온 창을 피했다. 창이 틀어 올린 머리를 건드리자 긴 머리카락이 물결치듯 흘러내렸다. 기름을 발라 윤기가 흐르는 까만 머리카락이다.

창 자루를 붙잡아 창을 쥐고 있는 부하를 서로 뭉쳐 있는 다른 부하 몇 명에게 내동댕이쳤다.

"당신은 금색님입니까?"

십수 명이 쓰러지자 구마고로는 외쳤다.

그자는 긴 머리를 휘날리며 대답했다.

"날카롭네. 하루카 짱이 사람 목소리가 아닌 것 같다고 하잖아. 예의 없기는. 뭐 타고난 목소리는 조금 껄껄할지도 모르지만, 그 목소리가 싫다면 어떤 목소리라도 낼 수 있다고 가르쳐줬지. 그런데 너, 여기에 여자 혼자서 오라고 했다면서?"

구마고로의 몸에서 힘이 빠졌다.

"그래서 여자 혼자서 왔지."

금색님은……, 오이란 괴물이 되었는가.

분명 통하지 않으리라 생각하면서 봉수리검을 던졌다. 괴물은 재빨리 소맷자락을 휘둘러 봉수리검을 쳐냈다. 예상대로 통하지 않았다.

홀쩍 뛰어오르는가 싶더니 갑주를 입고 활과 창을 든 사람들 사이에 내려서서 창을 휘돌렸다.

다음 순간 철포 소리가 났다. 괴물은 펄쩍 뛰어 뒤로 물러났다. 탄환에 맞은 듯한 낌새는 없었다.

괴물이 고개를 돌렸다. 일곱 간쯤 떨어진 덤불 속에서 부하 세 명이 한쪽 무릎을 꿇은 채 철포를 겨누고 있었다. 이어서 철포를 쏘는 소리가 두 번 더 났다. 괴물은 머리를 나부끼고 옷자락을 펄럭이며 날쌔게 저격자들에게 달려갔다.

시나노야에서 데려온 호객꾼이 종아리를 누른 채 끙끙대며 구마고로의 발치에 드러누웠다.

"괜찮나? 부러졌느냐?"

"큰어르신, 거, 걷어차여서 아마도 부러졌을 겁니다. 저런 괴물이 상대라는 말씀은 안 해주셨는뎁쇼. 뭐, 뭡니까. 저 괴물은."

"몇 년 전에 내가 술자리에서 어릴 적에 아무도 이길 수 없는 무적의 마신이 있었다고 이야기했잖느냐. 동료 중에 달에서 온 자가 있었다고."

"아이고, 큰어르신의 허풍인 줄만 알았는데요."

"허풍은 무슨." 구마고로는 온 얼굴에 땀방울이 송골송골 맺힌 남자를 내려다보며 말했다. "허풍이 아니야."

"과연 그렇군요." 호객꾼이 맞장구쳤다. 눈에 눈물이 글썽글썽

어렸다. "분명 허풍이 아닙니다요."

괴물이 철포 사수들을 정리하고 돌아왔다. 서 있는 부하들은 이제 몇 명밖에 되지 않았다.

"그만."

구마고로는 쉰 목소리로 말했다. 오이란에게 한 말인지 서 있는 부하들에게 한 말인지 스스로도 몰랐지만, 어차피 양쪽 다 듣지 않았다.

남아 있는 부하들은 공포에 사로잡혀 달아나기로 한 모양이지만, 오이란이 재빨리 쫓아가서 옷깃을 붙잡고 한 명씩 내던졌다.

오이란 괴물은 마지막 한 명을 내팽개친 후 구마고로에게 얼굴을 돌렸다. 표정 없는 가면에 피가 여기저기 튀었다.

둘러보니 구마고로를 빼고는 전부 다 부상을 입고 땅에 나자빠져 끙끙 앓고 있었다. 구마고로는 멀쩡했지만 이제 마음속에는 아무것도 없었다. 새하얀 공백이었다. 무릎이 덜덜 떨렸다.

이렇게까지 철저하게 당하자 차라리 속이 후련했다.

구마고로는 무릎을 꿇었다. 풀이 이마에 닿았다. 고개를 숙인 채 입을 열었다.

"격조하였습니다, 금색님. 설마 금색님이실 줄은 꿈에도 모르고 큰 결례를 범하여 존안을 대할 면목이 없습니다. 이제 제 목숨은 금색님의 손에 달려 있으나 이번 실수를 벌충하지 못하는 것이 한스러울 따름입니다. 이 비천하고 어리석은 인간을 살려만 주신다면, 새로 태어나 남은 인생을 전부 금색님에게 바칠."

"오랜만이구나, 구마고로."

금색님은 구마고로를 내려다보며 귀에 익숙한, 껄껄하니 신비한 목소리로 말했다.

"부디 용서해주십시오." 구마고로는 땅에 머리를 조아렸다.

구마고로에게 정의란 힘이다.

"유메류라는, 이름을, 기억하느냐?"

구마고로는 고개를 들었다.

유메류. 먼 과거 속에 묻힌 원수의 이름. 한도 고키 두령을 습격하라고 지시한 수수께끼의 남자.

"예, 그 이름을 어찌 잊겠습니까. 증오스러운 유메류를."

금색님은 비밀을 알려주겠다는 듯이 목소리를 낮추어서 말했다.

"유메류는, 요하야다."

구마고로는 온몸으로 놀라움을 표현하기로 했다. 그것이야 한참 옛날에 눈치챘다고 속으로 생각하면서.

"저, 저, 정말입니까!"

구마고로와 오이란 차림을 한 금색님은 길을 나아갔다.

부상자는 여섯 지장 가노하라에 남았다. 모두가 서로 부축하여 부류 유곽에 가 있으라고 지시를 내렸다.

커다란 삼나무 앞에서 금색님이 걸음을 멈추었다. 나무 뒤편에서 하루카가 나왔다. 무명천으로 만든 기모노를 입고 버선을 신었다. 호화찬란한 금색님과는 대조적이었다.

하루카는 구마고로에게 머리를 가볍게 숙였다. 구마고로는 그저 고개를 끄덕여 답하는 것이 고작이었다.

"멀리서 보았는데 강하시더군요, 금색님. 다치신 곳이 없어서 다행입니다."

"저도 길은 압니다만, 구마고로의 안내를 받도록 합시다."

길을 안다면 둘이서 가면 그만이다.

즉, 자신은 인질이라는 뜻이리라.

오이란 차림의 금색님은 아침 넉 점이 되기 전에 나타났고, 그로부터 구마고로가 무릎을 꿇고 엎드리기까지 반 각도 걸리지 않았다.

아직 정오가 되기 전이었다. 긴 하루가 될 것 같았다.

2

기다란 오르막길을 오르다가 걸음을 멈추었다. 구마고로는 수풀에서 널빤지를 꺼내 길 옆의 덤불에 다리를 만들었다.

도구를 사용해 덤불을 헤치고 나아가는 것이 귀어전으로 통하는 길의 비밀이다. 도처에 숨겨둔 널빤지와 줄사다리를 이용해 숨겨진 길로 빠져나가야 한다. 이것이 눈가리개를 씌우는 이유다. 평범하게 길을 따라가면 귀어전은 나오지 않는다.

하루카와 금색님은 말없이 따라왔다.

"구마고로, 이 앞에 '머리굴'이 있으렷다."

금색님이 말했다.

"예, 있지요." 구마고로는 답했다.

"거기를 보고 가도록 하자."

"알겠습니다."

"머리굴이 무엇인지요?"

하루카가 물었다.

"설명해라. 구마고로."

"말 그대로 머리를 넣어두는 굴입니다. 귀어전은 산속이라 마을
과는 여러모로 사정이 다르답니다. 사람이 죽으면 고인의 신분과
입장에 따라 네 군데에 나누어서 장사를 지내지요."

여자의 시체는 '창기 묘지'에 매장한다. 비밀 밭 옆에다 관을 묻
고 묘비를 세운다. 그 옆은 '무인 묘지'이다. 여기에는 주로 동료들
의 시체를 관에 넣어서 묻고 묘비를 세운다.

'두령굴'은 두령의 일족이 대대로 매장되어온 성역이다. 이 동굴
에는 시체를 넣은 관이 나란히 안치되어 있다. 마지막으로 고인의
행렬에 추가된 사람은 한도 고키다.

'머리굴'은 머리를 상자에 넣어 안치해두는 곳이다. 동료가 베어
온 머리를 두령에게 보여준 후 머리굴에 안치한다. 머리에는 주술
적인 힘이 깃들어 있어 함부로 버리면 재앙을 당한다고 전해진다.
두령을 습격한 자들을 통솔한 간스케의 머리도 여기에 안치되어
있다.

"뭐, 즐겨 갈 만한 곳은 아닙니다만. 머리가 죽 놓여 있어서 으스스하거든요."

구마고로는 나직하게 말했다. 두 사람은 잠자코 따라왔다.

이윽고 구마고로는 금줄을 친 동굴 앞에 도착했다. 반원을 살짝 눌러놓은 모양의 입구에 튼튼한 나무 문을 설치하고 빗장을 질러 두었다. 문에는 부적이 수없이 붙어 있었다.

구마고로는 빗장을 벗기고 문을 열었다. 어두운 동굴에서 냉기가 흘러나왔다. 동굴에 발을 들여놓았다.

몇 년 만일까. 사환 시절에 머리를 갖다 놓으러 몇 번 왔었다. 너무 무서워서 발을 들여놓을 때마다 수명이 줄어드는 기분이었다. 암흑 속에 백오십 년이 넘는 역사를 자랑하는 극락원의 사람들이 베어 온 머리가 죽 놓여 있다. 안쪽에는 이제 누구 것인지도 모를 해골이 무수히 쌓여 있고, 사방에 머리가 든 낡은 상자를 쌓아두었다. 머리가 깨어나지 않도록 상자에는 부적을 붙여놓았다. 마물이 산다면 이런 동굴에 살지 않을까. 끌려 들어가서 다시는 돌아오지 못할 것 같은 불길한 기운이 무섭게 감돌았다.

자기보다 아랫사람이 생긴 뒤로는 여기에 온 적이 없었다.

입구에서 몇 발짝 들어가자 어두워졌다. 구마고로는 어둠 속에서 시선을 모았다.

즉, 그 도신의 머리가 있는지 없는지 확인하고 싶은 것이다. 즐비하게 쌓인 나무 상자를 하나하나 열어보다가는 날이 저문다.

"새 상자는 그렇게 안쪽에 놓아두지 않을 테니 있다면 이 언저리가 아닐까 싶습니다."

그 도신은 한 달쯤 전에 귀어전에 왔다고 한다. 땅에 방치되었다면 이미 뼈밖에 남지 않았겠지만, 이 동굴은 춥다. 짐승에게 뜯어먹힐 일도 없으므로 상자에 담긴 머리는 의외로 오랫동안 원형을 유지한다. 분명 아직 얼굴을 확인할 수 있으리라.

금색님이 늘어놓은 상자 몇 개를 밖으로 가지고 나왔다.

머리를 꺼냈다. 하루카와 얼굴을 마주 본다. 하루카가 고개를 젓자 다음 상자에서 머리를 꺼낸다.

구마고로는 그 모습을 멍하니 바라보았다.

이윽고 두 사람은 머리 하나를 앞에 두고 움직임을 멈추었다. 말도 없이 그저 가만히 응시했다.

금색님 몸속에서 방울이 구슬프게 울리는 것 같은 소리가 났다.

하루카의 어깨가 바들바들 떨렸다.

아무 말도 하지 않았지만 구마고로는 찾아냈다고 직감했다.

하루카의 몸에서 갑자기 새까만 안개가 피어올랐다. 검은 안개가 주변을 뒤덮어서 어둡게 느껴질 지경이었다. 마치 귀어전에게 죽임을 당한 사람들이 전부 망령이 되어 하루카에게 들러붙은 것만 같았다.

숨이 막혔다.

이 살의는 심상치 않다.

"아직 어린 딸이 납치되어 부모가 울고 있으니 직접 담판을 지어 데리고 오려고 했을 뿐인데."

하루카는 누구에게랄 것도 없이 중얼거렸다. 싸늘한 목소리였다.

구마고로는 침을 삼켰다.

아아, 맞아. 우리는 먼 옛날부터 대악당으로 불려왔지.

"산적을 자극하지 않기 위해 부하도 고작 다섯 명밖에 데려가지 않았어. 공격하러 온 것이 아니라 부탁하러 왔다는 표시였지. 씨를 말려야 마땅한 짓거리를 저지르는 산적인데도 배려를 했다고."

안개가 하루카의 주변에서 더욱 짙어지며 응고되어 갔다.

구마고로는 큰일 났다 싶었다. 살의란 보통 한도가 있어서 전부 방출하고 나면 사라진다. 소변과 똑같다. 죽일 듯이 서로 칼을 맞대고 있는 사이에 상대의 몸에서 살의의 안개가 사라지는 것을 몇 번이나 목격했다. 그때가 노림수를 던질 기회다. 이쪽에서 그만하지 않겠느냐고 청하면 대개 칼을 거두고, 아니면 반대로 빈틈을 노려 밀어붙일 수도 있다. 하지만 살의가 흩어져 사라지지 않고 응고되면 집착으로 변한다. 그 살의는 영원히 사라지지 않는다.

구마고로는 한 걸음 물러났다.

"달아나면 죽이겠다. 우리에게는 그럴 만한 힘이 있어. 구마고로. 너는 옛날부터 예리한 녀석이었지."

금색님이 냉큼 말했다.

그러니 알 테지?

구마고로는 고개를 끄덕였다. 땀이 등을 타고 흘러내렸다.

금색님은 하루카에게 격려하듯이 말했다.

"무슨 일에든 끝이 있습니다."

하루카는 고개를 끄덕였다.

"자아, 궁궐로 가십시다."

제
10
장

어둠으로
사라지는
자들

1747

1

열 살짜리 마나는 눈을 뜨고 쌍둥이 여동생 사치를 깨웠다. 여자들 몇 명은 아직 잠들어 있었다. 여자들이 깨지 않도록 조심해서 밖으로 나갔다.

우물에서 얼굴을 씻었다.

귀어전에 끌려온 지 두 달쯤 지났지만, 이날 아침은 묘하게 인기척이 없었다. 이른 아침에 남자들이 대부분 산을 내려갔기 때문이다.

"조용하네." 사치에게 말했다.

"아까 두령님은 안쪽에 있었어." 사치가 대답했다.

"오늘 뭔가 하는 날이야?"

"글쎄." 사치는 고개를 갸웃했다. 물어본들 둘 다 알고 있는 일은 고만고만했다.

열여섯 살 먹은 간나 언니가 우물 옆을 지나갔다. 마나와 사치처럼 마을에서 잡혀 온 여자였다.

"이 녀석들, 인사는!"

"안녕하세요." 쌍둥이는 입을 모아 말하며 허리를 깊이 숙여 인사했다.

"간나 언니. 그러고 보니 아저씨들은 아침 댓바람부터 어딜 그렇게 가신 거예요?"

간나 언니는 질문을 한 사치의 뺨을 올려붙였다. 사치는 깜짝 놀라 뺨을 문질렀다.

간나 언니가 밉살스럽다는 듯이 말했다.

"난 조만간 여기서 나갈 거야. 부류로 공주님 낙향을 하고 싶다고 부탁했지. 부류는 평판이 좋고, 내 고향이기도 하니까. 하지만 안 된대. 나는 에도의 사창가에 팔아넘길 거래."

그것과 사치를 때린 것이 무슨 상관이란 말인가. 그냥 화풀이다.

"우연히 아는 사람과 마주치면 안 되니까 그렇다나. 진짜 죽을 맛이야. 사내를 상대하기도 지쳤어. 어젯밤도 지저분한 놈들을 세 명이나 받았다고. 에고고고. 다들 새벽에 칼이니 뭐니 들고 나갔으니 사람이라도 죽이려는 모양이지. 차라리 다들 죽어버리면 좋겠다."

간나 언니는 마음이 다른 데 가 있는 표정으로 하늘을 올려다보았다.

사치는 여전히 뺨을 문질렀다. 눈에 눈물이 고였다.

간나 언니가 사치의 두 귀를 잡아당겼다.

"잉잉잉, 울 거야? 잉잉잉, 울어봐. 너도 나랑 같은 곳에 팔아달라고 부탁했어. 죽을 때까지 괴롭혀주마. 잉잉잉, 잉잉잉."

잉잉잉, 하고 말할 때마다 귀를 잡아당겼다.

"잘못했어요, 사치를 괴롭히지 마세요. 용서해주세요."

마나는 쌍둥이 여동생을 구하고자 간나 언니에게 매달렸다.

마나도 따귀를 얻어맞았다.

"시끄러워, 쌍으로 못생겨빠져 가지고. 네 년은 다른 유곽에 팔아달라고 부탁했으니까 사치와는 생이별이야. 이히히, 거치적대지 말고 비켜."

간나 언니는 마나를 밀쳐내고 가버렸다.

간나 언니는 남자들 앞에서는 인형처럼 조신한 태도를 취한다. 수줍음과 얌전함, 애틋함이 묻어난다. 하지만 남자들이 없으면 자기보다 약한 사람을 못살게 괴롭힌다. 마나는 남자들이 무섭고 경멸스럽지만, 없으면 없는 대로 간나 언니가 본성을 드러낸다.

이곳에 여자는 마나와 사치를 포함하여 열 명이 있다. 옛날에는 두 배도 넘게 있었다고 들었다. 쌍둥이 말고는 십대 초반에서 후반이며, 모두 교토와 에도, 오사카 등지의 유곽과 사창가로 팔려 갈 예정이었다.

마나와 사치는 간나 언니에게서 달아나듯이 부엌으로 가서 주먹밥을 두 개 받아들고 사람이 없는 곳을 찾기로 했다.

어린 쌍둥이에게 주어진 일은 방 청소와 당번제로 돌아오는 물 긷기, 그리고 그 외의 잡일뿐이었다. 일을 마치고 나면 괴롭힘을 당하지 않도록 언니들의 눈을 피해 도망쳐 다니며 지내는 것이 쌍둥이의 일상이었다.

2

문지기 샤무로쿠는 두 여자와 한 남자가 오르막길을 올라오는 것을 보았다.

해가 뜨자마자 동료들이 나갔다. 어쩌면 번의 군사들과 한판 붙을지도 모른다고 했다. 제일 말단인 샤무로쿠에게는 자세한 정보를 알려주지 않으므로 무슨 일인지 정확하게는 모른다.

샤무로쿠는 정면 대결을 좋아하지 않았다. 산적이 명예고 나발이고 따져서 어디다 쓰랴. 칼이나 창 실력은 겨루고 싶지 않다. 숨어 있다가 뒤에서 기습하는 것이 아니면 나서기가 꺼려진다. 번의 군사와 맞붙으면 제일 말단인 자신은 틀림없이 이판사판으로 돌격하거나 목숨을 잃을 위험성이 높은 일을 맡을 것이고, 그러다 죽기라도 하면 수지가 맞지 않는다. 그러므로 다들 나가 있는 사이에 대문을 지키라는 명령을 받았을 때는 한숨 놓았다.

이날 모두 출발한 뒤에 느긋하게 목욕을 하고, 요즘 고분고분 말을 잘 듣는 창기 간나에게 집적대다가 대문 위 망루 방에서 다시 잠을 청했다. 마침 일어난 참에 다가오는 사람들을 발견한 것이다.

사람들이 돌아왔나.

서둘러 아래로 내려갔다. 정오가 지난 지 좀 되었다. 산을 내려간 사람들이 돌아올 것이라 예측한 시간보다 조금 일렀지만, 슬슬 돌아오는 사람이 있어도 이상할 것은 없다.

세 명 다 모르는 사람이었다. 여자 한 명은 명백히 희한했다. 잘 나가는 유녀인가 싶을 만큼 호화로운 우치카케를 걸쳤지만, 틀어 올리지 않은 머리가 얼굴로 흘러내렸다. 머리카락 사이로 표정 없는 흰 얼굴이 보였다.

세 사람은 대문 앞에서 멈췄다.

샤무로쿠는 격자 틈새로 남자의 얼굴을 보았다. 고급스러운 기모노를 입은 중년 남자다. 덩치가 크다. 풍채가 좋고 남을 부리는 사람 특유의 위압감이 느껴졌다.

"부류 유곽에서 온 구마고로라고 한다. 혹시 내 얼굴을 알고 있거든 열어주게. 모른다면 아는 사람을 불러오고."

샤무로쿠는 가슴이 쿵쿵 뛰었다.

부류 유곽의 구마고로라면 귀어전에서는 모르는 사람이 없는 남자다. 옛날에는 지금 자신이 기거하는 망루 방에서 지내며 문지기 일을 했다고 두령에게 들었다. 얼굴을 본 적은 없지만 구마고로의 출세담은 샤무로쿠에게 마음의 버팀목이었으므로 동경하는 인물이었다.

"예이, 지금 엽지요."

분명 진짜이리라. 말투를 들어보면 안다.

서둘러 빗장을 벗겼다. 세 사람이 안으로 들어왔다.

"요하야 님은 잘 지내시나?"

구마고로는 샤무로쿠에게 말을 걸었다.

두 여자는 몸종이 분명했다. 아니면 선물로 가져온 신입일지도 모른다. 희한한 여자에게 눈길이 가지 않도록 조심했다.

"예, 예, 두령님은 잘 계십니다. 물론입지요."

문지기인 자신에게 말을 걸어주다니 영광스럽기 그지없었다. 샤무로쿠는 약간 조바심이 났다. 이참에 동경하는 부류 유곽의 큰어르신이 감탄할 만큼 기특한 소리를 하고 싶었지만, 말이 나오지 않았다.

"나도 옛날에는 문지기였지."

구마고로는 웃음 띤 얼굴로 샤무로쿠를 보며 말했다.

"예, 들었습니다."

"최근에 무사가 왔었지?"

"오오, 왔습니다. 멍청하게 생긴 낯짝을 들고 나타났지요."

샤무로쿠는 이야깃거리가 생겨서 기뻤다.

"동료를 부를 수 있는 성 근처에서만 잔뜩 거드름을 피우는 놈들입지요. 산속에서는 오금을 못 쓰고 벌벌 떨더군요. 두령님이 이거 재미있다면서 불러들여 술이라도 대접하기로 하셨습니다."

"호오라." 구마고로는 재미있다는 듯이 맞장구를 쳤다.

"그런데 그중에 햐쿠메 형님을 잡아넣은 놈이 있었지 뭡니까. 햐쿠메 형님의 목이 달아난 걸 생각하자 다들 점점 속이 부글부글 끓어올랐지요, 예. 술김에 모두 덤벼들어 놈들을 두드려 패다보니 신이 났습니다. 주체할 수가 없었어요. 뭐, 저도 칼을 뽑아서 푹 찔렀습니다. 아침이 되고 보니 다 죽었더군요. 참으로 우스꽝스러운 일이었습니다."

샤무로쿠는 이쯤에서 웃음이 나올 것으로 예상하고 살짝 웃음을 지어 보였다. 거들먹거리는 부교쇼의 무사를 죽였다. 생각만 해도 참으로 속 시원한 이야기 아닌가.

실제로는 조금 달랐다. 불러들인 네 명 중에 제일 신분이 높아 보였던 번사는 햐쿠메 형님을 잡아넣은 만큼 상당히 강했다. 칼 없이도 순식간에 몇 명을 제압해 모두 동요했지만, 등 뒤에서 칼을 맞자 놈도 별 수 없었다.

"시바모토라는 도신인데, 아는가?"

"아니요, 예전에 만난 적은 없습니다."

구마고로도 웃었다. 아주 기분이 좋아 보였다.

"뭐라던가? 쌍둥이 딸을 돌려달라던가?"

"예, 예, 그랬습지요. 알고 계셨습니까? 정말로 등신이라니까요. 무사는 상대가 누구든 자기들이 하는 말을 거스를 리 없다고 믿는 모양입니다. 돌려달라고 한들 극락원이 잡아 온 여자를 넙죽 내놓겠습니까. 뭐, 심심풀이로 제격이었지요. 저도 얼른 산속의 문지기 자리에서 벗어나서 큰어르신처럼 천하에 이름을 떨치고 싶습니다."

"허어, 그런가."

샤무로쿠는 알아차렸다. 큰어르신의 눈에는 웃음기가 없었다.

왼쪽 눈을 깜박깜박했다.

"여름에 가져다준 참외는 먹었나?"

어라? 샤무로쿠는 흠칫했다.

예전에 형님들에게 배운 암호가 아닌가. 대문 앞에서 여름 참외 이야기가 나오면 뭐였더라. '협박을 당해 적을 데리고 왔을 때의 신호'였을 텐데. 가령 부류 유곽의 구마고로가 적을 데리고 왔다면, 선물인지 몸종인지 모를 두 여자가 적이라는 뜻이다.

"아아, 예, 참외는 뭐 맛있게."

적당히 말을 늘어놓으며 구마고로의 표정에 주의를 기울이는데, 등 뒤에서 뻗어 나온 여자의 손이 가슴에 턱 얹혔다.

"고통이 없는 만큼 당신은 제 남편보다 행복합니다."

귓가에서 여자 목소리가 들리는 것과 동시에 눈앞이 캄캄해졌다.

'뭐야, 이거.'

갑자기 긴장이 풀리고, 느긋하게 목욕을 한 후 잠자리에 들었을 때처럼 마음이 평안해졌다.

이대로 잠든다. 깊고 어두운 곳으로 떨어진다.

샤무로쿠가 그 암흑에서 돌아올 일은 결코 없었다.

하루카가 문지기의 가슴에 손을 얹은 순간, 새카만 안개가 짙어지더니 이상야릇한 괴물 같은 형상으로 변했다가 다시 원래대로 되돌아왔다.

문지기는 땅에 쓰러졌다. 미동도 없었다. 입술에서 침이 흘러내렸다.

이것이 손에 깃든 힘인가. 정말이었구나. 구마고로는 침을 꿀꺽 삼켰다.

참외 암호는 통하지 않았다. 자신이 극락원에 해줄 수 있는 일은 더 이상 없다.

"부류 유곽의 큰어르신."

새카만 안개를 옷처럼 걸친 하루카가 말했다.

"안내하시느라 고생 많으셨습니다. 시간이 별로 없으니 여기서 결정을 내리시지요. 저는 당신에게 원한이 없습니다. 유곽이라는 존재 자체는 마음에 들지 않지만, 제가 이러쿵저러쿵 따지고 들어 봤자 헛일이겠지요. 다만 당신이 귀어전을 위해 싸우겠다면 여기서 죽이겠습니다."

구마고로는 하루카와 금색님을 보았다. 승산은 없다. 하루카 혼자라면 어떻게든 된다. 하지만 곁에 금색님이 있는 이상, 장난삼아서라도 하루카에게 허튼 행동을 하는 것은 곧 죽음을 의미한다.

무사라면 여기를 죽을 곳으로 삼았을지도 모른다. 충의, 자부심, 긍지. 하지만 구마고로는 그런 것에 흥미가 없다.

"저는 이미 그대를 돕기로 결정했습니다."

구마고로는 그렇게 답했다.

"그렇다면 큰어르신은 왔던 길을 되돌아가서, 여섯 지장 가노하라에서 아무도 여기로 돌아오지 못하도록 막아주십시오. 이는 그들을 위한 조치이기도 합니다. 그 들판에서 산을 올라 돌아오는 자는 이유를 막론하고 적으로 간주하고 죽이겠습니다. 그렇지요, 금색님?"

"돌아오는 자는 죽이겠습니다."

금색님은 하루카의 말을 따라했다.

"또한 돌아오는 자가 많다면, 당신이 저희를 배신했다고 간주하고 당신도 반드시 죽이겠습니다."

"구마고로도 죽이겠습니다."

금색님이 말했다.

구마고로는 고개를 끄덕였다.

구마고로는 대문을 나서서 달렸다.

일단은 살았다. 그 두 사람 근처는 분명히 기온이 낮았다. 숨쉬기가 힘들 정도였다.

해가 지기까지 아직 시간이 있다. 걸어서 가도 늦지 않겠지만 최대한 괴물들과 거리를 두고 싶었다.

산을 내려갈수록 속세의 감각이 되돌아왔다. 땀이 뺨을 타고 흘러 떨어졌다.

부류 유곽에서 데려온 청년들에게 미안했다. 분명 아직 여섯 지장 가노하라에 있을 것이다. 모두 크게 다쳤는데 돌아오고 자시고 할 것이 어디 있겠는가.

반 각도 채 지나기 전에 거기서 몇 명이나 죽었을까?

승패를 가리는 단계는 이미 지났다. 머릿속은 패전 후 뒤처리 생각으로 가득했다.

3

낮 여덟 점(현재의 오후 두 시경) 무렵.

마나는 사치와 함께 대문 근처에 있었다. 쓰러진 나무에 나란히 앉아서 육포를 뜯어 먹었다.

문지기 샤무로쿠가 허둥지둥 대문을 여는 모습이 보였다. 남자들이 돌아온 줄 알았는데, 여자 두 명과 모르는 남자 한 명이 들어왔다.

샤무로쿠가 황공하다는 듯이 예의를 차렸다. 여자를 거느린 그 남자는 처음 보는 사람이었지만, 분명 지위가 높으리라.

여자 하나는 키가 크다. 호화찬란한 기모노를 입었고, 얼굴에 분을 칠한 것처럼 보였다. 오이란일까. 옷자락에 지저분하게 흙이 묻었다. 아니, 자세히 보자 옷자락 말고도 여기저기 더러웠다. 다른 한 명은 평범한 마을 사람으로 보이는 젊은 여자였다.

호화찬란한 쪽은 가면을 썼는지 표정을 전혀 읽을 수 없었다. 멀리서 보기에도 어쩐지 인간이 아닌 듯한 분위기가 풍겼다.

마을 사람 같은 여자가 샤무로쿠를 뒤에서 끌어안고 가슴에 손을 얹었다. 여자가 손을 떼자 샤무로쿠는 그대로 땅에 쓰러졌다. 세 사람은 샤무로쿠가 쓰러졌는데도 돌보지 않고 완전히 무시한 채 뭔가 이야기를 나누었다. 그리고 남자가 대문 밖으로 달려 나갔다.

마을 사람 같은 여자가 이쪽으로 다가왔다.

마나와 사치는 눈을 가늘게 떴다.

"다행이다."

여자가 허리를 굽혔다.

"너희들은 살아 있었구나."

"언니는 여기에 새로 들어왔어요?"

사치가 물었다.

"아니야." 마나는 사치에게 재빨리 말했다.

마나는 땅에 쓰러진 샤무로쿠에게 시선을 던졌다. 아직도 일어나지 않는다. 도대체 무슨 짓을 한 거지?

풍채가 좋아 보이던 남자도 가버렸다. 왜지?

"그래. 새로 들어온 사람은 아니야."

"언니는 대체 누구세요?"

"너희들을 구하러 온 사람. 서적 대여상 마키베 씨가 너희 아버지시지?"

마나와 사치는 얼굴을 마주 보았다. 마나는 자신들이 서적 대여상의 딸이었던 것이 먼 옛날의 꿈속에 있었던 일로 느껴졌다. 그 사실을 말하는 사람이 나타나다니.

"나는 여기에 찾아왔던 변사의 아내란다. 너희들을 데려가려고 왔어."

"변사라면 요전에 죽은 사람들?"

사치가 얼떨떨한 표정으로 말했다.

여자의 얼굴이 흐려졌다.

"맞아."

오이란이 대문에 빗장을 질렀다.

마나는 가슴이 두근두근 뛰었다. 드디어 마을에서 구하러 왔나. 하지만 두 명뿐인데. 정말로 구해줄 수 있을까. 돌아갈 수 있을까.

"하지만 도망치면 세상 끝까지라도 쫓아와서 죽일 거래요. 그런 규칙이 있대요. 집이 어딘지 아니까 가족도 전부 죽이겠다고 했어요."

"걱정 마."

"문지기는 어떻게 된 거예요? 왜 안 일어나요?"

"죽었어."

여자는 미소를 지었다.

"지금부터 이곳의 사내를 전부 죽일 거니까 산에서 내려가도 아무도 쫓아오지 않을 거야. 안심하렴."

마나와 사치는 얼굴을 마주 보았다.

"그러기 위해서는 우리가 왔다는 걸 아무한테도 말하면 안 돼."

"하지만 어른이 묻는 말에 거짓말로 대답하면 죽는데요."

"그렇구나. 그럼 혹시 누가 물어보면 괴물이 왔다고 대답하렴."

─괴물이 왔다.

마나는 침을 꿀꺽 삼켰다. 참말로 그런 것 같았다.

마을 사람 같은 이 언니는 둘째 치고, 저편에서 우치카케 차림에 하얀 가면을 쓰고 긴 머리를 늘어뜨리고 있는 오이란은⋯⋯.

"우리는 진짜 괴물이야."

마을 사람 같은 언니는 마나와 사치의 머리를 쓰다듬었다.

"꼭 살아서 돌아가자. 아버지랑 어머니가 기다리고 계시니까. 오늘 밤은 어디 숨어 있으렴. 괴물이 너희들에게는 해를 끼치지 않을 테니까 안심해. 하지만 앞으로 우리와 마주치면 위험하니까 떨어져 있으렴."

쌍둥이는 아무에게도 알리지 않았고, 질문을 받아도 입을 다물고 고개만 저었다.

해가 지기 전에 극락원은 소란에 빠졌다. 식모가 부엌에 쓰러진 극락원의 남자 간부를 발견한 것이다.

늘 힘자랑을 하는 남자로, 극락원에 남아 있는 남자들 중에서 제일 근골이 실하고 덩치가 컸다. 숨이 멎었지만 외상은 없었다. 평온한 얼굴로 그냥 죽었다. 식중독 등으로 급사하는 사람이 없지는 않다.

다음으로 문지기 샤무로쿠의 시체가 발견됐다. 이쪽도 외상이 없었고, 괴로움에 찬 표정이 아니었다.

여섯 지장 가노하라에 간 열다섯 명은 해 질 녘이 가까워졌는데도 아무도 돌아오지 않았다.

그리고 황혼이 내린 궁궐 여기저기서 '괴물'이 목격됐다.

4

밤이 왔다.

요하야는 전원을 넓은 방에 모아 머릿수를 헤아렸다. 죽은 사람을 빼고 현재 극락원에 있는 남자는 여섯 명. 여자는 식모와 열 살짜리 쌍둥이를 포함해서 열 명.

모두 묵묵히 밥을 먹었다.

여자들은 잔뜩 겁먹은 얼굴로 괴물에 대한 이야기를 소곤거렸다. 오이란 행색을 하고 지붕 위로 뛰어올라 사라졌다느니, 아무도 없는 방에서 나타나 으스스한 목소리로 말했다느니 그런 이야기다. 괴물에게 몇 명이나 있느냐는 질문을 받았다는 여자도 있었다. 남자와 여자를 합쳐서 몇 명이나 있느냐고.

요하야는 식사를 마치고 지시를 내렸다.

"침입자가 있는 모양이다. 여자는 전원 안방에 모여라. 우리 사내들은 그 옆방에서 안방을 지키며 새벽이 오기를 기다린다."

침입자가 누구인지는 모른다. 목격담으로 추정컨대 여자—행색을 한 자—두 명이다. 그들이 극락원 내부에서 남자를 두 명 죽인 것으로 보인다.

찾아내서 붙잡고 싶은 마음은 굴뚝같지만 극락원은 넓다. 여섯 지장 가노하라로 내려간 열다섯 명은 아직 돌아오지 않았다. 이미 두 명이 죽었다. 적을 얕보지 않는 편이 좋다. 고작 남자 여섯 명이서 초롱을 들고 어둠 속을 돌아다니다가는 적의 표적이 되기 십상이다.

"불빛은 전부 뜰에 내놓는다. 우리는 어두운 방에 숨을 것이야. 창을 발치에 두고, 활을 들고, 방패로 방어 태세를 갖춘다."

밤중에는 불빛을 지니고 있는 쪽이 제일 위험하다. 그러므로 뜰에 조명기구를 내놓는다.

적이 우리를 습격하고자 한다면 뜰에 나타날 가능성이 제일 높다. 교대로 잠을 자면서 뜰을 감시한다.

적이 불빛 속에 나타나면 어두운 방에서 활을 쏜다. 문지기가 죽었으니 적의 지원군이 대문으로 들어올 수도 있다. 만에 하나 철포 부대가 쳐들어올 때를 대비하여 방패를 준비했다.

현재로서는 이것이 가장 좋은 방책이었다.

뜰에 행등 일곱 개를 내어놓고 나서 반 각이 지났을 무렵이었다. 어둠을 비추는 불빛 속에 요상한 형체가 소리도 없이 나타났다. 산발한 긴 머리가 얼굴을 덮었다. 호화로운 우치카케를 걸쳤다. 검은 머리카락 사이로 보이는 얼굴은 표정 없이 새하얗다.

요하야는 조용히 신호했다.

부하 하나가 활을 쐈다. 화살이 꽂히기 전에 괴물의 모습은 어둠에 녹아들어 사라졌다.

"요하야, 거기서 무엇 하느냐."

요하야는 근육이 뻣뻣하게 굳는 것을 느꼈다. 한도 고키의 목소리와 똑같았다.

"내 아들은 어디 있나."

고키의 목소리가 다시 날아들었다.

"여기가 그리도 탐나더냐? 그렇다면 나와 검을 겨루자. 겨루지 않겠다면 몇 번이고 되살아날 테다."

새로 온 자들은 십수 년 전에 죽은 한도 고키의 목소리를 모른다. 하지만 간부 중에는 극락원에서 잔뼈가 굵은 자도 있다.

―두령님, 설마 선대의 망령이.

한도 고키의 목소리를 아는 부하가 겁에 질린 목소리로 속삭였다.

―모르겠다.

요하야는 조용하게 답했다.

어둠 속에서 다시 목소리가 울려 퍼졌다.

"요하야, 아니 유메류. 잘도 그딴 계략을 꾸몄구나. 용서하지 않겠다."

이번에는 마사쓰구 목소리였다.

"용서하지 않겠어. 믿음직한 동료라고 여겼거늘."

미묘하게 사투리가 섞인 이것은 구로후지의 목소리.

"말도 안 돼."

요하야는 혼잣말을 했다.

불빛 속에 괴물이 나타났다. 두 눈이 있는 부분에서 녹색 빛이 희미하게 뿜어져 나왔다.

방 안에 긴장감이 감돌았다. 기침 소리 하나도 들리지 않았다.

"거기 숨어 있는 모두에게 고하노라. 너희가 어떤 자인지 내 앞에서 증명해라."

마사쓰구도 고키도 아니라, 염라대왕처럼 나지막하고 어두운 목소리로 오이란은 말했다.

요하야는 숨을 들이마셨다.

이 세상에 괴이한 존재는 있다고 생각한다. 일찍이 여기에도 금색 신이 있었다. 그런 것이 있을 정도니까 유령이나 괴물도 있으리라. 세상은 넓다. 금색님 말고도 상상도 못할 만한 신이 있을 것이다. 하지만 요하야는 지금까지 그러한 존재를 두려워한 적이 없고, 앞으로도 두려워하지 않을 것이다.

아직 소년 시절에 아버지가 개역 처분을 받아 죽었고, 누님은 절벽에서 몸을 던졌다. 그 후로 갖은 고초를 다 겪었다. 몸이 온전치 못해 생계가 막막한 병신들과 함께 상인의 집을 습격한 것이 악행의 시초였다. 싹 다 죽이고 약탈한 후, 전리품을 나누다가 말다툼이 벌어져 병신들을 모조리 베어 죽였다. 얼마 후 관문을 넘어, 힘자랑을 하는 번사를 베고, 극락원의 두령과 만나, 머물 곳을 찾았다……. 그리고 배신하고 가로챘다.

망령 따위 두렵지 않다는 것, 내가 여기의 두령이라는 것, 지금까지의 내 행보에 어떤 후회도 없다는 것을.

얼마든지 증명해주마.

요하야는 신호를 보내면 일제히 활을 쏘라고 작은 목소리로 지시했다. 다섯 명이 화살을 메기고 활시위를 당겼다.

괴물은 가만히 서 있었다.

요하야는 한 손을 들었다.

화살 다섯 개가 괴물에게 날아갔다.

동시에 요하야는 뜰로 뛰쳐나갔다.

화살을 뒤쫓듯이 괴물에게 돌진했다.

몸을 돌리며 온 힘을 다해 괴물에게 긴 칼을 휘둘렀다.

"잘 왔다."

늘어뜨린 머리카락 사이로 나지막하고 굵직한 목소리가 흘러나왔다.

칼날이 허공을 휙 갈랐다.

손에 반응이 없었다.

피했나?

괴물은 바로 옆에 있었다.

요하야는 간격을 두고자 뒤로 풀쩍 뛰어서 물러났다.

하지만 괴물이 번개 같은 속도로 눈앞까지 다가와서 칼을 날려 보냈다. 이어서 가슴에 충격을 받았다.

아마도 발길질을 당한 것 같았다. 직접 보지는 못했다. 충격을 받은 순간 이미 주변 풍경이 빙빙 돌고 있었다.

행등 불빛이 비치는 범위 밖으로 붕 날아가서 땅에 떨어진 후 어둠 속을 데굴데굴 굴렀다. 요하야는 싸움에 이골이 난 사람이다. 구르면서 다음 수를 생각했다.

괴물이든 가면을 쓴 침입자든 간에 상당한 실력자다. 정면으로 맞붙지 않는 편이 낫겠다. 일단 물러나서 야음에 숨어 상황을 보자. 대문 주변에 있으면 놓칠 일도 없고, 계책도 세울 수 있다.

어둠 속에서 일어서자 뭔가 부드러운 것이 등에 부딪쳤다.

여자라는 말이 즉시 머릿속을 가로질렀다. 몸에 닿은 것은 여인의 살이다. 그리고 냄새와 숨결.

여자는 전부 안방에 모아두었는데.

고개를 살짝 돌렸다. 젊은 처자였다. 무기를 들고 있는 것 같지는 않았다.

여자의 가녀린 손이 요하야의 가슴에 닿았다.

"누구냐."

여자는 대답하지 않았다. 바라보는 눈빛이 차가웠다.

아아, 이년이 그 괴물과 함께 온 여자인가. 평범한 처자이지 않은가. 이제 날 붙잡았다고 여기는 건가. 아니, 붙잡은 건 이쪽이다. 이 여자를 인질로 삼아 그 괴물에 대처하면 어떨까.

그건 그렇고.

왜 이렇게 어둡지. 아무것도 안 보여.

그것이 요하야가 마지막으로 한 생각이었다.

세상이 어둠으로 쿵 떨어져 내려 소멸됐다.

5

여자들은 안방에 모여서 떨고 있었다.

마나도 안방에 있었다. 사치와 바짝 다가붙어 서로 손을 꼭 붙잡았다. 스스로를 괴물이라고 칭한 여자가 어디 숨어 있으라고 했지만, 결국 여기서는 두령의 지시에 따라야 한다.

처음에 뜰 쪽에서 남자 목소리가 들렸다. 뭐라고 말했는지 벽 너머에서는 잘 알아들을 수가 없었다. 여자들은 모두 귀를 기울였다.

뭘 하느냐, 아들은 어디 있느냐, 그런 이야기였다. 이것이 '괴물'의 목소리라면 대문 앞에서 본 두 여자와 함께 있던 남자의 목소리일까.

아닐지도 모른다. 분명 다른 괴물이 더 있는 것이겠지.

극락원에 온 후로 언니들에게 많은 이야기를 들었다. 옛날에 이곳의 산적 패에는 살빛이 새까만 남자와 달에서 왔다는 빛나는 남자도 끼어 있었다고 한다. 두령은 지옥의 혈통을 물려받았다고도 했다.

극락원은 귀어전. 이 산 여기저기의 구멍은 지옥으로 통하며, 이 궁궐은 이계와의 경계에 있다고 한다.

금박 바탕에 용이 그려진 맹장지문 너머에서 땅이 울렸다. 사람이 높은 곳에서 땅에 떨어진 듯한 소리였다. 방바닥이 쿵 울렸다. 고함 소리. 쇠와 쇠가 맞부딪치는 소리, 이어서 비명 소리. 신음 소리.

맹장지문 너머에서 분명 싸움이 벌어졌다.

소란은 아주 잠깐만에 딱 그쳤다. 잠잠해졌다.

모두 마른침을 삼키며 맹장지문이 열리기를 기다렸다. 하지만 아무리 기다려도 문은 열리지 않았다.

언니 한 명이 문을 살그머니 열었다. 마나와 사치도 밖을 내다보았다.

남자 네 명이 피로 칠갑이 된 채 쓰러져 있었다. 낯익은 이곳 남자들이다. 시선을 돌리자 툇마루에 한 명, 그리고 건물에서 조금 떨어진 곳에 두령이 쓰러져 있었다.

여섯 명. 전부 숨이 끊어졌다.

그 외에는 아무도 없었다.

그저 밤바람이 불었다.

날이 샜다.

아침이 되어도 괴물들은 나타나지 않았다. 어디 몸을 숨기고 있을지도 모르고, 목적을 달성하여 떠났는지도 모른다.

야리테가 마나와 사치 앞에 왔다.

"산을 내려갈 테니 준비해. 꾸물거리면 목을 졸라 죽일 거야."

여자들은 모두 함께 산을 내려가기로 한 모양이었다.

극락원에 오래 머물러 이곳 생활에 익숙해진 사람도 시체밖에 없는 궁궐에 남을 생각은 없는 듯했다. 밤이 되면 또 괴물이 나타날지도 모른다. 이번에는 죽임을 당할 수도 있다.

마나는 남자들의 시체를 보며 생각했다. 어렸을 때 절에서 지옥

그림을 본 적이 있다. 스님이 말하길 지옥에는 수라도라는 것이 있는데, 거기서는 수라들이 제석천이라는 불교의 강한 신에게 맞서다 계속 패배한다고 한다.

그 괴물이야말로 제석천이 아니었을까.

여자들은 과묵하게 대문을 빠져나왔다.

비탈길을 내려가다가 누군가가 소리를 지르며 극락원이 있는 산 위를 가리켰다. 연기가 피어오르고 있었다.

모두 멈춰 서서 극락원을 멍하니 바라보았다. 연기가 더욱 뭉게뭉게 피어올랐다.

불타고 있었다.

돌아가서 살펴보려는 사람은 아무도 없었다.

종장 終章

1

마나와 사치는 서적 대여점 앞에 섰다. 두 사람은 얼굴을 마주 보고 나서 아빠, 엄마, 하고 큰 소리로 외쳤다.

가게는 집과 이어져 있다. 뛰쳐나온 아버지와 어머니는 두 딸을 황급히 집 안으로 데리고 들어가서 소리 내어 펑펑 울었다.

어디로 끌려가서 어떻게 지냈는지 쌍둥이는 묻는 대로 대답했다.

번 여기저기에 오이란 차림을 한 괴물의 소문이 났다. 여섯 지장 가노하라에 무뢰한들이 모여서 웅성대고 있는데, 여자 요괴가 홀연히 나타나서 채 반 각도 지나기 전에 무뢰한들에게 큰 상처를 입혀 몇 명이나 죽었다고 한다.

어디선가 비업의 죽음을 맞은 오이란이 괴물로 변해서 나타난 것이라고 사람들은 수군거렸다.

마나와 사치에게 이야기를 들으러 온 사람도 몇 명 있었다. 이윽고 새로운 소문이 그 소문을 밀어냈고, 사람들도 점점 관심을 잃어 갔다.

시간이 흐르고 나서 돌이켜보니 참으로 신기한 체험이었다. 마치 옛날이야기 속에 들어갔다 나온 것 같았다. 쌍둥이는 이따금 서로 확인했다.

이매망량이 날뛰는 산속에 지옥으로 통하는 궁궐이 있으며, 거기에는 화려한 옷을 차려입은 여자와 남자, 인간으로 둔갑한 진짜 마물들이 살고 있다. 자기들은 거기로 잡혀갔다. 하지만 다행히도 아름답고 선한 신이 나타나서 마물을 모두 죽인 덕분에 달아날 수 있었다.

그건 진짜로 있었던 일이지?
물론 진짜로 있었던 일이고말고.
꿈꾼 거 아니지?
꿈이라면 둘이 같은 꿈을 꾼 거야.

시간이 흘러 연호가 바뀌었다.
마나는 세 아이의 어머니가, 사치는 두 아이의 어머니가 되어 옛날이야기를 해달라고 보채는 아이들에게 요괴의 궁궐에 잡혀간 쌍둥이 소녀의 이야기를 들려주었다.

산 위의 불탄 궁궐터, 비바람을 맞고 풀이 자라나자 결국 거기에 뭔가가 있었다는 흔적조차 사라졌다.

2

부류 유곽은 귀어전이 사라진 후에도 명맥을 이어나갔다. 귀어전이 사라지든 말든 번에서는 개입하지 않았다. 역시 번에게 귀어전은 있는지 없는지 모를 허상 같은 존재였던 것이다.

여섯 지장 가노하라에서 죽은 사람은 여덟 명이었다.

유곽은 도망쳐 온 여자와 갈 곳을 잃은 남자들을 받아들여 일을 주었다. 전부 다 수습될 때까지 몇 년이 걸렸다.

구마고로는 쉰다섯 살 때 어린 자객과 싸웠다. 가난한 부모에게 버려진 소년이었다. 일찍이 시나노야에서 호객꾼으로 일하다가 해고되고 도둑질로 먹고사는 사내가 구마고로를 죽이면 이름을 드날릴 수 있으며 자기가 돈도 주겠다고 소년을 부추겼다.

구마고로에게는 아무 이득도 없는 결투였지만, 그는 주변의 반대를 무릅쓰고 결투장을 마련했다. 돈을 주고 부른 입회인 두 명을 옆에 대기시키고, 인기척이 없는 들판에서 소년과 마주 섰다.

부하들은 구마고로의 뜻에 따라 만약 소년이 이기면 파격적인 금액인 황금 스무 냥을 주어 무사히 돌려보내겠다고 소년 앞에서 맹세했다.

소년은 진검을, 구마고로는 목검을 들었다.

"이 정도 차이는 있어야 공평하지 않겠느냐. 자, 사양 말고 어서 내 목숨을 가져가 보아라."

종장   457

구마고로는 소년에게 말했다.

소년이 휘두르는 칼은 구마고로의 몸을 스치지도 못했다. 구마고로는 소년의 칼을 열 번 빼앗았고, 그때마다 소년의 따귀를 한 대 갈기고 나서 칼을 돌려주었다.

"영감탱이한테 저세상 구경도 못 시켜준단 말이냐. 자, 다시 덤벼봐."

열 번째 따귀를 맞자 얼굴이 퉁퉁 부운 소년은 쓰러져서 정신을 잃었다.

그날 저녁, 부하가 소년에게 구마고로를 죽이라고 부추긴 남자를 붙잡아 즉각 목을 베었다. 한때 호객꾼으로 일했던 그자는 매독에 걸려 처참한 몰골로 변해 있었다.

소년이 부류 유곽에서 간호를 받고 정신을 차리자 구마고로는 베갯머리에 와서 말했다.

"넌 이미 죽었다. 앞으로 이름을 바꾸고 날 섬겨라."

그 후로 구마고로는 함께 유람을 다니며 그 소년을 귀여워했다.

구마고로는 만년에 유곽 경영을 후계자에게 맡기고 은거했다.

어느 가을날, 일찍이 자객으로 나타났지만 지금은 아들에 가까운 심복 소년과 집에서 장기를 두다가 너무 어지럽다며 자리에 누웠다.

일각쯤 누워 있다가 몸을 일으켜 "커다란 곰이 집 앞으로 마중을 왔어."라고 했다. 곁에 있던 소년이 현관문을 열어보자 문밖의 짙은 안개 속에 정말로 뭔가가 있는 듯한 기척이 느껴졌다고 한다.

소년이 돌아오자 구마고로는 초췌한 얼굴에 웃음을 띠며 "이 세상을 즐기도록 해라." 하고 소년에게 짤막한 말을 남기더니, 눈을 감고 조용히 숨을 거두었다고 한다.

구마고로가 죽은 후 세월이 흘러 안세이(安政. 일본의 연호. 1855~1860년에 해당한다) 시절, 부류 유곽은 불에 타서 지금은 그 흔적조차 남아 있지 않다.

3

하루카는 소노 신도의 집에 돌아가지 않았다. 금색님과 하루카의 긴 여행은 이것과는 별개의 이야기다.

귀어전이 불타고 삼십여 년이 지났을 무렵.

두 사람은 사람이 살지 않는 황야에 있었다.

지평선이 보일 만큼 넓고 고요한 초원에 새파란 꽃이 드문드문 피었다. 여기저기 화강암이 흩어져 있었다.

태백성이 빛나는 하늘에 검붉은 색으로 물든 구름이 떠 있었다.

화강암은 석양을 받아 복숭앗빛으로 물들었다.

동굴이 있었다.

그녀는 동굴 속에서 그의 딱딱하고 차가운 가슴에 손을 얹었다.

가슴팍 안쪽.

번쩍번쩍 빛나고 고동치는 것을 찾아냈다.

그것을 양손으로 감쌌다.

그가 무엇을 바라는지 알고 있었다. 스스로는 바람을 이룰 수 없다는 것도.

끝을 가져다주는 자가 나타나지 않는 한 그는 쉴 수 없다.

—그대를 만났을 때, 이런 날이 올 것을, 예감했습니다.

그녀는 그 빛을 살짝 어루만지다가 깊은 어둠 속으로 밀어냈다.

—고맙습니다. 드디어 종막을 맞는군요.

그는 감사를 표했다.

—아니요, 저야말로요. 정말로 고마웠어요. 푹 쉬세요.

그녀는 속삭였다.

번갯불 덩어리는 한없는 암흑의 허공으로 떠나갔다.

그의 눈에서 녹색 불빛이 꺼졌다.

그녀는 들꽃을 따 와서 그의 가슴에 올렸다.

밤이 찾아오자 보름달이 하늘 높은 곳에서 빛났다.

달빛이 동굴을 나선 그녀를 비추었다.

그리고 이 모든 일은 정말로 옛날이야기가 된다.

쓰네카와 고타로가 들려주는 옛날이야기

* 내용을 언급하고 있으니 본문을 먼저 읽어주시기 바랍니다.

《금색기계》는 2014년에 제67회 일본추리작가협회상을 수상한 작품이다. 하지만 독자들은 책을 다 읽고 나서 "이게 왜 추리작가 협회상이야?" 하고 의아해할지도 모르겠다.

추리작가협회상 선고위원들도 마찬가지였던 듯하다. 의견이 2대 2로 갈린 상황에서 다나카 요시키가 본인 말로는 소극적으로 수상에 동의하여 《금색기계》의 수상이 결정되었다고 한다. 의견이 분분했던 이유는 여러 가지겠지만 가장 큰 이유는 '로봇의 등장'이 아닐까 싶다.

이 작품의 시간적인 배경은 주로 1700년대, 즉 에도시대다. 그런데 아무리 봐도 희한한 '금색님'이라는 존재가 나온다. 금색님은 눈에 초록색 유리 같은 것이 박혀 있고, 매끈한 온몸에서는 금색 광채가 뿜어져 나온다. 그리고 위잉, 하고 이상한 소리를 낸다. 신체 능력도 뛰어나고 힘도 장사다.

아무리 보아도 '로봇'이다. 그것도 설정으로 보건대 미래 세계에서 온 로봇. 에도시대와 로봇의 조합이라니 판타지 혹은 SF의 영역이다. 그렇다면 작가 쓰네카와 고타로는 무슨 생각을 했는지 수상 소감을 살펴보기로 하자.

근대 이전의 일본은 문화와 문명이라는 빛에서 눈을 떼면 사방이 암흑 그 자체 아니었을까요? 사람이 예사롭게 행방불명되고, 부모가 자식을 죽였으며, 살인자들이 날뛰었습니다. 기근 때문에 사람이 사람을 잡아먹었고 역병이 돌았죠. 인권은 개념조차 존재하지 않았던 터라 백성들은 압정과 착취에 시달렸고요. 한편으로 윤택한 자연 속에 신과 요괴가 살아 있었던 시대이기도 합니다.

저는 이 세상이 아닌 세계에 매료되는 성격이라 그런지 데뷔작도 호러소설 대상을 받았습니다. 이번에는 무슨 일이 일어나도 부자연스럽지 않을 근세의 산촌을 무대로 설정하고, 훗날 옛날이야기의 원천이 될 법한 소재가 사방에 널려 있는 그곳에서 부조리한 운명에 항거하며 열심히 살아가는 사람들을 그려냈습니다.

《금색기계》는 제 작품 중에서 가장 길고 제일 공과 시간을 많이 들인 작품입니다. 다 쓰고 나니까 얼이 빠지고 정신이 멍해지더군요. 빛을 보게 되어 보상받은 기분입니다.

앞으로도 다양한 도전을 해나갈 생각입니다. 감사합니다.

개인적으로 여기서 주목해야 할 요소는 '옛날이야기'가 아닐까 한다. 일단 독자들에게는 에도시대 자체가 옛날이야기다. 그것도

신과 요괴가 살아 숨 쉬는 판타지 같은 이야기나 다를 바 없다.

뭔가 우리와는 동떨어진 이야기 같지만 아주 낯설지만은 않을 것이다. 어렸을 때 할머니가 들려주신 옛날이야기나 책으로 읽었던 전래동화와 좀 비슷하다는 생각이 들지 않는가?

우리가 어렸을 적에 듣거나 읽었던 옛날이야기에서도 구렁이, 여우, 호랑이 같은 신령한 동물들과 도깨비, 귀신 등의 초자연적 존재가 등장하는 가운데 사람들의 사연이 펼쳐진다. 다시 말해 판타지나 호러 요소를 도입하여 사람들이 살아가는 이야기에 재미를 부여한 셈이다.

《금색기계》에서 쓰네카와 고타로는 판타지나 호러 요소 대신 '로봇'이라는 SF 요소를 도입하여 자신만의 독특한 '옛날이야기'를 써낸다. 로봇은 위화감을 풍기면서도 이야기 속에 잘 녹아들어 얽히고설킨 인간관계의 한 축으로서 험난한 시대를 살아가는 인간들의 비애를 부각시킨다.

결국 이렇듯 독특한 설정과 그 설정을 포용할 만큼 힘 있는 이야기가 추리작가협회상을 수상한 원동력이 아닐까 싶다. 추리소설이냐 아니냐를 따지기 이전에 재미있는 소설은 재미있다는 뜻이다.

독자들도 쓰네카와 고타로가 들려주는 독특한 '옛날이야기'에 푹 빠져보시기 바란다.

2018년 1월

김은모

금색기계
신이 검을 하사한 자

1판 1쇄 발행 2018년 1월 24일
1판 2쇄 발행 2018년 10월 17일

지은이 쓰네카와 고타로
옮긴이 김은모

발행인 양원석
본부장 김순미
편집장 김건희
책임편집 지소연
디자인 RHK 디자인팀 마가림, 김미선
해외저작권 황지현
제작 문태일
영업마케팅 최창규, 김용환, 정주호, 양정길, 이은혜, 신우섭, 조아라
　　　　　　유가형, 김유정, 임도진, 우정아, 김양석, 정문희

펴낸 곳 ㈜알에이치코리아
주소 서울시 금천구 가산디지털2로 53, 20층 (가산동, 한라시그마밸리)
편집문의 02-6443-8879　　**구입문의** 02-6443-8838
홈페이지 http://rhk.co.kr
등록 2004년 1월 15일 제2-3726호

ISBN 978-89-255-6295-7 (03830)

※ 이 책은 ㈜알에이치코리아가 저작권자와의 계약에 따라 발행한 것이므로
　 본사의 서면 허락 없이는 어떠한 형태나 수단으로도 이 책의 내용을 이용하지 못합니다.

※ 잘못된 책은 구입하신 서점에서 바꾸어 드립니다.

※ 책값은 뒤표지에 있습니다.